Nosferatu
노스페라투

FEEL PREMIUM EDITION

NOSFERATU

CONTENTS

악마로부터 왔건 하느님에게서 왔건 무슨 상관이랴?
천사이건 시레네스이건, 무슨 상관이랴?
빌로드 같은 눈을 가진 요정이여,
운율이여, 향기여, 빛이여, 오 내 유일한 왕이여!
세계를 덜 추악하게 하고, 시간의 무게를 덜어만 준다면!

— 보들레르, 「악의 꽃」, '아름다움에 바치는 찬가' 中 각색

검은 짐승

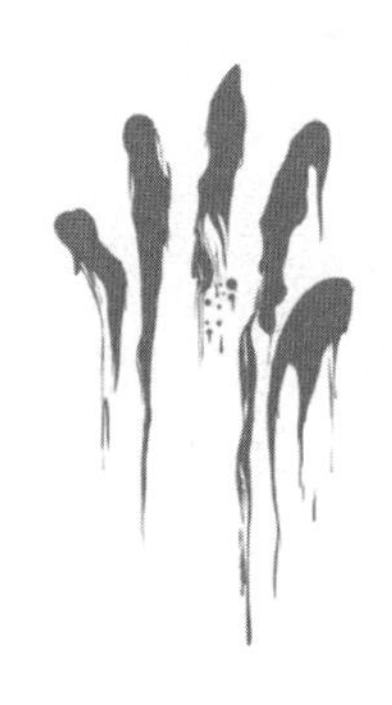

친구는 박쥐처럼 천장에 거꾸로 매달려 있었다.

"살려 줘……. 살려 주세요……."

그는 흐느꼈다. 어둠 속에 쏟아지는 빗소리가 창문을 때리며 굉음을 냈다.

놈은 사진 하나를 짚어 보고 있었다. 남자는 그 사진을 정확하게 기억한다. 캄보디아였을 거다. 우는 아이의 사지를 묶고 헤로인을 투약했었다. 지지고, 때리고, 갈라도 소녀는 고통도 아픔도 제대로 느끼질 못했다.

5년 전 중학교 동창이었던 둘은 작당을 하고 열다섯 살짜리 여자아이를 강간했다. 나체 사진과 관계 동영상을 빌미로 아이를 협박해 여러 차례 그랬다. 미성년자 강간죄로 기소되어 재판을 받았지만, 여자아이와 주고받은 몇 건의 다정한 문자와 사진 덕에 그는 무죄 판결을 받았다. 아직 미성숙한 청소년이지만, 정신적인 장애가 없었다는 것이 그 이유였다.

그 이후엔 새 삶을 살았다고 자부한다. 비록 무죄를 받았어도 여러 가지로 고생이 많았기에 그 후에는 해외로 눈을 돌렸다.

동남아시아로 가면 그보다 더 어린 여자아이를 단돈 몇 푼에 마음껏 데리고 놀 수 있었다. 무슨 짓을 해도 상관이 없었다. 그중 몇은 의도치 않게 죽었고, 그중 몇은 의도적으로 죽였지만 한 번도 걸린 적은 없다. 그저 돈 몇 푼 쥐여 주면 경찰이고 부모고 입을 다물었다. 치안도, 인권도 가난한 만큼 비루했다. 완전 범죄라 자부한다. 죄를 짓고 있다고는 생각했지만, 그것보단 그 행위에서 오는 쾌락과 희열이 더 컸다.

"잘못했습니다, 용서해 주세요. 다신 죄 안 짓고 착하게 살겠습니다……. 꼭…… 죗값은 치르고……."

몸은 난도질이 되어 있었다. 제 사진에 찍힌 캄보디아 여자아이처럼 여기저기가 찢기고 갈라져 있었다. 그는 중얼거리며 사과하다가, 비참함에 흐느끼다가 고함을 쳤다.

"야! 이 개새끼야! 내 말 안 들려! 씨발! 경찰서에 간다잖아! 내가 자수한다잖아! 콩밥 먹으면서 감방에서 썩을게! 이젠 내려 줘! 풀어 달란 말이야! 미친 변태 새끼! 이러면서 쾌감 느끼냐? 너도 씨발 나랑 같은 과 아니야! 이 미친 개새끼야! 흑흑 살려 줘…… 부탁이야. 가족이 있어…… 씨발, 나도 새끼가 있단 말이야. 아빠 노릇은 해 줘야 한다고……."

놈은 손에 들린 사진을 바닥에 우수수 흩뿌렸다. 그렇게 묶고 조르고, 때리며 찍은 수백 장의 사진은 전부 다른 소녀의 얼굴이었다.

"원하는 게 뭐야? 돈이야? 돈이면 있는 대로 다 줄게. 대체 나한테 왜 이러는 거야!"

놈은 남자의 몸에 코를 대고 킁킁거렸다. 섬뜩한 기분에 고슴도치처럼 털이 곤두섰다.

"넌 누구야. 어떻게 온 거야. 누가 사주한 거야."

"향이 좋네."

최초의 목소리였다. 어둠을 뒤집어쓴 놈의 목소리는 앳된 미성이었다. 천사처럼 고요하고 부드러웠다. 번쩍 번개가 쳤고 놈의 실루엣이 비로소 완연하게 드러났다. 남자는 넋이 나갔다.

뭐야. 좆만 한 새끼잖아.

"너…… 이 개 같은……."

놈이 그의 목덜미를 잡았고 남자는 말을 다 잇지 못했다. 으드득 소리가 나더니 다음 순간 그의 머리통은 바닥을 나뒹굴었다. 너무 찰나에 일어난 일이라 시간차를 두고 거꾸로 매달린 상체에서 폭포처럼 피가 쏟아졌다.

번쩍 번개가 칠 때마다 드러나는 실루엣은 남자라기보다 소년에 가까웠다. 그러나 제 몸집보다 두 배는 더 큰 성인의 목을 놈은 밭에서 당근을 뽑아내듯 뽑아냈다.

친구는 머리가 뽑혀 죽었다. 반쯤 열린 방문으로 목격한 광경은 이 세상의 것이 아니었다. 분수처럼 쏟아진 피가 바닥에 흥건했다. 찰박. 찰박. 물에 젖은 발소리가 들렸다. 무릎 아래로 뜨끈한 것이 젖어 왔다. 본인이 싼 오줌인지, 밖에서 흘러들어 온 핏물인지 분간

할 수가 없었다.

으드득. 으드득. 듣기에도 소름 끼치는 소리. 뭔가가 짓이겨지는 소리가 들린다. 뭔가를 씹어 먹든지, 으스러뜨리는 소리다. 방 안에 숨어 지켜보는데 온몸이 경기라도 일으키는 듯 부들부들 떨렸다. 괴물이었다. 필시 그랬다. 어두워 형체조차 제대로 보이지 않지만 분명 괴물이다. 덩치가 아주 크고, 힘이 센 짐승 같은 괴물임에 틀림이 없다. 새하얀 송곳니를 드러내고 호랑이처럼 그르렁거린다.

그는 옷장 안으로 기어들어 갔다. 부들부들 떨려 어금니가 딱딱 부딪혔다. 바지 주머니에서 휴대폰을 찾아 들었다. 제 손으로 112를 눌렀다.

— 네, 112 신고 센터입니다.

"여, 여기…… 여기는, 방화, 방화동인데……."

남자는 손으로 자신의 입을 가리고 아주 낮게 속삭였다.

"일단 오기만 하면…… 일단 와 주기만 하면……."

그는 흐느꼈다. 자신의 죽음을 목전에 두고, 누군가의 생명을 앗아 갈 때처럼 커다란 감정의 파고를 겪었다.

"자수할게, 자수하겠습니다."

— 여보세요? 잘 안 들리는데 정확하게 말씀해 주셔야 합니다. 여보세요? 일단 위치가 어디인지부터 말씀해 주세요. 여보세요?

수화기 너머 여경의 물음이 이어졌지만 그는 대답하질 못했다. 숨도 멈췄다. 어떻게든 살아남고 싶었다. 어떻게든 도망치고 싶었다.

— 여보세요? 여보세요?

다시 집 안은 정적에 휩싸였고 그는 멈췄던 숨을 천천히 내쉬었다. 으드득거리는 소리가 더 이상 들리지 않았다. 정말 제 친구의 몸뚱이를 다 먹어 치운 것일까. 그렇다면 그 덩치 큰 놈을 남김없이 씹어 먹고 배가 불러 자신을 두고 사라져 주길 정말로 간절하게 원했다. 그러나 만일 그게 아니라면, 이 괴물의 손에 죽느니 살아서 그 죗값을 치르고 싶었다.

"내가 다 자백할게. 내가 다 말할게. 내가 사람을 죽였어. 사람을……."

쾅 하는 천둥소리에 고막이 진동했다.

찰박찰박 발소리가 방 안에서 들렸다. 남자는 숨을 죽였다. 놈이 어느 순간에 방 안에 들어선 것이다.

그는 휴대폰을 제 엉덩이 사이에 깔고 앉았다. 옷장까지 역한 피비린내가 파고들었다. 울컥 토사물을 쏟을 것 같아 그는 두 손으로 입을 틀어막았다.

남자는 끊임없이 기도문을 외웠다.

여호와는 나의 목자시니 내게 부족함이 없으리로다……. 내가 사망의 음침한 골짜기로 다닐지라도 해를 두려워하지 않을 것은 주께서 나와 함께하심이라. 주의 지팡이와 막대기가 나를 안위하시나이다. 내 평생 선하심과 인자하심이 반드시 나를 따르리니 내가…….

번쩍 번개가 쳤다. 눈앞에 빛이 날카롭게 부서졌다. 어둠이 걷혔다. 활짝 열린 옷장 문 밖으로 손끝에 피가 뚝뚝 흐르는, 피를 뒤집어쓴 금수의 실루엣이 보였다.

"까꿍."

입가에 새하얀 송곳니가 드러났다. 놈이 손을 뻗자 눈앞이 다시 암흑으로 변했다. 사내는 마지막 구절을 차마 외우지 못했다. 그 대신 그는 몸소 여호와의 집으로 영원히 날아갔다.

"증인, 말씀하십시오."

수환은 단상 위에 올라서는 남자를 바라보며 숨을 참았다. 말라비틀어진 파 뿌리처럼 허옇게 머리가 센 남자가 비장한 표정을 지었다. 재판 내내 그는 놀라울 정도로 침착했고 그가 입을 열 때마다 검사도, 판사도, 방청석에 앉은 방청인들도 죄지은 사람처럼 고개를 숙였다. 차마 그의 처연한 눈을 바라볼 수가 없었다.

"제 딸은……."

남자는 자리에서 일어서며 떨리는 목소리를 애써 가다듬었다.

"스무 살이었습니다. 채 꽃봉오리도 피워 보지 못한 내 딸을…… 짐승만도 못한 저놈이……."

그는 눈물이 그렁그렁 맺힌 채 피고인석에 앉은 장태호를 노려보았다.

"매일 협박을 하고, 욕을 하고, 때리고, 하루가 멀다 하고 시퍼렇게 멍이 들고 피가 터지면서도…… 저를 해코지할까 무서워 병원 한 번 제대로 간 적이 없답니다. 내 딸아이가 참지 못하고 경찰에 신고하고, 애비인 저에게 도움을 요청하자 저 짐승 같은 놈이, 내 딸아이를 죽였습니다. 저놈은! 저놈은…… 제 딸을 사랑했다고 했습니다. 어떻게 사랑하는 사람을 강간하고, 죽을 때까지 두드려 팰 수가 있습니까? 그게 사람입니까? 짐승도 그런 짓은 하지 않습니다. 저 짐승만도 못한 놈이 감히 내 새끼를…… 눈에 넣어도 아프지 않은 하나뿐인 딸을…… 자신의 지위를 이용해서, 가진 것을 이용해서, 힘없고, 가진 것 없는 제 딸을 벌레처럼 가지고 놀다가 짓밟았습니다. 재판장님."

그는 떨어지는 눈물을 소매로 훔쳤다.

"부디 저놈을 엄벌에 처해 주십시오. 대가를 치르게 해 주십시오. 부디 대한민국에 정의를 실현해 주십시오. 만약, 만약 그렇지 않으면 제가……."

남자의 어깨가 발작적으로 들썩거렸다. 방청석의 몇몇 사람들이 눈물을 터트렸다.

"제가 저놈을 제 손으로 죽이겠습니다. 제 손으로……."

수환은 그의 목소리에 짓눌렸다. 괴로운 마음에 밭은 숨을 토하며 천천히 고개를 들었다. 재판장 한쪽에 앉아 있는 장태호의 뒷모습에 시선을 붙였다. 반질하게 윤이 나는 검은 머리, 고생을 모르고 자란 새하얀 피부. 의자에 편안하게 기대어 있는 그의 뒷모습은 평화로웠다. 뒷모습에도 표정이란 것이 있다면 그는 분명 웃고 있었다.

이미 결론이 난 재판이었다. 검사도, 판사도, 수환도, 그리고 피해자의 아버지도 모두가 알고 있다. 장태호의 아버지가 누구인지, 그가 누구를 등에 업고 있는지 말이다.

그래서 죽은 딸의 안식을 바라는 아버지의 애끊는 호소는 밭에 구르는 개똥보다도 쓸모가 없었다. 사람에게서 난 것이 '권력'이건만, 인간은 모두 그 앞에서 개가 되었다. 수환은 그를 조사하며 산더미

같은 증거 자료를 건넸다. 그러나 그중 증거로 채택된 것은 거의 없었다. 장태호는 무죄로 풀려날 것이다.

참, 좆같은 세상이다.

가영(稼詠)

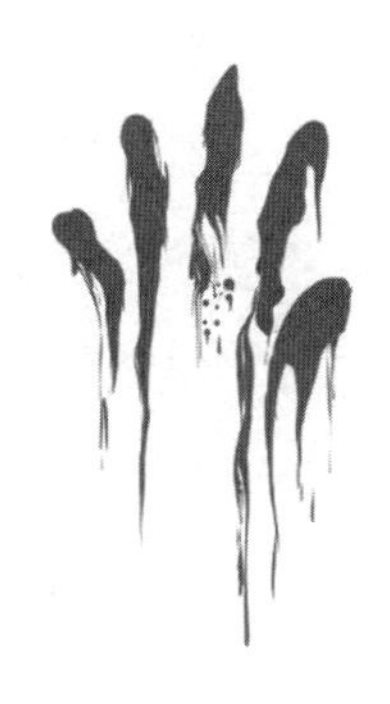

가영은 과일 바구니에 담긴 과일 껍질들을 닭장 안에 뿌렸다.

"너네 조금씩 아껴 먹어. 그러다 돼지 된다."

토실토실하게 살이 오른 수탉이 부리를 쪼며 다가오는 것을 보고 가영이 엄한 목소리로 말했다. 그러자 수탉이 꼬꼬댁꼬꼬댁 비명을 지르며 날개를 공격적으로 퍼덕거렸다. 가영은 뒤로 한 발자국 주춤 물러섰다.

"알았어. 알았어. 그래 많이 먹어. 많이!"

꼬꼬댁! 꼬꼬댁!

아휴, 시끄러워. 가영은 인상을 쓰고서는 흘러내리는 소맷자락을 추켜올렸다. 제 발보다 한 뼘은 더 큰 슬리퍼를 질질 끌며 닭장 근처를 벗어나 집 마당에 들어섰다. 여기저기 창호지가 덧대어진 낡은 덧문을 열고 이부자리 하나, 작은 서랍장과 책상 하나가 전부인 제 방으로 들어선 가영은 양말부터 찾아 신었다.

"할머니!"

대답은 돌아오지 않았다. 가영은 엉덩이를 대고 앉아 야무지게 낡은 양말을 한껏 끌어 올린 뒤, 사랑방으로 건너갔다. 낡은 고무줄을 바지에서 빼내느라 여념이 없는 경옥이 한참 만에 돋보기 너머 가영을 응시했다. 다른 이들에게 그녀는 보살이라 불렸다. 그러나 경옥은 가영이 자신을 그렇게 부르는 것을 허락하지 않았다.

어렸을 땐 경옥이 주는 밥을 먹고, 경옥이 빨아 주는 옷을 입었던 것 같다. 그러나 언제부터인가 가영은 자신이 차린 밥을 경옥에게 주고, 자신이 빤 옷을 경옥에게 입혔다. 아마 사춘기에 들어서면서부터였던 것 같다. 밥만 축내는 식객이니, 그렇게라도 해서 밥값은 하고 싶었다.

"할머니 저 약초 캐러 가요."

경옥은 싹싹하게 말하는 가영을 위아래로 훑어보았다. 수환이 입다가 버린 낡은 옷가지를 넝마처럼 걸친 모습이 기괴했다.

'보살님. 내 딸이 신병에 걸렸소. 내가 감당할 수가 없으니 좀 맡아 주시오.'

한밤중 열이 펄펄 끓는 가영을 들쳐 업고 온 가영의 친부는 새파랗게 질린 얼굴로 딸을 짐짝처럼 쪽마루 앞에 내려놓았다. 그러고는 다달이 생활비를 부쳐 준다는 말만 남기고 도망치듯 마을을 떠났다. 그것이 가영이 열한 살 때 일어난 일이었다.

이유 없이 열이 펄펄 끓던 아이는 제집에 온 지 이틀 만에 말짱히 정신을 차렸다. 아이는 경옥이 무서워 왜 자신이 여기 혼자 있는지, 가족이 어디에 있는지 묻지도 못했다. 그저 커다란 두 눈을 끔뻑거리며 하염없이 울기만 했다.

"가서 또 이번엔 어디를 깨져 오려고?"

경옥의 물음에 가영은 반창고를 붙인 제 이마를 부비며 배시시 웃었다. 가영은 돌부리 하나 없는 매끈한 돌바닥 위에서도 자빠지고 굴렀다. 지나가다 새똥을 맞는 건 부지기수. 얌전하던 강아지들도 가영만 나타나면 사납게 짖어 댔고, 닭이나 오리들은 날지도 못하는 날개를 펼쳐 들고 위협스레 퍼덕였다. 기가 약하고, 마음이 여려 늘 잡신들이 주위를 맴도는 탓이다. 잡귀들은 가영을 밀고 보채고 당기고 놀리는 데 재미가 붙어 옆을 떠나질 못했다. 그럼에도 가영은 심성이 흐르는 개울물처럼 맑았다.

가영은 경옥의 집에 버려진 초등학교 4학년 이후, 정규 교육을 받지 못했다. 다른 아이들은 학교에 갈 때 가영은 갈 곳이 없었고, 낡은 한옥 집에는 이렇다 할 장난감도 없어서 늘 산이고 밭이고 돌아다니며 시간을 보냈다. 그나마 아들인 수환이가 학생이었을 때에는 데리고 놀아 주었지만, 그놈이 경찰 시험에 합격해 서울로 상경을 한 이후로 아이는 항상 혼자였다.

늘 정을 그리워하여 사람이고 짐승에게 정을 붙여 보려고 노력하지만 매일 새똥을 맞고, 자빠지고 구르는 가영을 짐승이고 사람이고 업신여겼다. 동네에서 '바보' 라고 이미 소문이 난 가영을 곱게 봐 주는 이는 아무도 없었다.

경옥은 머리를 긁적거리는 가영을 위아래로 훑었다. 수환이 입다 버린 낡은 옷가지를 걸치고 고무신을 신은 가영은 이제 막 스무 살이 된 처녀처럼 보이지 않았다. 동네 사람들이 그녀를 덜떨어진 아이처럼 보는 것이 당연할지도 몰랐다. 경옥은 바지춤에 새 고무줄을 끼워 넣고 바느질을 시작했다. 다녀오라거나, 조심하라는 가벼운 인사조차 없었다.

"해 지기 전에는 돌아올게요!"

늘 무엇을 물어도 대답 대신 무시가 먼저인 경옥에게 이미 익숙한 가영이 소쿠리를 옆구리에 끼고 활기차게 말했다.

집에서 나와 40분, 가영은 뒷산까지 이어지는 비탈길에 들어섰다. 그녀에겐 그 비탈이 너무 익숙해 날다람쥐처럼 뛰어다니는 길이지만 가끔 서울에 사는 수환이 놀러 오면 두 소매를 걷어붙이고 몇 번의 심호흡을 하고 나서야만 발을 내디딜 정도로 가팔랐다.

가영은 비탈길을 오르며 수환 오빠를 떠올렸다. 절로 '헤헤' 하는 웃음이 흘러나왔다. 수환 오빠는 모르는 것도 없고 못 하는 것도 없었다. 수환은 덩치도 크고 손도 크고 발도 크고 힘도 세서 가영은 그를 '슈퍼맨' 처럼 여겼다. 형사란 직업은 또 얼마나 멋진가. 수환 오빠는 집에 언제쯤 올까? 요즘 전화도 뜸하던데 악당들을 잡느라 바쁜가? 하긴 바쁘겠지. 악당들을 일망타진하는 모습을 그리자 저도 모르게 볼에 홍조가 돋았다. 사춘기에 들어서면서부터 시작된 짝사랑은 아직도 진행 중이었다.

초록색 잡초들이 우거진 비탈길을 오르다 풍경(風磬)이 짤랑거리는 소리에 발걸음을 멈추고 고개를 돌렸다. 한때는 사람들로 북적였다는데 가영이 자라면서 본 산골의 풍경은 방치된 땅과 방치된 집들뿐이었다. 낡고 쓰러져 가는 집들과 잡목들이 질기둥이처럼 우거져 사람 키만큼 자란 풍경이 익숙했다. 그 집도 그런 풍경 중의 하나였다.

가영은 잡목들 사이로 까치발을 들고 다 쓰러져 가는 벽돌집을 살폈다. 아주 오래전부터 동네 사람들은 이 집에는 귀신이 산다고 했다. 온갖 악귀가 모여 사는 곳이라며 밤이고 낮이고 근처에 가는 것을 꺼려 했다. 그러나 소담스럽게 올라간 밭이랑, 규칙적으로 자리 잡은 쫄대 아래로 이제 막 자라기 시작한 고추 모종과 새싹처럼 귀여운 고구마 순은 푸릇하고 싱그러웠다.

죽은 자들이 사는 곳에 생명이 자라난다는 사실이 아이러니하다. 귀신이 농사짓는 걸 좋아하나……? 사람이건, 새싹이건 땅에서 나고 자라는 모든 것들은 정성을 들여야 비로소 제대로 자라난다. 어떤 귀신인지는 모르지만 땅을 꽤 사랑하는 귀신인가 보구나.

끼익— 하는 소리가 조용한 산 숲에 메아리쳤다. 가영의 고개가 밭이랑에서 다시 벽돌집으로 올라갔다. 귀신? 두 눈이 절로 커졌다.

까악! 까악!

“으악!”

시꺼먼 게 정수리를 치고 지나갔다. 가영은 두 손으로 머리를 감싸고 몸을 낮추었지만 이마 위로 젖은 흙 같은 것이 툭 하고 떨어졌다.

가영은 찌푸린 눈두덩이 위를 닦았다. 썩은 토사물 같은 까마귀 똥이었다.

"야! 이 썩은 양잿물 같은 놈아!"

가영이 분풀이하듯 언성을 높이자 까마귀가 '까악' 하며 그녀의 머리 위를 몇 번 돌더니 곧 사라졌다. 들떴던 기분이 착 가라앉았다.

가영은 다시 산을 올랐다. 배낭에서 검은 봉다리를 꺼내 올라가는 길목마다 나 있는 나물들을 캤다. 냉이나물, 산초나물, 누린내를 잡을 초피 나뭇잎도 땄다. 자신이 가장 좋아하는 두릅을 정신없이 따는데 활엽수 아래로 능이버섯이 보였다. 작년부터 유난히 산에서 버섯 보기가 힘들었는데 올 들어 처음 본 능이버섯에 가영은 재빠르게 자리를 옮겼다. 나뭇잎과 줄기들을 밀친 후 손에 든 작은 다용도 칼로 밑동을 살살 잘라 냈다. 후후 입으로 먼지를 불고 손으로 살살 털어 낸 뒤 봉지 안에 고이 모셨다. '흐흐' 하는 웃음이 났다. 수환 오빠가 오면 데쳐 주어야지.

가영은 주변을 두리번거렸다. 아무 생각이 없었는데 버섯을 보고 나니 욕심이 났다. 나물 캐는 것은 관두고 귀한 버섯 찾기에 골몰했다. 나무 작대기를 하나 들어 바닥을 훑었다. 몇 번이고 훑으며 걸음을 떼니 바닥에 실처럼 엉킨 하얀 줄기들이 보였다.

가영은 재빠르게 몸을 숙이고 손으로 그것을 쥐어 모양을 살폈다.

"송라다."

가영은 탄성을 내질렀다. 아주 적은 양이지만 송라가 맞았다. 그녀는 몸을 벌떡 일으켰다. 바닥에 떨어진 송라가 있다는 것은 어딘가에 송라가 자라고 있는 소나무가 있다는 것이었다.

송라는 아주 귀한 재료였다. 산삼만큼 귀해서 오랫동안 송라만 채취하고 다니는 산꾼들도 많았다. 장에다 한 줌만 내다 팔아도 몇십만 원은 벌 수 있었다. 그러나 가영은 돈에는 별로 관심이 없었다. 그저 수환에게 먹일 생각뿐이었다. 그녀는 발걸음을 재촉했다. 가파른 산비탈을 겁도 없이 내려갔다.

소나무는 벼랑 끝에 뻗어 있었다. 그럼 그렇지. 이렇게 귀한 재료가 구하기 쉬운 곳에 있을 리가 없다. 위험하긴 했지만 그리 멀지 않아서 얼른 송라만 떼서 가지고 오기엔 무리가 없었다. 가영은 작대기를 바닥에 홱 내던졌다. 등에 멘 배낭도 바닥에 던졌다. 수환이 3년 전에 읍내에 나가 사 준 낡은 운동화 끈을 바짝 조여 매고 손을 탁탁 털었다. 몸을 낮추고 벼랑 끝으로 발을 뻗었다. 발밑의 아찔한 풍경은 보지 않으려 애썼다.

가영은 소나무 밑동을 발로 몇 번 차 보았다. 느낌이 단단했다. 두 발을 모두 안착시키고 재빠르게 몸을 낮추었다. 아찔해서 꾹 다문 어금니 사이로 신음 소리가 절로 났다. 그녀는 나무 기둥에 짐승처럼 온몸을 붙인 채 네 발로 더듬더듬 기었다. 한 손으로는 벼랑 끝을 잡고 한 손은 나뭇가지 쪽으로 뻗자 솜처럼 뭉쳐진 송라가 손끝에 매만져졌다.

조금만 더. 조금만 더. 덜덜 떨리는 손끝을 조금 더 뻗자 무게 중심이 조금 더 앞으로 쏠렸다. 조금만. 더듬어 올라가는 손이 거의 끝까지 닿았다. 몸을 좀 더 뻗을 필요가 있었다. 가영은 반대편 손을 벼랑 끝에서 떼어 냈다. 무게 중심이 한 번에 앞으로 훅 쏠렸다.

우두둑하는 소리가 났다. 송라를 쥔 손에 절로 힘이 들어갔다. 나무 밑동이 아래로 콰직 하고 꺾였다.

"아악!"

몸이 덜컹하고 앞으로 기울었다. 지푸라기처럼 송라를 쥔 채 가영은 절벽 아래로 곤두박질쳤다.

"아아아아아아아악!"

기다란 신음 소리가 벌어진 입에서 찢어질 듯 이어졌다. 밑도 끝도 없이 아래로만 곤두박질쳤다. 손에 쥐어진 송라 줄기가 허공으로 흩어졌다.

죽는다. 가영은 두 눈을 질끈 감았다. 몸이 뭔가에 부딪힐 때만을 기다렸다. 죽는 순간이 오는데도 하얗게 빈 머릿속엔 아무것도 들어오지가 않았다. 그저 죽는다는 생각뿐이었다. 그게 서러워서 눈물이 났다. 이렇게 죽는다니. 가족의 얼굴이 떠올랐다. 혼자 외롭게 죽고 싶지가 않았다.

아주 어릴 때에 본 동화책이 떠올랐다. 죽은 몸을 떠난 영혼은 아주 즐거운 여행을 했다. 죽은 아이는 자신이 죽은 줄도 몰랐다. 고통을 모르는 것 같았다. 죽음이란 것은 그런 걸까. 그랬으면 좋겠다. 더 이상 외롭지도, 바보 같지도 않은 것이면 좋겠다. 가영은 입을 꾹 다물었다.

몸이 뭔가에 턱 하고 충돌했다. 곤두박질친 높이나 속력에 비해 지나치게 솜털 같은 느낌이었다. 이게 죽음이로구나. 전혀 아프지 않았다. 두려워한 것이 허탈할 정도였다. 심지어 죽음은 따듯했다. 엄마 품처럼 아늑하기도 했다. 무슨 향인지 모르지만 아주 좋은 향기도 났다. 한 번도 맡아 보지 못했던 내음이었다.

가영은 제 가슴 앞으로 가지런히 두 손을 모았다. 두근두근 심장이 뛰었다. 죽어서도 심장은 뛰는구나. 죽음이란 정말 별것도 아니었다.

콩닥콩닥 뛰는 심장 소리 사이로 세월의 풍파가 느껴지는 마른 목소리가 들렸다.

"어르신."

어르신. 척 듣기에도 이상한 호칭에 가영은 눈을 떴다. 눈에 들어온 것은 피처럼 붉은빛이었다. 그 빛 아래 모든 것이 흑백으로 느껴졌다.

분명 눈동자다. 짐승처럼 번뜩이는 눈동자가 피를 머금고 있었다. 눈꽃처럼 새하얀 피부 위에 떨어진 핏방울처럼 선명한 붉은색 눈동자는 메두사의 그것처럼 숨을 앗아 갔다. 마주한 순간 가영은 눈을 뒤집으며 정신을 놓았다.

"어르신."

관절염이 온 두 다리를 부여잡은 노인이 그를 불렀다. 남자는 가영의 손에 뜯긴 머리카락처럼 감겨 있는 송라를 발견하고 붉은 눈동자를 들어 절벽을 올려다보았다.

"송라가 핀 나무는 죽는다는 걸 모르는 모양이네."

송라는 소나무의 진액에 기생하며 산다. 송라가 자라난 나무는 필시 죽어 가고 있었을 것이다.

"어르신, 이만 돌아가시죠. 산이 어두워집니다."

남자는 제 품에 안겨 늘어진 여자를 가만히 바라보았다. 아직 젖살이 빠지지 않은 볼은 산의 매서운 바람에 발갛게 터 있었다.

"혼자 여기까지 올라왔나 보네. 제법이야. 안 그래?"

"글쎄올시다."

그는 노인의 대답에 아랑곳 않고 가영의 목덜미에 얼굴을 묻은 채

킁킁 냄새를 맡았다. 노인의 처진 눈매가 더 힘없이 처졌다.

"어르신, 이 늙은이는 안 그래도 앞이 안 보이는데 어두우면 더 안 보입니다."

그는 가영의 목덜미에서 얼굴을 떼어 내며 웃었다. 새하얀 이가 시원하게 드러났다.

"송라. 먹고 싶지 않아?"

"일없습니다."

그가 가영이 떨어진 절벽을 가리키며 묻자 노인이 정색을 했다. 송라를 다발로 준다고 해도 싫었다. 그는 그저 이 가파른 산등성이를 어서 내려가고 싶었다. 그래서 고집스럽게 시선을 산길에 둔 채 툭툭툭 허리를 쳤다.

남자는 가영을 바닥에 가만히 내려놨다. 여자의 손에 쥐어진 송라를 다시 한번 바라본 후 허리를 일으켰다. 그는 이제 집으로 돌아가 쉬고 싶어 안달이 나 있는 노인 옆으로 가는 대신 고개를 들어 가영이 떨어진 절벽에 시선을 두었다.

"어르신. 날이 춥습니다, 저는 이제 늙어서 칼바람에 삭신이 쑤신다고요!"

그의 눈이 반달을 그리며 잔인하게 웃었다.

"제발 좀 갑시다!"

노인이 울며 애원했지만 남자는 그 자리에서 흔적도 없이 사라졌다. 바닥에 떨어진 나뭇잎들만 달싹거리며 가영의 얼굴 위로 흩어졌다.

수환은 근무 차량에서 내려 찌뿌둣한 몸을 움직였다. 이리저리 허리를 비틀고 하품을 한 번 한 이후에 그는 발걸음을 옮겼다. 외근을 나갔다가 돌아온 경찰서 안이 난리법석이었다. 하얗게 머리가 센 노부인이 형사 한 명의 멱살을 잡고 고함을 질러 대더니 이내 바닥에 털썩 주저앉아 버린 것이다. 벗겨진 낡은 구두가 저만치 떨어져 있었다.

"이놈들아! 범죄자는 사람 아니냐! 사람 아니야! 내 아들놈도 나도, 똑같이 세금 내며 산다. 늬들 우리가 내는 세금으로 먹고사는 것 아니야!"

노부인은 울부짖으며 땅을 쳤다. 핏발이 선 손등은 젖은 비닐처럼 얇게 주름져 있었다.

수환은 웅성거리는 동료들 중에서 영길을 찾아냈다. 키가 멀대처럼 큰 놈이라 단박에 눈에 띄었다. 그는 인상을 찡그리며 곤란해하는 제 파트너에게 다가가 물었다.

"뭐야? 누구야?"

영길은 수환을 발견하더니 골치가 아프다는 듯 끙 앓았다.

"아, 왜 강진욱이라고, 8년 전에 지 아들 패 가지고 죽게 만든 새끼 있잖아요. 저수지에 사체 절단해서 가져다 버리다 걸린 놈."

수환의 미간이 한층 더 구겨졌다.

"그 도박 중독자 새끼?"

당시에 검찰은 그에게 20년을 구형했다. 그러나 법원은 살인에 고의성이 없다고 판단해 8년 형을 선고했다. 이제 막 다섯 살이 된 아들을 개 잡듯 패 죽였는데도 말이다.

"네."

영길의 대답에 수환의 눈길이 다시 노부인에게로 오롯이 쏠렸다. 놈의 집은 꽤 부유했었다. 부친은 은행의 지점장을 했고, 돌아가시며 대형 아파트와 시골의 땅, 10억 가까이 되는 현금을 재산으로 남겼지만 강진욱이 카지노에 빠지며 모든 돈을 탕진했다. 한때는 사모님 소리를 듣고 살았을 그의 모친은 허름한 바지와 시장에서 샀을 법한 낡은 점퍼를 걸친 채 부르트고 갈라진 손으로 바닥을 치고 있었다. 고생으로 푹 꺼진 마른 눈에서 연신 눈물이 흘렀다.

"휴대폰도, 돈도, 다 그대로인데 진욱이만 없어졌어. 어디 가서 고꾸라졌는지 나자빠졌는지…… 아니면 어디서 몹쓸 짓을 당한 것인지…… 죽었으면 시체라도 찾아야 할 것 아니야. 이놈들아. 그놈이 짐승만도 못한 놈일지라도 나한테는 새끼야. 내 배 아파 낳은 내 새끼라고……. 남들이 뭐라고 손가락질해도 나한테는 어여쁜 자식 놈이라 이 말이야."

"실종 신고를 경찰서에서 안 받아 줬나 봐요. 다 큰 어른이 무슨 일이 있겠냐고 그냥 기다리시라 했더니 저 난리시네요. 근데 선배 오늘 고향 내려간다 안 했어?"

"이제 갈 거야. 실종된 지 얼마나 됐다는데?"

"몰라. 1년 넘었대. 아휴, 선배."

영길은 수환의 어깨를 툭 쳤다.

"신경 꺼. 지 새끼 죽이고도 8년 감방에서 살 동안 억울하다고 항소하고 개잡지랄하던 놈 어디서 뒈지든 알게 뭐야. 지 죗값 치른 거지. 애미가 되어 가지고 지 새끼를 그런 사람만도 못한 놈으로 키워 놓고 여기 와서 행패 부리니…… 애미나 새끼나 그게 그거네. 그게 그거야."

영길은 세상이 말세라는 듯 혀를 차며 로비를 빠져나갔다. 노모는 자리를 털고 일어나 아무 사람이나 바짓가랑이를 잡고 매달렸다.

"내 아들 좀 찾아 주소. 내 아들 좀 찾아 줘요."

푹 꺼진 그녀의 눈이 수환을 향했다. 수환이 움찔해 뒤로 주춤대자 노인이 득달같이 달려들어 그의 옷깃을 붙들었다.

"경찰 양반! 경찰 양반! 수사 좀 해 줘요. 늙은이 살리는 셈 치고, 내 아들, 시체라도 찾게 도와줘요!"

울부짖는 노인의 작은 눈에 절망과 광기가 어렸다. 번뜩이는 흐린 눈을 보며 수환은 진땀을 흘렸다.

무명(無名)

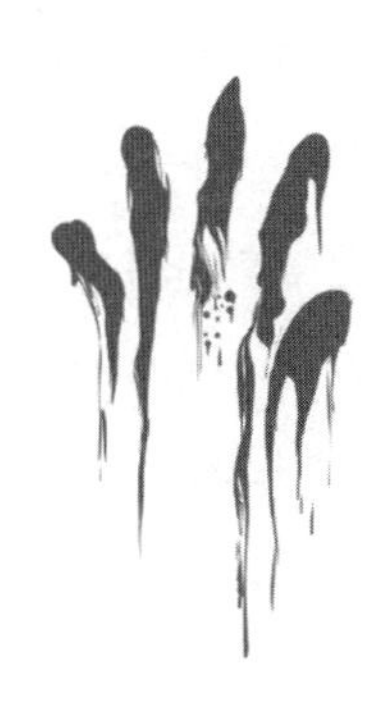

아무래도 마음에 걸렸다. 고향으로 내려가는 동안 자꾸만 노인의 구슬픈 얼굴이 잔상처럼 어른거렸다. 그는 마을 어귀에 차를 세우고 휴대폰을 집어 들었다.

— 네, 선배.

"어, 야. 그 강진욱이 있잖아."

— 아…….

영길이 탄식했다.

— 선배. 그냥 무시하시라니까.

"아무리 좆같은 새끼라도, 할머니한테는 혈육인데 불쌍하잖아 노인네가."

— 경찰서 쳐들어와서 형사 여럿 잡았는데 불쌍하긴 뭐가 불쌍해!

수환은 자신의 바지 뒷주머니에서 쪽지를 꺼내 들었다. 노부인이 사정을 하며 그의 손에 쥐여 준 것이었다. 정갈하게 꾹꾹 눌러쓴 글씨로 강진욱의 이름과 나이, 주민등록번호와 주소, 전화번호 등이 차례대로 적혀 있었다. 제발 부탁한다며 눈물을 뚝뚝 흘리던 노인의 충혈된 눈동자가 한 글자 한 글자에 알알이 박혔다.

"그 새끼 마지막에 살던 데가 석조동이라며. 우리 어차피 다른 실종 사건 때문에 석조동 가 봐야 하잖아. 그러니까 그냥 겸사겸사해 보자는 거지."

— 아니, 우리가 범죄자 실종 전담팀이야? 왜 맨날 뒤 구린 놈들만 찾아내야 돼?

수화기 너머 불만이 터져 나왔다.

수환은 백미러에 자신의 얼굴을 비추었다. 면도할 시간이 없어 퍼런 턱수염이 까끌하게 자라 있었다. 그는 손으로 턱을 쓸었다. 무죄 판결을 받긴 했지만 엄연히 강간 전력이 있는 실종자를 찾는 지금의 업무가 수환 역시 탐탁지 않았다. 하지만 그래도 별도리가 없었다. 강간범이건, 살인마이건, 법과 도덕에 어긋나는 피해를 겪었다면 그들도 똑같은 피해자였다. 수환은 거기에 선입견이 있어서는 안 된다고 생각했다. 좆같긴 하지만 그게 법이고, 정의이고, 도덕이었다.

"그러니까. 빨리하고 끝내자고. 어?"

— 어휴, 알겠어요. 선배. 고향 잘 다녀오고, 다녀와서 봅시다.

"그래. 수고해라."

수환은 전화를 끊고 다시 운전대를 잡았다. 한결 마음이 편했다.

동네는 그가 살 때보다 더 적막했다. 그래도 그때에는 마을 어귀에 한두 집 정도는 있었고, 멀지 않은 곳에 또래의 아이가 서넛 정도는 살고 있었는데, 지금은 초입부터 폐가만 가득했다. 아무리 점집을 한다지만 이런 을씨년스러운 동네에 계속해서 살겠다는 모친의 고집을 이해할 수가 없었다.

"이런 데서 무슨 장사를 해서 밥벌이를 한다고……."

수환은 산자락으로 들어가는 좁은 돌다리 앞에 차를 세우고 구시렁댔다. 트렁크에서 커다란 배낭을 꺼내 어깨에 걸쳐 메자 멀리서 제 이름을 부르는 소리가 참새 소리처럼 들려왔다.

"수환 오빠! 수환 오빠!"

수환은 입가에 미소가 떠올랐다. 햇빛에 인상을 찡그리고 돌다리 너머를 쳐다보았다. 가영이 토끼처럼 팔짝거리며 쏜살같이 뛰어왔다.

"야, 넘어져! 넘어져!"

아니나 다를까, 넘어지니 조심하란 말을 끝내기도 전에 가영은 돌다리에서 철퍼덕 넘어졌다.

"저거 봐, 저거!"

그는 배낭을 어깨에 붙들어 메며 서둘러 걸음을 뗐다.

"야, 너는 어떻게 된 애가 허구한 날 자빠지냐, 자빠지길!"

수환이 가영의 겨드랑이 밑에 손을 넣고 일으키자 가영은 종잇장처럼 딸려 올라갔다.

"괜찮아? 안 다쳤어?"

"응."

강아지처럼 순한 눈을 싱긋 접으며 그녀는 헤헤헤 웃었다.

수환은 동생이 없었다. 부친이 누구인지도 모르고, 갓난아이 때부터 엄마와 단둘이 살았다. 동네에 친구들이 살긴 했지만 멀었고, 엄마가 무당이란 이유 때문인지 어른들은 제 자식들이 수환과 어울리는 것을 탐탁지 않게 여겼다. 자연히 상처받고 외로운 날들이 더 많았다.

그런 수환에게 가영은 집으로 굴러들어 온 복덩이였다. 덩치도 크고 또래보다 더 겉늙어 보이는 자신을 무서워할 법도 한데, 부모에게 버림받고 정붙일 곳이 없었던지 가영은 막 알을 깨고 나온 새끼 병아리처럼 수환을 잘 따랐다. 가영이 오고 나서 수환은 별다른 외로움이나 괴로움을 느끼지 못했다. 그 후로 10여 년 동안 가영은 눈에 넣어도 아프지 않을 소중한 여동생이었다. 그는 가영의 흙 묻은 바지를 손으로 툭툭툭 털었다.

"오빠, 내가 능이버섯이랑 두릅이랑 냉이된장국도 했어!"

가영은 잔뜩 상기된 얼굴로 수환의 소맷자락을 꼭 쥐고 떠들었다.

"엄마는?"

"머리도 아프고 허리도 아프다고 누워 계셔. 비 오려나 봐."

경옥은 몇 년 새에 부쩍 몸이 안 좋아졌다. 앓으며 누워 있을 때가 많아, 그나마 찾아오는 손님도 받지 못할 때가 더 많았다. 수환이 매달 생활비를 보내 주긴 하지만 푼돈이었다. 단출한 세간살이로 그나마 잘 살고 있는 건 가영이 있어서다. 녀석이 낡은 집안 살림도 잘 돌보고, 틈틈이 텃밭도 가꾸고, 산이며 들이며 뛰어다니면서 약초도 캐고 나물도 캐 온 덕이었다. 수환은 제 가슴께에 오는 가영의 머리통을 다정하게 쓰다듬었다.

"네가 고생이 많다."

경옥은 자리에 몸져누워 있다가 '나 왔어!' 하는 아들의 소리에 문을 열었다. 편두통이 심해 머리에 띠를 묶지 않으면 견딜 수가 없었다. 게슴츠레 뜬 눈으로 덩치 큰 아들과 강아지처럼 졸졸 따르는 가영을 눈으로 대충 훑고 나서 경옥은 자리를 털고 일어났다.

"병원은 다녀왔어?"

수환이 배낭을 내려놓자 가영이 얼른 그것을 받아 들었다. 수돗가로 가 배낭에 잔뜩 든 빨랫감을 능숙하게 골라냈다.

"아프면 전화라도 할 것이지."

아들의 핀잔에 경옥은 코를 들이켰다.

"전화하면 올 수나 있고?"

"차라도 한 대 뽑자. 어?"

수환은 쯧쯧 혀를 차며 말했다.

"운전을 누가 하라고 차를 뽑아?"

"엄마 운전면허 있잖아."

"장롱면허야. 그리고 환자가 운전해서 병원 가는 거 봤어?"

수환의 눈길이 자연스레 제 옷가지를 골라내는 가영에게로 향했다.

"저거는 나이만 먹었지 모지리라 면허 못 따."

경옥이 수환의 눈빛을 읽고 답했다.

"가영이가 왜 모지리야? 정규 교육을 안 받아서 그렇지, 나는 이름도 모르는 약초며 나물이며, 풀이며 달달 외고 다니더구먼."

"여기서 자라 본 게 그건데 그거야 당연한 거고. 읽고 쓰는 것만 알지 셈도 제대로 못 하는 애가 뭘 해."

"가르쳐는 봤어?"

경옥은 두통이 오는지 인상을 찡그리며 머리를 짚었다. 수환은 입술에 침을 바르고 바짝 몸을 당겨 앉았다.

"지금이라도, 검정고시라도 좀 보게 하면……."

"아서! 지 애미 애비도 죽고 없는 사람 취급 하는데 생판 남인 우리가 뭐 하러. 그리고 지금 이 집 저 계집애 없음 안 돌아가. 나는 재가 밥 안 해 주면 굶어 죽어. 지금이 딱 좋아."

경옥은 그렇게 말하고 다시 끙끙 앓으며 자리에 누웠다. 수환은 모친을 흘겼다. 모진 말이어도 경옥의 말이 맞긴 했다. 경옥은 가영이 돌봐 주지 않으면 아무도 없는 이 산골에서 내일 당장 나자빠져 시체로 썩어 가도 누구 하나 눈치채지 못할 것이다. 가영이 있기 때문에 수환도 엄마 걱정 덜하며 자기 일에 매진할 수 있었다.

하지만 아무리 그래도 가영을 영영 저렇게 살게 내버려 둘 수는 없는 일이다. 경옥이 저대로 끙끙 앓기만 하면 서울로 모시고 올라가야지. 가영이도 데려가서 학원이라도 보내야지. 수환은 엄마의 마르고 굽은 등을 쳐다보며 저 혼자 계획을 세웠다.

가영이 차린 밥상은 소담스럽고 맛깔났다. 냉이가 들어간 된장국에 두릅무침, 텃밭에서 따 온 가지로 만든 볶음, 김치전까지 한 상 거하게 먹고 나니 오랜만에 만족스럽게 밥을 먹어서인가, 미련하게도 잠이 쏟아졌다.

가영은 수환이 잘 동안 열심히 상을 치웠다. 찬물에 호호 손을 불어 가며 설거지까지 마친 후 수환이 일어날 때까지 기다렸다가 미리 송라를 넣고 달여 놓은 차를 냉큼 쥐여 주었다. 수환은 떨떠름한 맛에 입맛을 다시면서도 가영의 기대에 찬 눈빛에 못 이겨 단숨에 입안으로 털어 넣었다.

"이거 무슨 물이야?"

"송라물."

"……송라?"

"응, 몸에 엄청 좋은 거래. 내가 뒷산 갔다가 발견했어."

빈 그릇을 받아 든 가영이 만족스럽게 웃었다. 그 웃음이 너무 해맑아서 더 측은해 보였다.

수환은 방에서 나와 신발을 신고 가영의 손을 잡아끌었다.

"어디 가게?"

"오빠랑 산책하자. 여기저기."

수환은 가영을 데리고 읍내로 향했다. 가영은 유난히 단 음식들을 좋아했다. 아마 산골에 살면서 구경하기 힘든 거라 더 그런 것 같았다. 수환은 읍내에서 가장 비싼 베이커리집에 들러 예쁜 은박지에 포장된 초콜릿 상자를 가영의 손에 쥐여 주었다.

"오빠, 우리 기범 할배네 들렀다 가자."

가영의 말에 수환의 미간이 좁혀 들었다.

"기범 할배?"

기범 할배는 그 동네에서 알아주는 난봉꾼이었다. 젊었을 때는 무척 잘생기고 호탕하여 따르는 사람도 많았다. 그러나 인물이 좋으면 얼굴값을 한다고 멋에 죽고 멋에 살던 그는 처만 세 번을 얻었다. 배다른 자식들을 낳았고, 밖에서 낳아 온 자식도 있었지만 가정 폭력이 너무 심할뿐더러 무능했던 탓에, 지금은 늙고 힘없는 그를 거두어 먹일 자식이 없었다. 모두들 아버지라면 진저리를 쳤다.

그나마 동네 사람들이 잔정으로 챙겨 주어 간신히 먹고사는 것을 유지하고 있지만 젊었을 때도 거칠었던 성격은, 늙은 후 더 폭력적으로 변해 지금은 동네 사람들도 그를 골칫거리로 생각했다. 차라리 그냥 빨리 뒈졌으면 좋겠다는 말도 심심치 않게들 했다.

가영은 풀 죽은 눈을 하면서도 고집스러웠다. 수환이 대신 메고 있는 자기 배낭을 조심스럽게 열어 병 하나를 꺼냈다. 저를 주었던 것과 똑같은 색의 물이 든 플라스틱병이었다.

"그거 기범 할배 주게?"

"응."

수환은 가영의 수줍어하는 두 눈을 들여다보았다. 동네에서 천치소리나 들으면서 이 집 저 집 챙길 건 다 챙기고 다니는구나. 이걸 진짜 천치라고 해야 하나 아니면 마음씨가 곱다고 해야 하나. 그녀의 송아지처럼 맑은 눈이 할 말을 잃게 만들었다.

"이리 내."

수환은 가영에게서 부드럽게 병을 빼앗아 갔다. 기범 할배네 집으로 향하는 방향으로 앞장서며 그는 엄한 목소리로 경고했다.

"너 혹시나 혼자서 기범 할배네 가지 마. 알겠지?"

"하지만 기범 할배네는 아무도 안 가려고 하는걸."

"그 할아버지가 괴팍하게 구니까 그렇지."

"그래도 되게 정 많아서 지난번에 갔을 땐 뻥튀기도 주고, 사과도 주고, 배도 주고, 먹을 거 엄청 많이 주셨어."

저 챙기는 건 가영 하나뿐이니 당연히 잘해야겠지.

"그 할아버지 이제 술 안 마셔?"

"가끔 마시는 거 같아."

"그 할배 술 마시면 완전 미친개잖아."

"그래서 술 먹은 날은 안 찾아가. 슈퍼 아주머니가 알려 줘. 그 할배 오늘 술 마셨다, 안 마셨다."

기범 할배가 사는 골목 어귀에 들어섰다. 길모퉁이에 자리 잡은 슈퍼 앞 평상에서 슈퍼 주인인 강 씨가 막걸리를 들이켜다 말고 수환에게 알은체했다.

"어이고, 형사님 오셨어!"

수환은 빙긋 웃으며 고개를 숙여 보였다.

"안녕하셨어요."

"엄마네 왔어?"

"예. 짬 나서 잠깐 들렀어요."

수환의 신분은 무당집 사생아에서 서울에서 가장 큰 경찰서에서 일하는 고매하신 형사 나으리로 격상되어 있었다. 이제 동네 사람들은 무슨 일이 날 때마다 수환의 이름을 팔고 다녔다. 내가 서울에서 잘나가는 형사를 안다는 것이 저들이 불리할 때마다 흘러나오는 레퍼토리였다.

"아휴, 수환이 왔구나?"

슈퍼 안에서 먼지떨이로 청소하던 아주머니가 목소리를 높이며 반가워했다.

"예."

"장 보살은 아직도 몸 안 좋아?"

"네. 이제 늙으셨나 보죠, 뭐."

수환이 멋쩍게 웃으며 대답하자 아주머니가 혀를 차며 아쉬워했다.

"어휴, 빨리 나아야 할 텐데. 요새 일이 너무 안돼서 부적이라도 쓰고 싶은데, 앓아누워 있으니 찾아가지도 못하고 이거야 원……. 아니, 근데 아무래도 그 뒷집이랑 뭐가 있는 거 같어."

뒷집? 수환의 고개가 한쪽으로 찔그러졌다.

"그 왜 귀신 사는 집 있잖아."

수환의 기억에도 산골에서 가장 깊이 있는 그 뒷집은 항상 사람이 없었다. 그래서 늘 폐가 특유의 을씨년스럽고 음산한 분위기를 띠었다. 자라 오면서 보아 온 집인데 그게 왜 이제 와 문제가 되지?

"거기 그 뭐야. 웬 할아버지랑 저기 웬 손주랑 들어와 산다며?"

아주머니의 말에 막걸리를 한 사발 더 들이켠 강 씨가 소매로 입매를 문지르며 끼어들었다.

"그래. 아무래도 나이 차가 있어 보이니까 자식 같지는 않고 손주 같은데, 행색이 말도 못 해. 하긴 뭐, 그런 폐가에 멀쩡한 사람이 들어와 살 리야 없지만. 아무튼 둘 다 제정신으로 사는 사람은 아닌 거 같어. 그 손자 놈은 눈이 멀었나. 붕대로 칭칭 감고 다니더만. 옷 입은 꼬락서니 하며 얼굴에 붕대 감은 꼴을 보니 정신병자 같기도 하고……."

남편의 맞장구에 아주머니가 입술에 침을 바르더니 평상에 본격적으로 엉덩이를 대고 앉았다. 여자는 물 만난 고기처럼 입을 뗐다.

"내가 저기 밑에 사는 약국 송 씨 이야기 들어 보니까, 그 할아버지 돈 억—수로 많았대. 근데 아들놈이 그거 몽땅 들고 튀었다더만— 그래 가지고 병신인 손자만 데리고 저렇게 산대 글쎄. 세상 말세지 정말. 지 애비랑 자식은 폐가에 버려두고 지 혼자 살겠다고. 그러니까 자식새끼는 키워 봤자 소용이 없다니까."

약국의 송 씨는 명문대를 나왔다는 이유만으로, 동네 사람들의 절대적인 신뢰를 얻지만 그의 입에서 나온 말들의 대부분은 허풍이었다. 그의 대학졸업증명서는 과연 진품인지 수환은 그게 늘 의심스러웠다.

"아휴, 아무튼 그 사람들이 그 집에 들어오고 나서 이상하게 장 보살 몸이 더 안 좋아진 거 같아."

아주머니는 수환의 소매를 잡고 흔들었다.

"그 집 좀 수상하지 않아?"

"……."

"그 손주 놈 행색도 그렇고. 아무리 뭐 마을이 다 죽어 가서 누구라도 받아야겠다지만, 그치들은 어째 으스스해— 꼭 터귀신들마냥……."

아주머니는 그러며 팔뚝에 닭살이 돋는지 두 손으로 연신 제 팔을 쓸어내렸다.

"수환이 네가 조사 좀 해 봐. 너는 형사잖아."

"……."

아무리 형사라도 아무 데나 발 들이밀고 '나 형사니까 집 좀 봅시다' 할 수는 없는 일이었다. 그러나 동네 사람들은 수환의 형사 배지가 만능 키라도 되는 양 굴었다. 그들은 외지인에 대한 선입견이 심했다. 한동네에 오랫동안 살다 보면 밖에서 온 사람들이 자연스럽게 눈에 띄고 주민들의 입에 오르내린다. 보통 좋게 평가되는 이들은 없었다. 말년에 터를 잡으러 들어왔다가, 동네 사람들의 텃세가 심해 나간 외지인들도 여럿 되었다.

이야기를 듣자면 자식에게 버림받은 할아버지와 아빠에게 버림받은 아들이 힘겹게 정착했다는 것으로 요약되었다. 측은하게 여겨 도와주어야 할 대상으로 보이지 경계해야 할 대상으로는 여겨지지 않았다. 잘못하면 또 애먼 사람들 잡아, 내쫓을지도 모른다. 수환에게는 그런 맥락으로 받아들여졌다.

"뒷산에 좀 가 보자."

기범 할배네 들러 물건을 전하고 오는 길에 수환이 가영의 손을 잡고 끌었다.

"나, 나, 나, 나, 나는 안, 안 갈래."

가영은 화들짝 놀라더니 머리를 빠르게 도리질하며 뒤로 물러섰다.

"왜? 너 뒷산 가는 거 좋아하잖아. 버섯이며 나물이며 그 송라인가 뭐시기인가도 산에서 따 온 거 아니야?"

"마…… 맞아."

대답하는 목소리가 속삭이듯 작았다.

그날의 기억은 뒤죽박죽이었다. 그날 절벽에서 떨어진 이후, 정신을 차리고 보니 가영은 떨어진 그 자리에 반듯하게 누워 있었다. 그리고 자신이 메고 온 배낭과, 손에 쥐고 있었던 것보다 훨씬 더 많은 양의 송라가 머리맡에 가지런히 놓여 있었다.

일어나자마자 그저 살아 있다는 것에 안도했다. 그러고는 짐을 챙겨 도망치듯 산에서 뛰어내려 왔다.

가영은 자신이 죽음을 보았다고 생각했다. 아늑하고 향기가 좋은 죽음은 대체적으로 피처럼 새빨갛게 각인되었다. 그 붉은 눈동자. 죽음은 가영에게 그 눈동자의 색이었다. 죽음이 달콤하고 아늑해서 더 무서웠다. 선연하게 남아 있던 그 눈동자는 매일 밤 악몽으로 찾아왔고 가영은 강렬함에 압도되어서 매일 밤 가위에 눌리고 진저리치듯 잠에서 깨어났다. 자신이 어떻게 죽음에서 벗어난 것인지 알 수 없다.

그러나 그 몽환적인 경험. 그게 꿈인지 생시인지도 분간할 수 없는 아주 이상한 경험을 가영은 누구에게도 설명하거나 물어볼 수가 없었다. 갖고 있는 짧은 지식과 단어들로는 감히 표현할 수도 없었다. 그리고 그것을 비밀로 간직하면 간직할수록 점차 더 무섭게 느껴졌다.

수환은 이상하게 뒤로 빼는 가영을 수상쩍게 쳐다보다 웃음을 터트렸다.

"야. 너 혹시 슈퍼 아주머니 이야기 때문에 그래?"

가영은 대답이 없었다. 수환은 가영의 이마를 가볍게 손가락으로 퉁 쳤다.

"그런 말에 솔깃하면 못써."

"정말 이상한 사람이면, 그 귀신이면…… 만약에 터귀신이면 어떻게 해?"

"가영이 너 동네 사람들이 너보고 바보라고 하지?"

"응."

"그런데 너 정말 바보야?"

모두가 널 바보라고 하지만 사실 넌 바보가 아니듯, 사람들이 하는 말이 모두 옳은 것은 아니라고, 때론 말도 안 되는 소리를 하기도 한다고, 수환은 그렇게 예를 들어 가영을 설득할 작정이었다. 그런데,

"응."

가영은 한 치의 망설임도 없이 답했다.

"뭐!"

수환이 그 순진무구한 대답에 언성을 높였다.

"네가 바보라고?"

"응."

가영은 고개를 끄덕였다.

"누가 너보고 바보래!"

"동네 사람들이. 보살님도 그러고."

"아니야!"

수환은 나무라듯 부정했다.

"너 바보 아니야! 네가 왜 바보야? 너 이렇게 똑똑한 바보 봤어?"

"그치만 나 곱셈 나눗셈도 제대로 못 하잖아. 나 공부도 안 했고,

학교도 안 다녔고, 아는 것도 없고……."

"안 배웠으니까 그렇지! 똑똑한 사람도 안 배우면 몰라!"

가영은 대답 대신 눈을 깜빡였고 수환은 가영의 손을 다부지게 잡았다.

"네가 얼마나 똑똑한데. 나는 못하는 집안일 얼마나 잘하냐. 밥은 또 얼마나 잘하고. 텃밭은 또 얼마나 잘 가꿔? 그게 어디 쉬워?"

수환은 가영의 손을 잡고 걸음을 뗐다. 가영은 멍하게 그에게 보폭을 맞췄다.

"누가 너보고 멍청하다고 그러면 가서 그냥 확, 면상을 긁어 버려. 알겠어? 너 알지? 오빠 형사인 거. 오빠가 책임질 테니까 그런 소리 하는 놈 있으면 아주 그냥 줘 패 버려. 알겠어?"

가영은 그 말에 배시시 웃었다.

"그리고 너, 오빠 귀신 잡는 해병대인 거 알아 몰라. 어? 딱 나만 믿고 따라와."

수환이 오버해서 말하자 가영이 키득키득 웃음을 터트렸다. 저의 손을 가득 잡은 단단한 바위 같은 수환의 손을 바라보니 아무래도 좋다는 생각이 들었다. 마음에 살랑살랑 봄바람이 분 것처럼 간지러웠다.

남자는 몸을 숙이고 분주히 잡초를 뽑고 있었다. 바람에 짤랑거리는 풍경 소리, 고즈넉한 바람 소리를 빼면 사방은 모두 평화로운 침묵에 잠겨 있었다.

"부일."

남자가 손을 멈추고 누군가를 불렀다. 노인은 그 소리에 '어이구, 어이구' 소리를 내며 몸을 일으켰다. 들풀이 한껏 자라 있는 밭두렁 너머로 젊은 남녀가 희미하게 보였다. 안 그래도 노안이 와 눈앞이 가물가물한데 희미한 형체를 바로 보느라 거북목을 빼고 눈살을 구겼다.

뒷집은 늘 덤불에 가려져 제대로 보이지도 않았지만, 집 밖으로 사람이 나와 있는 것도 처음 보았다. 가영은 그 풍경이 신기했다. 마을 사람들의 말대로 남루한 차림의 노인과 눈에 낡고 더러운 붕대를 칭칭 감은 청년이 보였다. 그저 귀신이 사는 집이라고 생각했는데 눈으로 목격한 두 남자의 모습은 사람들이 말하는 것처럼 무섭거나 이상해 보이지 않았다. 오히려 너무 남루하고 보잘것없어서 측은하게 느껴졌다.

"안녕하세요!"

수환이 큰 소리로 인사를 했다. 두 남자는 여전히 멀뚱멀뚱 서 있었다. 이 상황이 낯선 것처럼 보여 수환은 더 활기찬 목소리로 말을 이었다.

"여기 앞집에서 왔어요! 잠깐 들어가도 될까요!"

건장한 목소리가 쩌렁쩌렁 울렸다.

"어쩔깝쇼?"

노인이 허리를 짚고 서서 물었다. 청년의 입꼬리가 아주 서서히, 희미하게 움직였다.

"오라고 해."

노인은 길게 한숨을 내쉬고 손을 허공으로 들고 꺼덕거렸다.

"가자."

수환은 자신의 등 뒤에 애매하게 숨어 있는 가영의 손을 잡고는 신나게 밭두렁을 내려갔다. 가영은 밭두렁으로 끌려 내려가며 휘청거렸다. 그녀는 눈에 붕대를 칭칭 감은 청년에게서 눈을 떼지 못했다. 겉모습에서 오는 이질감 때문이기도 했지만 가까워지면 가까워질수록 마르고 병약해 보였던 청년이 조금씩 다른 모습으로 다가왔기 때문이었다.

남자는 그저 마르고 왜소한 것만은 아니었다. 곧은 목선 아래로 제법 다부지고 넓은 어깨를 지니고 있었고, 잡초를 고르던 흙 묻은 맨손은 굵은 핏줄이 튀어나온 완연한 사내의 것이었다. 새까만 머리카락과 그에 대비되는 새하얀 얼굴. 반쯤 가려진 반듯한 콧날 아래로 자리 잡은 붉은 입술은 매우 또렷했다. 부드럽고 가파른 턱선까지 조합해 보자면 그는 잘생겼다라기보다 예쁘다는 수식어가 더 잘 어울릴 듯했다.

"안녕하세요. 어르신."

수환은 노인에게 다가가 깍듯하게 인사했다. 푹 꺼진 눈두덩을 천천히 깜빡이며 노인은 고개를 끄덕였다. 표정에는 별다른 변화가 없었다.

"아랫집에 사신다고요?"

"아, 예. 돌다리 건너 바로 있는 집이요."

노인의 눈이 흘깃 가영에게로 옮겨 갔다. 수환이 가영의 어깨를 툭툭 치자 청년에게 넋을 놓았던 시선이 화들짝 옮겨 왔다.

"아, 안녕하세요."

노인은 끈덕진 눈길로 가영을 살폈다. 희미한 눈동자의 빛이 오묘했다. 어쨌든 관심이 있는 모양새다.

"제 동생이에요. 근데, 저쪽은 손주분이세요?"

"아…… 저기…… 여기……."

수환이 청년에게 눈길을 주며 묻자 노인은 말을 얼버무렸다. 무심한 척하고 있으나 사실 그에 대해 설명하기가 어려웠다. 두세 걸음 떨어져 있던 청년은 노인의 더듬거림을 알아들은 듯이 조심스레 다가왔다. 발걸음은 맹인이라고 생각되지 않을 만큼 가볍고 유려했다. 청년이 제 옆에 서자 노인은 곁눈질로 가영과 남자를 살피다 다시 물었다.

"근데, 저기 동생분은 올해 나이가 몇이오?"

"아, 올해 스물 됐습니다."

수환은 아직 어려워하는 가영 대신 대답하며 착하게 웃었다.

"손주분은 나이가 어떻게 돼요? 가영이 또래로 보이는데."

"아……."

"스물입니다."

노인이 대답하기도 전에 남자가 입을 열었다. 그러자 수환과 가영은 동시에 놀랐다. 마냥 연약해 보이던 겉모습과 달리 목소리는 깊고 진중했다. 제 또래의 남자를 포함해, 이성을 제대로 만나 본 적이 없는 가영에겐 지금껏 태어나 들어 보았던 목소리 중 가장 힘 있고 듣기 좋은 음성이었다.

"그럼 우리 가영이랑 친구네."

수환은 반색했다. 어쩐지 아직 소년티를 벗지 못한 것 같은 모습이 또래일 거라 짐작은 했지만 딱 동갑이라니 더 반가웠다. 가영은 한 번도 제 또래랑 살갑게 어울려 본 적이 없어서 동네에 동갑내기 친구가 있다는 것은 무척 좋은 일이었다. 비록 장애가 있었지만 그래서 더 좋을지도 모른다. 자신이 부족하니 가영을 함부로 업신여기진 못할 것이다. 또한 눈앞이 보이지 않으니 가영의 꾸미지 않은 겉모습으로 그녀를 판단하지도 않을 터였다. 그저 가영의 고운 심성과 맑은 목소리만으로 그녀를 판단할 것이다.

또래 친구라는 말에 가영의 조심스러웠던 눈이 반짝였다.

"잘됐다. 어르신, 잘되었네요. 또래 친구도 있고. 가영이가 동네에 모르는 게 없거든요, 오래 살아서. 필요한 거 있으면 물어보시면 뭐든 도움이 될 거예요."

"아…… 그래요?"

노인은 멀뚱하게 되물었다. 그는 웃음에 박한 듯하나, 한참 어린 수환에게 꼬박꼬박 존댓말 하는 것을 보니 친절하고 사려 깊은 성정인 것 같았다. 노인은 경직된 표정으로 제 손주를 바라보았다. 노인에게는 이 상황이 어색해 보였는데 남자는 무척 편안한 듯했다.

"안녕."

그 듣기 좋은 목소리가 인사를 했다. 말 한마디 하지 않았는데 마치 보이는 듯 가영이 있는 방향으로 정확하게 고개를 틀었다. 앵두 같이 보기 좋은 입술이 호선을 그리며 올라갔다. 가영은 어쩐지 수줍어졌다.

"안녕."

가영이 조용히 인사하자 그의 얼굴에 말간 미소가 피었다. 벌어진 입 사이로 새하얀 치아가 보였다. 백자처럼 하얀 얼굴만큼 백자처럼 하얀 치아였다.

정신병자도, 거지도, 귀신도 아니다. 그 미소, 그 눈처럼 새하얗고 깨끗한 치아를 보는 순간 가슴 한편에 먹먹하게 자리 잡았던 공포나 두려움은 한순간에 날아가 버렸다. 수환을 빼놓고 누구도 가영에게 그토록 맑은 미소를 보여 준 적이 없었다. 그 가감 없는 호의에 가영의 가슴이 설레었다. 그녀는 어느새 수환의 뒤에서 벗어나 그에게 한 발 다가가 있었다.

"너는……."

'너' 라고 부를 수 있는 존재가 그동안 없었다. '너' 그 단순한 명칭을 말이다.

"너는 이름이 뭐야?"

"나는."

가영이 묻자 그는 입을 한 번 꾹 다물었다가 다시 방그레 웃으며 대답했다.

"나는 무명이야. 무명."

무명. 무명. 무명.

가영은 그의 이름을 속으로 백 번도 천 번도 넘게 되뇌었다. 넘실넘실 넘치는 따듯한 마음이 벌써부터 그에게로 가닿고 있었다.

친구가 되고 싶어

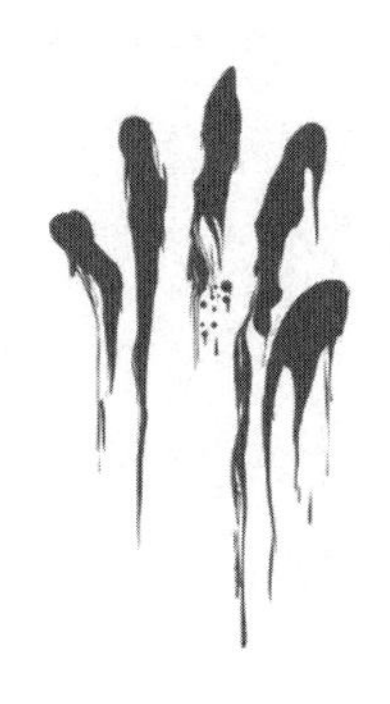

오물오물 씹다가 멈추고 느리게 다시 씹는 모양새가 어쩐지 불만스러웠다.

"짜."

무명은 젓가락을 식탁 위에 탁 소리 나게 내려놓았다.

씨부럴.

"다 들려."

소리 없이 입 모양으로만 욕했는데 어떻게 들었는지 그는 나지막이 경고했다. 그럼에도 불구하고 부일은 구시렁거리는 것을 멈추지 못했다.

내가 나이가 몇인데, 아직도 이렇게 수발을 들어야 하나. 허리도 아프고 다리도 아픈데, 매번 이렇게 매끼 밥을 해다 바쳐야 하나. 이젠 나도 노년의 행복을 즐기고 싶다. 살아생전 평생 종노릇한 거 말고 기억이 없다. 인생이 너무 고되다. 이젠 끝내고 싶다. 저놈만 좀 내 인생에서 사라져 주면 너무나 행복할 것 같다.

무명은 식탁 의자에 기대어 앉아, 입안에 남아 있는 시금치 줄기를 천천히 씹으며 부일의 소리 없는 아우성을 감상했다.

"허리도 아프고, 다리도 아프면 약을 좀 처먹든가."

부일이 그를 향해 눈을 부라렸다.

"일없습니다. 이젠 그 빨간색만 봐도 지긋지긋해. 그래서 음식 할 때도 고추를 안 써요. 내가."

"네놈은 몸보다 사고방식이 더 늙었어. 부일, 계속 이런 식으로 일하면 곤란해."

"어르신."

그는 붕대로 칭칭 감긴 무명의 눈을 쳐다보며 죽을상을 했다.

"저도 이제 살 만큼 살았습니다. 보십시오. 이거. 이거 봐요."

그는 자신의 검버섯이 핀 손등을 그에게 내밀었다. 자글자글하게 주름진 손이 바르르 떨리고 있었다.

"이제 손가락 까딱하기도 힘듭니다. 제가 어르신 밥만 해 드립니까? 집 안 청소에, 설거지에, 맨날 그 시뻘건 핏물이 잔뜩 묻은 빨래까지 다 하지 않습니까!"

"말은 똑바로 해야지. 집 안 청소는 너보다 내가 더 많이 하고 설거지는 식기세척기가 하고, 빨래는 세탁기가 하잖아. 햇빛에 널고 말리는 것도 힘들대서 건조기까지 들여놨더니 경거망동을 하네? 빨랫감을 머리에 이고 개울가로 나가 봐야 아, 내가 정말 편안하고 안락하게 살고 있구나, 뼈저리게 깨닫겠지?"

부일은 속이 부글부글 끓었다. 무명을 모시고 산 지 얼마나 되었는지 기억이 나지 않을 만큼 까마득하다. 그는 그 오랜 세월 동안 그에게 헌신했다. 오로지 단둘만이 존재하는 세상. 그의 뒷바라지를 하며 외로움도, 쓸쓸함도, 삶에 대한 미련도, 모두 다 놓았다고 생각했는데 몸이 죽어 갈수록, 세월이 지날수록, 시간이 점점 더 빠르게 스쳐 지나갈수록 그는 남은 자신의 인생을 좀 더 즐기고 싶었다.

그는 청년의 젊음과 패기를 지닌 무명의 곧고, 싱그러운 몸을 천천히 훑었다. 무명을 감당하기에 자신은 이미 너무 늙었다. 그냥 적당히 인생을 즐기다가 어느 순간 잠자듯 죽고 싶었다. 무엇보다 저 까탈스럽고, 짜증 나는 무명에게서 제발 좀 벗어나고 싶었다.

"어르신."

"왜."

"다른 집사를 좀 구해 보십시오."

어떤 면에서 무명은 참 외롭고 가엾은 존재였다. 세월의 풍파 속에 그는 타인에 대한 믿음과 사랑을 잃어버렸다. 시간이 지날수록 그의 인생은 더 퍽퍽했고 그에 따라 성격도 더 부러질 듯 단단해져만 갔다. 부일마저 그의 인생에서 사라지면 그는 저 혼자 고립될 것이 자명했다. 부일은 그가 점점 더 인간성을 잃어버릴까 그것이 늘 걱정되었다. 외로운 짐승이 되어 저 혼자 세상을 방황하다 길을 잃을까 봐 겁이 나기도 했다.

"싫어."

건성으로 내뱉은 무명의 대답에 측은지심은 훅 날아가 버렸다.

"왜! 왜 싫어요! 왜!"

"귀찮으니까."

안 그래도 부들부들 떨리는 노인의 손이 덜덜덜덜덜 더러덜덜덜리드미컬하게 요동쳤다.

"그럼 차라리 나를 죽여 줘요!"

무명은 짜다고 타박하던 시금치를 한 젓가락 더 들어 보란 듯이 입에 넣고 찬찬히 씹었다. 개소리하지 말라는 태도였다.

저 육시럴 놈!

"죽여! 날 죽여 달라고!"

"지겨워."

"지겹긴 뭐가 지겨워요! 허구한 날 사람 잡아 죽이는 게 일이면서!"

"시금치 짜단 소리 한 번 더 했다간 목이라도 매겠네."

"그럴 수 있으면 벌써 맸수다!"

부일은 목에 핏대를 세웠다.

"죽을라고 하면 살려 놓고! 죽을라고 하면 살려 놓고! 죽고 싶어도 매번 못 죽게 강짜 놓으면서!"

"언제는 불로불사하고 싶다며?"

무명의 무감한 말투에 그는 힘없는 두 손으로 식탁 모서리를 꽉 잡았다. 아마 조금 힘이 있었으면 그대로 상을 들어엎었을지도 몰랐다.

"언제 적 이야기를 하는 겁니까, 대체! 그때는 그렇게 애걸해도 들은 척도 안 하더니! 이제 와 다 늙은 몸뚱이로 불로불사는 무슨! 이쯤 하면 됐다 이겁니다!"

부일은 씩씩거렸다. 눈은 침침해지고, 관절은 아프고, 이리 누워도 저리 누워도 뼈마디가 쑤셨다. 단잠을 든 적이 별로 없고, 몸이 찌뿌둥하지 않은 날도 별로 없었다. 이젠 늙어서 입맛도 없고 음식이 짠지, 단지, 싱거운지도 잘 느껴지질 않는데 저놈은 천년만년 청춘을 누리면서 팔자 좋은 이야기나 하고 있었다.

"네놈이 현명해진 건가?"

"그냥 사는 것에 지친 거외다."

무명의 입가에 쓴 미소가 어렸다. 과거 부일은 죽음이 저주라고 여겼다. 그러나 무명과 함께 있으면서 점차 죽음이 축복일지도 모른다고 생각하기 시작했다. 인생의 끝을 모른다는 것은 마침표가 없는 문장을 계속해서 무의미하게 이어 나가는 것과 다름이 없었다. 결국엔 아무런 뜻도 없고, 의미도 없고, 아름다움도 없다. 무명은 건강하고 싱그러운 육체와 정신을 가지고 있지만 아마 지금의 그는 언제 시작되었는지도 모르는 그 뜻도 의미도 없는 문장을 지루하게 써 내려가고 있을 것이다.

그의 삶은 그의 겉모습과 꼭 닮아 있었다. 낡고, 허름하고, 너저분했다. 가만히 앉아 있으면 무명은 살아 있는 사람이라기보다는 박제된 마네킹 같았다, 영혼이 사그라진 그의 육체는 아름다웠지만, 그래서 더욱 처연했다. 부일이 조금 고민하더니 물었다.

"어르신. 이렇게 사는 거 지치지 않으십니까?"

반쯤 가려진 얼굴이 잘 보이지 않는다. 그러나 굳이 보지 않아도 그가 마네킹처럼 똑같은 표정을 짓고 있을 거라는 건 너무나 잘 알고 있다.

“저야 다 늙었고, 자연의 섭리에 따라 곧 죽을 테지만 어르신은 아직 젊고, 어리지 않습니까? 저는 한 번도 어르신이 제대로 삶을 누리며 사는 것을 본 적이 없습니다.”

“충분히 누렸어.”

전혀 충분치 않았다.

“어르신 이제 그만…….”

부일의 다음 말을 쾅쾅쾅 집 현관을 치는 소리가 막아섰다.

쿵쿵쿵!

“할아버지! 명이야!”

쿵쿵쿵!

“안에 계세요?”

“열어 주지…….”

무명이 젓가락을 들며 입을 열었다. 그러나 문을 열어 주지 말라는 그의 말이 채 끝맺기도 전에 부일은 관절염을 앓는 노인이라고 믿겨지지 않을 만큼 빠르게 현관으로 향했다.

“안녕하셨어요!”

가영의 밝은 목소리가 들려왔다. 저 망할 노인네가. 무명은 가영을 맞이하기 위해 제 입가를 손으로 닦았다.

“어, 식사 중이셨구나.”

여자의 목소리는 늘 천진했고 웃음이 묻어났다. 짹짹거리는 종달새 소리랑 비슷했다. 칙칙하던 집 안이 단박에 환해졌다.

“할아버지 더덕 좋아하세요?”

“더덕?”

부일의 목소리에도 덩달아 생기가 감돌았다.

"네. 더덕을 좀 가져왔거든요."

가영은 부일의 앞에 신문지로 덮은 그릇을 열어 보였다. 향긋한 더덕 향이 절로 났다. 부일은 식탁에 가만히 앉아 있는 무명을 곁눈질했다. 처음 아랫집 남자가 가영을 텃밭으로 데려왔을 때 무명은 분명 그치들에 대해 호기심을 가지고 있었다. 부일이 그 일에 대해 묻자 무명은 이 산자락에 남은 주민이라고는 단 두 집뿐인데 서로를 모르고 지내는 것이 불가능하니, 그저 어느 정도 장단을 맞춰 주는 것뿐이라고 말했었다.

"명아. 너 더덕 좋아해?"

무명을 부르는 가영의 목소리가 한결 더 부드러워졌다. 그 부드럽고 수줍은 목소리에 무명의 입꼬리가 슬쩍 올라갔다. 저런 걸 보면 그가 꼭 가영을 어쩔 수 없이 응대하고 있는 것만은 아닌 것 같다. 가영이 여자이기 때문일까? 그에게 설마 일말의 '신사도'라는 것이 존재하는 건가? 부일은 주인의 아리송한 태도에 저 혼자 이런저런 질문을 던지며 께름칙해했다.

"내가 더덕 구워 줄까?"

가영은 희미하게 망설였다. 누군가에게 거절당한 기억이 누군가에게 받아들여진 기억보다 월등하게 많았고, 또래 친구를 사귀어 본 적이 없어서 가영은 그를 대하는 것이 꽤나 조심스럽고 어려웠다. 거부당하는 것은 흔했으나, 매번 익숙해지지는 않았다. 더욱이 무명과는 특별히 사이좋게 지내고 싶었으므로 그에게 거절당하는 것은 더 두려웠다.

"어이고. 정말? 그거 참 맛나겠네!"

무명이 대답을 하기도 전에 부일이 반색하며 가영에게서 그릇을 받아 들었다. 수환이 제 동생을 가리켜 아주 쓸모가 많을 거라더니 그 말이 딱 맞았다. 부일은 가영이 찾아올 때마다 선녀가 눈앞에 강림한 것과 같은 기분을 느꼈다. 가영은 착하고 부지런하며 음식도, 집안일도 아주 잘했다. 거기다가 예의도 발라 생전 받아 본 적이 없는 '노인 공경'을 가영에겐 제대로 받았다.

"할아버지. 앉아 계세요. 제가 얼른 구워 올게요."

가영이 부일의 손에서 다시 그릇을 받아 들고는 냉큼 부엌으로 향했다. 행동은 빠릿빠릿하고 목소리는 너무나 살가웠다. 평생 받아 본 적이 없는 '공경' 받는 기분은 꼭 마약과도 같았다. 평생 그렇게 공경이나 받고 살고 싶었다. 이 좋은 대우를 무명은 여태껏 저한테 받았으니 얼마나 사는 게 신나고 재밌었을까. 부일은 빈정이 상해 다시 한번 무명을 흘겼다.

그는 톡톡톡 식탁 위를 손가락으로 두드리다가 자리에서 일어났다. 부일이 부엌에 있을 때는 신경도 쓰질 않더니, 가영이 들어가 있으니 신경이 쓰이는 모양이었다.

"그냥 계시죠. 가 보시려고요?"

"네놈이나 맘 편히 앉아 있어. 즐기는 건 아주 잠시일 테니까."

가영이 보기에 그들은 할아버지와 손주였다. 부일은 그게 좋았고 무명은 그게 싫었다. 가영이 오면 무명은 지금껏 그랬던 것처럼 부일을 막 대하질 못했다. 정말 짜증 나는 일이다. 특히 이렇게 음식을 개떡처럼 요리했을 때는 더욱더.

무명이 주방으로 주섬주섬 들어서자 가영이 프라이팬에 기름을 두르며 만류했다.

“명아. 왜 왔어? 여기 불 올려서 위험해. 할아버지 옆에 가 있어.”

“…….”

그는 아무 말 없이 가영의 옆으로 다가왔다. 동선에 익숙한지 그는 손으로 몇 번 벽을 더듬은 것 말고는 뭔가를 짚거나 헤매지도 않았다. 가영은 제 옆에 선 무명이 어색했다. 그와 친해지고 싶으면서도 딱히 어떻게 해야 그와 친해질 수 있을지 방법이 생각나지 않아 그저 이런저런 핑계를 대며 무작정 찾아오기만 했다.

경옥은 늘 1년에 한 차례 이른 봄이 되면 집을 떠났다. 무엇을 하러 가는지, 어디로 가는지도 이야기해 주지 않고 그저 하루 이틀 걸리는 일 아니니 혼자 잘 지내고 있으란 말만 하고는 훌쩍 떠났다. 보름이 될 때도 있고, 한 달이 될 때도 있고, 그보다 더 오래 걸릴 때도 있었다.

어릴 때에는 수환이 함께 있어서 외롭지 않았지만 그가 서울로 상경한 이후엔 그 낡은 집에 저 혼자 남아야만 했다. 사람의 온기가 사라진 나날들을 어떻게든 씩씩하게 견뎌 냈지만 지금은 그 외로움을 무명에게 의지하며 견뎌 내고 싶었다. 조금 더 친해지고, 조금 더 마음을 나누는 친구 사이가 되고 싶었다. 저가 무명을 좋아하는 만큼은 아니지만 그래도 아주 조금이라도 마음을 열어 주길 바랐다.

언젠가 그의 허름한 옷도 빨아 주고 낡은 붕대도 갈아 주고, 그를 돌봐 주는 사람이 되고 싶었다. 그에게 필요한 존재가 되면 얼마나 좋을까. 그러면 정말 외롭지 않을 텐데.

"나 더덕 별로 안 좋아해."

프라이팬에 양념을 묻힌 더덕을 막 올리는데 무명이 무심하게 말을 건넸다.

"어? 그래?"

"응."

"그럼…… 그럼 뭐 좋아해?"

"감자전."

감자전. 명이는 감자전을 좋아하는구나. 가영은 그저 그가 좋아하는 것을 알게 되었다는 것이 기뻐 활짝 웃었다.

"감자전 해 줄까?"

"응."

"그래! 나 감자전 잘해!"

씩씩한 목소리는 구김살이 없다. 꼭 꼬리를 흔드는 강아지 새끼처럼 그저 반갑고 좋아 어쩔 줄 모르는 듯 보인다.

"뭐 필요해? 내가 꺼내 줄게."

"네가?"

"응."

가영은 붕대로 칭칭 감긴 무명의 눈을 바라보았다.

"아니야. 내가 할아버지한테 물어볼게."

무명은 가영의 말을 무시했다. 성큼성큼 부엌 옆 창고로 들어가 감자를 포대째 꺼내 어깨에 덜렁덜렁 메고 왔다.

"이 정도면 돼?"

그가 바닥에 감자 포대를 내려놓자 안에서 감자가 묵직하게 덜그럭거렸다. 50kg은 족히 넘을 거 같은 거대한 포대였다. 설마 이걸 다 부치란 소리는 아니겠지? 가영의 얼굴이 퍼렇게 질렸다.

"……이, 이거, 이거는…… 이건 너무 많은데……."

"그럼 할 수 있을 만큼만 골라."

"그럼 일단……."

가영은 바지춤에 손을 닦고 감자 두 알을 골랐다. 그래 놓고 슬쩍 눈을 들어 무명의 눈치를 살폈다. 그러더니 감자 두 알을 더 골랐다.

"……."

그가 미동도 않자, 한 번 더 눈치를 보고 두 알을 더 꺼냈다. 잠깐의 정적 후 이젠 거의 울상이 된 채 가영은 마지못해 두 개를 더 집어 들었다. 그는 여전히 목석처럼 서 있었다.

"하, 하나만 더, 더 할까……."

하나만 더, 하나만 더, 그게 몇 번 반복되고 나자 무명은 감자 포대를 다시 어깨에 걸쳤다. 싱크대 위로 감자가 산을 이루었다. 해가 질 때까지 감자만 부쳐야 할지도 모른다는 생각이 들었다.

무명의 집은 이상했다. 다 쓰러져 가는 외형과는 다르게 내부는 무척 넓고 튼튼해 보였다. 정리가 안 되어 전체적으로 집 안이 지저분하긴 했지만 자신이 사는 경옥의 집과 비교하자면 훨씬 더 현대적이기도 했다. 무엇보다 가영이 듣도 보도 못한 물건들이 엄청나게 많았다. 식기세척기가 그랬고, 에스프레소 머신이 그랬다. 가스레인지 위에 달린 렌지후드도 경옥의 집에는 없었다.

아주 어릴 때에 엄마 아빠와 살던 집에서는 봤을지도 모른다. 양문형 냉장고, 정수기, 오븐렌지, 신형 믹서기도 가영에겐 그리 익숙하지 않은 물건들이다. 그리고 지금 무명이 손에 들고 있는 수환 오빠의 면도기와 꼭 닮은 물건도 그랬다. 가영은 늘 오래된 놋수저로 감자 껍질을 깎았다. 그게 익숙해서 그것만 사용했다. 읍내에서 감자칼을 본 적은 있지만 굳이 돈을 주고 살 필요성은 느끼지 못했다. 무명이 그걸 들고 있으니 어쩐지 아슬아슬했다.

"명아, 너 그거 위험하지 않아?"

"위험하지 않아."

"그거 좀 날카로워 보여."

"안 날카로워."

"……."

그는 고집스럽게 덧붙였다. 도와주겠다고 옆에 서 있는 건 기쁘지만 장님이 칼질을 하겠다고 하니 마냥 기뻐할 수만은 없었다. 가영은 젓가락으로 더덕을 반대편으로 뒤집으며 걱정스러운 눈으로 그를 곁눈질했다.

부엌일은 매우 짜증 나는 일이다. 손에 물 묻히는 것도 싫고, 번잡한 것도 싫고, 지저분해지는 것도 싫고, 설거지를 하는 것도, 음식물 쓰레기를 보는 것도 싫었다. 그러나 그는 그 모든 걸 감수하고서라도 감자전을 빨리 먹고 싶었다. 부일이 갱년기를 겪는 주부처럼 살림에 의욕을 잃어버린 뒤로 제 입맛에 맞는 음식을 먹어 본 기억이 없었다.

그에 비해 가영은 음식을 잘했다. 벌써부터 더덕의 향기로운 냄새가 코끝을 간질였다. 이건 냄새만 맡아 보아도 맛을 확신한다. 얼마만에 맡아 보는 군침 흐르는 냄새인가.

사냥을 할 때가 다가오면 식욕이든 성욕이든 본능적으로 갖고 있는 욕구들은 더욱 왕성해진다. 무명은 서둘러 그걸 좀 채울 필요가 있었다. 그걸 위해서라면 이깟 감자 좀 깎는 거야 일도 아니다.

무명은 감자칼로 껍질을 벗겨 냈다. 손길은 민첩하고 대단히 능숙했다. 가영은 그 모습을 넋 놓고 보다가 자작 하고 더덕이 타들어 가는 소리에 화들짝 가스레인지 불을 껐다.

가영은 감자를 깎는 그의 손을 보다가 다시 고개를 들어 그의 얼굴을 쳐다보다가, 다시 손을 보고 다시 얼굴을 쳐다봤다. 아는 게 없어서 모르겠지만 태어나서 감자만 깎으며 살았으면 몰라도, 음식도 할 줄 모른다는 스무 살짜리 남자아이가, 그것도 눈이 먼 남자아이가 이렇게 능숙하게 감자를 깎는 게 가능한가? 이건 좀 이상했다. 그러나 가영은 그 생각에 깊게 파고들지 않았다. 순수하기 때문에 그저 신기한 광경을 신기하게 쳐다볼 뿐이었다.

가영은 찬장에서 납작한 접시 하나를 꺼내어 더덕을 담았다.

"자."

프라이팬에 마지막 남은 더덕구이 한 개를 집어 가영은 무명의 코 앞에 들이밀었다.

"먹어 봐. 이거 산 더덕이라 몸에 엄청 좋은 거야."

무명이 입을 벌리자 가영이 그 안으로 더덕을 쏙 집어넣었다. 매콤하고 달콤한 양념이 잘 밴 더덕은 씹을 때마다 향긋했다. 과연 기가 막히군.

"어때?"

"맛있어."

솔직한 감상이었다. 무얼 해 줘도 핀잔만 듣는 부일이 들었다면 뒷목에 칼이라도 꽂았겠지만 그의 까다로운 입맛에도 가영의 음식은 무척 훌륭했다.

"정말? 다행이다."

가영은 활짝 웃었다. 정말 기쁜지 볼이 발갛게 물들었다.

'다른 집사를 좀 구해 보십시오.'

부일이 울부짖던 말이 떠올랐다. 새로운 집사라. 어쩌면 타협점을 찾을 수 있을지도 모른다. 맛있는 음식을 먹고 나니 마음이 한껏 관대해진다.

"명아, 나 이거 할아버지한테……."

가영이 접시를 들고 주방을 나서려고 할 때였다.

"아야."

무명이 움찔하더니 손에 들고 있던 감자를 개수대에 툭 떨어트렸다.

"명아!"

가영은 깜짝 놀라 접시를 싱크대 상판 위에 내려놓았다. 그러고는 더 생각할 것도 없이 칼에 베여 피가 흐르는 무명의 손가락을 입에 덥석 물었다. 무명의 손가락이 도톰하고 부드러운 가영의 입술 사이로 들어갔다가 쪽 소리를 내며 빠져나왔다.

"괜찮아?"

"……."

가영은 마른행주를 찾아 들더니 무명의 집게손가락을 싸매 꾹 눌렀다. 그녀는 당황해 어쩔 줄 몰랐다. 칼에 베인 것은 무명인데 상처가 난 것은 꼭 자신 같았다. 무명은 목석같이 서 있었다. 아프다는 말도 없고, 괜찮다는 말도 없었다. 호들갑을 떠는 가영을 보이지 않는 눈으로 구경하는 것 같았다.

그는 한참 만에 조용히 입을 열었다.

"거실 찬장에 약상자 있어. 그거 좀 가져다줄래?"

"응, 알겠어."

가영은 열심히 고개를 끄덕이더니 쏜살같이 주방을 빠져나갔다. 무명은 가영이 주방을 빠져나가자마자 마른행주를 개수대에 던져두었다.

두 장째였나? 아니면 세 장째였나? 불 앞에 있을 땐 불 앞에 있으니 더운 게 당연하다고 생각했다. 그러나 주방을 벗어난 이후에도 가영의 몸은 뜨끈하게 달구어져 있었다. 감자전을 씹는 느낌이 이상했다. 코끝에 스치는 냄새들도 너무 이상했다. 젓가락질하는 소리, 부일이 음식을 씹는 소리, 멀리 제집에서 부는 바람 소리, 경옥의 대신방울이 바람에 흔들리는 소리. 환청처럼 그 많은 소리들이 전부 들려왔다. 피가 혈관을 타고 돌고, 심장이 뛰고, 삼키고 내쉬는 본인의 모든 감각이 눈에 보이는 듯, 입에 씹히는 듯, 살갗에 닿는 듯 생생했다.

가영은 산처럼 접시에 쌓인 감자전을 보았다. 하루 종일 부쳐야 할 거라고 생각했는데 정신을 차려 보니 모든 것이 끝난 후였다. 처음엔 꿈처럼 몽롱했다가 다음 순간에는 이 세상의 모든 것이 저를 덮치는 듯 가까웠다. 온몸이 아플 정도로 힘이 들어갔다. 뼈마디가 팽창한 듯이 온몸이 부푼 듯이 갑자기 거대해진 것 같다는 느낌도 들었다.

아무래도 아픈 것이 틀림없다. 경옥이 집을 비운 이후로 추운 밤에도 제대로 불을 때지 않고 잤기 때문인 거 같았다. 가영은 몇 번 젓가락질도 하지 못한 채 자리에서 일어섰다.

"왜요? 가게?"

부일이 더덕을 입안으로 쓸어 넣다가 고개를 쳐들고 물었다.

"네. 가 봐야 될 거 같아요."

가영은 이마에 맺힌 땀을 닦아 냈다. 사우나에 들어갔다 나온 사람처럼 얼굴이 붉었다. 자리에서 일어서자 벌써 발뒤꿈치가 달싹였다. 들판에 나선 야생마처럼 어서 빨리 앞으로 달려 나가고 싶은 욕망이 강렬해지고 있었다.

"몸이 안 좋은 거예요?"

"네. 그냥…… 조금요."

목소리도 점점 격앙되어 갔다. 온몸이 후끈하게 달아올랐다. 오랫동안 무엇인가에 쓸려 얼얼한 것처럼 온몸의 살갗이 바짝 일어섰다.

"안녕히 계세요! 또 올게요!"

가영은 더 이상 참지 못하고 자리를 박차고 뛰어나갔다. 몇 걸음 떼지도 않았는데 여자는 바람처럼 집 안에서 사라졌다. 벌컥 열린 문이 반동하며 덜컹거렸다.

뭐여 이게. 부일은 너무 빠른 속도로 사라진 가영의 잔상을 좇으며 눈을 깜빡였다. 무명은 접시에 남아 있는 감자전의 마지막 조각을 입안으로 만족스럽게 밀어 넣었다. 그러고는 가영이 정성스럽게 밴드를 붙여 준 집게손가락을 들었다.

"어르신."

무명은 밴드를 손에서 떼어 냈다. 작은 핏방울이 묻은 얇은 접착제가 바닥으로 떨구어졌다. 엄지로 가볍게 쓸어 낸 집게손가락 끝은 매끈했다. 새하얀 피부에 작은 생채기 하나 없었다.

"어르신."

부일이 나무라는 듯 그를 한 번 더 불렀다. 그가 가영에게 무슨 짓을 했는지 어렴풋이 짐작이 갔다. 그런데 왜 그랬는지는 알 수가 없었다.

무명은 자리에서 일어나 제 눈에 감긴 붕대를 풀었다. 계속해서 감고 있던 두 눈꺼풀이 천천히 들렸다.

쾅 하고 천둥이 친 지 얼마 되지 않아 하늘에서 장대비가 쏟아지기 시작했다. 부일은 창밖을 쳐다보았다. 흙 내음이 섞인 비릿한 비 냄새가 삽시간에 집 안에 퍼졌다. 무명은 깊게 숨을 들이마셨다가 내쉬었다. 그는 이 비릿한 향을 늘 즐겼다. 무명은 잠잠히 호흡하다가 부일을 향해 천진하게 이를 드러냈다.

"사냥 갈 시간이야. 부일."

그리고 난 빨래를 할 시간이겠지. 씨부럴…….

관절염이 다시 도져 왔다. 비 때문인지, 무명 때문인지 알 수가 없었다.

"좌회전."

영길의 SUV 조수석에 앉아 있던 수환이 손가락으로 왼편을 가리키며 말했다. 차량은 산비탈을 올랐다.

"여기 아까 왔던 곳 아닙니까?"

"아니야."

아까부터 같은 자리만 뱅뱅 돌고 있었다. 마을 어귀 식당에서 물어본 주소지는 분명 이 근처가 맞는데 그 길이 다 그 길 같아서 여간 헷갈리는 게 아니었다.

"아니, 이런 데 집이 있다고?"

영길은 믿지 못하겠다는 듯 헛웃음을 들이켰다. 초입부터 봉분이 보였다. 봉분이 한두 개가 아닌 걸로 보아 선산임에는 틀림이 없는데, 누구도 제대로 관리를 하지 않은 듯 묘지조차 엉망이었다. 선산은 공동 명의로 되어 있었다. 사돈의 팔촌까지 줄줄이 엮여 있는 땅이었고 그중에는 행방불명된 홍승만의 이름도 보였다.

천천히 차를 몰며 주변을 살피던 영길이 자조적으로 말했다.

"에이. 여기도 아닌 거 같아요."

대지 허가가 나지 않는 곳에 집을 지은 것도 이상했지만, 이런 묘지가 가득한 산 중턱에 집을 짓는다는 것은 아무리 생각해도 터무니없었다.

"세워."

차를 돌려 나갈 생각만 하던 찰나였다. 수환의 명령과 거의 동시에 브레이크를 밟았다. 수환의 시선을 좇으니 정말 어처구니없게도 집이 보였다. 빽빽하게 심어진 전나무들 사이로, 마치 위장색이라도 칠한 듯 풀색 지붕에 거친 나뭇결로 이루어진 집이었다. 첫눈에 보기에도 수상쩍다.

“저기 맞는 거 같지?”

수환의 말에 영길은 고개를 끄덕이며 몸을 부르르 떨었다. 어쩐지 한기가 들었다.

“더럽게 을씨년스럽네. 안 그래요 선배?”

한동네에서 범죄자 두 명이 사라졌다. 우연일 수도 있었다. 단 두 명뿐이었다면 그랬다. 그러나 범위를 전국으로 넓히자 사라진 전과자들이 한둘이 아니었다. 모두가 제 아들을 패 죽인 강진욱이나, 미성년자를 잔인하게 성폭행한 뒤 무죄 판결을 받은 황주영, 홍승만과 같은 악질 범죄자들이었다.

비판적으로 보자면 이놈들의 행방을 쫓느니 선량한 시민에게 피해를 입힌 다른 쓰레기들을 잡는 것이 더 보람된 일일 것이다. 그럼에도 불구하고 수환은 그 사건에서 손을 떼지 못했다. 조사를 하면 할수록 더 많은 전과자들, 범죄자들이 흔적도 없이 사라져 버렸기 때문이었다. 마치 사이비 종교에 빠져 집도 절도 다 버리고 가출해 버리는 광신도들처럼, 그들은 모든 것을 버려둔 채 제 몸뚱이 하나만 가지고 증발해 버린 것이다.

머릿속에 맴도는 질문은 하나였다. 대체 왜? 그 질문에 대한 해답을 꼭 찾아야 할 것만 같았다.

수환이 차에서 내리자, 영길이 사이드 브레이크를 올리고 곧바로 뒤따라 내렸다. 키 높은 전나무의 가지들이 빽빽하게 하늘에 들어찼다. 한낮임에도 불구하고 집 주변은 늦은 오후처럼 어두웠다.

"귀신이라도 나올 것 같네."

영길은 제 몸에 성호를 그으며 구시렁거렸다. 살인마는 안 무서워하면서 귀신은 병적으로 싫어했다. 워커홀릭이라며 다들 진저리 내는 수환과 자진해서 파트너가 된 것은 물론 그를 존경하기 때문이었지만 무당집 아들이란 이유도 있었다.

수환과 영길은 별장 앞에 섰다. 공기가 무척이나 무거웠다. 침묵 속에 새소리도, 바람 소리도 들리질 않았다. 암전된 것처럼 사위가 까무룩 했다. 침이 꼴깍 목젖을 타고 넘어갔다.

수환은 예의상 현관문을 두드렸다. 사람이 있을 거란 생각은 들지 않았다. 그저 홍승만이 어디로 갔는지 흔적이라도 찾으면 다행이다 싶었다. 최근까지 존재를 숨겨 왔던 장소이니 가능성은 충분히 있었다.

"계십니까!"

영길은 그의 뒤에 서서 두 주먹을 꼭 쥐었다. 믿을 거라곤 주먹뿐이었다. 뭐라도 튀어나오면 몸으로 부딪쳐야만 했다.

수환은 적당히 기다렸다. 역시나 인기척은 없었다. 그는 문고리를 잡고 단번에 돌렸다. 끼익— 낡은 경첩이 마찰하는 소리가 나며 활짝 문이 열렸다.

"읍!"

냄새는 열린 문틈 사이로 연기처럼 피어올랐다. 수환은 반사적으로 제 코와 입을 소매로 틀어막았다. 영길은 헛구역질을 하며 뒤로 물러섰다.

씨발. 하는 욕설이 절로 흘렀다. 이건 그저 피 냄새가 아니었다. 그보다 훨씬 더 역했다. 비리고 구역질이 났으며 썩은 고기의 그것처럼 짓무른 향이 났다.

중문을 열자 냄새는 한층 더 강렬해졌다. 영길은 결국 현관 밖으로 뛰어나가 토악질을 해 댔다. 집 안은 아무것도 보이지 않는 암흑이었다. 수환은 손을 더듬어 현관 스위치를 찾았다. 딸깍. 딸깍. 몇 번을 움직여도 불이 들어오지 않았다. 전기가 이미 끊긴 것이다.

"가서 손전등 좀 가져와."

수환의 명령에 영길은 간신히 정신을 추슬렀다. 그는 서둘러 몸을 움직였다. 아주 잠시라도 그 집 근처에서 벗어나는 것이 차라리 나았다. 그래야 똑바로 정신을 차릴 수 있을 것 같았다. 그는 씨발 씨발 욕을 하며 비탈길을 뛰어 내려갔다. 뭐 이런 좆같은…… 씨발. 머릿속에 오만 생각이 다 들었다. 홍승만 그 새끼가 죽었거나, 아니면 짐승이든 사람이든 뭔가를 죽였을 게 틀림없다. 그 피비린내, 썩은 내. 미친놈이 사람 죽이고 도망간 거 아니야? 아니지. 사체 처리도 못 하고 도망갔을 리가 없다. 그럼 그 새끼가 죽었나? 그럴 확률이 더 컸다.

영길은 차 문을 거칠게 열고 글러브 박스를 뒤졌다. 온갖 잡동사니 속에서 LED 손전등을 찾아 쥐고는 다시 산길을 뛰어 올라갔다. 이번엔 아예 처음부터 소매로 단단히 제 코를 막았다.

"여기요, 선배."

수환은 현관 밖으로 나와 있다가 그에게서 손전등을 받아 들고 다시 집 안으로 들어갔다. 딸깍, 손전등의 헤드를 돌리자 밝은 빛이 거실 안으로 쏟아졌다.

"……."

그리고 두 남자는 할 말을 잃었다.

세간살이의 흔적이 그대로 남아 있는 집 안에 시체는 없었다.

다만 피. 천장부터 바닥까지 온통 피. 붉은 피. 한 사람의 몸에서 나왔을 거라고는 믿기지 않을 만큼의 많은.

그 전부가 모두 말라비틀어질 대로 비틀어진, 검붉은 피였다.

기브&테이크

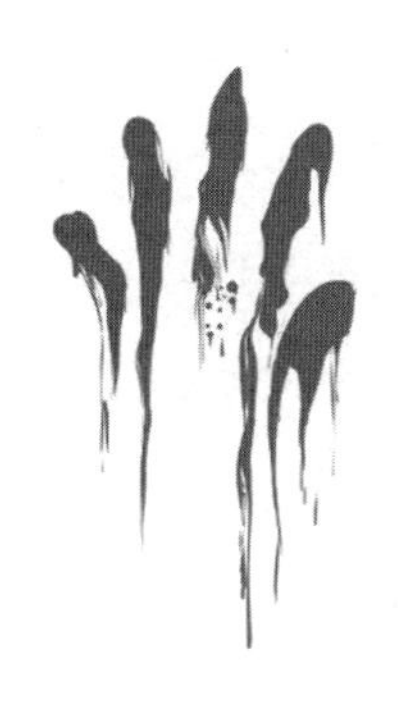

무명은 제 왼 손목을 타고 흐르는 가느다란 튜브를 바라보며 주먹을 몇 번 쥐었다 폈다. 그러면서 나머지 한 손에 들려 있는 서류 뭉치를 살폈다.

덕기는 그가 그것을 살펴볼 만큼 충분히 기다렸다가 입을 뗐다.

"구미 당기시는 물건이 좀 있으십니까?"

"글쎄."

무명은 고저 없는 목소리로 낮게 대답했다. 서류를 살피느라 아래로 내리깐 눈은 긴 속눈썹으로 짙은 그림자가 드리워졌다. 붓으로 강약을 조절해 정성스럽게 그린 듯 눈매가 섬세했다.

붉은 피가 혈액 팩에 가득 찼다. 덕기가 수족처럼 부리는 그의 개인 비서가 조심스레 무명의 손목에서 바늘을 빼냈다. 바늘을 빼내며 또르륵 떨어진 핏방울을 솜으로 닦아 내니 백자처럼 하얀 피부에 남아 있던 바늘구멍은 흔적도 없이 사라졌다. 매번 보아 온 장면인데도 매번 소름이 돋아났다. 덕기는 비서가 혈액 팩을 서류 가방에 넣어 챙기는 것을 본 후 다시 입을 열었다.

"지난번 일은 수습하느라 애를 좀 먹었습니다. 하필 사냥하신 곳이 주택 밀집 지역이라 가타부타 말이 많더군요."

"그런 걸 수습하라고 우리가 거래를 하는 것이 아니던가."

칭찬을 들으려고 꺼낸 말은 아니었으나, 명의 반응은 생각보다 더 냉랭했다. 전덕기는 다소 민망하게 웃으며 화제를 전환했다.

"동네가 너무 외지고 허름해 걱정했는데 나름 잘 지내시는 것 같네요."

"나 같은 놈에겐 제격인 곳이지."

덕기는 정복 안주머니에서 봉투를 꺼내며 웃었다.

"어르신에겐 훨씬 더 훌륭한 곳이 잘 어울리십니다. 이런 곳에서 농사나 지으며 사실 촌부는 아니시죠."

"부일이 더 늙기 전에 고향으로 돌아가 농사나 지으며 살고 싶다고 해서 말이야."

그 말에 세간살이를 정리하려 허리를 숙였던 부일이 천천히 몸을 세웠다. 세월에 흐려진 눈동자가 애달프게 빛났다. 단 하나뿐인 오랜 벗. 부일에겐 무명이, 무명에겐 부일이 그런 존재였다. 오랜 시간 동안 생명이 피어나고, 시들어 지는 것을 무명은 보아 왔을 것이다. 그런 그에게 곧 다가올 부일의 죽음은 어쩌면 너무나 익숙해서 덤덤한 것일지도 모른다. 그러나 덤덤한 그의 목소리는 부일에겐 매우 슬프게 들려왔다.

덕기는 닳아 해진 관절 때문에 뻣뻣한 몸을 느리게 움직이는 부일을 바라보다 입가에 미소를 지으며 다시 무명에게로 고개를 돌렸다.

"참으로 마음이 넓으십니다."

"그런가? 내가?"

무명은 덕기가 건네준 봉투 안의 내용물을 확인하며 픽 웃었다.

"마음만 먹으면 누구보다 높게 올라가실 수 있는 분이지 않습니까."

"땅 아래에 높은 곳이란 건 없어. 정말 높은 곳이라면 천국뿐이지. 그리고 난 절대 그곳에 올라갈 수 없고. 그렇다면 내겐 어느 곳이라도 마찬가지야."

무명은 종이봉투를 부일에게 넘겼다. 그는 그것을 가슴팍에 끌어안았다.

"내가 원하는 건 평화로운 삶이야. 평화롭기 위해선 단순해져야 하고, 단순해지기 위해선 절제가 필요하지. 그러니 당신도 너무 많은 것을 욕심내지 마. 절제하지 못하면 곧 괴물이 되거든. 사람이든 짐승이든 말이야."

"명심하죠."

덕기는 다시 한번 예의 바르게 미소 지었다.

지난밤엔 잠도 제대로 이루지 못했다. 빛 하나 없는 달조차 흐린 밤을 가영은 달리고, 달리고 또 달렸다. 어두운 산길이 대낮의 그것처럼 환했고 발끝에 차이는 나뭇가지, 흔들리는 나뭇잎, 오가는 짐승의 버스럭거림까지 눈을 감아도 그 공간의 모든 것이 느껴졌다.

밤새 내리던 비는 말끔하게 그쳤고, 하늘은 전에 없이 맑았지만 여전히 사방에 축축한 비 내음이 났다. 비릿한 피 내음이 섞인 것 같기도 했다. 어쩐지 비 소식이 이대로 끝날 것 같지가 않다.

가영은 툇마루에 멍하게 앉아 젖은 작물들 사이로 햇빛이 흔들리는 것을 감상했다. 밤사이 한잠도 자지 않았어도 온몸의 감각은 놀랍도록 명료하게 깨어 있었다. 지난밤보다는 나아졌지만 여전히 쿵쿵 뛰는 심장 소리는 천둥처럼 들렸다. 가영은 손으로 가슴을 쿵쿵 쳐 보았다. 아무리 내리쳐도 그것은 진정을 하지 않는다.

왜 이러지? 대체 왜 이러는 거지? 평소와 다른 것 하나 없는데 무엇을 잘못 먹었나? 남은 것이 아까워 먹은 송라 달인 물인가……? 몸에 엄청 좋다더니 이 정도로 효과가 있는 건가……? 설마 뭐 귀신 들리고 그런 건 아니겠지……?

가영은 경옥의 방문을 힐끔거렸다. 부적이 저렇게 많은데. 설마. 아닐 거야.

그러고 보니 명이한테는 송라물을 주지 않았다. 할아버지나 명이한테 좋은 약일 게 분명한데. 왜 그 생각을 못 했을까. 가영은 냉큼 자리에서 일어서서 부엌으로 들어갔다. 송라 달인 물을 냉장고에서 꺼내 가슴팍에 안고 자리를 벗어나려다 그녀는 잠시 멈칫했다.

명이가 감자전을 좋아한다고 했지. 가영은 코를 킁킁거렸다. 분명 아직도 비 냄새가 났다. 이유는 알 수 없지만 온몸의 감각이 그렇게 말을 하고 있었다. 가영은 송라물을 다시 냉장고에 넣어 놓고 텃밭으로 나가 쪽파 몇 개를 뽑았다. 반죽을 개고 쪽파를 썰어 전을 부치는 속도는 평소보다 곱절은 더 빨랐다. 명이에게 갈 생각을 하니 가슴이 다시 콩닥콩닥 기분 좋게 뛰었다. 콧노래가 절로 나왔다.

아니나 다를까 빗방울이 투둑투둑 떨어졌다. 하늘은 여전히 맑았다. 가영은 햇살에 눈을 찡그리며 하늘을 쳐다보고는 씨익 웃었다. 그것 봐. 비가 올 것 같더라니까. 비 올 땐 파전이 제격이지. 파전을 나눠서 쟁반 두 개에 담고 신문지로 꼼꼼하게 덮었다. 플라스틱 생수병에 송라물도 마찬가지로 나눠 담은 뒤 보자기를 둘렀다. 한 손에 하나씩 보자기를 들고 가영은 날다람쥐처럼 뒷산으로 향했다.

가영은 짐 하나를 내려놓고 쿵쿵쿵 문을 두드린 뒤 다시 손에 들었다.

"계세요?"

크흠 크흠 헛기침을 하고 집 앞에서 얌전히 기다리자 딸깍 문이 열렸다. 마르고 주름진 손 다음엔 구부정한 부일의 몸통이 보였다.

"할아버지. 안녕하세요."

"아, 가영 처자. 어서 와. 어서 와."

부일은 가영의 등장에 함박웃음을 지었다.

가영 처자가 왔다! 그렇단 것은 적어도 이제 한 시간 동안은 상전 노릇을 할 수 있단 소리다!

"명이야! 명이야!"

부일은 목청을 높여 무명을 불렀다.

"어허허. 아, 이놈이 이렇게 굼떠. 나이도 새파랗게 젊은 게 아주 느려 터져 가지고는."

부일이 작정을 하고 흉을 보자 가영은 천사처럼 웃었다.

"그래도 명이 저보다 빠르던데요. 앞이 안 보이는 사람 같지 않을 때도 엄청 많아요. 진짜 대단한 거 같아요!"

부일이 쩝 하고 입맛을 다셨다. 가재는 게 편이던가. 험담을 할 때에도 장단을 맞추어 주어야 흥이 나는 법인데, 가영이 오히려 무명의 편을 들고 나서니 재미가 없었다. 부일은 머쓱한 기분에 더 목청 높여 무명을 불렀다.

"야, 무명아! 이놈아! 느려 터져 가……."

소리도 없이 무명이 중문 안에 서 있었다. 부일은 몸을 돌리다 멈칫하고 움찔했다. 붕대에 감긴 눈이 요상하게 제 할아버지를 노려보는 것 같았다.

"명아."

가영이 맑은 목소리로 그를 반겼다. 무명의 고개가 부일에게서 가영 쪽으로 느리게 옮겨 갔다. 가영은 명이의 손에 보따리 하나를 쥐여 주었다.

"이거."

"이게 뭐야?"

"파전이랑 송라물이야. 할아버지 이거 송라 달인 물인데 몸에 아주아주 좋대요. 따듯하게 데워서 물 대신 드세요."

"……어, 어이구 고맙긴 헌데…… 안 들어와?"

"아, 네. 저는 읍내에 좀 가 보아야 해서요."

"거긴 뭐 하러?"

무명이 물었다.

“기범 할아버지 좀 보고 오려고. 안 간 지 꽤 되었거든.”

가영이 기범 할배에게 가져다줄 나머지 보따리를 가슴팍에 안았다. 무명은 다시 물었다.

“지금?”

“응.”

“너 혼자?”

“응.”

“비가 오는데?”

“응.”

“비가 쉽게 그칠 거 같지 않은데.”

“괜찮아.”

“날도 곧 어두워질 거야.”

“괜찮아. 나 워낙 많이 다녀서 눈 감고도 다니는걸! 그리고 믿을지 모르겠지만 나 어젯밤부터 이상하게 기운이 펄펄 나거든! 꼭 슈퍼맨이 된 것처럼!”

그렇게 말하는 가영의 목소리에 힘이 넘쳤다.

“나 갈게! 파전 아직 따듯하니까 바로 먹어! 할아버지 갈게요! 또 들를게요!”

가영은 씩씩하게 인사한 뒤 문을 박차고 나섰다. 걸음이 쏜살같이 빨랐다.

“원. 섭섭하게…….”

부일은 가영이 작아지는 것을 바라보며 중얼거렸다. 무명은 아무

말도 하지 않았다.

가영은 읍내에 가는 버스를 간신히 잡아탔다. 조금만 늦었어도 지나칠 뻔했다. 버스 하차 문 가까이에 자리를 잡고 앉아 숨을 돌리자 별안간 잠이 쏟아졌다. 차창에 머리를 기대고 있으니 가물가물 눈이 감겼다. 새까만 어둠 속으로 들어서자 온몸에서 열이 펄펄 끓었다. 입술이 마르고 목도 바짝 탔다. 물이 너무 먹고 싶은데 목이 마르단 소리도 나오지 않았다. 그저 끙끙 앓는 소리만 날 뿐이었다. 얼핏 아빠가 우는 소리가 들려왔다.

'우리 딸이 왜 이러오. 아무리 큰 병원을 찾아 온갖 검사를 다 해도 모른다고만 하니, 이대로 자식을 죽여야 합니까.'

아빠가 벌벌 떨며 뜨거운 제 손을 꽉 쥐는 느낌이 들었다. 피부에서 느껴지는 감각이 가시에 찔린 듯 따가웠다. 가영은 다시 한번 신음했다.

'신병이오.'

남자가 말했다.

'신내림을 받아야 하오. 그렇지 않으면 곧 죽을 거요.'

남자의 말에 소란이 일었다. 아빠는 울부짖었다. 그럴 수 없다, 말도 안 된다, 내 딸이 신병이라니. 내가 갈 길이 구만리인데 내 딸이 무당이 되어야 한단 소리인가? 이게 말이 되나? 나는 졸지에 무당 딸을 둔 아버지가 되어야 한단 말이오? 그럴 수는 없어. 절대 그럴 순 없어! 나는 높이 오를 거란 말이야. 나는 누구보다 더 높이 올라가 가장 높은 곳에 앉아야 한단 말이야. 안 돼. 그건 안 돼. 내 앞길에 그런 오명을 씌울 순 없어! 우리 집안에 무당 같은 건 절대로 안 돼!

안 된다는 아빠의 목소리가 고막에 따갑게 박혔다. 눈을 떴을 때까지도 아빠의 목소리가 잔상처럼 귓가에 윙윙거렸다. 흐릿한 눈에 낯익은 풍경이 보였다. 가영은 퍼뜩 일어나 벨을 눌렀다.

"아저씨! 여기 세워 주세요! 저 내려요!"

버스기사는 진작 벨을 누르라고 툴툴거렸다. 가영은 연신 죄송하다고 고개를 숙이며 서둘러 보따리를 챙겨 들었다.

하차 문이 열리고 가영은 급하게 계단을 내리다 앞으로 발라당 넘어졌다. 철푸덕 소리를 내며 비로 축축해진 흙바닥에 코부터 박았다.

"아야……."

손님이 진흙 바닥에 나뒹굴든 말든 버스는 문을 닫고 매정하게 출발했다. 가영은 엎어진 충격에 끙끙대다가 몸을 추스르고 보따리부터 펼쳐 보았다. 보자기는 진흙이 튀어 엉망이었지만 다행히 파전과 플라스틱 물병은 멀쩡했다. 가영은 보자기를 다시 묶고 손으로 진흙을 대충 닦아 낸 뒤 제 몸을 살폈다. 흙이 묻은 얼굴을 손으로 훔치고 젖은 옷가지를 털다가 이미 엉망이라 소용없다는 것을 깨닫고는 터덜터덜 발걸음을 옮겼다.

오늘따라 강 씨네 슈퍼는 문을 닫았다. '오늘 하루 쉽니다'라는 종이만 눅눅하게 셔터 앞에 붙어 있었다. 빗줄기는 더욱 거세졌다. 쉽게 그칠 비가 아니라는 무명의 말이 맞았다. 우산이라도 챙겨 올걸. 명료하던 시야가 점점 흐려졌다. 빗줄기가 굵어져서인지, 아니면 몸이 젖어서인지 그 가볍던 발걸음도 점점 무거워졌다. 발등 위에 돌이라도 얹은 것 같았다. 그 간극에 가영은 다시 한번 고개를 갸웃거렸다. 어제오늘 몸이 왜 이런 건지 모르겠다.

"할아버지! 계세요!"

가영은 철문 앞에 서서 물었다. 녹이 슬 대로 슨 철문 안으로는 TV 소음이 들려왔다. TV 소리를 너무 크게 틀어 목소리도 안 들리나 보다. 원래 귀가 좀 멀긴 하셨지만.

철문을 밀자 끼익, 날카로운 쇳소리가 났다. 그 소리에 기척을 알아채고 덜커덕덜커덕, 기범 할배의 안방 미닫이문이 열렸다.

"할아버지."

열린 문 사이로 진득한 알코올 향이 뭉근하게 새어 나왔다. 눈이 반쯤 풀린 기범의 얼굴은 화마처럼 붉었다.

"웬일이냐!"

술에 취해 한껏 커진 목소리가 쩌렁했다. 가영은 잠시 말문이 막혔다. 기범이 술에 취했을 때는 피해야 했다. 무슨 사달이 날지 몰랐다. 그녀는 주춤주춤 다가가 진흙으로 더럽혀진 보따리를 냉큼 풀고 내용물을 방 안에 내려놨다. 그러고는 재빠르게 뒤로 물러섰다.

"할아버지 이거 파, 파전이랑, 송라물이에요."

풀린 그의 눈동자는 물에 젖은 생쥐 같은 가영에게만 머물렀다.

"물은 냉장고에 넣어 두시고, 파전은 그냥 드셔도 되고, 차가우면 프라이팬에 살짝 덥혀 드세요."

"네가 해 줘."

노인은 한껏 꼬인 혀로 중얼댔다.

"네?"

"네가 해 줘."

"어, 저는 비를 너무 많이 맞아서요. 집으로 돌아가야 할 것 같아요."

"여기서 쉬었다가 가. 씻고 가."

"……."

노인의 흐리멍덩한 눈이 번뜩였다. 왠지 모르게 소름이 돋았다. 가영은 다시 한 발 물러섰다.

"아니에요. 할 일도 있고 집에 가 보아야 해요. 할아버지, 또 들를게요."

"있다 가래도!"

그가 자리에서 벌떡 일어섰다. 가영은 더 뒤로 물러났다. 꼬리를 만 강아지처럼 가영은 커다란 두 눈을 부들부들 떨었다.

"어른 말이 말 같지 않아! 네년이 날 무시하냐! 여서 있다 가래도!"

그는 가영이 해 온 파전을 발로 냅다 차 버렸다. 쟁반이 내동댕이쳐지며 파전이 진흙 바닥을 뒹굴었다.

"외로워서 술 한잔 같이 하자는데, 네년이 늙고 냄새나는 홀아비라고 날 무시해! 이 쳐 죽일 것!"

그는 분을 이기지 못하고 가영에게 소주병을 던졌다. 어디서 그런 힘이 난 걸까. 경옥은 늘 술이 백해무익한 것이라 하였는데, 기범에게는 100년 묵은 산삼보다 효과가 좋았다. 그가 던진 소주병은 가영의 머리에 정확하게 맞았다. 콱 하고 머리에 박혔다가 소주병은 바닥을 데구루루 굴렀다. 눈앞이 번쩍했다. 너무 아파 가영은 머리를 부여잡고 그 자리에 주저앉았다.

"이 썩을 년! 육시럴 것들! 찢어 죽여도 시원치 않을 것들! 감히 내가 누구라고 언감생심 날 무시해? 이 벼락 맞아 뒈질 연놈들!"

그는 누구를 향한 것인지 알 수 없는 욕지거리를 해 대며 주변을 두리번거렸다. 아직 다 마시지 않은 소주를 병째 벌컥벌컥 들이켜더니 그것을 손에 단단히 쥐었다. 병 주둥이를 붙든 그는 노인이 아니라 장승 같았다. 그는 씩씩거리다가 벽에 대고 병을 깼다.

가영은 깨진 유리병을 든 기범의 뒤집힌 눈을 마주하자마자 몸을 돌렸다. 한 손으로 이마를 부여잡고 나머지 손으로는 바닥을 짚고 일어서서 집 밖으로 뛰쳐나갔다. 세차게 쏟아지는 빗줄기로 흐린 눈에 뜨거운 것이 흘렀다. 가영은 공포에 질려 꺼이꺼이 울며 골목을 돌았다. 가능한 한 기범 할배의 집에서 먼 곳까지 무작정 뛰었다. 철퍼덕 넘어지고 또 철퍼덕 넘어졌다. 바닥을 부여잡는 손에 피가 흥건했다. 빗물에 핏물까지 섞여 가는 곳마다 자국이 남았다.

가영은 동네 어귀의 적색 기둥 집 대문 앞으로 기어들어 갔다. 단단히 닫힌 철문에 등을 기대고 쪼그려 앉아 부들부들 떨리는 어깨를 제 손으로 감쌌다. 흘러내리는 피에 눈을 뜰 수도 없었다. 눈가를 닦아 내는 손도 파르르 떨렸다. 기범 할배의 섬뜩한 눈빛이 다시 떠올랐다. 진저리가 쳐졌다. 강 씨네 슈퍼가 문을 닫은 걸 보았을 때 뒤돌아서 집으로 돌아갔어야 했다. 그게 후회가 되었다. 멍청이 같으니. 가영은 스스로를 자책했다.

멍청아. 그러니까 아빠가 널 버렸지. 엄마도 아빠도 그래서 널 다시는 찾질 않는 거야. 멍청이는 자랑스럽지 않다고. 바보는 사랑받을 수가 없단 말이야.

가영은 뜨끈한 눈매를 계속해서 닦았다. 발치로 핏물이 계속해서 흘렀다. 그걸 보고 있자니 자신의 처지가 비참했다. 춥고 외롭고 너무나 슬펐다. 몸을 잔뜩 웅크리고 흥건하게 젖은 소매로 욱신거리는 이마를 누르고 있는데 찰박찰박 빗물을 내리누르는 발자국 소리가 들렸다. 따듯한 온기가 제 앞에 쪼그렸다. 손등에 뽀송하고 부드러운 촉감이 느껴졌다.

"누르고 있어."

낮고 점잖은 목소리. 굳이 눈을 들 필요도 없었다. 그건 무명의 목소리였으니까. 그의 존재가 반가우면서도 창피했다.

"명아. 너…… 여긴 어떻게, 여기 어떻게 왔어?"

그 물음에 무명은 대답하지 않았고, 가영은 반대편 손으로 그가 자신의 이마에 대어 준 천 뭉치를 잡았다. 그는 가영의 눈가에 묻은 빗물과 피, 눈물을 엄지손가락으로 부드럽게 닦아 냈다.

"그것 봐. 쉽게 그칠 비 아니라고 했잖아."

그의 나무람에 코끝이 시큰했다. 가영은 다시 눈물이 날 것 같아 감은 두 눈을 뜨지 못했다. 무명은 등을 돌리며 가영의 팔을 제 어깨에 걸쳤다. 앗 하는 사이에 몸이 들렸고 그의 등에 가슴이 붙었다. 그는 가영의 양 무릎 사이에 손을 넣고는 종잇장을 등에 업은 듯 가볍게 자리에서 일어섰다.

"어, 명아! 어쩌려고."

"버둥거리지 마. 힘들어."

그 말에 가영은 뻣뻣하게 힘주고 있던 몸을 풀었다. 그의 목에 손을 꽉 감고 등에 최대한 밀착하고서는 초조하게 물었다.

"너 앞 못 보잖아."

"네 눈이 있잖아."

"뭐?"

"네가 알려 줘. 어디로 가야 하는지."

"……."

가영은 그의 등에 매달려 눈을 깜빡거렸다.

"병원으로 가려는 거지?"

"집으로 갈 거야."

"……그럼 정류장까지만 업어 주는 거지?"

그는 대답하지 않았다. 대신 뛰기 시작했다. 세차게 내리는 빗물이 가영의 몸에 쏟아졌다. 가영은 그의 몸에 더욱 자신을 붙였다.

경옥의 집에 들어온 첫해, 부모님이 그리워 혼자 울 때면 수환은 가영을 업어 주곤 했다. 그 넓은 등이 그렇게 편할 수가 없었다. 무명의 등은 수환 오빠처럼 넓지 않았다. 하지만 무척 따듯했다. 이상하게도 수환 오빠의 그 따듯하고 넓은 품보다 더 편안했다.

가영은 그의 목덜미에 뺨을 대고 그 따듯한 온기에 눈을 감았다.

몸을 세차게 때리는 빗물이 더 이상 아프지가 않았다.

부일은 옷 방에서 새 옷과 수건을 들고 부엌으로 들어왔다. 무명은 막 찬장의 비상약을 뒤지고 있었다. 부일의 기억을 통틀어 비가 오는 날, 피를 뒤집어쓴 금수의 모습을 하지 않은 그는 존재한 적이 없었다. 비에 흠뻑 젖은 머리를 한, 도화지처럼 깨끗한 그의 모습이 이질적이었다.

부일은 조용히 다가가 그의 어깨에 마른 수건 하나를 걸쳐 주었다. 무명은 소독약과 붕대를 꺼내고 찬장을 닫았다. 부일이 걸쳐 준 수건으로 얼굴을 대충 닦은 후 그는 소독약의 뚜껑을 따 내용물을 개수대 안으로 쏟아 냈다.

"조금 위험한 것 아닙니까?"

그는 대답이 없었다. 대신 비운 약통에 손바닥을 대고 손톱으로 제 살을 찢었다. 주먹을 꾹 쥐니 주르륵 핏물이 통 안으로 빨려 들어갔다. 부일은 그것을 보고 침을 꿀떡 삼켰다.

"그러다 들키면 어쩌려고 그러십니까?"

부일의 걱정스러운 물음에 그는 소리 없이 웃었다. 어째서 자신하는 것일까. 오랫동안 사람과, 또는 짐승과 담을 쌓고 살아온 남자였다.

부일은 가영과의 첫 만남을 떠올렸다. 벼랑 아래로 떨어지는 여자는 무명의 품에 안착했다. 꽤나 강렬한 만남이긴 했지만 그건 통상적인 기준이었다. 무명에게 그것보다 더 강렬한 만남은 셀 수도 없이 많았지만 한 번도 그런 것에 의미를 부여하지 않았다. 무엇보다 그는 그렇게 순진한 존재가 아니었다. 그가 사람에게 다가갈 때는 두 가지 경우였다. 죽이거나, 아니면 제 것으로 만들거나.

부일은 무명이 기절한 가영의 향을 맡던 모습을 떠올렸다. 또한 자신의 피를 먹인 것, 그리고 이렇게 사냥하는 것도 잊고 여자를 품에 안아 온 것도.

"설마……."

부일은 제 생각에 가장 가능성이 높은 것부터 질문을 던졌다.

"가영이를 먹으려고요?"

그는 말없이 부일의 손에서 옷가지와 수건을 받아 들었다.

"그런 겁니까? 이젠 사냥하는 게 지겨워서 키워서 잡수시게요?"

"나쁘지 않지."

"나쁩니다."

성의 없는 대답에 부일은 망설임 없이 일갈했다. 농담이겠지. 무명은 사냥감을 정할 때 그만의 규칙이 있었다. 한 번도 그걸 무너뜨린 적이 없다. 물론 자신이 목격한 것에 한해서 말이다. 그러니 농담일 수도 있다. 아니, 어쩌면 농담이 아닐 수도 있지. 그는 무엇으로라도 정의 내릴 수 없는 존재이지 않은가. 무명은 그에게서 수건 하나를 더 받아 들어 온수에 적셨다.

"나쁘죠. 아주 많이 나쁩니다. 일하지 않은 자여, 먹지도 말라. 모르세요? 어르신의 경우에는 사냥하지 않은 자는 먹지도 말아야 합니다."

"네놈의 주둥이는 늙어 갈수록 살아나는군."

"가영 처자가 얼마나 착합니까. 그 얼굴을 좀 보세요. 죄 한 번 안

짓고 산 얼굴이 바로 그런 얼굴입니다. 음식은 또 얼마나 잘합니까. 어르신 아까 가영 처자가 해 준 파전, 아직 소화도 다 안 되셨습니다. 그건 마치 결혼한 여자가 호적에 잉크가 마르기도 전에 다른 놈과 눈이 맞아 재가하는 것과 같다고요. 매우 부도덕하고 추접한 짓거리입니다."

"네가 하는 말은 모순덩어리고."

"덕기에게 아침에 뭐라고 하셨습니까? 절제가 중요하다고 훈계하시지 않으셨습니까? 한 입으로 두말하는 거 굉—장히 저열하고 비열하고 더럽고, 구역질……."

무명은 얼굴을 닦고 식탁 위에 던져둔 수건을 그의 입에 쑤셔 넣었다.

"조용히 잠이나 처자."

읍! 읍! 읍! 가영이 내버려 두세요! 그는 사라지는 무명의 뒷모습을 보며 입에서 수건을 다급히 빼냈다.

"가영 처자가 있어야 맛난 것도 먹고 어르신도 좋고, 저도 좋다고요!"

분명 정류장까지일 거라고 생각했다. 설마 그가 집까지 달릴 거라는 생각은 정말로 해 보질 못했다. 버스를 타고 달려도 30분 거리였다. 시간이 얼마나 걸린 건지 가늠을 해 보진 못했지만 체감상으론 30분이 채 되지 않았다. 그의 등에 얼굴을 파묻고 저도 모르게 잠들었다가 일어났는지도 의심해 보았다. 이마의 상처가 욱신거리고 쓰려서 잠이 들 리가 없었다. 그럼에도 불구하고 설마 잠이 들었었나?

무명에 의해 푹신한 침대 시트에 내려진 이래로 가영은 엉덩이에 본드라도 붙은 것처럼 그 자리에서 일어서질 못했다. 깨끗한 침구를 더럽히는 것 같아 불편했음에도 그것보다는 저에게 벌어진 일련의 일들이 더 혼란스러워 이리저리 돌아가지 않는 머리를 굴리는 것에 온 정신을 쏟았다.

딸깍, 하고 방문이 열리는 소리에 가영은 퍼뜩 고개를 돌렸다. 눈가를 꾹 누른 옷가지는 피로 흥건하게 젖어 있었고, 핏물과 빗물이 말라붙은 얼굴은 엉망진창이었다.

"명아."

가영은 멍하게 그의 이름을 불렀다. 무명은 여자에게 다가가 옷방에서 꺼내 온 새 옷을 매트리스 위에 내려놓고 그녀의 앞에 쪼그려 앉았다. 그러고는 가영의 손을 치우고 피가 흥건한 자신의 옷가지를 그녀의 이마에서 떼어 냈다.

이것 봐. 어떻게 이렇게 행동에 망설임이 없지? 가영은 붕대로 감긴 무명의 눈을 들여다보았다. 그의 얼굴을 이렇게 가까이서 보기는 처음이었다. 모공 하나 보이지 않는 매끈한 피부. 마르고 갈라진 제 입술과는 다르게 붉고 윤기가 흐르는 입술. 부드럽고 유연한 턱선. 그 아래 하얀 목에 툭 불거진 목울대. 젖은 천이 달라붙은 편편한 가슴까지 시선이 내려갔다가 가영은 다시 눈을 들었다.

"명이 너…… 나 어떻게 찾아왔어?"

그는 말없이 가영의 이마에 약을 바르고 거즈를 덧댄 후 붕대로 감았다.

"너 앞이 안 보이잖아."

"……."

"어떻게…… 어떻게 집까지 온 거야?"

"눈 감아 봐."

무명의 말에 가영은 끔뻑대던 눈을 감았다. 따듯한 것이 볼가에 닿았다. 그는 온수에 적신 수건으로 그녀의 얼굴을 섬세하게 훑고 닦아 냈다.

"됐어."

가영은 눈꺼풀을 들어 올리고 저에게서 조금 물러선 무명을 눈에 담았다. 자신이 보아 온 어떤 사람과도 달랐다. 수환과도 달랐다. 그를 어떻게 표현해야 좋을지 알 수가 없다. 그에게 다시 물을 수가 없었다. 어쩐 일인지 입이 잘 떨어지지 않았다. 또 물어도 대답해 줄 것 같지도 않았다.

가영은 제 아랫입술을 꾹 물고 마음속에 남아 있는 찝찝한 의문들을 어떻게든 스스로 삭여 보려고 노력했다. 어차피 저는 바보이니, 이 세상에 이해할 수 있는 이치보다 이해하지 못하는 이치가 더 많은 게 당연하다. 너무 아는 것이 없어서 무명을 신기하게 생각하는 것일 수도 있고 말이다.

"사냥개는 냄새만으로도 흔적을 찾을 수 있잖아."

"……."

무명이 입을 열었다.

"비슷한 거야, 나도."

"내 냄새를 따라온 거야?"

"비슷해."

비슷하다랄. 가영은 지난밤, 넘치는 기운을 이기지 못해 어두운 산길을 내달리던 자신을 떠올렸다. 모든 말초 신경이 생생하게 살아나 앞이 보이지 않아도 모든 것이 느껴지던 그것과 비슷한 것일까. 어쩐지 그렇게 받아들여졌다. 무명은 가영의 무릎 위에 새 옷가지를 올렸다.

"내 거야. 갈아입어. 그리고 오늘은 여기 있어. 집에 혼자 있는 것보다는 그 편이 좋을 거야."

"나…… 친구 집에서 자는 거 처음이야."

가영의 목소리엔 생경함이 가득했다. 그러나 분명 설레는 목소리였다. 무명의 입꼬리가 다시 슬며시 올라갔다.

"머리 계속 아프면 말해. 두통약……."

무명의 점잖은 목소리가 멈췄다. 가영의 조심스러운 손가락이 그의 뺨에 닿았다. 의심과 아픔으로 뒤덮였던 시야가 트이자 가영은 비로소 무명이 자신만큼 젖어 있다는 것을 깨달았다.

가영은 손을 뻗어 그의 이마로부터 흘러 방울진 물기를 그의 뺨에서 한 방울씩 닦아 냈다. 너무 조심스러워서 간지러웠다. 콕, 콕 병아리가 쪼듯 보드라운 손가락이 그의 뺨에 닿았다 떨어지길 반복했다. 사심이 없는 눈동자가 부지런히 저의 손가락을 좇았다. 그 손가락이 닿는 자리마다 피부가 화끈했다. 무명은 가만히 가영의 손을 잡아 자신에게서 떼어 냈다.

공기가 무거웠다. 가영은 눈을 끔뻑거리며 무명의 앙다문 입술을 바라보았다. 젖은 입술도 손가락으로 닦아 주고 싶은 충동이 일어 가영은 제 손가락을 꼭 오므렸다.

"명아."

가영이 그를 불렀다. 용기가 필요한지 아니면 한번 자신의 충동을 참아 보려는 건지 그녀는 침을 꿀떡 삼키고는 다시 입을 뗐다.

"나는 네가 좋아. 너한테…… 너한테 필요한 존재가 되고 싶어."

"……."

"너한테 좋은 친구가 되고 싶어."

"어떻게?"

그가 물었다. 어떻게? 어떻게 좋은 친구가 되고 싶냐고?

"네 붕대. 붕대를 깨끗이 갈아 준다거나, 뭐…… 그런 거."

그는 피식 웃으며 가영의 손을 그녀의 무릎 위에 내려놨다.

"갈아입어. 감기 걸려."

가영은 보송하게 잘 마른 무명의 하얀 옷가지를 내려다보았다. 잠깐 천을 매만지며 망설이다가 흠뻑 젖은 윗옷을 단번에 벗어 올렸다. 무명의 입이 살짝 벌어졌다가 곧 다물렸다.

브래지어를 풀어 바닥에 내려놓고는 윗도리에 머리통을 쑥 끼워 넣었다. 두 팔을 소매에 밀어 넣고 아래로 끌어 내린 다음에 만족스럽게 웃으며 자리에서 일어섰다. 큼지막한 바지를 끌어 내리고 눅눅하게 젖은 속옷도 벗어 내렸다. 어차피 무명은 앞을 보지 못하니 그의 앞에서 벗는 것에 망설임이 없었다.

바지에 제 다리를 꿰고는 위로 끌어 올린 뒤 허리춤의 끈을 야무지게 묶었다. 조금 긴 옷소매를 능숙하게 접으며 가영은 슬슬 무명의 눈치를 살폈다. 그는 목석처럼 앉아 있기만 했다. 가영은 바닥에 떨어진 옷가지를 주우려 바닥에 쪼그려 앉았다. 손가락 끝을 갈고리처럼 굽혀 옷가지들을 하나씩 끌어모으며 그를 곁눈질했다.

가영은 그에게 답을 받고 싶었다. 우리가 정말 친구라거나, 아니면 자신이 고백한 것처럼 그에게도 너를 좋게 생각한다는 그 정도의 대답이면 괜찮았다. 같이 하고 싶은 것이 너무 많았다. 같이 비밀을 나누고, 수다를 떨고, 맛있는 것도 먹고, 수환 오빠가 사 주고 간 초콜릿도 함께 나눠 먹고 싶었다. 그러나 그 모든 바람들을 속사포처럼 독촉하면 그가 부담스러워하고 그래서 자신을 멀리할까 걱정이 되었다. 중간을 찾는 것이 무척 어려웠다. 어떻게 하면 그에게 부담스럽지 않은, 좋은 친구가 될 수 있을까.

무명이 몸을 일으켰다. 젖은 옷가지가 단단한 허벅지에 달라붙어 있었다. 그는 아무 말 없이 방문으로 향했다. 가영은 그의 손을 꽉 붙잡았다.

"어디 가려고?"

"……."

꼭 잡은 손은 서늘한 자신의 손보다 뜨거웠다. 가영의 손가락이 억지스레 그의 손가락에 감겼다.

"나랑 같이 있으면 안 돼?"

무명은 가영을 내려다보았다. 걱정과 초조함이 가득 담긴 어쩔 줄 모르는 목소리는 제 손에 감긴 그녀의 손가락만큼이나 떨고 있었다.

위험한 것이 아니냐는 부일의 말이 번개처럼 머릿속을 스치고 지났다. 가영에게 당부하고 싶은 말들이 입안에 고였다. 받아들이는 입장에 따라 가영의 순수한 말과 행동들이 어떻게 비치는지도 이야기하고 싶었다. 그러면서도 한편으로 무명은 가영의 순수함에 생채기를 내고 싶지 않았다. 자신을 향한, 이 맑은 호의와 관심을 그만두게 하고 싶지 않았다.

그는 무릎을 굽혀 가영과 시선을 맞췄다.

"언젠가."

무명은 가영의 손을 제 눈에 가져다 댔다. 젖은 붕대의 까끌까끌한 감촉이 손끝에 느껴졌다.

"언젠가 너는 내 붕대를 갈 수 있을지도 몰라."

"……."

"하지만 지금은 아니야."

그의 말을 어떻게 받아들여야 할까. 가영은 혼란스러웠다. 너랑 친해지고 싶지만 지금은 아니란 건가? 아니면 너와 친해질 생각은 전혀 없다는 건가?

"네가 날 받아들일 수 있다는 확신이 들면 그땐 넌 내게 필요한 존재가 될 거야."

"난 네가 좋아."

무명의 말에 망설임 없이 대꾸했다.

"나는 너의 무엇이라도 기쁘게 받아들일 수 있는걸."

무명은 웃으며 가녀린 목덜미를 쓰다듬고 그녀의 뺨에 입을 맞췄다.

"잘 자, 친구. 지금은."

문을 닫고 나가는 그의 뒷모습을 바라보며 가영은 제 뺨을 손끝으로 더듬었다. 친구. 분명 그는 그렇게 말했다. 가영이 그에게 바라는 것도 그것이었다. 그러나 정말일까. 가영은 제 볼을 문지르며 그보다 뒤에 말한 '지금은' 이라는 단어를 곱씹었다. 그가 무엇을 말하려는지 도무지 알 수가 없었다. 명의 입술이 닿았던 자리에 서늘한 자국이 남은 것 같았다.

적안(赤眼)

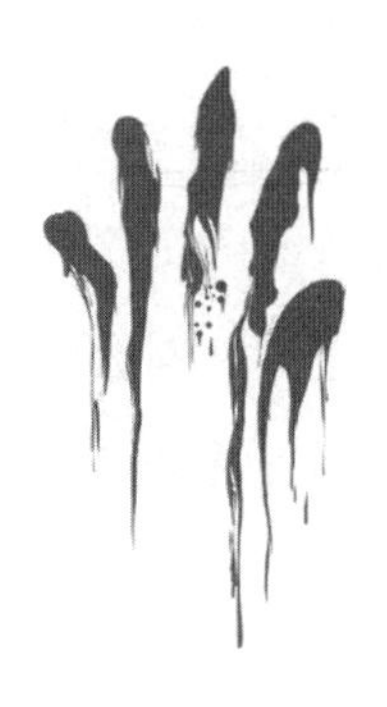

어스름하게 새벽 동이 틀 무렵, 가영은 방을 나섰다. 언제나 새벽녘에 일어나긴 했지만 오늘은 평소보다 훨씬 더 빨랐다. 낯선 방에서 낯선 옷을 입고 낯선 침대에 누워 있자니 잠이 잘 오지 않았다. 친구의 집에서 잔다는 것에 들뜨고, 그의 모든 흔적에서 느껴지는 완연한 사내의 체취에 마음이 안정되질 않았다. 낯선 듯 너무나 익숙한 향기. 어디선가 느껴 본 적이 있는 것 같은 기시감 같은 것도 자꾸만 들었다.

어쨌든 평소와는 달랐고 기분도 너무나 이상했다. 가영은 자신의 볼에 한 번 더 손을 가져다 댔다. 오래전 아빠나 엄마가 뽀뽀해 준 기억은 무척 희미했고 그 이후로 누구도 이토록 친밀한 스킨십을 해 준 적이 없었다. 마냥 좋아야 하는 게 맞는 것 같은데 그것보다 혼란스러운 마음이 더 컸다.

가영은 제 명치에 손을 대고 쓸었다. 까닭 없이 속이 울렁거렸다. 목 위로 뭔가 자꾸 치미는 느낌이 들어 그녀는 지난밤에 익혀 둔 화장실부터 찾아갔다. 실내화를 신고 개수대 앞에 서서 물때가 앉아 있는 뿌연 거울로 제 얼굴을 들여다봤다. 묶고 자서 산발이 된 머리를 다시 동여매고, 지난밤 무명이 둘러 준 붕대 위로 상처 부위를 몇 번씩 꾹꾹 눌렀다.

어라? 가영의 손길이 좀 더 부산스럽고 거칠어졌다. 그녀는 제 이마를 몇 번 더 세게 누르고 비벼 보더니 두 손으로 붕대를 거침없이 풀기 시작했다. 전혀 아프지가 않다. 아무리 눌러도 느껴지는 것은 단단함뿐이었다.

가영은 붕대를 풀어 개수대에 내려놓고 붉은 피가 묻은 거즈도 이마에서 떼어 냈다. 물을 틀어 이마에 달라붙은 굳은 피딱지들을 닦아 내자 놀랍게도 살이 찢기고 패었던 흔적은 어디에도 없었다. 가영은 눈을 가늘게 뜨고 제 이마를 다시 매만졌다. 어디를 다쳤던 건지 그 부위를 추측하기도 힘들 지경이었다.

"엄마야……."

가영은 저도 모르게 중얼거렸다. 어떻게 이럴 수가. 어떻게 이럴 수가 있지. 그녀는 그대로 넋이 나갔다.

부일이 무거운 눈꺼풀을 천천히 들어 올렸다. 험난했던 과거에 대한 악몽에서 조금씩 깨어난 뒤에 그의 코끝을 간지럽히는 것은 언제나처럼 눅눅하고 곰팡이 핀 공기가 아니라 햇살처럼 맑고 보송한 향이었다.

"……."

아주 옛날에, 무명과 함께하지 않았던 때에 늘 맡았던 향. 그동안 자신의 삭신이 쑤셨던 것이 마치 눅눅하고 축축한 집 안의 공기 때문이었던 듯 느껴졌다. 그만큼 지금의 아침은 상쾌하고 쾌적했다. 부일은 한결 개운해진 기분으로 자리에서 일어났다. 방문을 열자 된장국 향기가 퍼졌다.

오! 신이시여…….

그는 탄복했다. 발바닥에 끈적끈적하게 달라붙던, 눅눅한 장판은 반질거리게 닦여 있었다. 찬장 위에 가득했던 잡동사니들은 말끔하게 사라졌고, 거실 커피 테이블 위에는 보송하게 마른 빨래들이 각을 맞춰 곱게 접혀 있었다. 환기를 위해 열어 둔 창문 안으로 햇살이 부서져 들어왔고, 창밖으로 길게 늘어선 빨랫줄 위로 그동안 그가 감히 엄두가 나지 않아 하지 못했던 이불 빨래가 말끔하게 걸려 있었다. 거실을 지나 부엌에 당도했을 때, 그는 똑똑히 들었다.

그의 귀에 베토벤의 교향곡, '환희의 송가'가 울려 퍼지는 것을.

"할아버지. 안녕히 주무셨어요."

가영은 그를 향해 깍듯하게 인사해 보였다. 까만 머리를 질끈 묶은, 이 시골 처녀에게서 그는 후광을 보았다. 형광등 백 개를 켜 놓은 아우라. 성모 마리아의 화신. 아니 미륵보살, 선녀, 뭐가 되었든 좋다. 그는 눈물을 흘리며 빌고 싶었다. 제발 여기서 살아 달라고. 오래오래. 아주 영원히 말이다. 그는 목이 메어 한참 만에 입을 열었다.

"가영 처자. 잘 잤어?"

"네. 잘 잤어요."

가영은 씩씩하게 말하며 그를 끌어 식탁에 앉혔다.

"여기 앉으세요. 시장하시죠?"

가영은 부일의 앞에 수저와 젓가락을 놔 주고 서둘러 밥을 펐다. 보글보글 된장찌개가 끓는 소리가 기분 좋게 귓가를 자극했다. 가영은 부일의 앞에 김이 모락모락 나는 쌀밥과, 구수한 향만으로도 침샘을 자극하는 찌개를 내려놓았다. 거기에 더해 붉은 고춧가루에 기가 막히게 버무려진 푸릇한 봄동도 식탁 위에 올렸다.

"마침 봄동이 있기에, 겉절이 했어요. 방금 해서 맛있을 거예요."

하나님 아부지…… 천지신명이시여…… 감사합니다. 말년에 이런 복덩이를……. 부디 무명 놈이 이 처자를 잡아먹지 않고 오래오래 같이 지낼 수 있게 해 주세요. 제발요.

"할아버지. 근데 여기는 왜 세탁기가 두 개나 있어요?"

부일은 뜨거운 된장국을 후후 불어 후루룩 한입 먹고는 그 맛을 음미하며 콧구멍을 벌름댔다. 40년만 젊었어도 결혼해 달라고 빌고 싶다.

"어. 그거 하나는 건조기. 내가 관절이 안 좋아서 빨래 널고 개는 게 힘들어. 건조기에 넣으면 빨래가 다 마르니 손이 좀 덜 가지."

"아."

그는 쌀밥과 봄동을 입안에 가득 넣고 씹었다. 씹을 때마다 아삭아삭 소리가 났다. 너무 맛있어서 눈물이 날 지경이다.

"그래도 햇빛에 말리는 것만 하려고. 모름지기 빨래는 햇빛에 말려야 제격이지."

부일은 다시 한번 윤기 나는 쌀밥을 입안에 넣었다. 밥알이 찰지게 씹혔다. 가영은 하얀 옷자락을 손으로 배배 돌리며 조심스레 입을 열었다.

"할아버지 근데 그, 약이요."

"응?"

부일은 성실하게 턱관절을 움직였다. 잇몸이 안 좋아 씹는 게 여간 불편한 게 아니었는데 지금은 돌덩이라도 씹을 것 같다.

"명이가 저한테 발라 준 약, 혹시 뭔지 아세요?"

갑자기 밥알이 컥 목에 걸렸다. 가영은 얼른 물을 따라 부일에게 건넸다. 그는 벌컥벌컥 물을 마신 뒤 입을 닦았다. 대답을 기다리며 목을 빼고 있는 가영을 보니, 대답을 안 할 수도, 그렇다고 할 수도 없어 난처했다. 그럴 때 방법은 하나였다. 모른 척하기.

"어, 글쎄. 그 난 잘 모르겠네. 무슨 약을 발랐나."

"그 왜 빨간 통에 들어 있는 거였는데. 엄청 약효가 좋은 거 같아요. 그거 어디서 구할 수 있는지 혹시 아세요? 뭘로 만든 거예요? 산에서 나는 약초 같은 걸로?"

"그, 글쎄. 그거는 이따가 명이한테 직접 물어보는 게 어때?"

아. 그럴까? 그게 빠르겠네. 가영은 '아, 네' 하고 고개를 끄덕였다. 위험한 고비가 일단락된 것 같아 부일은 안심하고 다시 밥을 펐다.

"할아버지, 근데요."

"어, 어어……?"

"명이는……."

명이가 또 왜……. 하여간 조심 좀 하라니까. 대체 그 양반은 왜 자꾸 이렇게 일을 저지르는지 모르겠다. 부일은 가영의 질문이 두려워 열심히 밥알 씹는 것에 열중했다.

"명이는 눈이 언제부터 그랬어요?"

그 말에 부일의 턱이 느려졌다. 곤란하긴 참 곤란한 질문인데…… 또한 고민이 되는 질문이었다. 이 처자를 놓치고 싶지 않다. 어떻게든 오래오래 머물게 하고 싶다. 그 욕심이 너무 커서 '어르신'을 불쌍하게 만드는 것 정도는 나쁘지 않을 것 같았다. 그는 수를 냈다. 에둘러 말하고, 과장해 말하고, 거기에 약간의 거짓말을 보태기로.

"그놈 그거 눈 그런 거 태어날 때부터 그랬어."

"아…… 그래요?"

"명이. 걔는 지 부모가 누군지도 몰라."

"지, 진짜요?"

"그럼. 엄마 아빠가 누군지도 모르고 자랐지. 가족도 없어요. 다들 내가 친할아버지라고 알고 있는데, 아니야."

가영은 화들짝 놀랐다.

"아니에요?"

"아니야. 그냥 불쌍해서 내가 거둬 준 거야. 혈육이라곤 한 사람도 없어. 천애 고아. 천애 고아."

"……."

세상에. 가엾어라. 버린 부모라도 가영에겐 부모가 있었다. 엄마 아빠에게 사랑받은 추억들이 분명히 그녀의 기억 속에 있었고 지금은 수환과 경옥이 옆에 있었다. 먹여 주고 입혀 주고 조건 없이 자신을 보살펴 주는 존재가.

그런데 명이는…… 엄마도 아빠도 없고, 혈육도 없고, 심지어 눈도 보이질 않는다. 어떻게 이렇게까지 가엾을 수 있을까.

"친구라고는 사귀어 봤자 제대로 된 놈 하나 없고 나 죽으면 그 녀석 누구 믿고 의지하고 살지 참 걱정이야."

"할아버지가 오래 사셔야죠."

"내가 살면 얼마나 살겠어. 하여간 참 가엾은 놈이야. 안 그래 가영 처자?"

"네……. 정말 안됐어요."

"그래. 불쌍하다니까. 우리 무명이가 참…… 가여운 놈이야. 정붙일 곳도 없고 돌봐 주는 사람 하나 없이 지내야 하니 참 얼마나 불쌍해."

"네……."

가영의 눈에 눈물이 그렁그렁했다.

"어휴, 저놈 저거 누가 좀 거두어 줘야 내가 맘 편히 눈을 감을 텐데……."

그러니까 가영 처자 네가 거두어라. 부일이 하고 싶은 말은 그거였다. 듣고 싶은 답은 '그럼 제가 거둘게요' 였고. 조금만 더 하면 넘어오지 않을까. 명을 조금 더 불쌍하게 만들어 볼까. 슬퍼서 어쩔 줄 몰라 하는 가영의 얼굴을 보고 있자니 조금만 더 하면 넘어올 것도 같다.

"누가 누굴 거둬?"

숙연한 분위기에 찬물이 확 끼얹어졌다. 무명의 심드렁한 목소리에 가영이 퍼뜩 눈을 들었다. 그는 제 배를 긁으며 주방에 들어섰고 가영은 자리에서 벌떡 일어섰다.

"명아. 자, 잘 잤어?"

"응."

가영은 그의 손을 잡아끌었다.

"여기. 여기 앉아."

가영은 무명을 식탁에 앉혔다. 재빠르게 수저와 젓가락을 놓고 밥그릇과 국그릇을 놓아 준 후 그의 손에 수저를 냉큼 쥐여 주었다.

"자."

"이거, 다 네가 한 거야?"

"응."

"……."

명은 수저를 든 채 가만히 있었다. 먹으려는 의욕이 전혀 없어 보였다.

"왜? 된장찌개 싫어해? 다른 거 해 줄까?"

무명은 아침을 먹지 않는다. 언제나 간단하게 커피 한 잔이었다. 부일이 그것을 알려 주려 하자 무명이 손을 움직였다.

"아니. 잘 먹을게."

그는 몇 수저를 뜨지 못했다. 평소에도 아침을 잘 먹지 못했지만 오늘은 유독 그랬다. 가영이 먼저 식사를 마치고, 부일의 이불 빨래까지 해 놓겠다며 자리를 뜨자 무명은 바로 수저를 내려놓았다.

"지난번 사냥. 안 좋으셨어요?"

"손도 못 댔어."

"어디 아픈 물건이었어요?"

"약 하던 놈이었어."

"……."

갈수록 원하는 것을 얻는 것은 더 힘들어진다. 열 번의 사냥을 나가면 그중 기껏 한두 번 배를 불렸다. 세상이 발전할수록 모든 것은 오히려 병들어 갔다. 건강한 것들은 별로 남아 있지 않았다.

부일은 무명의 목덜미를 보았다. 푸른 혈관들이 나무뿌리들처럼 피부 위로 돋아 있었다. 무명은 자신의 이마를 손으로 몇 번 문지르더니 에스프레소 머신 앞에 섰다. 캡슐을 넣고 커피를 내리는 손이 조금씩 떨렸다.

"가영 처자가, 피에 관해 물었어요. 무슨 약이냐고, 어디서 구할 수 있냐고 묻기에 암말도 안 했습니다."

"……."

"아마 어르신에게도 물을 겁니다."

명은 커피 잔을 들었다. 어제와 다름없는 표정의 얼굴이 조금 지쳐 보였다.

"오늘도 비가 내릴 거야."

"오늘도요?"

"그래. 오늘도."

부일은 고개를 돌려 창문을 쳐다보았다. 봄 햇살이 눈이 아플 만큼 따가웠다.

가영은 부일의 빨래를 발로 꾹꾹 밟아 빨고, 빨랫줄에 널어 둔 뒤

계단에 앉아 봄의 기운에 둘러싸인 산자락을 구경했다. 맑은 하늘에 뜬 뽀얀 무지개가 시선을 잡아당겼다. 평화롭고 외롭지 않은 풍경이었다. 바람 사이에 꽃씨들이 섞여 흐드러졌다. 눈꽃처럼, 비눗방울처럼 민들레 꽃씨가 날렸고, 무명이 어느새인가 가영의 옆에 앉았다.

"무지개가 떴어."

가영이 방그레 웃으며 먼저 말을 걸었다.

"비가 오고 나면, 항상 무지개라는 게 떠. 일곱 가지 색이라는데, 나는 그걸 다 본 적은 없고 늘 빨간색이랑 노란색만 보는 것 같아."

가영은 말을 멈추고 무명을 쳐다보았다. 태어날 때부터 앞을 보지 못했다니, 분명 이 세상이 얼마나 많은 색으로 이루어졌을지 모를 것이다. 자신의 얼굴이 얼마나 깨끗하고 아름다운지 머리카락은 얼마나 새까맣고 윤기가 흐르는지…… 그것도 전혀 모르겠지. 때가 탄 붕대를 바라보는 가영의 눈이 송아지처럼 착했다.

"노란색에서는 개나리꽃 냄새가 나. 주황색은 복숭아꽃 냄새가 나고, 초록색은 풀 냄새가 나고, 갈색은 나무 장작 냄새가 나. 그리고 붉은색은…… 붉은색은 피 냄새가 나."

무명은 코가 예민하다고 했다. 가영은 그런 식으로라도 설명해서 그에게 무지개를 느끼게 해 주고 싶었다.

"무지개는 그런 게 다 섞인 거야."

가영의 설명에 무명이 키득키득 웃었다. 하얗게 이를 드러내고 웃는 모습이 레몬처럼 상큼했다. 새하얀 피부가 햇살 아래 다이아몬드처럼 빛났다.

"다 섞였지만 아주 예뻐. 하루 종일 보고 있어도 질리지 않을 만큼 예뻐."

"다른 것도 말해 봐."

"다른 거?"

무명은 가영이 재잘거리는 것을 조금 더 듣고 싶었다. 그에게 뭔가를 알려 주려 열심인 모습이 무척이나 재밌었다. 가영은 제 주변을 이리저리 둘러보다 잡초 사이에 자라난 민들레 꽃씨 하나를 땄다. 그리고 그걸 무명의 손에 들려 주었다.

"이건 민들레 꽃씨야. 초록색 줄기에 솜처럼 하얗고 보송한 털이 달렸어. 입으로 후 불면 눈처럼 흩날려."

가영은 그가 보송한 민들레 꽃씨들을 만질 수 있게 그의 손을 잡아끌었다. 집게손가락 끝을 솜털 같은 감촉이 간지럽혔다. 가영은 무명의 길고 하얀 손가락을 열심히 움직였다.

"너는 뭐든 이렇게 열심히 해?"

그가 물었다. 가영은 천연한 눈을 들었다.

"가끔은, 좀 건성으로 살고 싶지 않아?"

"……그럼 ……외롭잖아."

그녀는 조용히 대답했다. 건성으로 사는 것은 외롭다고.

힘든 마음은, 외로운 마음은, 서글프고 지친 마음은 애써 무시한다. 어떻게든 살아가려면 정신없이, 희망적으로 사는 수밖에 없었다. 왜 아빠가 날 버렸을까, 왜 엄마는 날 찾지 않을까, 왜 경옥 할머니는 내게 쌀쌀맞을까, 왜 아무도 나와 친하게 지내려 하지 않을까. 왜 나는, 나는 바보일까. 그런 생각을 떠올리고 싶지 않았다. 어떻게든 힘차게 살면, 어떻게든 착하게, 열심히 살면 언젠가 사랑받을 수 있겠지. 언젠가 엄마가, 아빠가, 경옥 할머니가 나를 필요로 해 주겠지. 머릿속에 그것 말고 다른 생각은 별로 하고 싶지 않았다.

간절하니까. 정말로 간절하게 사랑받고 싶으니까 더 열심히, 더더욱 열심히, 그것을 갈구하는 것 말고는 방법이 없었다. 그러니 건성으로 살 수가 없었다.

"이런 내가 싫어?"

가영이 머뭇거리다 물었다. 자신이 다가가려 할수록 사람들은 멀어졌다. 노력을 하면 할수록 더 그랬다. 그 외에는 방법이 없어서 할 수 있는 건 그것뿐이라서 절박할수록 가영은 더 자신을 내주었다. 열심히. 어떻게든 열심히.

무명은 대답 대신 가영의 뺨 위에 손을 올렸다. 따듯한 손바닥에 볼이 닿았다. 무명은 그녀의 얼굴에 두 손을 대고 뺨, 입술, 이마, 눈두덩이, 콧날을 만졌다. 앞이 보이지 않는 사람들은 이런 식으로 사람의 얼굴을 인식한다는 이야기를 수환에게 들은 적이 있다.

가영은 그를 향해 몸을 돌리고 그가 얼굴을 잘 만질 수 있도록 상체를 더 숙였다. 무명은 곧 손을 떼어 냈다.

"왜? 더 만져도 돼."

가영이 독려하자 무명은 웃으며 고개를 저었다.

"아니, 됐어. 충분해."

그 대답에 가영은 다시 침울해졌다. 못생겨서 싫어졌나……? 정말 내가 부담스러운 걸까? 나랑 친구를 안 하려나……? 또, 혼자가 되는 걸까?

"너, 약에 대해 물었다며?"

"아, 응. 그거 진짜 신기하더라. 이것 봐. 다 나았어."

가영은 잔머리를 치우고 말끔해진 이마를 그에게 들어 보였다가 아차, 하고 그의 손을 가져가 이마에 대었다. 가영의 반질반질한 이마 위에 명의 손가락이 지그재그로 선을 그었다.

"봐. 진짜 신기하지?"

"너……."

"응?"

"정말 내게 필요한 존재가 되고 싶어?"

"응."

무명의 물음에 망설일 이유가 없어 가영은 재빠르게 대답했다.

수환과 영길은 과학 수사 연구소 로비에서 연구원을 맞았다. 그는 한 손에 서류를 든 채 재빠르게 본론부터 말했다.

"홍승만과, 황주영의 혈액이 맞습니다."

"다른 것은요?"

"혈흔이 워낙 많이 쏟아져 족적은 없었고, 지문은 발견되긴 했는데."

"그런데요?"

연구원은 고개를 갸웃거렸다.

"사람의 지문 같지가 않습니다."

지문이면 지문이지 사람의 지문 같지가 않은 것은 또 뭐란 말인가.

"지문의 생김새가 기존에 우리가 알고 있는 형태가 아니에요."

"……."

연구원은 차트에서 지문을 뜬 필름을 수환에게 건넸다.

"보통 지문의 패턴은 와상문, 궁상문, 이런 식으로 나뉘지 않습니까. 아무리 특이해 봤자 거기서 거기인데, 이건 아예 생김새 자체가 다르단 말입니다."

짐승의 무늬 같기도, 얼기설기 뒤섞인 나뭇가지들처럼도 보이는 형상이었다. 범죄를 들키지 않기 위해 제 손을 지지거나 살을 도려내서 지문을 없애는 놈들은 많이 보아 왔다. 그러나 이것은 고의적으로 제 지문을 훼손시켜 나올 수 있는 형상이 아니었다.

"뭐…… 혹시 이런 장갑을 꼈다거나 할 가능성은 없어요?"

"이렇게 정교한 형태로요?"

연구원은 고개를 저었다.

"글쎄요. 가능성은 희박하겠지만 뭐, 아예 없다고도 할 수 없으니까요. 조사해 보시죠. 한번."

기괴한 형상의 지문에 넋이 빠져 있는 수환을 제쳐 두고 영길이 다른 것을 물었다.

"저, 실종자들이 살아 있을 가능성은 있습니까?"

"홍승만과 황주영의 몸무게는 대략 70kg 전후였습니다. 집 안에서 발견된 혈액의 양으로 봤을 때, 못해도 각각 5리터 이상의 피를 쏟았고, 그 정도면 체내의 모든 혈액이 다 빠져나왔다고 봐야 해요. 살아 있을 가능성은 제로에 가깝다고 봐야겠죠."

"어떤 미친놈이 사람의 몸에서 혈액을 몽땅……."

영길이 말을 잇지 못하고 더듬대자 연구원은 덧붙였다.

"아. 그리고 발견된 혈액에 뇌척수액과 뼛조각 같은 것도 같이 섞여 있었습니다. 사체가 훼손당하지 않았을 가능성도 제로에 가깝다고 봐야 합니다. 훼손된 정도에 따라 아예 검사 자체가 불가능할 수도 있고요."

명이 다시 물었다.

"진심으로?"

"응."

가영은 더 열렬히 대답했다.

"나와 친구가 된다는 건, 너는 죽을 때까지 나와 관계를 끊을 수 없다는 뜻이야. 그래도 상관없어?"

"응."

죽을 때까지. 죽을 때까지 혼자가 아닐 수 있다. 죽을 때까지 함께할 수 있는 친구. 가영에게 그보다 더 달콤한 것은 없었다. 심장이 설렘으로 콩닥콩닥 뛰었다. 무명은 가영의 두 손을 잡았다. 새하얗고 긴 손가락이 저의 까맣고, 지저분한 손가락에 겹쳐지니 느낌이 무척 야릇했다. 심장이 펄떡거렸다.

명은 태연했다. 그 모습이 마치 안개의 장막에 가려진 아침처럼 고요해서 신비로운 힘마저 느껴졌다. 거기에 빨려 들어가는 것만 같았다. 두근두근. 제 심장 소리가 공기 중에 퍼져 나가고 순식간에 주변이 칠흑처럼 어두워졌다. 눈앞이 깜깜하고 무명의 새하얀 살결만 둥둥 떠다녔다.

쏴아— 하는 소리와 함께 빗줄기가 느닷없이 쏟아졌다.

“앗! 빨래!”

가영이 자리에서 벌떡 일어서자 무명이 자신에게서 벗어난 그녀의 손을 다시 잡았다.

“명아, 나 빨래.”

그는 자리에서 일어섰다. 가영보다 머리 하나가 더 큰 키가 껑충 올라갔다. 그는 가영의 두 손을 제 눈에 가져다 댔다. 붕대가 빗물에 젖어 가고 있었다.

“지금.”

그러니까 지금. 전날, 너의 더러워진 붕대를 갈아 주고 싶다는 그 바람은 지금 이룰 수 있다. 이 행위가 의미하는 바가 무엇인지 가영은 다 읽어 낼 수 없었다. 그래서 붕대 위에 손을 올린 채 젖어 가는 그의 눈과 젖어 가는 이불을 번갈아 바라보며 안절부절못했다. 무명은 여자의 손목을 꽉 잡아 그녀의 주의를 환기시켰다. 그는 한 번 더 힘주어 말했다.

“지금.”

수환과 영길 둘 다 제정신을 차리기 힘들었다. 그날 별장에서 그 광경을 보았을 때부터 귀신에라도 홀린 듯한 기분을 영 떨치기가 힘

들었다.

대체 어떤 괴물을 마주하고 있는 것일까. 수환은 그것을 가늠하기가 힘들었다. 시동도 걸지 않은 차 안에 말없이 전방만 주시하고 있는데 영길이 제 점퍼 안주머니에서 수첩 하나를 꺼내 수환에게 내밀었다.

"뭐야 이게?"

"선배가, 예전에 강진욱 조사하라고 했을 때, 강진욱을 봤다고 하는 목격자가 한 명 있었어요."

그 말에 수환은 냉큼 그가 준 수첩을 받아 들었다. 진작 주었어야 하는 물건을 왜 숨기고 있었는지 따져 물을 수 있었지만 중요하지 않았다. 우선은 무엇인지부터 확인해야 했다.

"찾아가 봤더니 정신병자야. 정신분열병 환자래. 가족들이 잡아다가 폐쇄 병동에 넣었는데 제대로 의사소통도 불가능한 사람이었어. 하루 종일 헛것만 보고 헛것만 듣는 사람인 데다가 제대로 대화도 안 되는데 목격이고 증언이고 믿을 수가 있냔 말이야."

"......"

수환은 말없이 수첩을 한 장씩 넘겼다. 모두 같은 그림이 그려져 있었다.

"그 사람 강박증 같은 게 있대요. 같은 문장만 반복해 쓰던지, 같은 것만 그린다는 거야. 의사가 말하기로는 1년 전부터 뭐에 꽂혔나, 계속 같은 것만 그린다는데, 어쩐지 찜찜해서 그거 받아 왔어요."

"......"

"아니, 믿을 수가 없잖아. 안 그래요? 정신분열증 환자잖아. 사실 지금도 못 믿겠는데, 씨발, 지금 이 상황도 못 믿는 상황 아니야. 내가 지금 뭔 상황을 겪는 건지도 모르겠다니까요. 내가 오죽하면 그 정신병자 그림이 이렇게 눈에 밟히겠냐고."

수환은 수첩의 마지막 장을 펼쳤다. 분노와 광기에 차 휘갈긴 검은 선들. 새까맣게 뭉개진 검은 형태는 얼핏 사람의 그림자 같았다. 다른 것은 아무것도 없었다. 새까만 어둠 속에 단 두 개만 빛났다.

눈이 아플 정도로 붉은 두 눈동자만이.

가영은 이불을 걷는 것을 포기했다. 무명의 어조에는 거부할 수 없는 힘이 있었다. 어쩐지 그의 말대로 지금이 아니면 안 될 것 같은 생각이 들었다. 가영은 어금니를 물고 그의 붕대를 더듬거렸다. 긴장감에 손이 벌벌 떨리고 숨이 거칠어졌다. 명이가 감기에 걸릴지도 모른다. 아침부터 식욕이 없어 보였고 어제보다 오늘 더 백지장처럼 얼굴이 하얗다. 빨리, 빨리, 어서 끝내고 들어가야 해.

가영은 안으로 접힌 붕대의 끄트머리를 찾아 빠른 속도로 붕대를 풀었다. 하얀 그의 얼굴이 전부 보였다. 뾰족하게 산을 이룬 선명한 눈썹, 감긴 눈두덩이, 풍성하게 뻗은 까만 속눈썹이 환했다. 막연하게 흉측할 것이라 상상했다. 흉측하기 때문에 붕대로 감고 다니는 것이라고 생각했다. 그러나 붕대를 푼 그의 얼굴은 무척 깨끗하고 단정했다. 그 어떤 상처나 흉터도 없었다.

가영은 손에 들린 붕대를 바닥에 떨궜다. 이렇게 예쁜 얼굴을, 대체 왜 감추고 있는 것일까. 가영은 그의 감긴 눈에서 시선을 떼지 못했다. 그의 얼굴을 모두 보고 싶다. 완전히. 그리고 손을 뻗어 그의 곱고 깨끗한 얼굴을 쓰다듬고 싶었다.

그가 눈을 떴다. 흰자위만 보였다. 동공이 하얗게 비어 있었다. 완연한 장님의 눈이었다. 가영은 미소 지었다. 이대로도 충분히 아름답다고 생각했다. 전혀 흉하지 않았다. 그녀는 웃으며 무명에게 손을 뻗었다. 그의 고운 뺨 위로 손을 올리려는 찰나, 무명의 눈이 휘르륵 뒤로 돌아갔다. 마치 파충류처럼 눈동자가 한 바퀴 구르더니 이내 초점이 제대로 맞아 들어갔다. 무명의 눈동자는 가영에게 향했다. 한 치의 벗어남도 없었다.

피처럼 붉은 눈동자. 가영의 머릿속에 번개가 쳤다. 우르르 쾅. 새까만 어둠이 번쩍하더니 하늘 위로 천둥이 쪼개졌다.

이 눈을 본 적이 있었다. 벼랑에서 떨어질 때. 죽음은 이 얼굴로 그녀를 찾아왔다가 그녀를 스쳐 지나갔다. 수많은 밤, 악몽 속에 찾아와 그녀를 짓누르고 괴롭히던 공포감이 한순간 가영을 덮쳤다.

“안녕, 가영.”

무명이 빙그레 웃으며 인사했다. 그때 마주했던 그 죽음의 얼굴이었다. 가영은 그때처럼 눈을 뒤집으며 늘어졌다. 희미하게 멀어지는 의식이 온통 핏빛이었다.

노스페라투

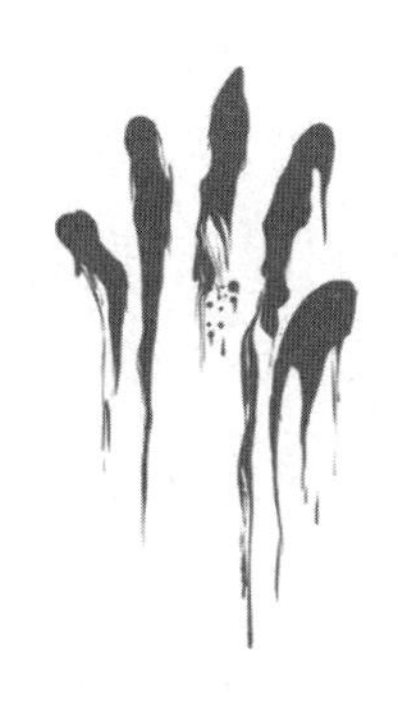

가영은 칠흑 같은 어둠을 달렸다. 달리고, 달리고 또 달렸다. 온통 까매 앞으로 나아가고 있는지 뒤로 가고 있는지, 사방천지를 분간할 수 없었지만 그래도 그녀는 죽을힘을 다해 달렸다. 붉은 눈동자, 불처럼 타오르는 눈동자가 핏빛 바다처럼 그녀를 좇았다. 숨이 턱까지 차오르고 온몸을 버둥거리며 달려도 도저히 멀어지질 않았다. 벗어날 수가 없었다.

싫어.

싫어.

싫어.

"싫어!"

가영은 누운 자리에서 벌떡 일어났다. 온몸이 젖어 있었다. 헉헉 가쁜 숨을 내쉬며 서늘한 몸을 웅크리고 벽에 등을 바짝 붙였다. 궁지에 몰린 쥐처럼 덜덜 떨며 그녀는 숨을 죽이고 주변을 둘러봤다.

집이다. 어느새 제집, 제 방에 들어와 잘 깔린 이불 위에 누워 있었다. 꿈을 꾼 것인데 어디서부터 어디까지가 꿈인지 분간할 수 없었다. 가영은 땀에 젖은 제 이마를 매만졌다. 흉터가 사라진 것인지, 흉터가 생긴 적조차 없는 것인지 그것도 헷갈렸다.

기범 할배네 간 것은 꿈이었을까. 아니었을까. 송라물과 파전을 챙겼던 건…… 그건 꿈이었을까. 아니었을까. 어디서부터 어디까지가 현실이고 어디서부터가 꿈이었을까. 어떻게 이렇게 지독한 악몽을 꿀 수 있지.

가영은 그 둘을 분간하려 애를 썼다. 모든 것이 다 현실 같고 모든 것이 다 악몽 같았다. 무명과 친구가 되었다고 생각했다. 뺨에 닿던 그의 감촉, 그의 방에서 나던 좋은 향. 불현듯 그 향이 그날, 송라를 캐던 날, 죽음에게서 느꼈던 향기와 비슷하다는 느낌이 들었다. 그것도 꿈일까. 아마도 그럴 거다. 그렇다면 무명과 친해진 것도, 그 아이가 뺨에 입을 맞춘 것도, 친구가 되기로 한 것도 모두가 꿈일 거다. 이것이 다행인지 불행인지. 안도감도 들고 괴로운 마음도 들었다. 무서웠고 무엇보다 외로웠다.

가영은 몸을 웅크리고 흐느꼈다. 천둥 번개가 치는 장대비 속에 집 안은 너무나 적막하고 어두웠다. 그녀의 마음은 쏟아지는 빗소리처럼 혼란스러웠다. 한참을 웅크리고 울다 방을 나섰다. 얼마나 잔 것인지, 목이 마르고 허기졌다. 가영은 흐른 눈물 자국을 애써 꿋꿋하게 닦고 코를 훌쩍였다. 부엌으로 들어가 냉수부터 들이켠 후 형광등 스위치를 찾아 올렸다.

딸깍. 오래된 전등이 몇 번 깜빡이며 점멸하다 환해졌다. 그리고 가영은 손에 들린 물컵을 놓쳤다. 쨍그랑 소리를 내며 철제 사발이 바닥으로 떨어졌다. 사방으로 물이 튀었다.

처음엔 귀신이라고 생각했다. 아니면 짐승. 자세히 보니 검은 형체는 사람이었다. 구부정하고 앙상하게 마른 어깨. 축 늘어진 살들. 희끗희끗 벗겨진 머리.

"하, 할아버지."

기범 할배였다. 애초에 경옥의 집에는 대문이 없었다. 누구라도 맘먹으면 드나들 수 있는 곳이었다. 초라한 살림살이에 훔쳐 갈 것도 없었지만 신기가 좋은 경옥의 집에 함부로 발을 들일 만큼 간 큰 동네 사람도 없었다. 산골 동네 자체가 을씨년스러워 외지인들도 경옥에게 볼일이 있을 때가 아니라면 찾아오지 않는 곳이어서 늘 마음 편하게 살았다. 아예 문을 걸어 잠근다는 개념조차 없었다. 그러니 기범이 집에 들어와 있어도 이상할 것이 없었다. 한동네에 오랫동안 산 벗이고, 실제로 경옥을 몇 번이고 찾아온 적이 있으니까. 대문도 없고 기척도 없는 집을 제집처럼 들어온 것을 탓할 마음은 없었다.

그러나 지금의 그는 발가벗은 채였다. 그것도 한 손에는 장도리를 들었고, 다가올수록 지독한 알코올 냄새가 났다. 이것을 어떻게 아무렇지 않게 여긴단 말인가. 번쩍 번개가 쳤다. 그가 느릿느릿 움직였다. 숨소리는 거칠었고 눈동자는 핏발이 선 채 완전히 풀려 있었다.

"할아버지."

가영이 침착하게 그를 불렀다. 노인은 혼잣말을 계속해서 중얼거렸다. 대충 자신을 무시하고 모욕했다는 말이었다. 가만두지 않겠다. 본때를 보여 주겠단 말도 들어 있었다. 가영은 싱크대에 몸을 붙였다. 도망갈 곳이 없었다. 손으로 더듬더듬 상판 위를 더듬다가 맨 위 서랍을 열었다. 칼등이 손끝에 느껴졌다. 그걸 쥐어야 한다. 칼이라도 쥐어야 했다.

하지만 들 수가 없었다. 무섭고 겁이 났다. 결국 그녀는 서랍에서 손을 떼고 두 손을 모아 빌기 시작했다.

"할아버지, 왜 그러세요. 살려 주세요."

노인은 장도리를 치켜들고 가영을 향해 단박에 내려쳤다.

"아악!"

가영은 비명을 지르며 주저앉았다. 장도리가 쾅 하고 상판을 내리쳤다. 그녀는 개처럼 바닥을 기었다. 공포에 마비된 두 손과 다리를 악착같이 움직였다. 그러나 얼마 가지 못해 '콱' 하고 엉치뼈 위에 뭔가가 찍혔다. 고통이 몸을 갈랐다.

"아아아악!"

가영은 비명을 질렀다. 자리에 풀썩 쓰러지자 엉덩이에 박혔던 장도리가 빠져나갔다.

"아아아악!"

날카로운 고통에 가영은 다시 한번 비명을 질렀다. 노인은 가영의 등 위로 올라탄 후 허겁지겁 그녀의 바지를 아래로 끌어 내렸다. 가영은 비명을 지르며 버둥댔다. 이것은 꿈이 아니야. 꿈일 리가 없어. 아니, 꿈이라도 싫어. 이런 악몽은 꾸고 싶지도 않아.

가영이 버둥댈수록 기범은 제 뜻대로 일을 치기 힘들어졌다. 그는 다시 한번 손에 장도리를 잡았다. 그러고는 작고 동그란 머리를 향해 그것을 들어 올렸다. 가영은 두 손으로 제 머리를 감싸고 긴 비명을 내질렀다.

다시 번개가 쳤다. 시끄러운 빗소리 사이에 저벅거리는 발소리가 들리더니 삐걱, 하고 젖은 신발이 장판에 마찰하는 소리가 났다.

가영은 눈을 번쩍 떴다. 어느새 제 몸 위에 올라탄 기범의 무게가 느껴지지 않았다. 그녀는 바닥을 기어 부엌의 구석으로 향했다. 몸에서 지독한 피비린내가 났다. 너무 아파 온몸에 핏기가 가셨다. 여전히 공포에서 벗어나지 못한 채 그녀는 몸을 돌렸다. 그리고 눈앞에 펼쳐진 광경을 쳐다보며 어금니를 물었다.

무명의 하얀 얼굴, 하얀 손, 하얀 목덜미가 보였다. 비에 젖은 그는 기범 할배의 턱을 잡아 들어 올렸다. 기범의 주름진 발끝이 땅에서 완전히 떨어졌다.

가영은 눈조차 깜빡이지 못했다. 그녀는 무명의 붉은 눈동자를 보았다. 그에겐 표정이 없었다. 분노도, 아픔도, 괴로움도, 불쾌함도. 그저 무심했다. 그저 눈앞에 있는 것을 관찰하는 듯했다. 눈이 풀린 채 버둥거리는 기범을 바라보던 무명이 부엌 한구석에 피를 흘리며 웅크리고 있는 가영에게로 시선을 옮겼다.

눈물에 범벅된 채 하얗게 질려 있는 얼굴. 헝클어진 머리가 식은 땀에 젖어 이마와 볼에 지저분하게 붙어 있었다.

"명아."

가영이 떨리는 목소리로 그를 불렀다. 흐느낌이 멈추질 않았다. 공포와 서러움, 그를 향한 애정과 두려움이 그녀를 당기고 할퀴고

밀었다.

가영은 그에게 필요한 존재가 되고 싶다고 했다. 그리고 이것은 무명이 사는 세계였다. 그는 가영에게서 눈을 떼지 않았다. 이 모든 것을 똑똑히 지켜보라는 듯이 눈조차 깜빡일 시간을 주지 않았다. 곧 그의 손에 잡혔던 기범의 얼굴이 일그러지기 시작했다.

"으…… 으……."

사람의 얼굴이 일그러지는 것은 현실감이 없었다. 가영은 멍청한 신음만 냈다. 참을 수 없는 광경이 차라리 고문처럼 느껴질 때쯤, 콰직 소리가 나며 기범 할배의 얼굴이 완전히 부서졌다. 무명은 한 손으로 그의 머리통을 잡고 나머지 한 손으로는 으스러진 그의 턱을 잡아 뜯었다. 피가 분수처럼 흘렀다. 곧 머리뼈가 으스러지고 뇌수가 튀어 올랐다. 사람의 머리는, 사람의 손에, 아니 무명의 손에 그렇게 부서질 수도 있는 거였다.

무명은 그곳에 서 있었다. 분수처럼 피가 쏟아지고 생명이 꺼져버린 기범 할배의 몸이 종잇장처럼 펄럭대며 떨궈지는 자리에. 피를 먹고 자란 붉은 꽃처럼. 웅장하고 기괴스럽게.

"꺄아아아아아악!"

가영의 긴 비명이 쏟아지는 빗줄기 사이로 날카롭게 번져 나갔다.

무명은 제 손에 들린 기범의 얼굴, 가죽과 뼈가 간신히 붙어 있는 그것을 바닥에 던졌다. 찰박거리는 소리를 내며 떨어지고, 핏물에 주욱 미끄러졌다.

가영은 사시나무 떨 듯 몸을 떨었다. 온몸뿐 아니라 오장육부가 모두 다 떨려 왔다. 그가 자신을 향해 한 발씩 내디딜수록 가영은 더 붙을 것도 없는 벽에 제 몸을 억지로 욱여넣었다.

"가…… 가, 가."

가까이 오지 말란 한마디를 온전히 내뱉기가 힘들어 가영은 고장 난 태엽 인형처럼 같은 음절만 반복했다. 무명은 기범의 피가 묻은 자신의 손을 티셔츠 앞섶에 닦은 뒤 제 입에 물었다.

우드득하는 소름 끼치는 소리가 들리더니 손바닥에서 주르륵 피가 흘러나왔다. 그는 가영의 앞에 몸을 굽히고 앉아 손바닥을 내밀었다.

"마셔."

무명이 부드럽게 명령하자 가영은 발작적으로 도리질했다.

"마셔."

엄해진 목소리에 가영이 엉엉 울음을 터트렸다. 너무 무서워 차라리 그 자리에서 죽어 버리고 싶었다. 붉은 그의 눈동자를 보고 있자니 정말로 그랬다.

무명은 가영의 턱을 잡고 그녀의 입술로 제 손바닥을 우악스럽게 가져다 댔다. 혀끝에 비릿한 그의 피 맛이 느껴지자 속이 뒤틀렸다.

"우욱!"

가영은 속에서 올라오는 그 느낌을 참을 수가 없어 토악질을 해댔다. 바닥으로 울컥울컥 토사물이 쏟아졌다.

그녀는 제정신이 아니었다. 공포에 질려 이성을 완전히 상실했다. 어쩌면 너무나 당연한 일이었다. 무명은 바닥에 엎어져 우는 가영의 구역질이 완전히 끝나기를 기다렸다.

흐느낌 사이로 토막토막 끊긴 거친 숨이 차올랐다 곧, 쏟아졌다. 무명은 자신의 손바닥을 다시 물었다. 주륵 새어 나오는 피를 입안에 넣고 가영을 일으켰다. 그가 가영의 얼굴을 들고 입술을 찾아 제 입과 맞추자 벌어진 잇새로 뜨듯하고 비린 맛이 새어 들어왔다.

가영은 그를 밀쳐 내려 몸부림쳤다. 가녀린 두 손이 무명에게 잡히고 그녀의 뒤통수는 벽에 딱 붙었다. 뜨거운 입술이 우악스럽게 가영을 밀어붙였다. 그녀는 더 이상 저항도 할 수가 없었다. 꿀꺽. 가영의 목 안으로 액체가 넘어가자 무명은 제 입술을 떼어 냈다. 새빨간 핏물이 여자의 입가에서 주르륵 흘렀다. 욱, 욱 헛구역질을 해대는 눈앞이 뿌옇게 변했다. 무명이 다정하게 그녀의 눈물을 닦았다. 너무나 이질적으로 말이다.

변화는 너무나 빨랐다. 그날, 무명의 집에서 감자전을 했던 때처럼, 아니 그보다 더 빨리 온몸이 후끈하게 뜨거워졌다. 갑자기 불에 덴 듯 감각이 고통스럽게 타올랐다. 가영의 목이 뒤로 꺾였다. '헉' 하고 멈추는 숨소리. 감각이 쏟아졌다. 피부에, 코끝에, 입술에, 귀에, 눈앞에 쏟아지는 별빛에 온몸이 관통당하는 것처럼, 블랙홀에 빨려 들어가는 것처럼 아찔했다.

그다음엔 하체에 고통이 느껴졌다. 누군가가 그녀의 살을 헤집고, 장기를 가르고 그녀의 뼈를 으깨는 듯, 격통이 이어졌다. 간질 환자처럼 가영의 몸이 딱딱하게 굳고 부들부들 떨려 왔다. 곧 부러지기 직전의 나뭇가지 같은 그 몸을 무명은 품으로 당겨 안았다. 가영은 비명을 질렀다. 이번엔 공포가 아닌 고통에 의한 비명이었다. 비명은 훨씬 가늘고 날카로웠다.

그러다가, 비명이 끊기듯 소강되었다. 고통은 갑작스럽게 몰려왔듯, 갑작스럽게 물러났다. 식은땀을 쏟으며 떨던 가영의 몸이 물 밖으로 나온 해파리처럼 추욱 늘어졌다. 무명은 고통으로 흐리멍덩해진 두 눈동자를 내려다보았다. 갓난아이처럼 천진하고 맑은 눈동자가 답을 원하고 있었다. 자신에게 무슨 일이 일어나고 있는 것인지. 눈가에 뿌옇게 고인 눈물이 별처럼 반짝였다.

"살려…… 살려 주세요……."

가영이 바짝 마른 입술을 움찔거리며 속삭였다. 무명은 웃었다. 웃으며 기범의 장도리에 찍혔던 가영의 엉덩이를 손으로 훑었다. 가영의 눈에서 다시 방울방울 눈물이 떨어졌다.

"죽여 주세요……."

떨리는 목소리는 고통스럽고 진실했다. 무명은 다시 흐느끼기 시작하는 가영의 눈가를 손으로 훑었다.

"그건 못 하고."

"……당신은, 누, 누구예요?"

가영이 그의 붉은 눈동자를 보며 애절하게 물었다. 그가 누구인지 모르겠다. 가영이 아는 그는 눈이 보이지 않는, 무뚝뚝하지만 착하고 선량한 사람이었다. 감자전을 좋아하고, 다친 상처를 치료해 주고, 자신의 옷과 방을 기꺼이 내주는 누구보다 다정한 친구였다. 가영에게 그는 남자라기보다 소년이었다. 외로운 소녀와 친구가 되어줄 수 있는 친구.

그러나 눈앞의 남자는 소년이 아니다. 눈이 먼 친구도 아니었다. 가영이 그토록 마음을 주고 마음을 받고 싶어 하던, 그 무명이 아니었다. 그의 얼굴은 까만 밤에 비친 눈썹달처럼 신비롭고 서늘했다. 가영을 품에 당겨 안은 그의 단단한 몸 역시 그랬다. 그는 전혀 모르는 이였다. 그는 웃었다. 붉은 입술 사이로 드러난 하얗고 날카로운 이. 그는 혀로 자신의 송곳니를 한 번 훑었다.

“너에게 난 무명이잖아. 네가 원하는 모습 그대로 난 무명이야. 어제도 그랬고 오늘도 그래. 그리고 앞으로도 그럴 거야.”

“거짓말…….”

거실 쪽으로 드르럭 하고 미닫이문이 열리는 소리가 들렸다. 탁탁탁 조급한 걸음 소리가 들리더니 부일이 ‘헉’ 하며 모습을 드러냈다.

우비를 챙겨 입은 그는 한 손에 손전등을 들고서 난장판으로 변한 주방을 보며 사색이 되었다.

“아…… 아니…… 이, 이, 이게…….”

“좀 더 빨리 오면 안 되겠어?”

“어떻게 더 빨리 옵니까! 지금도 죽기 살기로 달렸건만! 아니, 그럴 거면 날 좀 업고 가든가! 저 혼자 쏜살같이 가 버리고는! 내가 관절이 안 좋다고 그렇게 이야기를 해도 귓등으로도 안 처듣고!”

무명의 타박 한마디에 그는 폭포수처럼 불만을 쏟아 냈다. 부일은 우비 모자를 벗으며 이를 악물었다.

“아니, 이게 뭐예요 대체! 다 늙어서 내가 이런 뒤처리까지 해 줘야 합니까! 아이고, 난 못 해요! 난 못 해!”

가영은 부일의 모습에 어리둥절했다. 아니, 어리둥절이란 표현으로는 조금 부족했다. 그것보다 훨씬 더 놀랐고 그것보다 훨씬 더 영문을 몰랐다. 그는 눈앞에 머리가 뜯어진 시체를 보고도 그 시체에 놀라긴커녕, 지겨워 죽겠다는 태도를 보이고 있으니까 말이다.

"아니, 사람을 죽일 거면! 어디 저기 야산에 가서 하든가! 아니면 어디 폐가에 가서 하든가! 아니면 어디 불 지를 수 있는 데로 가서 하든가! 아니, 왜 여기서 죽이느냐고! 남의 멀쩡한 가정집에서!"

부일은 부엌 여기저기 튀어 있는 핏물들을 보며 발을 동동 굴렀다.

"에이 씨 옘병할! 난 못 해! 죽어도 못 해! 몰라!"

무명은 배짱을 부리는 부일의 태도가 못마땅해 미간을 찌푸리고 있다가 가영을 번쩍 안아 들었다.

"어디 가게욧! 어디로 도망가기만 해 봐!"

무명이 자리를 뜨려 하자 부일이 펄펄 뛰었다. 그는 저 혼자 이 지저분한 공간에 내버려 둘까 봐 독이 바짝 오른 목에 핏대를 세웠다.

"거 더럽게 시끄럽네."

"가기만 해 봐요! 내가 이 집 그냥 통째로 걍 다 불살라 버릴 테니까!"

손이 남아 있다면 제 귀를 좀 후비고 싶다. 넋이 빠진 가영에게 대신 후벼 달라고 할 수도 없어서 무명은 인상만 찡그렸다.

"부일. 네놈이 정말 성가셔지기 시작했다."

"아 죽여, 그럼! 죽여! 배 째!"

정말 그래야 할까, 무명은 3초 정도 고민했다. 그는 고개를 돌려 부일을 조용히 노려보았다. 부일은 부글부글 끓는 화딱지를 속으로 삼키고 길게 호흡했다. 여전히 참아지지 않는 울화를 한 번 더 삼켰다.

"시체는 처리해 주고 가셔야죠."

"기다려."

무명은 짧게 답을 하고는 가영을 안은 채 바람처럼 그 자리에서 사라졌다. 그가 사라지는 데는 많은 시간이 걸리지 않았다. 그저 눈 한 번 깜빡하면 사라져 버리니까. 부일은 비곗살처럼 나뒹구는 노인의 시체와 핏물을 바라보며 덩그러니 서 있었다.

한숨이 절로 흘러나왔다. 이 비곗덩어리는 어떤 개자식의 비곗덩어리일까……. 벗고 있는 꼬락서니를 보아하니 가영에게 어떤 짓을 하려고 했는지는 뻔히 보였다.

쯧쯧. 그는 혀를 찼다.

"사람이 곱게 늙어야지. 멍청한 놈 같으니."

가영은 욕실에 멍청하게 서 있었다. 무명이 밀어 넣은 그대로였다. 그녀는 멍하게 거울에 비친 자신을 바라보았다. 식은땀에 젖어 달라붙은 머리카락, 퀭하고 부은 눈, 눈물과 땀으로 더러워진 뺨, 새파랗게 질린 입술에 새빨갛게 번져 있는 무명의 핏자국. 부서질 듯 연약하고 더러운 제 모습에 다시 눈물이 났다. 가영은 흘러내리는 눈물을 손으로 훔쳤다. 그러다가 감당할 수 없어 샤워기를 틀고, 김이 폴폴 나는 뜨거운 물 아래 웅크려 펑펑 울었다. 옷이 젖었고 붉은 핏물이 몸을 타고 욕실 바닥으로 흘렀다.

매일매일 산과, 들과 풀. 정을 나눈 사람이라고 해 보아야 수환과 경옥이 다인 가영의 세상에 이 모든 일은 너무나 벅찼다. 정을 준 사람에게 몹쓸 짓을 당했다. 그것에도 마음이 무너졌다. 그리고 그 사람이 누군가에게 죽임을 당하는 것을 지켜보았는데, 그 누군가는 가영 자신이 누구보다도 더 애정받길 원하던 사람이었다.

그 잔인하고 섬뜩한 남자가 이젠 자신을 어떻게 할지 예상할 수가 없었다. 그는 자신을 속여 왔다. 어떤 사람인지 숨겼다. 자신을 농락했다. 그리고 이젠 그에게 자신이 어떤 의미인지도 모른다. 친구는 아니었을 것이다. 그냥 자신을 이용했는지도 모른다. 그가 사람을 죽이는 것을 보았으니 저를 죽일지도 모른다. 아니면 더한 고통을 줄지도 모른다. 무엇을 하려는지 몰라 더 겁이 났다.

똑똑똑. 욕실 문을 노크하는 소리가 들리더니 문이 벌컥 열렸다. 무명은 욕실 한쪽 구석에 웅크리고 앉아 있는 가영을 보며 한숨을 내쉬었다. 그는 욕실 개수대에 피가 흥건하게 묻은 자신의 손과 얼굴을 씻으며 건성으로 물었다.

"안 씻을 거야?"

"……."

가영은 대답이 없었다. 무명과 눈이 마주치자 빛을 본 벌레처럼 몸을 더 웅크렸다. 그는 선반에서 수건을 꺼내 손과 얼굴을 닦았다.

"너, 분명 내게 나의 무엇이라도 기쁘게 받아들인다고 했어."

"……."

피가 묻은 수건을 빨래 바구니에 넣은 뒤 그는 뚜벅뚜벅 다가와 샤워기를 잠갔다.

"내게 필요한 사람이 되겠다고 했지."

"……."

무명은 몸을 숙였다. 매섭게 빛나는 붉은 눈이 가영과 시선을 맞추었다.

"너는 내가 좋다고 했어."

가영의 숨소리가 다시 거칠어졌다. 새하얗게 질린 발끝이 부르르 떨리며 움츠리는 게 보였다.

무리였던 걸까. 성급했던 걸까. 무명은 잠시 후회했다. 그러나 이미 상황은 벌어졌고 가영에게 자신의 정체를 들켰다. 이젠 무를 수가 없는 일이었다. 그는 몸을 일으키고 냉정한 눈으로 가영을 내려다보았다.

"씻어."

"……."

"씻지 않으면, 널 죽일 거야."

가영이 다시 울음을 터트렸고 무명은 욕실을 나왔다. 잠시 후 다시 샤워기에서 물이 쏟아지고 가영이 씻는 소리가 들려왔다.

그녀는 내내 꺼이꺼이 울었다. 얼굴에서 닦아 내는 게 샤워기에서 나오는 물인지, 제 눈에서 나오는 눈물인지 분간이 안 되었다. 가영은 울며 머리를 감고 울며 비누칠을 하고 울며 그것을 샤워기 아래에서 씻었다. 하도 많이 울어서 저도 모르게 몸이 움찔거리고 숨이 푸르르 떨렸다 가라앉았다. 훌쩍훌쩍 코를 들이켜고 마른 수건을 꺼내 다시 거울 앞에 섰다.

다시 또 눈앞이 뿌옇게 흐렸다. 쉽사리 서러움이 가라앉지 않았다. 다시 엉엉엉 소리 내 울며 수건으로 머리를 털고 얼굴을 닦고 목과 가슴을 지나 배와 엉덩이까지 닦았다. 훌쩍이는 소리가 진절머리

날 무렵 그 소리가 뚝 멈췄다.

가영은 눈을 동그랗게 뜨고 거울에 비친 벌건 제 얼굴을 쳐다보았다.

있어야 할 것이 없었다. 아니, 자신이 사지 멀쩡하게 서 있다는 것을 이제야 자각했다고 하는 것이 맞는지도 모른다. 손으로 더듬더듬하다가 이내 고개를 뒤로 돌리고 골반을 반대로 틀어 자신의 오른쪽 엉덩이를 내려다봤다.

없어. 없었다. 그게 없었다. 뒷일 때문에 앞일을 잊고 있었다. 무명이 한 일이 너무 충격적이라 기범 할배가 저에게 무슨 짓을 했는지를 잊고 있었던 것이다. 엉치뼈에 박히던 그 쇳덩이의 아픔을 깡그리 잊고 만 것이다. 가영은 눈으로도 보고 손으로 더듬고 문질렀다. 상처는 흔적조차 없었다.

그녀는 물에 젖어 뭉쳐 놓은 제 옷가지를 펴 들었다. 주섬주섬 바지를 펼치자 장도리에 찍혀 구멍이 난 흔적이 확연히 보였다. 뜯어진 실밥에는 아직도 핏물이 엉겨 있었다. 그녀는 힘없이 두 손을 바닥에 떨궜다. 철퍼덕하고 젖은 바지가 바닥으로 떨어지는 소리가 났다.

"……."

귀신에 홀린 것이다. 귀신에 홀린 것이 아니라면 이것을 설명할 수가 없었다. 문뜩 무명이 자신의 입속에 피를 흘려 넣었던 것이 기억났다. 가영은 저도 모르게 침을 꿀꺽 삼켰다. 그것을 삼키고 난 다음 느껴졌던 그 뜨거움, 온몸이 조각난 듯한 격통 이후에 갑작스럽게 찾아온 평온함. 사지가 떨릴 정도로 괴로웠던 고통은 분명 그 지점에서 멈추었다. 그러고는 깡그리 잊었다.

가영은 경옥의 옆에 있으며 초자연적인 것들을 많이 보고 겪어 왔다. 눈에도 보이지 않았고 피부로 느낄 수도 없었지만 경옥의 눈에 보이고 귀에 들리고 피부로 느껴지는 것들이 분명 존재한다고 생각했다. 무명 역시 그러한 것일까. 그러니까 사람이 아니라 귀신인 걸까. 외로움 때문에, 그것에 홀린 걸까.

무명은 자신과 한번 친구가 된다면 죽을 때까지 벗어날 수 없다고 했다. 그는 무엇을 바라는 걸까.

가영은 눈물로 빽빽하게 부어오른 자신의 눈과 루돌프처럼 달아오른 코끝을 살폈다. 그 몰골을 보고 있자니 다시 서러워 눈물이 났지만 천천히 호흡하며 수건으로 얼굴을 다시 한번 닦았다. 그러다가 씻지 않으면 죽일 거라던 무명의 말이 생각나 수건에 얼굴을 묻고 다시 한번 울었다.

부일은 이제 막 화장실에서 나온 가영에게 따듯하게 데운 보리차를 내밀었다. 가영의 손이 그것을 받아 들었다. 여자의 손등은 무명의 하얀 옷소매에 덮여 있었고 삐죽 삐져나온 손가락은 고사리처럼 얇고 연약했다.

부일은 그녀에게 말을 걸지 않았다. 식탁에 앉아 있는 무명은 언제 갈아입은 것인지 피로 얼룩진 옷 대신 깨끗하게 세탁된 새 옷가지를 걸치고 있었다. 눈을 내리깔고 머그잔의 주둥이를 천천히 매만지며 그 역시 가영에게 말을 걸지 않았다.

누구라도 먼저 입을 떼 주면 뭔가를 묻기도 편할 것 같은데 누구도 그러질 않아 가영 역시 입을 다물고 불안하게 눈만 굴렸다.

부일은 퍽 지친 모습이었다. 식탁에 앉으며 그는 자신의 무릎을 두드렸다. '어이고, 어이고' 하는 곡소리가 희미하게 잇새로 새 나왔다. 무명이 눈을 들었다. 그러자 가영은 숨을 멈추며 한 발 뒤로 물러섰다. 눈을 내리깔고 있던 그는 맨손으로 사람의 얼굴을 찢어발긴 괴물과는 거리가 멀었다. 새하얀 얼굴. 도톰한 입술에 갸름한 턱선은 천사처럼 보였다.

그러나 그가 눈을 들자 온몸에 철썩 송곳처럼 날카롭고 차가운 한기가 몰려들었다. 그 선하고 곱던 생김새가 단번에 기묘하게 비틀렸다. 피가 일렁이고 있는 눈동자를 바라보는 가영의 얼굴이 다시 파랗게 질렸다. 그러다가 침을 꿀꺽 삼키고 입술을 한 번 질끈 물었다가 용기를 내어 한 발 앞으로 나아갔다.

"사, 상처가……."

무명은 눈조차 깜빡이지 않았다. 전혀 모르는 사람의 얼굴이었다.

"상처가…… 사라졌어……."

"알아. 아까 확인했으니까."

벌벌 떨며 살려 달라던 가영을 그는 아랑곳하지 않고 엉치뼈를 훑었다. 뻥 뚫려 있던 살갗이 오르고 으스러졌던 뼈가 붙은 것을 확인하기 위해서였다.

"너는, 아니…… 다, 당신은……."

가영은 침을 다시 꿀꺽 삼켰다. 그의 눈동자를 보지 않으려 그의 입술에 시선을 고정시켰다. 그것만 보고 있자면 그는 평소의 무명 같기도 했다.

"귀, 귀신이에요?"

"……."

그는 답하지 않았다.

"괴, 괴물이에요?"

"……."

"아, 아니면…… 사…… 사람……."

"나는 무엇도 아니야."

그는 다시 눈을 내리깔고 머그잔의 주둥이를 길고 하얀 손으로 천천히 매만졌다. 무엇도 아니라고? 가영의 미간이 그 의미를 이해하기 위해 움찔거렸다.

그는 다시 눈을 들었다.

"그러나 동시에 무엇도 되지."

가영은 다시 숨을 멈췄다.

"나는 괴물이기도 하고, 귀신이기도 하고, 사람이기도 하고, 그보다 더한 것이기도 해. 네가 상상하는 무엇이라도 될 수 있어."

"……."

가영은 부일에게 시선을 돌렸다. 무명의 이해할 수 없는 말을 듣고 있는 그는 무덤덤했다. 이 알 수 없는 이야기를 그는 납득하고 있는 것 같다.

"네가 나를 친구라고 생각한다면 나는 네 친구일 테고, 네가 나를 괴물이라고 생각한다면 나는 괴물일 거야."

"……."

그는 친구였지만…… 분명 그랬지만, 동시에 그는 괴물이기도 했다. 기범 할배를 어떻게 죽이는지 제 두 눈으로 똑똑히 보았으니까.

가영은 무명의 붉은 눈동자를 바라보았다. 저 눈이 아닐 땐 친구였다. 그러나 저 눈일 때, 무명은 그녀에게 '죽음'이었다. 그것 말고는 떠올릴 수 있는 게 없었다.

"저…… 저승사자…… 그, 그런 것도 되나요?"

무명은 그 물음에 피식 웃었다. 벌어진 입술 사이로 보이는 하얀 이가 섬뜩했다. 평소와 다를 것이 없는 웃음인데도.

"어떤 이에겐 그래."

무명은 자리에서 일어섰다. 그는 소리 없이 가영에게 다가왔다. 정말 귀신에게 홀리기라도 하듯 가영은 그 매끄러운 움직임에 넋을 빼앗겼다.

"내가 가장 좋아하는 건 사이코패스야."

사이코패스?

무명은 목적 없이 들고만 있는 가영의 잔을 그녀의 손에서 빼내어 식탁 위에 올려놓았다.

"남들은 벌레만도 못한 취급을 하면서 지 몸은 엄청 챙기거든. 보기 드물게 청정한 몸뚱이라 아주 맛있지."

맛있다. 그 한마디에 전신에 소름이 돋으며 등골이 쭈뼛 섰다.

"시, 시, 시…… 식인……."

"비슷해."

식인종. 식인종이야. 식인종이다. 가영은 그에게서 다시 주춤주춤 물러섰다.

"다른 게 있다면 난 생존을 위해 먹는다는 거야. 그놈들은 즐기기 위해 먹거든."

기범 할배는 어, 어떻게, 어떻게 했을까. 먹었을까? 흔적도 없이? 그래서 그렇게 생고기를 찢듯 사람을 찢은 건가? 그가 쩝쩝 입맛을 다셨다.

"최근엔 먹을 게 별로 없어. 세상이 썩으니 거기에 사는 것들도 대부분 다 썩어 버렸어. 사는 게 아주 지랄 같아. 인생이 퍽퍽한 건 뭐 똑같아. 너나. 나나."

'이달에는 경작이 잘 안 됐어. 수확물이 별로 안 나올 거 같아' 마치 그런 말을 하듯이 말한다. 사람을 죽이고 그것을 먹는 이야기를 하면서. 가영이 뒤로 갈수록 무명은 거리를 좁히며 앞으로 다가왔다.

"나는 피를 마셔."

"……."

"그건 그러니까, 마치 소금이나, 물 같은 거야. 살기 위해 꼭 필요한 것. 그 이외의 것은 입맛이 당기는 대로 먹지. 배만 불리면 되니까."

"……."

"그리고 사람을 죽여. 죽어 마땅한 사람들을 죽이지. 이건 먹이 사슬 같은 거야, 가영. 나는 사람을 죽이고 또한 그렇게 해서 사람을 살리지."

무명은 가영의 전신을 눈으로 훑었다.

"나는 인간의 피를 마시고, 인간은 내 피를 마시니까."

그의 입꼬리가 유려하게 올라갔다. 웃는 입매가 강렬했다. 가영 역시 그의 피를 마셨다. 그의 피를 마셔서 부서진 뼈가 붙고, 짓이겨진 살점이 흉터 하나 없이 원상 복구 되었다. 눈 깜짝할 새에 말이다.

그 생각에 가영의 숨결은 점점 더 가빠졌다. 확실히 그는 사람이 아니다. 피를 마신다면 분명, 흡혈귀다. 아니면 식인종. 뭐라 정의를 내리든 그는 사람을 잡아먹고 사는 것이다. 그리고 가영 본인도 사람이고. 그렇다면 그녀 역시 그의 먹이 중 하나였다. 마음만 먹으면 언제든 기범 할배처럼 그녀의 육신도 찢어발길 수 있었다.

“내 세계에 발을 들인 건 너야.”

그는 단호하게 말했다.

“내게 친구가 되자고 한 것도, 너야.”

아니라고 부정할 수가 없으면서도 가영은 작게 도리질을 했다.

“왜 팝송에 그런 가사가 있잖아.”

그는 방그레 웃었다.

“언제고 원하면 들어올 수 있지만, 영원히 나갈 수는 없다고.”

벽에 등이 붙었다. 더 도망갈 곳이 없었다. 가영은 벽과 무명의 서슬 퍼런 눈빛 사이에 갇혀서 꺽꺽 거친 숨만 몰아쉬었다.

“너는 여기 갇혔어. 절대로 빠져나가지 못해. 내가 널 놔주지 않을 거니까.”

“흐윽…….”

다시 울음이 터져 나와 가영은 흐느꼈다. 혹시 큰 소리로 엉엉 울음을 터트리면 그의 심기를 건들까 봐 어금니를 앙다물고 애써 그것을 내리눌렀다.

“나, 나를…… 나를 죽일 거야?”

무명이 손을 들어 여자의 촉촉하게 젖은 머리카락을 훑었다. 그리고 턱선을 훑고 파리하게 질린 도톰한 입술을 살짝 건드렸다.

“너에게 내 피를 줬잖아. 그게 얼마나 비싼 건지 알아? 그 피 한 방울을 사려고 자신의 장기를 가져다 파는 사람도 있어. 그리고 나는 죽일 사람에게 내 피를 나눠 줄 이유가 없지. 하지만 너에겐 그걸 줬어. 그러니까 나는 너를 죽이지 않아. 네가 규칙을 깨지 않는 이상.”

“규칙……?”

“누구에게도 나에 대해 말하지 말 것.”

“…….”

“내게서 도망가려 하지 말 것.”

“…….”

“나를 거부하지 말 것.”

가영은 손을 말아 쥐었다. 떨림을 통제해 보려 했지만 실패했다. 입술을 꽉 물고 있자 이번엔 전신이 부들부들 떨려 왔다.

“그리고, 절대로 타락하지 말 것.”

무명은 자신의 옆에 있으면서 서서히 악귀가 되어 가는 인간을 너무도 많이 보아 왔다. 자신도 인간이면서 인간이길 망각하는 것이 바로 인간이란 존재였다. 무명이 생존을 위해 인간을 죽인다는 것을 그들은 곧잘 잊었다. 살육이 주는 쾌감은 거대한 것이었다. 아마 인간이 겪어 볼 수 있는 쾌락 중에 가장 강렬할 수도 있었다. 그들은 번번이 그것에 사로잡혔다. 악귀는 그렇게 탄생한다. 자신이 인간임을 망각하고 좀 더 우월한 존재라고 착각할 때에 말이다.

무명은 파랗게 질린 새싹같이 어린 여자를 바라보았다. 바보. 동네 사람들은 가영을 그렇게 불렀다. 점집에 사는 그 바보 년. 인간들의 눈에 가영은 그렇게 보이는 것이다. 아무것도 모르는 바보. 그러나 무명의 눈에 가영은 깨끗했다. 이 세상의 그 어떤 존재보다도 더 말이다. 아마 그녀의 살과 피는 천상의 맛일 것이다. 이 여자에겐 그런 아주 달고 건강한 향이 난다. 입에 침이 고였다.

"내 옆에 있으면 누구도 널 바보라고 부르지 못할 거야."

"……."

"내가 널 똑똑해지도록 만들어 줄게."

가영의 울먹임이 잦아들었다. 눈을 깜빡일 때마다 뿌옇게 고인 눈물이 또르르 볼을 타고 흘렀다. 무명은 손가락으로 그것을 훑어 냈다. 그녀의 눈물에서는 짠맛이 아니라 단맛이 날 것 같았다.

"대신 너는 날 도와."

"……."

"부일 대신, 네가 날 보살펴."

가영의 눈이 무명을 지나 부일에게 쏠렸다. 그는 그저 자신의 무릎만 툭툭 치고 있었다. 모든 것이 덤덤했다.

부일이 하던 일. 그것을 하라는 건가? 빨래를 하고 음식을 하고 집안일을 돌보라는 것인가? 그리고…… 그리고 아까처럼 사람이 죽은 자리를 치워야 하는 거야? 그 피와 고깃덩어리처럼 늘어진 사람의 사체를 치워야 한다고?

가영은 다시 구역질이 치밀어 올라 손으로 입을 틀어막았다. 그러고는 거세게 도리질을 했다.

"저놈은 이제 날 돌보는 것에 질렸대."

싫어.

"게다가 이제 늙었고."

싫어.

"그러니까 네가 해."

가영은 더욱 거세게 도리질을 했다. 이렇게 완강하게 거부의 의사를 표하는데도 무명은 그저 방실방실 웃기만 했다.

"나를 거부하면, 내가 어떻게 한다고 했더라?"

히익, 하는 소리. 가영은 꺽꺽댔다. 곧바로 정신을 놓고 뒤로 넘어갈 것 같았다.

무명은 그것을 보고 웃음을 터트렸다.

"농담."

농담이라니. 이게 어떻게 농담이야? 가영은 그 자리에 주저앉아 엉엉 울고 싶은 걸 간신히 참았다. 주저앉으면 그가 또다시 농담이라고 하며 죽일 것 같아서였다.

"말했잖아. 안 죽인다고. 너처럼 밥 잘하고 청소 잘하고, 빨래 잘하는 사람이 어디 있다고. 가영, 이것이 운명이려니 하고 받아들여. 그럼 쉽잖아."

무명의 나긋나긋한 목소리가 귓가를 파고들었다. 무서웠다가 어느 순간에는 능글맞았다가 다시 무서웠다가 이상한 농담을 한다. 그 장단에 맞춰 가영의 심정이 널뛰기를 했다. 그가 무서웠다가 잠시 그렇다는 걸 까먹었다가 다시 무서워졌다. 그러나 결론은 늘 그가 무섭다는 것으로 끝났다.

"집에, 집에 가고 싶어요……."

가영은 어서 이 무서운 곳에서 벗어나고 싶었다. 악몽이라면 빨리 깨 버리고, 귀신에 홀린 것이라면 어서 이것을 떼어 내 버리고 싶었다. 이것이 무명의 세계라면 도망치고 싶었다. 없던 걸로 물릴 수 있다면 그러고 싶었다.

무명의 손이 가영의 젖은 머리를 쥐고 그것을 당겼다. 파랗게 질린 얼굴이 그에게로 더 가까이 딸려 갔다. 그는 웃고 있었다. 여전히. 나른하게.

"앞으론 이 집이 네 집이 될 거야. 단 하나뿐인 너의 집."

딱딱딱. 가영의 어금니가 부딪혔다.

"하지만 지금은, 보내 줄게."

그는 머리카락을 손에서 풀어냈다. 스르륵하고 젖은 머리가 그녀의 앞가슴에 떨어졌다. 등을 벽에 붙이고 슬슬 옆으로 걸음을 옮기더니 가영은 쏜살같이 집을 박차고 뛰쳐나갔다.

무명은 그녀가 뛰쳐나간 자리를 눈으로 좇았다. 벌컥 열린 문이 삐걱거리는 것을 한참 동안 바라보다 입을 열었다.

"부일."

"예."

"뒷정리는 잘된 거야?"

"예. 집은 깨끗하게 치웠습니다. 도배는 내일 마무리하겠답니다."

무명은 몸을 돌렸다. 노인은 지친 얼굴로 식탁에 앉아 있었다. 저가 산 인생보다 반의 반절도 살지 않았으면서 부일은 저보다 훨씬 더 지친 얼굴을 하고 있었다. 세상에 미련이라고는 한 푼도 없는 얼굴. 네놈은 이제 정말 죽음을 준비하고 있구나. 그것은 아픈 만큼 달콤하지.

"수고했어. 아마 뒷정리는 이게 마지막일 거다."

"예, 어르신. 그런데, 가영 처자 괜찮을까요? 겁을 너무 많이 먹었습니다."

"내가 한번 찍은 사냥감을 놓친 적이 있던가?"

"……없습죠."

"하나밖에 없는 답을 물을 필요는 없지."

"……."

무명은 식탁으로 다가와 머그잔에 담긴, 이미 다 식은 커피를 단숨에 들이켰다. 빈 것을 식탁 위로 올리고 나서 그는 조용히 부엌을 빠져나갔다.

밖에는 여전히 비가 쏟아지고 있었다. 그는 이제야 제대로 된 사냥을 나갈 것이다. 그리고 굶주림을 채우고 난 이후엔 아마 쳇바퀴에 갇힌 햄스터 같은 가영을 데리고 놀 것이다. 가영은 울부짖으며 빠른 속도로 쳇바퀴를 돌겠지. 영영 같은 자리를 맴도는 것도 모른 채로. 부일은 벌써부터 가영이 가여워 마음이 짠했다.

가영은 뒤도 돌아보지 않고 뛰었다. 신발을 챙겨 신을 겨를이 없었다. 빗물에 젖어 뭉친 흙더미가 미끈거렸다. 가영은 몇 번이고 그것을 밟고 미끄러졌다. 무명의 새하얀 옷가지는 삽시간에 진흙투성이가 되었다. 반은 뛰어 내려갔고 반은 굴러서 내려갔다.

가영은 집에 도착하자마자 제 방으로 뛰어 들어가 문고리에 걸쇠를 걸고 단단한 쇠 수저를 끼워 넣었다. 그리고는 그저 두터운 이불

속으로 파고들었다. 머리끝까지 이불을 뒤집어쓰고 몸을 최대한 둥글게 만 뒤 봉분 아래 묻힌 시체처럼 가만히 있었다. 그게 가영이 할 수 있는 최선의 자기 보호였다.

번쩍 번개가 치고 얼마 지나지 않아 쾅! 하고 천둥소리가 울렸다. 그때마다 무명의 핏빛 눈동자가 눈앞에 번쩍거렸다.

가영은 밤새 그의 환영에 시달렸다. 그리고 다음 날의 아침에도 또, 그다음 날의 밤에도 명의 눈동자는 가영의 머릿속을 헤집고 어느 순간에고 튀어 올랐다. 그를 보지 않는 날에도 그는 가영을 쫓아다녔다.

부일의 아버지는 순사였다. 그 전에는 무엇을 하였는지 모르지만 부일이 자라 오며 내내 보아 온 아버지는 순사였다. 아버지의 이름은 '코이치' 였고 성은 '미나가와' 였다. 창씨개명 전의 이름이 분명 있을 터였지만 아버지는 그것을 알려 주지 않았다.

일본인은 아버지를 '미나가와' 라 불렀고 조선인에게는 '육시럴 놈' 이나 '개잡놈' 이라고 불렸다. 권력에 기생하여 살기로 결심했다면 차라리 아예 호사를 누리며 살았어야 할 터였다. 그러나 일제의 개 노릇을 하며 누렸다고 하기엔 형편없는 살림살이였다. 아버지는 그나마 그것을 누리는 것도 다 천왕님의 덕택이라고 하였다. 배를 곪지 않는 것이 다 아버지가 천왕을 모시기 때문이라고 말이다.

부일은 누구에게나 '토미카즈' 라 불렸다. 조선인들은 그를 매국

노의 자식이라 피하였고, 일본 놈들은 그를 조선인이라고 멸시했다. 어느 쪽에도 적을 둘 수 없는 그는 분노를 가슴에 오롯이 담고 자랐다.

아버지를 보고 배운 것이라고는 권력에 기생하며 사는 법뿐이었다. 그는 일찍이 순사가 되었다. 그것 말고는 사는 법을 몰랐다. 어린 시절 동족에게 당한 수모들, 저를 깔보고 침을 뱉었던 동네 사람들을 쥐 잡듯이 잡아 댔다. 아이들은 그의 그림자만 보여도 비명을 지르며 달아났다.

그가 동네 조선인들의 피를 말리고 쥐어짤수록 총독부에서의 명성은 날로 높아졌다. 충직한 개는 주인에게 어여쁨을 받았다. 그러나 아무리 그래도 개는 개일 뿐 사람대접을 받을 순 없었다. 시간은 그를 그것에 익숙하게 만들었다. 그는 스스로 미친개가 되는 것에 익숙해지고 본인을 개로 여기게 되었다. 어느새 사람들에게 미친개라고 불리는 것이 자부심이 돼 있었다.

그렇게 개처럼 발광하던 그에게도 사랑이란 것은 찾아왔다. 경성의 기생집 계집이었다. 화려한 한복을 입고 고운 섬섬옥수에 가느다란 옥반지를 낀 여자는 고고하고 청초한 모란꽃 같았다. 계집은 기생집과 어울리지 않았다. 양갓집 규수처럼 곱고 단아하기만 했다. 그 화려한 기와집에서 남자에게 웃음과 몸을 팔 여자가 아니었다.

부일은 여자를 그곳에서 빼내기 위해 자신이 할 수 있는 모든 것을 다 하였다. 미친개 노릇을 하며 불려 놓은 재산도 자신의 마음처럼 계집에게 온전히 가져다 바쳤다. 가진 재산을 모두 탕진할 때쯤, 그는 그 계집이 독립군의 끄나풀이라는 것을 알게 되었다. 평생 일본의 충견 노릇을 하며 번 돈은 독립군의 자금줄로 들어갔다.

자신의 결백을 증명하기 위해 토미카즈는 여자를 죽여야 했다. 부일은 여자에게 총부리를 겨눴고 여자는 담대하게 그의 눈을 노려보았다. 그 한 떨기 꽃 같던 여자는 제 허리에 차고 있던 단도보다 더 강인했다.

'쏴. 일본의 개답게. 나는 개처럼 사느니 사람답게 죽겠다.'

부일은 방아쇠를 당겼고 여자는 꽃처럼 떨어졌다. 총독부의 군인들이 죽은 여자의 시체를 난도질했다. 그 이후 놈들은 걸레짝 같은 시체를 꼬챙이에 꿰어 기생집 대문 앞에 걸어 두었다.

그날 부일은 무명을 만났다. 일본인도, 조선인도 아닌, 사람도 아니고 그렇다고 개일 수도 없는 그에게 무명은 손을 내밀었다. 부일이 맨 처음으로 한 일은, 죽은 계집의 몸을 욕보인 놈들을 무명에게 넘기는 것이었다. 케이크 조각처럼 짓이겨진 놈들의 시체를 치우고 부일은 기생집 대문에 걸린 여자의 시신을 수습해 화장했다. 불타는 장작 너머 뜨겁게 일렁이는 여자를 보고 그는 오열했다.

인생은 그렇게 바뀌었다. 그는 '미나가와 토미카즈'가 아니라 '부일'이 되었다.

"부일."

무명의 부름에 부일은 만지작거리던 옥반지를 서랍 깊숙한 곳에 밀어 넣고 방에서 나왔다.

그는 반쯤 열린 창문 앞에 서 있었다. 달빛을 받은 남자는 붉었다. 생기 어린 붉은 눈동자처럼 온몸에 생명이 일렁거렸다. 그는 핏빛으로 물든 윗옷을 벗어 올렸다. 도자기처럼 하얗고 강인한 육체가 생생히 드러났다.

"덕기에게 연락 없었어?"

"네. 없었어요. 부를까요?"

부일은 익숙하게 바구니 하나를 찾아 들어 그에게 내밀었다. 철퍽하고 젖은 옷가지가 묵직하게 그 안으로 떨어졌다.

무명은 고개를 저었다.

"됐어."

그는 바지도 마저 벗어 바구니 안에 넣었다. 그러고는 욕실로 성큼성큼 사라졌다. 부일은 받아 든 바구니 안을 쳐다보았다. 피에 절은 옷가지들. 90여 년. 어림잡아 그 정도 되었다. 비가 올 때마다 도살당한 가축의 몸에서 피를 빼듯, 무명의 옷가지에서 핏물을 빼낸 지가. 익숙해서 지겨울 지경인 이 일이 가영에겐 어떻게 다가갈까. 그 참새처럼 작은 여자가 이것을 받아들일 수 있을까.

부일은 가영이 좋았다. 가영의 옆에 있으면 무명의 옆에 있으면서 잊어 갔던 평범하고 소박한 일상이 돌아오는 것 같았다. 저 자신이 인간인지 귀신인지, 아니면 그저 영혼 없이 살아가는 산송장인지 알 수 없었는데 가영이 곁에 있으면 본인이 사람이고 사람답게 사는 것 같았다. 부일은 가영이 오랫동안 무명의 곁에 있어 주길 바랐다. 건조한 둘의 일상 속에 단비가 되어 주길 원했다. 그리고 이젠 더 이상 가영이 무명과 저를 찾지 않을까 두렵기도 했다.

부일이 무명을 만났을 때는 인생의 나락에 서 있을 때였다. 그때에는 그가 흡혈귀이건 악귀이건 상관이 없었다. 뻥 뚫린 가슴을 무엇으로라도 채울 수 있으면 뭐라도 상관이 없었다. 부일은 그를 아주 자연스럽게 받아들였다. 어차피 온전하지 않은 삶이었으니까.

그러나 가영에겐 다를 것이다. 가영도 평범하진 않은 삶이지만 그녀는 최소한 자신의 삶을 행복하게 여겼다. 그녀가 원한 것은 일순 자신의 인생을 뒤흔들 강렬한 존재가 아니라 단지 곁을 따듯하게 데워 줄 누군가의 온기였을 것이다.

부일은 가영의 파리한 얼굴을 떠올렸다. 무명이 그녀를 어떻게 다룰지도 걱정이 되었다. 무명은 그 아이를 분명 특별하게 여기고 있었다. 그러나 문제는 무명이 그 특별함을 어떻게 받아들일지 모른다는 것에 있었다. 감정 없이 지내 온 무명의 세월이 너무도 길었다. 그리고 여자를 다루지 않은 날도 너무 오래되었다. 그 변덕스럽고 연약한 종족을, 그 감정을 무명이 움켜쥐고 바스러트리진 않을지 염려되었다.

악몽에 시달리던 가영은 온갖 잡지식을 동원했다. 그렇다고 악몽이 물러가는 것은 아니지만 적어도 마음은 놓일 것 같았다. 가영은 집 안에 있는 마늘이란 마늘은 모조리 찾아내 까고 실처럼 꿰어 집 안 곳곳에 주렁주렁 걸어 놓았다. 비슷한 향이 나는 양파나 파, 생강 등도 모조리 찾아 갈아서 바닥에 뿌리고 곳곳에 걸었다.

그러고는 제 방의 옷장을 뒤져 아주 어릴 때 멋도 모르고 다니던 교회에서 받은 십자가 목걸이를 꺼냈다. 출석할 때마다 주는 달란트를 모아 산 것이다. 무당집 계집애가 교회를 다니는 모습이 퍽이나 우스웠을 법도 한데 교회에서는 오히려 그러한 가영을 좋아했다. 무당집 딸이 하나님을 만나 개종했다고 오히려 선전하고 다녔다. 1년여를 성실히 다녔지만 가영은 주기도문조차 제대로 외우질 못했다. 아마 바보 소리는 그때부터 들었던 것 같다.

가영은 그 조잡한 플라스틱 목걸이를 목에 걸었다. 곳곳에 도색이 벗겨져 있었지만 상관없었다. 그러고는 경옥의 법당에서 아무 부적이나 닥치는 대로 가져와 방에 붙이고 몸에 지녔다. 그 괴이한 형상과 법경을 알아볼 수는 없지만 일단 무엇이라도 지니고 있는 것이 지니지 않는 것보다는 나으리라는 생각에서였다.

몇 미터 밖에서도 마늘 냄새, 생강 냄새가 진동을 했다. 이 산골 마을에 집이 단 두 개뿐이라는 것을 다행으로 여겨야 한다. 그렇지 않으면 벌써 주변 집 사람들이 두 팔을 걷어붙이고 경옥의 집으로 쫓아갔을 테니까 말이다.

"환장하겠네. 정말."

밭에서 잡초를 뽑고 돌을 고르던 무명은 인내의 한계를 느꼈다. 안 그래도 후각이 예민한 그에게 아랫집에서 진동하는 이 온갖 잡냄새는 후각뿐 아니라 그의 신경을 마비시키기에도 충분했다. 다시 한 번 밭일에 집중하려다 도저히 안 되겠어서 무명은 목장갑을 손에서 빼내 밭에다 내팽개쳤다.

"왜 그러세요?"

"가영에게 좀 가 보고 올게."

늙어서 더 이상 후각이 예민하지 못한 부일은 영문을 모르는 듯 머리를 주억거렸다. 저놈은 바로 옆에서 누가 방귀를 뀌다 똥을 싸도 모를 놈이다.

"당분간 그냥 두시려는 것 아니었어요?"

가영이 제집에서 도망치듯 뛰쳐나간 이후 무명은 줄곧 그녀를 모른 체했다. 그 일에 대해 묻고 싶어도 무명은 평소보다 더 입을 다물고 있어 선뜻 입 밖에 내기가 버거웠다. 평소에 그에게 악을 쓰고 대들긴 해도 그건 암묵적으로 허락된 방종이었다. 무명이 허락지 않으면 부일은 그의 앞에서 입술 한 번 옴짝할 수가 없다.

서당 개도 삼 년이면 풍월을 읊는 댔다. 부일의 눈칫밥은 그보다 수십 배는 더 오래되었으니 모시는 어르신의 눈치는 서당 개보다는 훨씬 더 빠삭하다. 무명은 그동안 기분이 썩 좋지 않았다. 매번 사냥을 해서 포식을 하고 와도 마찬가지였다. 그 이유가 무엇 때문인지 부일은 알 수 없었다. 어렴풋이 가영 때문인가, 하는 짐작만 하는 정도였다.

"또 어르신 보고 정신이라도 놓아 버리면……."

"그 전에 내가 먼저 정신을 놓겠어!"

무명은 사납게 발을 뗐다. 씩씩거리는 걸음걸이가 몹시도 인간 같았다.

집으로 다가갈수록 냄새는 더 강해졌다. 두통이 스멀스멀 몰려왔다. 가영의 집 입구에서 뭔가 발에 철퍽 밟혔다. 신발 바닥을 들어 보니 갈아 놓은 마늘과 양파가 토사물처럼 엉겨 붙어 있었다. 그는 못마땅하게 고개를 들었다. 풍경처럼 마늘이 처마에, 방문에, 창틀에, 아니 뭐 그냥 온갖 군데에 주렁주렁 매달려 있었다.

"맛이 갔네. 맛이 갔어."

무명은 그렇게 혼잣말을 했다. 그래, 이 계집애가 맛이 간 것이다. 저를 이 집 근처에 오지 못하게 하려고 이랬다는 것은 알겠다. 그런데 이 정도면 무명뿐 아니라 누구도 이 집 근처에 오지 못한다. 이건 마늘의 냄새가 아니라 악취였다. 하수구 오물에서 나는 악취랑 다를 게 없었다. 저를 피하기 위해 이렇게나 성실하게 행동할 줄이야. 정말이지 감탄사가 절로 나온다.

가영은 성실하게 나무를 깎고 있었다. 불을 때려고 주문해 둔 장작들을 더 잘게 쪼개서 사포로 문지르고 잘라 냈다. 부적, 마늘, 목에 건 십자가에도 어쩐지 마음이 놓이질 않아 나무로 십자가를 더 만들어 집 안 여기저기 붙였다. 그리고 만약을 위해 끝을 뾰족하게 간 나무토막 몇 개도 챙겨 바지 주머니에 욱여넣었다. 걸을 때마다 덜그럭거리고 쿡쿡 찔렀지만 개의치 않았다. 굵은 실에 십자가의 머리를 묶고 의자를 밟고 올라가 까치발을 들었다. 청테이프로 천장에 꾹꾹 눌러 붙이고 몇 번을 더 누른 다음에 만족스럽게 고개를 끄덕였다.

됐어. 이제 조금 더 마음이 놓여.

가영은 훨씬 홀가분한 기분으로 기우뚱기우뚱 의자에서 내려섰다.

"악!"

그러고는 바닥에 철퍼덕 주저앉았다. 무명이 귀신처럼 홀연히 집 안에 들어와 있었다. 아니, 참 어차피 그는 귀신이지. 그리고 괴물이기도 하고, 또 흡혈귀이기도 하고, 또…… 무언가 다른 것이 되기도 하고.

그는 미닫이문에 나른하게 기대었다. 목에는 가영이 처마에 주렁주렁 걸어 둔 마늘 줄기 하나가 목도리처럼 걸려 있었다. 가영이 그것을 바라보며 눈을 끔뻑거리자 무명이 보란 듯이 박수를 쳤다.

"대단해. 감동했어. 나를 몰아내기 위해 이 정도로 열심히라니. 표창이라도 주어야 하나?"

가영은 자신의 목을 더듬어 십자가를 손에 꼭 쥐었다. 무명의 붉은 눈이 집을 훑었다. 가영에게 들켰으니 더 이상 그 붉은 눈동자를 숨길 일도 없었다. 벽지처럼 다닥다닥 붙은 부적들. 나무줄기처럼 늘어진 십자가들. 그는 손을 뻗어 닿을 만큼의 거리에 있는 것들은 하나씩 하나씩 뜯어냈다.

"내가 뭐라고 했더라?"

그의 손에 무참히 뜯긴 부적들이 바닥에 휴지 조각처럼 흩어지고 나무토막들이 후두둑 떨어졌다.

"네가 나에게 하지 말아야 할 것들이 무엇이라고?"

무명이 다가오자 가영은 뒷걸음질 쳤다.

"아니, 다 집어치우자. 네가 날 무서워하든 뭘 하든 사실 난 상관이 없는데. 네가 뿌린 이……."

그는 마늘 줄기를 하나 따다가 그녀의 눈앞에서 흔들었다.

"이 말도 안 되는 짓거리 때문에 내가 골이 다 아프단 말이야."

그 말에 가영의 눈이 희번득했다. 역시! 마늘을 싫어하는구나! 입가에 슬며시 기쁨이 번졌다. 무명은 그걸 보더니 인상을 더 구겼다.

"너는 두통도 안 와? 온 집 안에 마늘에, 양파에, 생강에. 이건 사람이고 동물이고 가리지 않고 질색할 냄새야."

"아……."

……그런가!

"널 한 번도 멍청하다고 여긴 적이 없었는데. 이건 정말 멍청해, 가영."

"……."

그는 다가와 가영의 손목을 쥐었다. 가영은 비명을 지르는 대신 숨을 멈췄다. 그의 얼굴이 너무 가까웠다.

"이건 뭐야?"

그는 가영이 손에 움켜쥔 것을 눈짓했다. 붉은 눈동자가 그녀의 얼굴을 뚫어 버릴 것만 같았다. 가영은 서서히 손에서 힘을 풀었다. 그는 목에 달린 십자가를 보고 콧방귀를 뀌었다.

"이것 말고 또 뭐가 있지? 마늘, 십자가, 또 뭐야?"

가영은 도리질을 했다. 침이 꼴딱꼴딱 넘어갔다. 온 신경이 바지 주머니에 가 있었다.

"또 뭐가 있냐고."

다시 울음이 터진 듯 여자의 시야가 희끄무레해졌다. 그는 가영의 목에 걸린 십자가를 쥐고 꾹 주먹을 접었다. 투둑투둑 소리가 나더니 그가 다시 손을 펼쳤을 때 십자가는 조각나 바닥으로 떨어져 버렸다. 가영의 입에서 흐윽 하는 울음소리가 났다.

무명의 얼굴이 날카롭게 굳었다.

"울지 마."

"……."

그 말에 가영이 숨을 꼴깍 삼켰다. 희미한 시선이 맑아졌다가 다시 차올랐다 뺨을 타고 눈물이 주욱 선을 그리며 떨어졌다.

"울지 말라고!"

그가 고함을 치자 가영의 몸이 위로 튀어 올랐다 가라앉았다. 가영은 화들짝 놀라며 뒷걸음질 쳤다. 겁에 질린 눈이 쉴 새 없이 깜빡거렸고 무명은 성마른 숨을 씩씩댔다.

"그거 알아?"

"……."

"사람의 몸에서 나오는 모든 분비물에서는 냄새가 나."

"……."

"피나. 눈물이나. 침이나. 뭐든 내겐 같아."

"……."

"침이 고이게 만든다고."

가영의 입이 벌어졌다. 참아 내던 숨결이 거침없이 빨라졌다. 여자는 다시 뒷걸음질 쳤다. 그는 비릿하게 웃었다. 짐승의 것을 닮아 있었다.

"가, 가, 가까이……."

"인간은 진화하지."

"가, 가까이 오지 마."

무명은 여자에게 가까이 가지 않았다. 그저 아까부터 계속 같은 자리에 서 있을 뿐인데도 가영은 넋이 빠져 뒷걸음질 치며 같은 소리만 해 댔다. 멀어져도 아무리 멀어져도 그가 가까운 것만 같았다. 무명은 여자가 제게서 도망가는 걸 멀거니 바라보았다. 냉정하고 사나운 눈이었다.

"초창기의 네 종족은 꽤 원숭이와 비슷했었잖아. 그렇지?"

"……."

그는 고고했다. 살기 어린 깨끗한 몸뚱이가 화염처럼 일렁였다. 종족. 그는 자신과 가영을 그렇게 나눴다.

"그런데도 너희는 아직도 나를 아주 촌스럽게 여겨. 그리고 아주 더럽게 생각하지."

"……."

"내게도 심장이 있어."

"……."

"심장이 뛰고, 피가 돌지."

"……."

"내게도 온기가 있어. 나는 죽은 시체에서 태어난 게 아니야."

"……."

"나 역시 너와 마찬가지로 진화한 거야."

"……."

"너보다 훨씬 빨리, 훨씬 월등하게."

"그, 그래서…… 그래서 사람을 주, 죽이는 거야? 그, 그래서 사람을 먹는 거야?"

무명은 가영의 물음에 웃었다. 입꼬리가 비죽 올라가는 것을 보자 등골이 다시 서늘했다.

"그저 인간 위에 상위 포식자가 하나 더 있는 것뿐이야. 자연의 섭리에서 벗어나는 것은 없어."

그는 오랫동안 생각했다. 진화의 최종 단계는 어쩌면 바퀴벌레 같은 모습이 아닐까 하고. 그리고 그의 모습은 여러모로 그것과 닮아 있었다. 끈질긴 생존력이나 뭐든 먹어 치우는 잡식성도 그러했다.

"나는 너를 꽤 참을성 있게 기다렸어. 사실 내가 너에게 해 준 건 배려와 친절뿐이지."

가영은 도리질했다. 뒷걸음질을 치다, 치다 드디어 벽을 만났다. 등이 벽에 붙고 더 이상 뒤로 물러설 수가 없었다. 무명은 가영의 등이 벽에 부딪치고도 몇 번이고 몸을 뒤로 미끄러뜨리는 것을 고고하게 바라보았다. 마치 그것이 앞으로 너의 운명이라고 말하는 양. 너는 벽에 갇혔고, 달아날 수 없으며, 이렇게 자신과 마주 볼 수밖에 없다는 듯 말이다.

무명은 눈 깜짝할 새에, 정말로 눈 깜짝할 새에 가영의 앞에 와 있었다. 그저 눈을 한 번 감았다가 떴을 뿐인데. 그는 자신의 코앞에서 저의 팔목 하나를 잡아 벽에 붙여 놓고 있었다. 악력이 느껴지지 않는 부드러운 손길이지만, 손목에 철심이 박힌 듯, 여자의 손은 그곳에 박제되어 버렸다.

"내가 그 비겟덩어리에서 널 구하지 않았다면 넌 벌써 죽었어. 나는 네게 은인이잖아. 그렇다면 좀 더 상냥해야 하는 거 아니야?"

"……."

가영은 침을 꿀꺽 삼켰다.

"너는 배덕한 여자인가?"

가영은 배덕이 무슨 뜻인지 몰랐다. 그러나 그의 어투에서 그게 좋은 단어가 아니란 건 알 수 있었다. 무명의 다른 손이 가영의 목을 타고 올라와 목울대 부근을 가만히 쥐었다. 엄지손에 힘을 주어 여자의 턱을 옆으로 돌리자, 목덜미가 허옇게 드러났다. 그는 엄지로 그곳을 나른하게 쓸었다. 긴 목덜미의 곡선을 따라 아주 느리게.

"네가 택할 수 있는 건 두 가지야. 나를 따르든가, 아니면 내 손에 죽든가."

그의 코끝이 저의 목덜미에 닿았다. 그가 숨을 들이켜자 가영은 두려움에 두 눈을 꼭 감았다. 그녀는 자유로운 나머지 한 손을 바지 주머니에 넣었다. 목덜미에서 그의 혀가 느껴졌다. 헉하는 숨소리가 터져 나가며 가영의 손에 들린 날카로운 나무 꼬챙이가 그의 턱 바로 아래에 닿았다.

그가 동작을 멈추고 키득키득 웃었다.

"나무로 만든 못을 박아 죽여라?"

그는 그 유머를 즐겼다. 어디서 중세 시대 유물을 파는 건지. 그는 제 턱을 더 깊이 가져다 대었다. 그러자 가영의 손이 뒤로 물러섰다. 그가 명령했다.

"찔러."

"……."

"어서 찔러."

"……."

가영이 입술을 떨며 흐느끼자 무명은 그녀 손을 제 손으로 감싸 쥐었다. 그러고는 힘을 주었다. 날카롭게 갈려진 것이 서서히 그의 턱을 뚫었다.

"으……."

가영이 진저리를 쳤다. 나무 꼬챙이를 타고 피가 손등으로 흘렀다. 무명은 신음 한 번 내지 않았다. 눈 한 번 깜빡이지 않았다. 아픔을 느끼지 못하는 사람처럼. 가영이 찌르는 건 제 몸이 아니라 죽은 돼지의 비계인 것처럼. 그러나 그것은 무명의 몸이었다. 흘러내리는 피가 뜨끈했다.

"싫어."

가영이 그에게 잡힌 손을 빼내려 안간힘을 썼다.

"싫어!"

가영은 참지 못하고 비명을 질렀다. 그녀는 눈을 질끈 감았고 무명은 덜덜 떠는 손을 놓았다. 핏물이 엉겨 붙은 꼬챙이는 곧바로 바닥에 떨어졌다. 가영은 엉엉 울며 피가 쏟아져 나오는 그의 턱에 두 손을 가져다 대고 지혈하듯 꾹 눌렀다.

무명은 그녀를 당겼다. 여자의 두 볼을 양손으로 감싸고 가영의 입술을 찾아 물었다. 찌릿한 아픔이 느껴졌다. 무명의 턱에 붙어 있던 가영의 손이 힘을 잃었다. 그녀는 경계하듯 팔을 세워 그의 가슴에 붙였다. 그가 입술을 빨았다. 입술이 얼얼하고 따끔거렸다. 그의 가슴을 주먹으로 두드렸다. 무쇠같이 단단한 가슴팍은 아무리 때려도 밀려나는 법이 없었다. 지끈한 아픔에 정신이 혼미할 때쯤 무명이 그녀의 입술을 놓았다. 아랫입술이 붉게 부풀어 있었다. 화끈화

끈 피가 몰렸다.

무명은 만족스럽게 웃었다. 가영은 얼얼한 입술을 벌린 채 무명의 아래턱을 바라보았다. 피 얼룩 사이로 보이는 도자기처럼 깨끗한 피부는 균열 한 점 없었다.

심장이 뛰고, 피가 흐르는 그는 귀신이나, 괴물보다 더 거대하고 기묘한 존재였다. 가영은 전의를 상실했다. 죽음 앞에 순종하는 이처럼 여자는 몸을 늘어뜨렸다.

"나에 대해 생각해."

"……."

무명은 피가 묻은 가영의 입술을 손으로 쓸었다. 제가 빨았다 놓아 도톰하게 부풀어진 것을 만지자 여자의 얼굴이 얼얼함에 움찔했다.

"쉬지 말고 생각해."

"……."

"네가 내게서 벗어날 수 없다는 것을 깨달을 때까지."

가영의 얼굴이 일그러졌다. 그가 무서웠다. 그가 사라져 주었으면 좋겠다고 생각하기도 했다. 그러나 그의 턱을 나무 꼬챙이가 뚫고 들어가자 가영은 그 끔찍한 장면을 눈에 담고 싶지가 않았다. 무명이 피 흘리는 것을 보고 싶지 않았다. 그가 죽기를 원하지 않았다. 그가 상처 입거나 아파하는 것도 보고 싶지가 않았다. 그의 친절함을 생각하기엔 그가 너무 무서웠고, 그런 그를 끔찍하게 생각하기에는 그는 너무 따듯했다.

"언제고, 마음의 준비가 되면 나를 불러."

"……."

"어디에 있든 네가 부르면 나는 널 찾아올 거야."

"명아……."

가영은 멍하니 그 이름을 다시 입에 담아 보았다. 언제나 닿고 싶어서 참을 수가 없었던 때에, 늘 불렀던 그 달콤한 이름을 다시 한 번. 그러자 그가 웃었다. 그때처럼 웃었다. 천사처럼 예뻤다.

"그래. 그렇게."

그는 가영의 손을 잡아 제 뺨 위에 올렸다.

"잊지 마, 가영. 내게도 온기가 있다는 걸."

그리고 그는 다시 사라졌다. 다시 찰나의 순간, 눈을 한 번 깜빡이고 나자 그는 흔적도 없이 사라져 버렸다. 대신 서늘한 바람이 일었다. 가영의 머리카락을 조금 흔들 정도의 미풍이었다.

바스락바스락. 바닥에 떨어진 부적들이 마른 나뭇잎처럼 움직였다.

한잠 자고 나면 조금 괜찮아질 거라고 생각했는데 몰골은 다음 날 아침에도 엉망이었다. 무명에게 빨려 불어 버린 아랫입술이 순대처럼 탱글탱글했다. 볼이 확 달아올랐다. 가영은 서늘한 열기로 축축해진 손바닥을 바지에 몇 번 문지르고 칫솔을 꺼내 들어 치약을 짰다. 박하 향이 입술에 닿을 때마다 아렸다.

"아야……."

인상을 찌푸리고 앓는 소리를 냈다. 지난밤 무명은 가영에게 쉬지 말고 자신에 대해 생각하라고 했다. 툭 까놓고 이야기하자면 요 근래에 무명에 대해 생각하지 않은 적이 없었다. 단 1분 1초도 말이다. 잊고 싶어 발버둥 칠 때마다 매번 그는 더 강렬한 잔상을 남기며 사라졌다. 어제는 특히 더 심했다.

"착한 줄 알았는데……."

칫솔을 입에 물고 우울하게 혼잣말을 했다. 눈이 먼 착하고 따듯한 아이로만 생각했는데. 조금 무뚝뚝한 것 같았지만 밀어내지 않아서 더 좋았는데.

자신이 친해지고 싶어 주변을 뱅뱅 돌며 귀찮게 굴어도 그 구애에 전혀 동요하지 않던 아이였다. 그런데 이제는 대놓고 저를 보살피라고 말하고 있다. 친구가 아니라 하인. 빨래하고 청소를 하고 음식을 하며 절대로 도망칠 수 없는 소유물. 무명이 친구라면, 아니 최소한 사람이기라도 했다면, 가영은 기꺼이 그를 도왔을 거다. 그러나 무명에게선 '정'이라는 것이 느껴지지 않았다.

사실 가영은 그가 자신을 어떤 것으로 보고 있는지 짐작하기도 힘들었다. 다만 그가 자신을 친구로 보지 않는다는 것은 안다. 자신에게, 네가 친구라고 여긴다면 언제까지나 친구일 거라고 이야기했지만 그 이야기를 하면서도 그의 눈은 서릿발처럼 차가웠다. 차라리 눈을 보지 않았더라면 좋았을 뻔했다. 그랬다면 그 입술에서 피어나는 천사같이 예쁜 미소를 진실이라고 믿었을 것이다.

양치와 세수를 마치고 화장실 문을 닫고 나왔다. 문지방 너머 부엌의 누런 벽지들 사이에 유독 새하얗게 발린 벽지가 둥둥 떠 있다.

부일이 사람을 불러 새로 발라 놓은 것이었다.

무명의 감정은 모호하고 알 수 없지만 그가 남긴 흔적은 선명하고 확실했다. 그는 자신을 해하려고 한 기범 할배를 죽였다. 거기에 대한 죄책감은 없어 보였고 그는 그것을 친절이라고 말했다. 할아버지의 시체는 어찌 되었을까. 그가 먹어 치웠으리란 생각이 불현듯 스치자 다시 속이 뒤집혔다. 천사 같은 얼굴로 설마 정말 그런 짓을 할까, 아직도 믿기진 않았지만 명이 하는 말을 따르자면 그게 사실이었다.

사람을 잡아먹는 그 입술로 제 입술을 빨았단 말인가. 그 예쁜 입술이……. 가영의 얼굴이 형편없이 일그러졌다. 흔적도 없이 치유된 엉치뼈도 어쩐지 조금씩 욱신거렸다. 무명이 베푸는 친절과 배려가 무섭다는 것도 서글펐다.

집 안 곳곳에 아직도 부두교의 재단처럼 부적과 나무 십자가가 주렁주렁 매달려 있었다. 공포에 질려 있을 때는 몰랐다. 이게 얼마나 집 안을 난잡하고 기괴한 풍경으로 만드는지 말이다. 가영은 손을 들어 잡히는 나무 작대기를 하나 툭 떼었다. 접착제가 떼어지며 벽지도 함께 찍 떨어졌다. 무슨 정신으로 집 안을 이렇게 만든 걸까. 그것도 그렇게 빠른 시간 안에. 어쩌면 무명의 피 때문인지도 모른다. 그의 피는 이상하게 몸을 달아오르게 만드니까.

가영은 낡은 자개장 앞에 앉았다. 오래되어 색이 바랜 붉은 전화기를 말없이 노려보다가 수화기를 집어 들었다. 그러다가 '뚜뚜' 하는 신호음이 들리자 재빠르게 내려놓았다. 한참 동안 노려보다가 가영은 다시 수화기를 들었다.

031로 시작하는 번호를 한 번 눌렀다가 딸깍 전화를 끊었다. 생각을 떨치려는 듯 도리질을 하고 심호흡을 한 뒤 가영은 다시 수화기를 들었다.

이번에는 02로 시작하는 번호를 눌렀다. 손끝이 조금씩 떨렸다. 뚜르르— 단 한 번의 신호음이 가더니 곧 딸깍 소리가 났다.

"여보세……."

— 지금 거신 번호는 결번이오니 다시 확인하시고 걸어 주시길 바랍니다.

가영은 그 친절한 안내 멘트가 끝날 때까지 수화기를 들고 있다가 가만히 내렸다. 번호가 바뀌었구나……. 눈을 들어 유독 아무런 표시도 없는 하얀 달력을 바라보았다. 15일. 오늘은 15일이었다.

외톨이

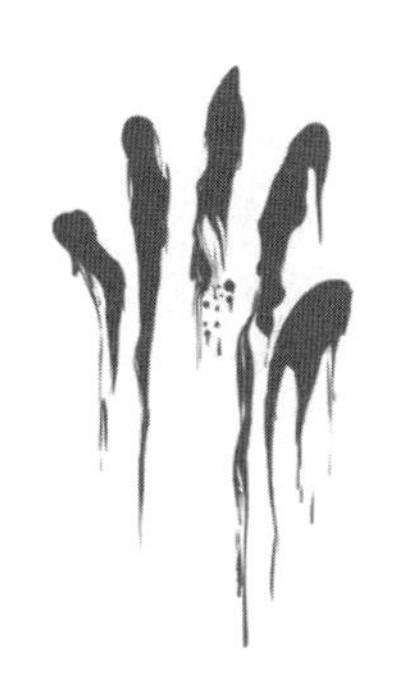

가끔 외로움에 사무치는 날들이 있었다. 가영은 그것을 언제나 맹렬하게 떨쳐 왔다. 경옥을 돌보고, 수환을 위한 약초나 나물을 캐러 산이고 들이고 뛰어다니면 그 외로움을 깊게 들여다볼 새가 없었다. 그러나 이번에는 조금 달랐다. 어딘가에 몸을 제대로 웅크려 보고 싶었다. 따듯해지고 싶고 그리움을 조금은 채우고 싶었다.

시내버스를 타고 읍내를 나갈 때마다 생각했다. 이 버스는 어디까지 갈까. 이것을 타면 집까지 갈 수 있을까. 그렇게 저 혼자 시외버스 터미널까지 간 적도 있었다. 도로 가장자리를 따라 한 시간 남짓을 걸어 서울로 가는 버스를 하염없이 쳐다보기도 했었다.

송라를 팔아 번 돈을 손에 구기고 가영은 터미널 매표소로 향했다.

"어디 가세요?"

매표소 박스 안의 아주머니가 심드렁한 목소리로 물었다.

"……."

"예?"

닳고 닳은 목소리로 다시 언성을 높이자 가영은 지폐를 조용히 내밀었다.

"……서울이요."

가영은 차창 밖에 빠르게 지나가는 풍경들을 눈으로 좇았다. 그날 아빠 차 뒷좌석에 누워 보던 풍경과 조금 닮았던가 떠올려 보았다. 안개 낀 하늘에는 전신주 말고 아무것도 보이지 않았었다. 희미한 눈 너머 그 텅 빈 풍경은 아주 오랫동안 기억 속에서 곱씹혔다.

열한 살. 아무것도 기억을 못 하기엔 꽤 똘똘했을 나이. 가영은 기억도 마음도 거기에 멈춰 더 이상 자라지 않았으니 어제처럼 더 생생했다. 기억과 달라진 길목들은 사람들에게 물어서 찾았다. 그렇게 찾아온 골목 어귀는 저가 떠나온 풍경과 조금도 달라지지 않았다. 가영은 발걸음을 재촉했다. 곧 으리으리한 고급 주택이 모여 있는 사치스러운 풍경이 보였다.

그녀는 공주처럼 자랐다. 방패처럼 커다란 담장이 집집마다 서 있어서 누구도 그 안을 들여다볼 수 없는 고급 주택지에서 자라났다. 집마다 차고로 들어가는 문이 따로 있었고, 튼튼한 철문은 사시사철 굳게 닫혀 있었다.

가영의 집은 언제나 담장 너머 목련꽃이 유독 흐드러지게 피었다. 엄마는 목련나무를 좋아했다. 고상하고 우아해서 예쁘다고 했다. 가영은 그 목련나무 아래에 담요를 깔고 바비 인형을 가지고 놀고는 했다. 예쁜 찻잔 세트, 어여쁜 드레스를 입은 바비 인형을 모셔 두고 지나가는 일꾼 중 아무나 잡아 앉혀 놓고 소꿉놀이를 했었다. 모든 것이 풍족하고 따듯하고 아름다웠다.

담장 안에 살았을 때는 이 집이 이렇게 크고 견고하다고 생각하지 못했다. 그저 안락하고 편안한 곳으로만 알았다. 그러나 담장 밖에서 있자니 숨이 막혔다. 초라함에 쪼그라들 것만 같았다. 가영은 손을 바르작거리다가 용기를 내어 벨을 눌렀다.

딸깍하고 인터폰이 켜지는 소리가 나더니 한참 만에 물었다.

— 누구시죠?

여자의 목소리는 히스테릭했고 가영에겐 낯선 목소리였다. 전혀 기억에는 없는.

"저, 저는……."

— 어디 찾아오셨어요?

"저는, 아, 아빠……를……."

— …….

"아빠를 찾으러 왔어요. 저는 가영이라고……."

— 잘못 찾아오셨어요.

여자는 사무적으로 대꾸하고 매몰차게 인터폰을 껐다. 가영은 철문 앞에 멀뚱하니 서 있을 수밖에 없었다. 이곳에 찾아오느라 반나절이 걸렸는데. 다시 왔던 길을 되돌아가기엔 발길이 떨어지지 않았다. 한 번만. 한 번만 더.

가영은 다시 인터폰을 눌렀다.

"저는, 가영이라고 해요. 아빠 이름이 박, 박판석……."

— 한 번만 더 이러면 경찰을 부를 거예요. 알겠어요? 여기가 어딘 줄 알고.

여자는 괘씸하다는 듯 톡 쏘았다. 인터폰은 다시 뚝 끊어졌다.

저는 가영이라고 해요. 박판석의 딸이에요. 여기가 아빠의 집이 맞나요? 그 세 문장이었다. 그것만 확인하면 되었는데. 아마도 더 이상 제 가족은 이곳에 살지 않는 것 같았고 그것을 확인하면 바로 돌아갈 수 있을 것 같았는데. 그 세 마디를 채 묻지 못했다. 가영은 다시 철문 앞에 멍하게 섰다.

어깨 너머 버스럭버스럭 아스팔트의 조각들이 바퀴에 깔리는 소리가 느리게 들렸다. 고요히 다가오는 엔진음은 가까워져 올수록 개가 으르렁거리는 듯 낮고 사나워졌다. 흑 비단처럼 검게 빛나는 고급 세단이 가영의 앞에 섰다. 새까만 창문 너머 아무것도 보이지 않아 가영은 그 자리에 서서 눈만 깜빡거렸다.

딸깍, 조수석의 문이 열렸다.

"세상에."

가영과 눈이 마주친 여자는 입술을 짓씹었다. 고급스럽게 치장한 올림머리. 이태리 명품 브랜드에 맞춰 입은 값비싼 원피스. 붉은색 루부탱 힐. 가영이 어릴 적 가지고 놀던 바비 인형처럼 한껏 꾸민 그녀는 가영을 위아래로 훑으며 못 믿겠다는 듯 인상을 구겼다.

"어, 엄……."

"여기가 어디라고."

엄마라고 부르지도 못했다. 제대로 발음을 해 보기도 전에 여자는 가영의 어깨를 잡고 철문 밖으로 바짝 끌어냈다.

"너 여기가 어디라고 와?"

멈춘 차량의 시동은 여전히 그릉그릉 울려 댔다. 운전석의 문이 조용히 열렸다. 가영은 그 안에서 천천히 모습을 드러낸 남자가 저를 무심히 내려다보는 것에 할 말을 잃었다. 오빠. 한때 그는 가영의 오빠였다. 지금도 오빠일 것이다. 모두가 낯익은 얼굴인데 그도 저도 반가운 마음은 들지가 않았다.

엄마가 다시 한번 가영의 어깨를 흔들었다.

"어? 너 여기가 어디라고 오냐고."

여기가 어디냐니. 여기는…….

"여기…… 집이잖아. 내 집."

열한 살 때까지 살았던 내 집. 그 아는 사람 하나 없는, 모든 것이 낯선 동네에 버려지기 전에 모두에게 사랑받으며 살던 집.

"큰일 날 소리!"

엄마는 가영을 흔들며 초조하게 언성을 높였다.

"큰일 날 소리 하네!"

"나 신병 걸린 거 아니야."

항변하는 가영의 목소리가 조금씩 젖어 들었다. 목이 메어 침을 한 번 꿀꺽 삼켰다.

"나, 무당 아니야. 나 그런 거 아니야. 나 귀신도 못 봐."

"조용히 못 하니!"

엄마가 주변을 두리번두리번 살폈다. 어차피 누구도 집 밖으로 모습을 드러내지 않는 적막한 동네다.

"돌아가. 알겠어? 얼른 돌아가. 이 근처에 얼씬도 하지 마."

"왜?"

묻는 가영의 목소리가 바르르 떨렸다. 가영은 주먹을 힘껏 말아 쥐었다. 엄마는 기막히다는 듯 눈을 굴렸다.

"왜냐니, 너 정말 왜인지 몰라?! 너는 신병 걸려 그리로 갈 때부터 혹덩이였어!"

"왜?"

"너, 아버지가 신병 걸린 딸 버린 애비라고 소문이라도 나 봐. 아버지 어떻게 되겠니? 왜 이렇게 생각이 없어! 여기가 어디라고 찾아와, 찾아오길!"

차겸은 어머니가 오래전에 집에서 버려진 여동생의 옷깃을 부여잡고 일말의 애정도 없이 흔드는 것을 조용히 지켜보았다. 한때는 매일 공주님이라고 부르며 머리를 빗겨 주고 예쁜 구두와 드레스를 입혀 주었던, 당신이 가장 좋아하던 인형이었다. 길게 흐트러뜨린 다갈색 머리는 빛을 받을 때마다 눈이 부셨고 크고 또랑또랑한 눈은 송아지처럼 맑고 선했다. 그런 제 누이가 웃으며 눈을 반달로 접으면 사람들은 어쩔 줄 모르며 박수를 쳐 댔다.

선하고 맑고 착한 공주님. 아버지에게 딸은 가장 좋은 선거 수단이었다. 어느 순간부터는 어머니의 말대로 혹덩이가 되었지만 말이다. 인생은 정말 한 치 앞을 알 수 없는 거다. 차겸은 피어오르는 비죽임을 숨겼다. 대신 멀리서 올라오는 또 다른 고급 세단으로 눈을 돌렸다.

"엄마."

전덕기 청장의 차였다.

"엄마 나 오늘……."

엄마는 히스테릭하게 '쉿' 하고 다시 가영을 흔들었다. 조만간 뺨이라도 갈길 기세였다.

"돌아가. 알겠어? 다시는 찾아오지 마. 그냥 죽은 듯이 살아. 너, 우리에겐 이제 죽은 자식이야. 알겠니?"

엄마는 가영을 멀찌감치 밀었다. 가영은 힘없이 뒤로 밀렸다. 철푸덕 넘어질 뻔한 것을 차겸이 잡아 제 뒤로 감추었다.

"사모님."

세단에서 남자가 내렸다. 살짝 벗겨진 대머리. 멋들어진 정복을 차려입은 그는 우람한 몸을 가볍게 숙이며 공손하게 인사했다.

"어머, 어서 오세요— 좀 일찍 오셨네요."

"예. 의원님은 아직 안 오셨나요?"

"예. 조금 늦으시네요."

덕기의 눈이 차겸에게로 향하자 엄마가 얼른 남자의 몸을 막아섰다.

"먼저 올라가시죠. 다과라도 하시며 기다리세요."

남자는 말 없이 엄마를 따랐다. 가영에겐 그토록 냉담하던 철문이 활짝 열렸다. 차겸은 문이 닫힐 때까지 기다렸다가 입을 열었다.

"타. 데려다줄게."

부르르 부르르. 추위에 오들오들 떠는 새끼 새처럼 가영의 몸이 발작적으로 떨리는 게 저의 등에도 느껴졌다.

"너 미역국은 먹었니?"

누이는 대답이 없었다. 차겸의 입가에 비릿한 미소가 피어올랐다.

"생일 축하해."

수환은 몇 번이고 다이얼을 다시 돌렸다. 벌써 전화를 받았어야 할 아이가 반나절이 넘도록 소식이 없었다.

"이 지지배 어디 갔어, 대체."

"선배!"

영길이 다급하게 불렀다.

"어! 간다!"

수환은 초조하게 신호음이 몇 번 더 울리는 걸 듣다가 안 되겠는지 전화를 끊었다.

"휴대폰을 좀 사 주든지 해야지. 증말."

그는 구시렁거리며 수첩을 챙겨 들었다. 서는 활력에 넘쳤고, 자못 긴장감도 감돌았다. 그는 곧 사무실 안을 박차고 뛰어나갔다.

오빠는 항상 무서웠다. 어릴 때 그는 늘 가영을 때렸다. 언젠가 한 번은 집에 놀러 온 친구가 오빠의 장난감 로봇을 만지다 다리를 부러뜨린 적이 있었다. 오빠는 그 로봇을 별로 좋아하지 않았다. 그저 사서 모으는 것만 좋아했고 한 번도 가지고 놀지 않았다. 그런데 친구가 부러뜨리는 순간부터 그 로봇은 오빠가 가장 아끼는 물건이 되었다. 그날 가영은 오빠에게 주먹으로 맞아 코피가 나고 앞니가 부러졌다. 그리고 그날 오빠는 아빠에게 곤죽이 될 때까지 두드려 맞았다.

다음 날 아빠를 따라 시장에 나가 앞니가 빠져 구멍이 뚫린 채로 웃자 사람들은 박수를 치며 웃었다. 따님이 이갈이를 하나 보다며 모두가 좋아했다. 그 일은 그렇게 일단락되었지만 그 이후로도 차겸은 기회가 되면 동생에게 주먹을 휘둘렀다. 어리다고, 여자라고 봐주지 않았다. 오히려 그 이유로 더 잔인하게 굴었다. 가영의 기억 속에 딱 하나 아름답지 못한 추억이 있다면 그건 오빠에 관한 것이었다. 그건 추억이라기보다 공포였다. 오빠에 대한 악몽에, 자면서 여러 번 이불에 소변을 지렸다.

"시골 생활은 할 만하니?"

그러니 그가 아무리 다정한 목소리로 물어도 가영은 대답을 할 수가 없는 것이다. 잘못해서 또 주먹이 날아올까 봐 가영은 창가에 몸을 바짝 붙였다.

"생각보다 잘 지내고 있는 것 같아 다행이다."

그는 흘깃 가영을 보며 미소 지었다. 따듯하고 예의 바른 웃음이었는데도 가영은 몸을 떨며 움찔거렸다.

"어머니한테 섭섭하겠지만, 네가 이해해 드려. 너 그때 그렇게 되고 두 분 다 많이 힘드셨어. 알잖아. 아버지 어떤 분인지."

"……."

"아버지 곧 당 대표 되실 거야. 지금 되게 중요한 때야. 아버지 대통령이 목표잖아. 어릴 때부터 주야장천 데리고 다니며 선거 돌 때부터 오직 그것만 바라보셨잖아."

"……."

"우리 가족사 알려지면…… 아버지 대선이고 당 대표고 그거 힘들어지신다는 거, 너 알지?"

가영은 어두워 아무것도 보이지 않는 창밖만 쳐다보았다. 울긋불긋해진 제 눈매만 가끔 반짝거렸다.

"힘들겠지만 이게 네가 딸로서 해 드리는 최선이라고 생각해. 너 그런 거 잘하잖아. 예전부터 아빠 위해서 뭐든 잘했잖아. 웃기도 잘 웃고, 말하기도 잘하고, 노래하라 그러면 노래하고, 춤추라 그럼 춤추고. 그치?"

차는 경옥의 집 돌다리 앞에서 멈췄다. 그는 아까부터 창밖만 바라보는 제 누이의 모습을 위아래로 훑었다. 허름하다 못해 걸레 같은 옷을 걸쳐 입고 흙으로 범벅이 된 운동화를 신고 있는 모습이 퍽 측은했다. 그는 안쓰럽다는 표정을 지으며 제 양복 안주머니에서 지갑을 뒤졌다.

"자."

그는 가영에게 수표 몇 장을 내밀었다. 가영은 그것을 받지 않았다.

"자. 받아."

그는 가영의 손을 잡아 억지로 그것을 쥐여 주었다. 지폐를 잡은 작은 손에 힘이 실렸다. 지폐가 꼬깃 소리를 내며 속절없이 구겨졌다.

"어째서야?"

"응?"

"왜…… 왜 내가 혹덩이야?"

가영의 눈이 붉었다. 핏발이 선 듯 붉은 눈매에 눈물이 그렁그렁 차올랐다. 당장이라도 떨어질 것처럼 넘쳤다.

아이고. 가여운 우리 누이. 다 큰 처녀가 되어도 여전히 어리구나. 남자는 서글프게 제 누이를 쳐다보았다. 입가에 동정의 미소가 떠올랐다.

"가영아. 불쌍한 내 동생. 지금 네 꼴을 좀 봐."

그 꼴을 하고 감히 국회의원 댁 자제 노릇을 하려고 하다니, 기가 찬 것을 넘어 불쌍하다는 얼굴. 딱 그 얼굴이었다.

또륵 하고 눈물이 떨어지더니 곧 주체할 수 없이 흘렀다. 형편없는 몰골을 하고서 우는 꼬락서니가 꼭 어릴 때와 같다. 서럽고 연약했다. 그는 동생의 손을 한 번 꼭 쥐고 쓰다듬었다.

"그 돈으로 옷도 좀 사 입고, 먹는 걸로 다 쓰지 말고 책 같은 것도 좀 사서 보고."

"……."

"너 글은 읽을 줄 알잖아. 그치?"

"내가…… 내가 멍청해서야?"

차겸은 자세를 바로 하고 씩 웃어 보였다. 핸들과 기어를 잡는 품새가 떠날 채비를 하고 있었다.

"잘 가라. 가영아. 언젠가 또 보자."

"……."

가영은 힘없이 벨트를 풀었다. 차 문을 열고 닫는 손에는 힘이 없었다. 부릉 엔진음을 내며 고급 세단이 눈앞에서 멀어졌다. 시야가 뿌옜다.

흑. 흑.

차겸의 차가 멀어지자 가영은 참아 왔던 울음을 터트렸다. 가슴이 타는 것처럼 아프고 콱 막힌 것처럼 답답했다. 그 집은 여전히 그대로 있었다. 엄마도 아빠도 오빠도 여전히 그 집에 살고 있었다. 심지어 오빠는 가영이 어디에 살고 있는지 정확하게 알고 있었다. 그러면서 한 번도 찾지를 않았다.

무언가 말 못 할 사정이 있을 거라고. 아빠가 가르쳐 준 것처럼 열심히 어디서든 열심히 웃으며 착하게 지내다 보면 언젠가, 저를 찾아올 것이라고. 버려진 것은 아닐 거라고. 그저 시간이 너무나 많이 흘러 어디선가 조금씩 엇갈린 것일 거라고. 가영은 그렇게 생각했다. 적어도 찾아가면 안쓰럽다고 잘 지내냐고…… 따듯하게 품어 줄 것이라고 생각했다.

많은 것을 바란 것은 아니었다. 그 집에 들어가 예전처럼 같이 살게 될 거란 것은 감히 꿈도 꾸어 보지 않았다. 그저 안쓰럽다는 미소 한 번. 다정하게 얼굴을 만져 주는 손길 한 번. '엄마' 그 말 한 번. 원한 것은 그것이 다였다. 적어도 잊히진 않았을 거라고. 적어도 그들 마음속에 아직 저는 딸일 것이라고. 아직 어느 한편에는 솜털만큼의 그리움이나 사랑이 남아 있을 거라고. 단지 그것만 확인해 보고 싶었다.

바보, 멍청이. 덜떨어진 계집애. 미련한 천치. 못난 자신을 힐난하면서 절실하게 떠올릴 수 있는 이름은 딱 하나뿐이었다.

"명아……."

흐느끼는 목소리가 웅얼거렸다.

"나 똑똑해지고 싶어……."

가영의 웅크린 등이 흐느낌으로 요동쳤다.

"바보…… 안 하고 싶어……."

엉엉 울음이 다시 터져 나갔다. 손등으로 두 눈을 반복적으로 문질렀다. 차겸이 쥐여 준 수표가 눅눅하게 젖어 갔다.

살포시 등어리에 따듯한 것이 덥혔다. 솔향처럼 향기롭고, 피처럼 알싸한 내음이었다.

"생일 축하해."

무명의 다정한 목소리에 가영이 흐느끼던 고개를 들었다. 무명은 바닥에 무릎을 대고 앉아 시선을 맞추었다. 그는 제 어깨를 두른 외투를 부드럽게 여며 주었다.

"어떻게……."

그는 맑게 웃었다. 다시 천사 같은 얼굴이었다. 달빛뿐인 이 서늘한 밤에 그 붉은 눈이 아랫목의 나무 장작처럼 따듯했다.

"생일 축하해, 가영."

아마 아주 오랫동안 그를 이해할 수 없을 거란 생각이 들었다. 그는 귀신이고 괴물이고 흡혈귀이고 가영이 상상할 수 없는 무수한 존재였으니까. 가영이 그에게 품고 있는 수많은 공포와 질문들은 앞으로도 계속 해결할 수 없을지도 모른다.

그러나 그의 따듯한 목소리가, 향기가, 이 잔인한 붉은 눈이 너무나 큰 위로가 된다. 낭떠러지 위에서 발을 헛디뎠을 때 그녀를 기다리는 건 죽음이 아니었다. 그녀가 본 것은 죽음이 아니었다. 저를 품에 안은 무명이었다. 그녀에게 몇 번이고 삶을 찾아 준 알 수 없는 존재.

"고마워."

너였구나. 나를 마른 풀잎들 위에 공주처럼 곱게 눕혀 놓은 것은. 바로 너였구나.

"고마워. 명아."

그는 저를 필요로 해 준다. 들어갈 자리를 만들어 준다. 저를 밀어내지 않는다.

명은 이 외로움 속에 남겨진 가영에게 단 하나뿐인 존재였다. 외로울 때 찾아들 수 있는 하나 남은 둥지. 이제 이 외로움을 홀로 견디고 싶지 않다.

가영은 명의 품으로 파고들었다. 그의 존재가 괴물이든 귀신이든 상관없었다. 그가 내민 손을 잡고 싶다. 그에게 기대고 싶다. 이젠 정말로 누군가에게 필요한 존재가 되고 싶다.

가영은 무명을 원했다. 그는 따듯했다. 그리고 온기도 있었다. 그래서 그를 택했다.

그녀는 눈물과 콧물이 범벅된 얼굴을 그의 평평한 앞가슴에 문질렀다. 두근거리는 그의 심장 소리가 뺨에 닿았다. 훌쩍임이 조금씩 잦아들었다. 서서히 쪼그려 앉은 다리가 저려 왔다. 가영은 그에게서 몸을 떼어 내고 뺨에 얼룩진 눈물의 잔해들을 소매로 문질러 닦았다.

"나."

가영은 손으로 코를 쓱 닦아 냈다.

"나 죽은 사람 치우는 거……."

"……."

"그거, 꼭 해야 돼?"

조심스럽게 묻는 가영의 얼굴엔 아직도 설움이 그렁그렁 맺혀 있었다.

"……."

부일이 죽은 이의 시체를 처리하는 일도 그렇게 많지 않았다. 아마 지난번 일을 제외하고서 마지막으로 죽은 자리를 수습한 적이 언제인지 기억도 못 하고 있을 것이다.

무명은 처음으로 부일 앞에서 산 자의 육신을 취하던 때에, 자신을 바라보던 부일의 눈빛을 떠올렸다. 그는 그 시대의 여느 인물들처럼 희열과 광기에 차 있었다. 그때에는 선한 자와 악한 자가 뚜렷하게 구분되던 시기였고 살인이 공공연하게 정의와 도덕으로 치부되기도 하던 때였다. 그것에 카타르시스를 느끼는 것이 죄가 되지 않던 시대. 부일과 함께 살아온 세상은 그랬다.

그러나 가영이 태어나 자라 온 세상은 다르다. 살인은 어떤 이유에서고 죄가 된다. 철저하게 통제하고 가능한 한 누구에게도 죽음이 익숙지 못하게 만든다. 그게 요즘의 세상이다. 그리고 그런 세상 속에서 살아온 가영이 죽음에 친숙할 리도 없다. 인권이라던가 뭐라던가. 살기 편해질수록, 배운 것이 많고, 가진 것이 많아질수록 세상은 더러워지고 그만큼 더 복잡해진다. 그래서 때론, 오래전 그 단순함이 그립기도 했다.

"나 그거 잘 못할 것 같아. 생각만 해도 토…… 토할 것 같아."

"……."

생각만 해도 신물이 올라오는지 가영은 입술을 오물거리며 진저리를 치고 무명을 올려다보았다.

"미안해……."

"……."

"그거…… 안 하면…… 나 그럼 필요 없는 사람이야?"

목소리가 조금 떨렸다. 언제고 다시 울음을 터트릴 수 있을 것 같았다. 무명이 달래듯 말했다.

"돌아가자."

"나 필요 없어져?"

그게 그렇게 되고 싶은가 보다. 필요한 사람.

"돌아가자."

무명은 가영의 머리를 부드럽게 쓰다듬었다. 마치 꼬리를 만 강아지를 위로하는 듯한 손길이었다. 아무래도 대답을 듣기는 힘들 것 같아 가영은 몸을 일으켰다. 갑자기 피가 얼굴로 몰리며 한순간 쨍하게 빈혈이 왔다. 눈앞이 노래졌다가 어질어질했다. 무릎 뒤쪽이 꺾이는 느낌이 들었다.

앗 하는 비명과 함께 몸이 뒤로 기우뚱 넘어갔다. 무명의 단단한 팔이 가영을 번쩍 안아 들었고 가영은 반사적으로 그의 목에 손을 둘렀다.

"너 놀이기구 타 본 적 있어?"

서늘하고 어두운 밤과는 어울리지 않는 활기찬 목소리였다.

"어릴 때…… 회전목마……."

그는 팔꿈치를 굽혀 가영을 더 바짝 안아 들었다. 달빛에 하얀 이가 가지런히 드러났다. 다음 순간 몸이 하늘로 솟구치는 느낌이 났고 바람이 얼굴 위로 날카롭게 쏟아졌다.

"악!"

가영이 짧은 비명을 내질렀다. 아찔한 기분이 들어 무명의 목덜미에 황급하게 얼굴을 묻었다. 얼마나 올라간 것일까. 갑자기 민들레 꽃씨처럼 두둥실 몸이 위로 떠오르는 기분이 들었다. 가영은 얼굴을 위로 쳐들었다. 무수히 쏟아지는 별들만 눈앞에 가득했다. 와! 하고 감탄해 보려는데 포물선을 그리며 뜬 몸에 잠시 진저리가 나더니 아래로 쏜살같이 가라앉기 시작했다. 감탄해야 할 때를 놓쳐 버렸다. 멍한 얼굴에 다시 핏기가 가셨다.

"와아아아악!"

한층 더 과격한 비명 소리를 내며 가영은 무명의 목덜미에 다시 얼굴을 묻었다. 추락하는 시간은 솟구칠 때보다 더 길었다. 진이 빠질 때쯤 쿵 하고 바닥에 떨어졌고 내내 위로 올라붙었던 장기가 덜컥하고 아래로 떨어졌다가 제자리를 찾아갔다. 질끈 감았던 눈에 힘이 풀리고 굳었던 몸이 도루묵처럼 말랑해졌다.

무명의 목을 조이던 가영의 손도 기진맥진하여 풀어졌다. 그러자 무명의 목울대가 웃음으로 부드럽게 울렸다. 분명 수환 오빠보다 작은 체구인데 심신이 지쳐서일까. 그의 품은 어릴 때 아빠에게 느껴보았던 그것처럼 강인하고 단단했다. 그리고 무엇보다 넓고 따듯했다. 가영은 고개를 들고 주변을 돌아보았다. 무명의 집 앞이었다.

"날아온 거야?"

어리둥절하게 묻자 그는 다시 웃었다. 다시 하얀 치열이 가지런하게 보였다. 웃는 얼굴이 달처럼 신비롭다.

"아니."

그는 가벼운 여자의 몸을 바닥에 사뿐히 내려놓았다. 가영은 어쩐지 조금 아쉬운 기분이 들었다. 한 번 더 해 달라고 해 볼까 어쩔까 망설이는데 그가 가영의 새끼손가락을 잡고 끌었다.

"보여 줄 것이 있어."

그는 가영을 집 안으로 안내했다. 일찍 잠자리에 든 것인지 온통 어둠뿐인 집 안에 노란 불빛이 들어왔다. 무명은 가영의 손가락을 꼭 잡고 성큼성큼 앞으로 나아갔다. 부일의 방을 지나 어둑한 복도의 끝에 있는 그곳은 처음 보는 곳이었다. 무명의 집은 그리 넓지 않았다. 겉으로 보기엔 매우 허름했고 내부는 그 정도로 허름하지 않았지만 가영이 어릴 때 살아온 집에 비하면 경옥의 집이나 무명의 집이나 낡고 비좁아 보이기에는 마찬가지였다.

하지만 눈앞의 문은 이 집 안의 다른 것들과는 달랐다. 허름하지도 않았고 다른 문보다 훨씬 단단하고 두꺼워 보였다. 문고리를 잡고 돌리자 아주 육중한 소리가 났다. 그리고 아주 서늘한 바람이 일었다.

지금까지 본 어둠이 어스름한 어둠이었다면 이곳은 완벽한 어둠이었다. 빨려 들어갈 듯 끝이 보이지 않는 어둠이 펼쳐져 있었다. 음습한 냄새가 났다. 분명 동굴이었다. 숨이 턱 막혀 박힌 듯이 자리에서 있는데 무명이 어딘가에서 스위치를 올렸다. 깜빡깜빡 벽등이 들어왔다.

"이리로."

가영은 그가 안내하는 대로 따라갔다. 발바닥이 서늘했다. 어디선가 물이 흐르는 소리도 들려왔다. 기분이 축축하고 침침했다.

얼마나 그를 따라 걸었을까. 커다란 아치형 공간이 모습을 드러냈다. 석회질로 이루어진 동굴의 울퉁불퉁한 벽면은 르네상스 시대의 조각가들이 공들여 꾸민 성당의 모습과 닮아 있었고, 머리 위 천장의 한가운데 동그랗게 뚫린 구멍 안으로 무대 위의 스포트라이트처럼 달빛과 별빛이 쏟아져 들어왔다. 바닥에는 푹신한 카펫이 깔렸고 벽면 가득 뭔가가 들어차 있었다. 책. 그림. 그 이외에 용도를 알 수 없는 여러 가지 물건들. 그 한가운데에 들어와 있으니 어쩐지 가슴이 벅차올랐다. 장엄한 그 풍경을 가영은 어떻게 정의 내려야 할지 몰라 그저 숨만 헐떡였다.

"여기가 내 동굴이야."

그가 말했다. 가영은 어릴 때 영화로 본 것을 떠올려 보았다. 날카로운 송곳니가 솟아난 흡혈귀들은 공동묘지의 관에 들어가서 잠을 잤다. 그중 동굴이 있었는지는 기억나지 않았다. 그리고 이렇게 눈부시게 달빛이 들어오는지도. 생각해 보니 무명은 십자가도, 마늘도, 나무못도 통하지 않았다. 영화 속 흡혈귀는 십자가를 싫어했고 태양 아래에서는 타 죽기까지 했는데 무명은 태양 아래에서도 사지 멀쩡하게 돌아다녔다.

그는 자신을 죽은 시체에서 태어난 것이 아니라고 했다. 그 말이

관이나 묘지와도 관계가 없다는 거겠지? 심장이 있고 피가 돈다는 말은, 그러니까 사람과 아주 비슷하다는 것일까. 그의 겉모습을 쳐다보자면 그는 완연한 인간이었다. 저 붉은 눈동자만 뺀다면 가영과 조금도 다를 것이 없었다. 가영은 침을 꼴깍 삼켰다.

"여기가 네가 사는 곳이야?"

그는 작게 소리 내어 웃었다.

"여기가 내가 자는 곳인가, 그걸 묻는 거야?"

가영은 고개를 끄덕였다. 무명은 자신의 입술을 무심히 매만졌다.

"가끔."

"……."

"그리고 아마 너도 가끔 여기서 자게 될 거야."

"내…… 내가?"

"그래."

"왜?"

"여긴 네가 사용할 공간이거든. 그리고 네가 돌보아야 하는 공간이기도 하지."

내가 사용한다고? 가영은 눈을 데굴데굴 굴렸다. 그는 그녀의 손바닥을 부드럽게 펼치고 그 위에 붉은 알약을 하나 올려놓았다. 그의 눈처럼 새빨간 색이었다.

"이게 뭐야?"

"네가 원하는 바를 이룰 수 있게 해 주는 것."

"……."

그는 책장에서 두께가 꽤 묵직한 양장본 하나를 꺼내 가영의 가슴팍에 안겨 주었다.

"백 마디 말보다 단 한 번의 경험이 많은 걸 증명해 줄 거야. 경험해 봐. 직접."

그는 가영의 콧등을 손으로 한 번 톡 치더니 어둠 속 통로로 사라졌다. 가영은 달빛이 환하게 들어오는 동굴 안에 홀로 남아 멍하게 손에 든 알약을 바라보았다. 그녀는 잠시 고민하는가 싶더니 용감무쌍하게 그것을 입안에 밀어 넣었다. 미끄덩한 알약이 목으로 꼴딱 넘어갔다.

가영은 카펫 위로 발걸음을 옮겼다. 달빛이 눈부시게 쏟아지는 곳에 자리를 잡고 앉아 무명이 안겨 준 책을 조심스럽게 폈다. 표지를 넘기고 첫 번째 책장을 넘기고 두 번째 책장을 넘기고……. 책장을 넘길 때마다 생각했다. 제발 한글만이라도 제대로 읽을 수 있었으면 좋겠다고 말이다.

날이 밝자 부일은 식탁에 앉아 마늘을 까며 무명의 눈치를 살폈다. 요즘 마늘이라고 하면 칠색 팔색을 해 대서 아침부터 또 마늘 냄새 맡게 한다고 한바탕 욕설을 퍼부을 줄 알았건만 의외로 그는 잠잠했다. 그저 찻잔을 매만지며 통속 소설을 읽느라 정신이 없었다.

무명은 책이라면 닥치는 대로 다 읽었다. 콥트어로 된 고서부터 아주 저속한 로맨스 소설까지 활자로 된 것이라면 무엇이든 가리지 않았다. 즐긴다기보다는 습관 같았다. 길고 지루한 시간을 보낼 때 저도 모르게 글을 읽는 것이다. 침침한 눈을 가늘게 뜨고 그가 읽는 페이지를 노려보자 희미하게 활자가 읽혔다.

「아아, 거긴 안 돼요.

내 허벅지에 닿는 이 몽둥이 같은 것은 무엇인가요.」

몽둥이와 가랑이, 바윗덩어리 같은 그것이 사정없이 매질을 하든, 여자의 몸과 마음이 화끈해져 허벅다리 안쪽에서 분수가 뿜어 나오든 읽어 내려가는 무명의 눈은 무감각했다. 그것이 무엇을 비유하는지, 여자가 왜 저렇게 죽는다고 소리를 지르는지에 대해서는 아무런 관심이 없어 보였다.

째깍째깍 시계 초침이 움직이는 소리와 바스락바스락 마늘의 마른 껍질을 까는 소리만 들렸다. 보통 때보다 조금 더 조용했고 조금 더 심심해서 꼭 폭풍 전야의 바다에 서 있는 기분이 들었다. 간밤에 무슨 일이 있었나? 부일은 잠귀가 밝은 편이었다. 물론 그보다는 무명이 더 밝겠지만 그래도 간밤에 무슨 일이 있었다면 듣지 못했을 리가 없다. 착각인가? 늙으니 이제 오감뿐 아니라 육감도 흐리멍덩해지는 것인가.

쿵쿵쿵. 바닥이 울리는 소리에 무명이 퍼뜩 고개를 들었다. 그 민첩한 동작에 마늘을 까던 부일의 손도 덩달아 멈췄다.

집 안으로 축축하고 서늘한 공기가 밀어닥쳤다. 그 물기 어린 향에 부일은 어디의 문이 열렸는지 본능적으로 깨달았다. 서고. 무명이 살아오며 쌓아 올린 방대한 지식이 그대로 들어차 있는 곳. 그곳의 문이 열리고 있었다. 무명도 저도 여기에 있었다. 그러면 서고에 들어가 있는 사람은 누구란 말인가. 설마…….

“명아! 명아!”

허겁지겁 무명의 이름을 부르는 목소리는 분명 가영의 것이었고 그녀의 목소리에는 흥분과 다급함이 묻어 있었다. 우다다다 뛰는 소리가 부엌 앞에서 멈췄다. 삐걱— 장판이 발바닥에 마찰하고 씩씩 숨을 몰아쉬며 역시나 짐작했던 여자가 눈앞에 섰다. 가영의 얼굴은 붉었다. 뒤로 아무렇게나 묶은 머리는 단정치 못하게 반쯤 풀어진 채 그녀는 눈을 빛냈다. 꿀꺽, 마른 목구멍 너머 침을 삼키더니 눈을 꾹 감았다.

그러고는 알 수 없는 말을 지껄이기 시작했다.

도란의 백성으로 하여금, 군주와 일심동체로 만들어, 블라, 블라, 블라. 장이란 지모, 신의, 인자, 용기 어쩌고, 군수 물자의 관리 블라, 블라, 블라.

뭐라는 거여 저 애가……? 부일은 별안간 나타나 이상한 소리를 지껄이는 가영을 보며 미간을 구겼다.

가영은 번쩍 눈을 떴다. 흥분으로 숨을 달싹이며 신이 나 식탁 위로 두꺼운 책자를 내려놨다.

「손자병법」

무명이 가영의 손에 쥐여 준 것은 오래전 손무가 쓴 병법서였다.

두꺼운 양장본으로 13권이나 되는 책. 고전 중에 고전이라는 그 책을 부일은 마지막까지 읽어 본 일이 없었다.

"다른 것도 외울 수 있어! 작전, 모공, 군형, 병세, 허실, 군쟁, 용간 뭐라도! 1계에서 36계까지 모두 다!"

가영은 그 자리에서 방방 뛰었다. 신이 나 있었고 힘이 넘쳤다. 눈은 총기로 반짝였고 혈색은 비할 데 없이 밝았다.

"밤새 한숨도 안 자고 다 봤어! 있잖아! 그냥 한 번만 봤을 뿐인데 머릿속에서 책장을 넘길 수 있어! 한 글자도 빠짐없이 머릿속에 사진이 찍힌 것처럼 글자가 모두 다 보여! 나 그걸 다 읽을 수 있어! 눈을 감아도 그게 다 보여! 너무 신기해! 진짜 신기해! 나 정말 똑똑해졌어!"

빈말이 아니다. 정말이었다. 그대로 달빛 아래 앉아 가영은 그 자리에서 병법서를 다 읽었다. 한글로 쓰여 있지만 뜻도 제대로 알지 못하는 그 책을 읽었을 뿐만 아니라 통째로 외워 버렸다. 한 글자 한 글자 눈에 박혀서 절대로 잊히지 않았다. 읽는 동안 책 속으로 빨려 들어갈 것 같았다. 활자와 자신 이외에는 아무것도 느껴지질 않았다. 완전한 집중. 살면서 그렇게 무언가에 집중해 본 적은 처음이었다. 온몸의 세포가 깨어나 그 한곳에 완전히 쏠려 무아지경이었다. 어떠한 경지에 다다랐을 때 느끼는 황홀함은 말로 표현할 수 없을 만큼 근사했다. 온몸에 전율이 일어났다.

"진짜로! 그거 진짜 마법의 약인 것 같아! 명아! 그것 또 줄 수 있어?"

부일은 입을 벌렸다. 가영에게 그 약을 줬구나. 똑똑하게 만들어 주겠다는 말이 그런 뜻이었구나. 재미 삼아 손가락을 빨게 하거나, 부서진 뼈와 살을 붙게 하기 위해 피를 먹이는, 그러한 즉흥적인 것이 아니라 그와 거래하는 모든 다른 인간들과 마찬가지로 가영과도 거래를 하려고 하는 것이다.

무명은 제 피를 뽑아 그것으로 약을 만들었다. 그것을 인간에게 주고, 자신이 원하는 것을 받았다. 그 방식은 한 번도 실패한 적이 없었다. 단 몇 방울. 그 피 몇 방울은 그 어떤 강력한 마약보다 더 인간을 취하게 만들었다. 오직 무명에게서만 나는 귀한 약은 귀한 만큼 효과가 좋았고 효과가 좋은 만큼 중독성이 강했다.

인간은 무명의 피를 취했을 때 느끼는 그 전능함을 쉽게 떨쳐 버리지 못했다. 그것은 마약을 끊었을 때 금단 증세를 보이는 것과 그 결이 달랐다. 환각이나 착란을 일으키는 것이 아니었다. 굶주림에 스스로 악귀가 되어 버린다. 그런 인간들을 수도 없이 보아 왔다. 무명 제 손으로 그러한 인간들을 수도 없이 죽였다. 무명이 가영에게 보여 준 것은 그러한 결말로 이루어지는 길이었다. 눈을 빛내며 약에 취한 가영에게 중독으로 피폐해진 악귀 같은 모습이 겹쳐 보였다.

"물론이야. 네가 나를 보살펴 준다면."

천진함이 묻어나는 부드러운 무명의 목소리에 부일의 얼굴에서 핏기가 가셨다.

"좋아! 좋아!"

박수를 치는 가영을 바라보는 무명의 뒷모습은 평온했다. 무명은 늘 안개가 낀 숲 속 같았다. 그곳이 어디인지, 무엇이 있는지, 끝과 시작은 어디인지 그것이 도저히 보이질 않는다. 대체 그는 어쩌려는 것일까. 인간이 신의 뜻을 헤아릴 수 없듯, 자신은 무명의 생각과 마음을 죽을 때까지 읽어 낼 수 없을 것이다. 부일은 그렇게 확신했다.

다사다난

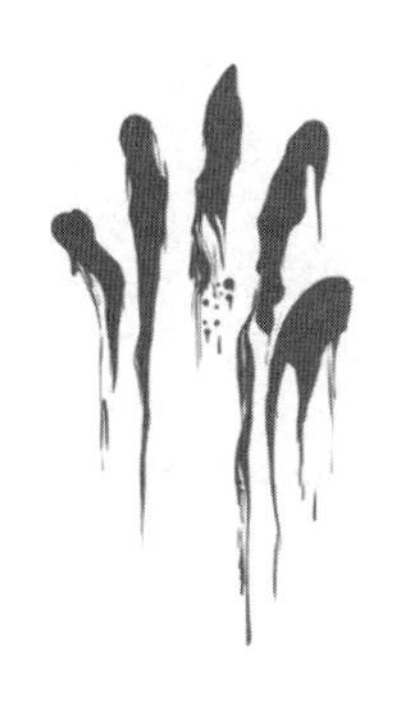

그러니까, 사람들은 그런 것을 다크히어로나 안티히어로라고 칭했다. 현실에서는 존재할 리 없는 이것은 보는 이로 하여금 쾌감과 흥분을 느끼게 했다. 또 그러한 존재는 만화나 영화에서나 가능한 것이었다.

수환은 책상 가득 쌓인 범죄자 목록, 그중에서도 행방불명이 되어버린 범죄자의 신원 파일을 내려다보며 다시 한번 차분하게 생각을 정리했다.

모두 다 살인이나 강간 전과가 있었고 제대로 된 법의 심판을 받지 못했다. 대부분이 양심의 가책을 느끼지 못하는 사이코패스들이었고 범죄는 매우 악질적이었으며 재범의 가능성이 농후한 자들이었다. 그들은 아무런 예고도 없이, 아무런 준비도 없이 부지불식간에 사라졌다. 그 이후에는 머리카락 한 올 발견되지 않았다. 그에 관해 지금껏 자신의 눈과 귀로 확인한 것은 기이한 형태의 지문과 사체를 어떻게 처리했는지 상상하기도 싫을 정도로 끔찍한 광경이었다. 그리고 악마 같은 붉은 눈.

"선배, 이거 그거 같지 않아?"

영길이 그에게 믹스커피를 내밀었다. 덕분에 수환은 짓눌리던 생각에서 간신히 깨어났다.

"뭔데?"

"그 동화 있잖아. 피리 부는 사나이. 못된 아이들만 죄 잡아간다는 그거."

피리 부는 사나이라. 이 정체 모를 금수에게 그런 별명은 너무 귀엽다. 수환은 씁쓸하게 웃었다. 그날 피로 물든 별장을 본 이후, 둘은 악몽에서 깨어나기 위해 무던히 노력해야 했다. 그리고 아직도 완전히 극복하진 못했다.

"잡아가는 김에 그 새끼도 좀 잡아갔으면 좋겠네."

"누구?"

"장태호."

그렇게 말하는 영길은 자조적으로 웃고 있었다. 정의를 수호하기 위해 경찰이 되었지만 경찰이 되고 난 후 그는 한 번도 정의를 제대로 수호해 보지 못했다. 형사에게 있어서 정의란 찻잔 속의 태풍이었다. 찻잔은 작았고, 장태호는 찻잔 밖에 존재하는 괴물이었다. 어쩌면 그는 누구의 찻잔 속에도 들어가지 못하는 괴물일지 모른다. 그를 가둘 수 있는 찻잔이 존재하는지조차 미지수다.

장태호는 든든한 뒷배로 몇 번의 구속을 면했다. 심지어 이번엔 이십 대의 꽃다운 아가씨를 두드려 패서 죽이고도 무죄 방면이 되었다. 그 금수가 정말 피리 부는 사나이라면 가장 먼저 장태호를 잡아갔어야 했다. 그놈만큼 사회에 해가 되고 악질적인 사이코패스는 없으니까. 그러나 그 금수의 정의도 장태호는 피해 갔다. 그러니까 그것도 완벽한 정의는 아니란 것이지.

수환은 어금니를 물었다.

"그 새끼는 내가 잡을 거야."

장태호 그놈은 어떻게 해서든 잡을 거다. 어떻게 해서든 정의란 것을 펼쳐 보이겠다. 아직 이 썩은 세상에도 '정의'란 것이 존재한다는 것을 증명해 보이겠다. 다크히어로건, 안티히어로건, 사람인지 귀신인지도 모를 이런 헛것이 정의란 것을 빌미로 살욕 채우는 것을 두고 보지만은 않을 거다. 세상에 존재하는 법과 도덕의 안에서 반드시 정의를 실현하고야 말겠다고 그는 다짐했다.

"조 형사."

서류철을 뒤적이는데 형사과장이 수환을 불렀다.

"네."

미간이 마뜩지 않게 구겨져 있고 이리 오라고 흔드는 손짓이 신경질적인 것이 분명 누군가에게 불려 갔다 온 것이 틀림없었다. 수환은 자리에서 일어나며 지난 일주일간 본인이 잘못한 게 무엇이 있나 곰곰이 떠올려 보았다.

살인 미수 용의자를 검거하다 팔을 부러뜨린 것. 소매치기범을 잡다가 바닥에 잘못 메쳐서 놈의 옥수수를 죄다 털어 버린 것. 강간 용의자를 심문하다가 열이 받아 그놈의 대가리를 벽에 찍어 버린 것……? 그것도 아니면 이틀 전에 치질에 걸린 과장 놈의 도넛쿠션을 은근슬쩍 없애 버린 게 걸렸나……?

잘못한 것이 하도 많아서 뭣 때문에 저렇게 성질이 났나 파악하기도 힘들었다. 아마 도넛쿠션이 가장 큰 문제인 것 같았다. 완전 범죄인데 그게 어떻게 걸렸지? 수환은 긴장감에 바짓단에 손을 문질렀다.

"무슨 일이십니까?"

머리를 한 대 쥐어박힐 각오를 하고 그의 앞에 딱딱하게 서 있었더니 그는 전혀 뜻밖의 이야기를 꺼냈다.

"너 요새 미제 사건 뒤적인다면서?"

"……."

"맞아?"

"예."

"접어."

"예?"

수환이 눈만 멀뚱거리자 과장이 '쯧' 하고 혀를 찼다.

"야, 이 새끼야. 할 일이 얼마나 많은데 미제 사건 같은 걸 붙잡고 있어?! 지금 우리가 잡아넣어야 될 놈이 몇인 줄이나 알아?"

"저 지금 심심해서 미제 파일 뒤적이는 거 아닙니다. 홍승만이랑 황주영 실종 사건 때문에 뒤적이는 겁니다."

"그거 아직도 종결 안 했어?"

"아니, 밝혀진 게 아무것도 없는데 어떻게 종결을 합니까."

과장이 그에게 눈을 부라렸다.

"뒈졌다면서!"

"시체 발견도 못 했습니다. 시체라도 찾아야 뭐가 될 것 아닙니까."

"야! 그런 범죄자 새끼들 뒈진 거 시체 못 찾는 게 그게 그렇게 중요해? 국민 감정상 그런 놈들 잡아 죽이는 애들을 뭐라 그러는지 알아? 어? 의인이라 그래, 의인! 경찰이 그런 미친 새끼들 죽인 범인 찾으러 다닌다고 하면 시민들이, 아! 참 좋은 일 하는 사람들이로구나! 그러겠냐? 안 그래도 요새 근무 태만이니, 어? 뭐 범죄자 새끼들 싸고돈다느니 말도 많은데 불난 집에 부채질하냐 지금! 그거 국과수에서 들어 보니 살아 있을 가능성도 없고 사체도 온전하지 못할 거라면서? 그 답도 없는 걸 뭐 하러 잡고 있어? 그게 무슨 인생에 도움이 된다고. 내 말 들어. 그거 접고 다단계 사기범 그거 맡아서 해. 알겠어?"

"과장님. 엄청나게 많은 수의 범죄자들이 연쇄적으로 사라졌어요. 이거 정말 이상하다니까요."

"국민들이 행방불명된 범죄자 찾으러 다니라고 세금 내는 줄 알아! 그런 새끼들 잡아 감방 처넣으라고 세금 내는 거야!"

"아니……."

"야! 입 닫아. 그거 종결해. 종결하고 다단계 사기범 잡아 와. 최대한 빨리. 안 그러면 청장실에 내가 아니고 네가 끌려갈 줄 알아!"

과장은 수환의 대답은 듣지도 않고 씩씩대며 자리로 향했다.

"뭐 해! 이 버러지 같은 새끼들아! 일 안 해!"

얼굴이 벌겋다 못해 터질 것같이 달아오른 채 그는 연신 부하들에게 욕을 퍼부어 댔다. 쓰레기 같은 놈들, 밥값도 못 하는 것들, 민중의 지팡이가 아니라 민중의 좆도 못한 것들.

청장에게 더럽게 깨진 것이 분명했다. 차라리 도넛쿠션 때문에 저지랄을 하는 편이 나았다. 사무실의 모두가 파티션 밑으로 몸을 웅크리는 걸 보며 수환은 크게 한숨을 내쉬었다. 일이 꼬일 것 같다는 생각이 들었다.

병법서를 몽땅 외운 다음 날부터 가영은 일을 시작했다. 노역을 제공하는 대신 알약을 받기로 거래를 한 후 첫 번째 아침 식사로 잔치국수를 내놓았다. 구수한 멸치 육수에 파를 송송 썰어 넣은 짭조름한 간장 양념이 일품이었다. 부일이 정신없이 국수를 흡입하는 동안 무명은 우아하게 커피 잔을 들었고 가영은 무엇이 생각났는지 식탁 위에 젓가락을 '탁' 하고 내려놓았다.

"할아버지 나한테 거짓말했어요."

부일은 그릇에서 고개를 쳐들고 마지막 면발을 '초롭' 하고 빨았다.

"내가?"

"명이 태어날 때부터 안 보였다면서요."

"아……."

"장님이라고 하셨잖아요."

"내가……?"

"저한테 부모 없는 천애 고아에 엄청, 어어엄청 불쌍한 아이라고 하셨잖아요."

쩝쩝. 부일은 할 말이 없어 부지런히 면발만 씹었다.

"천애 고아는 맞아."

무명은 커피 잔을 가만히 내려놓으며 말했다.

"어떻게 태어났는지, 어디서 태어났는지, 언제 태어났는지 모르니까."

"몰라?"

"몰라. 기억이 없어. 너무 오래되어 잊어버린 걸지도."

"그럼, 넌 몇 살이야?"

"……."

명이 대답을 하지 않자 가영은 부일에게 고개를 돌렸다. 오물오물 면발만 씹는 부일을 보며 그러고 보니 그가 명이를 '어르신'이라고 불렀던 것이 생각났다.

"할아버지는 몇 살이에요?"

"……."

"부일은 해방 전에 이미 성인이었어."

해방 전?

"해방 전이 뭐야?"

"그러니까 적어도 백 살은 넘었단 이야기야."

백 살. 가영은 놀랐다. 노인이긴 했지만 그 정도로 나이 들어 보이진 않았다. 아직 두 다리가 멀쩡하고, 눈과 귀도 밝았다. 치아가 없어 음식을 씹는 게 불가능한 것도 아니고 얼굴에 검버섯이 피어나 있긴 하지만 전체적으로 그는 매우 건강한 인상의 노인이었다. 그저 경옥 할머니보다 조금 더 나이 들었을 거라고만 생각했는데 백 살이 넘었다니. 그런 부일이 무명을 어르신이라고 칭한단 말이야? 그럼 적어도 무명은 그보다 나이가 많다는 이야기잖아.

가영은 무명을 관찰했다. 모공 하나 없이 하얀 피부, 주름 하나 없는 눈매. 갸름한 턱선에 단정하고 깔끔한 콧날. 그늘진 속눈썹 아래로 선명한 붉은색 눈동자는 아무리 보아도 이십 대 이상으로는 보이지 않았다.

"명이 너는 나이를 먹지 않아……요?"

가영의 말끝이 요상하게 올라갔다. 제 말이 어색해 여자는 인상을 썼고 무명은 살짝 미소 지었다.

"나도 나이를 먹어. 매년. 다만 늙지 않을 뿐이야."

늙지 않는다……?

"그럼…… 죽지도 않는……."

"언젠가 죽겠지. 어떻게 죽을 수 있는지는 모르겠지만 어떻게든 죽긴 할 거야. 나 역시 누군가의 몸을 빌려 태어났을 테고, 누군가는 분명 나를 길렀을 테고 그리고 아마 죽었을 테니 이 세상에 남은 게 나 하나겠지."

무명은 다시 커피를 한 모금 마셨다. 잔치국수의 고소한 멸치 냄새 위에 부드러운 커피 향이 감돌았다. 이 어울리지 않는 조합처럼 명은 가영 자신과 너무도 달라 보였다. 혼자라는 것이 외로워서 늘 자신은 애정을 갈구하는데 그는 혼자라는 말을 너무도 덤덤히 한다. 그럼에도 그 모습에 가슴이 쿡쿡 쑤시는 건 그에게 자신의 외로움을 너무 많이 투영시켰기 때문이리라.

"가영."

무명이 넌지시 가영을 불렀다. 아릿한 감정에 사로잡혀 있던 눈이 무명의 눈동자로 향했다.

"넌 날 무명이라고 불러."

"……."

"난 이름이 없어."

그는 다시 커피 잔을 내려놓았다. 잔은 말끔하게 비어 있었다. 그는 식탁 모서리를 손으로 잡고 엄지손가락으로 부드럽게 그곳을 매만졌다.

"있었을지도 모르지만 잊어버린 지 오래야. 왜냐하면 필요가 없었거든. 사람들은 날 괴물, 귀신, 악마, 요괴 뭐 그런 식으로 불렀으니까."

"……."

"너는 유일하게 내게 이름을 물어본 사람이야."

인간이란 기본적으로 겁이 많았고 더럽고 낡은 것은 가까이하고 싶지 않아 했다. 더럽고 낡은 것은 위험하다고 생각했다. 무명은 그 선입견 속에서 자신을 지켜 왔다. 사람들은 그에 대해 묻지 않았고, 그러고 싶어 하지도 않았다. 그저 아주 멀리서 그에 대해 저들끼리 소곤거리며 이상한 이야기를 만들어 낼 뿐이었다.

그러나 가영은 그에게 다가와 아주 맑고 선한 눈으로 이름이 무엇이냐고 물었다. 오랫동안 누구도 궁금해하지 않은 것이었다. 그가 누구인지, 나이가 몇인지보다 그가 위험한 존재인지, 이 동네에 해가 되지는 않을지, 혹여 저들의 이익에 방해가 되지는 않을지만을 궁금해했다. 그러니까 가영이 갖고 있는 순수함은 특별했다. 그렇기에 무명은 가영을 제 옆에 붙여 두고 싶었다. 자신에게 어떤 선입견도 없는 가영은 그에겐 꼭 필요한 존재였다.

"무명이란 이름은 너에게 불리기 위해 만들어진 거야. 그러니까 네가 부르지 않으면 의미가 없어."

내가 부르지 않으면……. 가영은 그의 말을 곱씹어 떠올렸다. 무명은 가영을 달래듯 말을 이었다.

"그러니까 이제 와 날 어렵게 생각하지 않아도 돼. 말했잖아. 네가 날 무명이라고 부르면 나는 너에게 무명일 거라고."

가영의 볼에 홍조가 피었다. 명치가 간지럽고 어쩐지 열이 올라 가영은 저도 모르게 배에 손을 가져갔다.

예. 그렇게 늘 여자를 후리시죠. 부일은 볼이 빨갛게 물든 가영과 무덤덤한 얼굴로 그런 가영을 쳐다보는 무명을 보며 입술을 씰룩였다. 하여간 유혹하는 거 하나는 기가 막히게 잘한다. 그런 거 있으면 저도 좀 알려 주지.

"그리고, 너 나한테 해 줄 게 있어."

"뭔데?"

무명의 입가에는 미소가 피어 있었고 가영은 눈을 반짝였다. 부일은 어쩐지 소외되는 기분이 들어 몹시 우울하고 외로웠다.

무명이 거실로 나와 가영에게 들려 준 것은 아주 깨끗하게 말려 있는 붕대였다. 어쩌면 새것인 것 같았다. 가영은 제 손에 들린 붕대를 쳐다보다 무명을 올려 봤다.

"눈을 가리려고?"

"응."

"왜?"

"너네 집 할머니가 돌아왔거든."

"……그걸 알아?"

무명은 대답 대신 자신의 코를 톡톡 손가락으로 두드렸다. 아, 그는 냄새를 잘 맡는다고 했지. 그건 거짓말이 아니었구나. 생각해 보면 무명은 가영에게 무언가를 잘 말해 주지도 않았지만 거짓으로 뭔가를 지어서 말한 적도 없었다.

"있지."

가영은 돌돌 말린 붕대를 천천히 풀며 물었다.

"눈을 가리면 답답하지 않아?"

"어떤 것이?"

"아무것도 보이지 않잖아."

가영은 무명의 이마에서 머리카락을 조심스레 걷어 냈다. 손에 닿는 촉감이 비단처럼 부드러웠다. 그대로 있으면 무의식적으로 그 머리카락을 계속 만질 거 같아 가영은 황급히 손을 떼어 내고 무명의 감은 두 눈 위에 붕대를 둘렀다.

"눈을 감고 있다고 해서 아무것도 보이지 않는 것은 아니야. 때론 어둠에서 더 많은 것을 보기도 해."

"그거…… 되게…… 신기하다."

가영은 어색하게 추임새를 넣고 무명의 눈에 붕대를 성의껏 둘렀다. 그의 몸에서 나는 솔향에 자꾸만 배가 간지러웠다. 붕대를 그의 뒤통수에 두르기 위해 몸을 붙일 때마다 그의 숨결이 가영의 뺨 위에 내려앉았다.

"가령, 난 눈을 감고 있어도 네 입술이 어디에 있는지 알지."

그걸 어떻게 알 수 있는지 의문을 품기도 전에 그의 입술이 가영의 입술에 닿았다가 떨어졌다. 훔쳐 가듯 아주 짧은 입맞춤이었다. 찰나의 접촉에도 가슴은 두방망이질 쳤다. 가영의 얼굴이 곤혹스러움으로 일그러졌다.

"왜, 왜 자꾸 나한테 뽀뽀를 해?"

칭얼거리는 듯한 말투에 무명이 또 알 수 없는 웃음을 지어 보였다. 그 천사 같은 미소가 처음으로 밉게 보였다. 붕대를 감는 가영의 손길이 바쁘고 거칠어졌다.

"나 자꾸 바보 취급 하지 마. 나도 화낼 줄 알아."

"내가 널 바보 취급 했다고?"

가영은 돌돌 말린 붕대 끝을 단단하게 매듭짓고 그의 얼굴에서 손을 뗐다. 그러고는 정말 화가 났다는 듯 허리춤에 두 손을 올렸다.

"내가 키스가 어떤 건지 모를 줄 알아? 나도 알아. 그런 거! TV에서 많이 봤어!"

아무도 없을 때 친구는 오로지 오래된 TV뿐이었다. 이 산골 동네 밖을 구경할 수 있는 수단도 오로지 TV뿐이었다. 가영이 뭔가를 배운 것이 있다면 그건 모두 TV에서였다. 늦은 밤 TV에서는 늘 남녀의 사랑을 다루었다. 때론 그 감정을 이해하기 힘들었지만 가영은 매번 그 이야기에 푹 빠져들었다. 그리고 그 이야기의 하이라이트는 언제나 입맞춤이었다. 남녀가 서로의 사랑을 확인하는 방법은 늘 그랬다.

그렇기 때문에 입을 맞추는 것이 좋아하는 남녀가 사랑을 확인하는 행위라는 것은 알고 있다. 무명처럼 새가 부리를 쪼듯 자꾸만 재미 삼아 입술을 붙였다 떼는 것 말고 좀 더 특별한 감정을 담은 것 말이다.

"이건 키스가 아니야."

무명의 말투에는 아까보다 더 웃음기가 묻어났다. 붕대로 눈을 가린 그는 이제야 가영이 아는 그 모습을 하고 있지만 그 전과 조금도 같지가 않았다. 예전엔 그를 보면 가슴이 따듯해지고 평화로웠는데 지금은 그를 보면 손발이 차게 식고 가슴이 울렁거렸다. 평생 겪어 본 적이 없는 낯선 기분에 가영은 뒤로 한 발 물러섰다.

"내가 알려 줄까?"

뭘? 호기심의 한편에 두려움이 몰려들었다. 늘 듣기 좋았던 무명의 목소리마저도 낯설었다. 무명이 가영의 어깨를 잡아 저에게로 당겼다. 뺨에 그의 엄지가 닿더니 이내 손가락이 여자의 가녀린 목덜미에 감겼다. 멍하게 반쯤 벌어진 가영의 입에 다시 무명의 입술이 닿았다. 부리를 쪼듯 댔다가 떨어지는 것이 아니라 입술을 붙이고 진득하게 눌렀다.

가영은 움찔 몸을 떨었다. 지난번 그가 아랫입술을 세차게 빨았던 것이 기억났다. 그 얼얼하고 지끈한 기억에 가영은 그를 밀어 내고 얼굴을 돌렸다.

"싫어! 또 그때처럼……."

"달라."

그는 가영의 두 손을 잡아 다시 저에게로 당겼다. 입가에는 여전히 미소가 피어 있었다. 그는 가영이 몸부림치는 것을 즐겼다. 독 안에 든 쥐를 가지고 노는 호랑이 같았다. 그는 가영의 손을 자신의 옆구리에 감았다. 턱을 잡아 자신에게 당기고 다시 한번 입술을 붙였다. 그의 혀가 가지런한 가영의 이를 쓸고 보드라운 아랫입술을 핥았다.

가영은 다급하게 숨을 들이켰다. 충격을 받은 듯 그 자리에서 목석처럼 굳었고 무명은 가영을 제 가슴으로 밀착시키고 천천히 가영의 입술을 즐겼다. 그의 입술이 가영의 입술을 핥고 부드럽게 빨았다가 놓을수록 입안의 공기가 후끈하게 데워졌다. 펄펄 끓는 솥처럼 입속의 모든 점막이 뜨거웠다. 저도 모르게 몸에 힘이 풀리고 눈꺼풀이 무거워졌다.

가영은 그제야 왜 드라마 속에 여자들이 모두 입을 맞출 때 눈을 감고 있는지 알게 되었다. 그건 감는 게 아니었다. 저절로 그렇게 되는 것이었다. 가영은 파르르 눈꺼풀을 떨며 완전히 암흑 속에 잠겼다. 무명의 보드라운 입술과 그에게서 느껴지는 향긋한 내음만이 소다처럼 몸을 톡톡 쏘아 댔다. 제 몸에 감긴 무명의 품이 뜨겁고 아늑했다.

무명은 노근노근하게 늘어진 가영의 몸을 자신에게 더 붙이며 뜨거움에 녹아내린 입술 새로 혀를 밀어 넣었다.

감겼던 가영의 눈이 번쩍 떠졌다. 눈이 빠르게 깜빡거렸다. 누군가의 미끈한 살덩이가 제 입으로 들어온 느낌이 기괴한 듯 보였다. 무명은 가영의 혀를 건드리고 다시 빠져나갔다. 끈적끈적하게 붙어 있던 입술도 곧 떨어졌다.

"……."

무명은 이물감과 놀라움에 커진 가영의 눈을 보며 제 입술을 핥았다. 그러곤 씩 웃었다. 눈을 가리고 있어도 그의 붉은 눈동자가 얼마나 짓궂게 휘어져 있을지 훤히 보였다.

"이게 키스야. 서로의 타액을 나누는 거. 나머진 그냥 장난질에 불과해."

서로의 타액을 나누는 것. 가영은 입맞춤의 정의를 새롭게 내렸다. 무명이 저에게 말과 행동으로 알려 준 그대로. 심장이 두근두근 고동쳤다. 무명의 얼굴을 보는 것만으로도 등골에 저릿저릿한 뭔가가 훑고 지나갔다. 다리가 후들거리고 어쩐지 멀미가 나는 것 같았다. 입안에 솥단지가 온몸으로 퍼진 듯 후끈했다.

"한 번 더 해."

가영이 호흡을 고르며 말했고 무명은 잠시 표정을 잃었다가 다시 웃었다.

"뭐?"

"하, 한 번 더 해."

가영은 눈을 감고 무명의 얼굴로 돌진했다. 절로 까치발이 들렸고 가영의 몸이 다시 한번 무명의 가슴에 붙었다. 무명은 다시 가영의 입술을 삼켰다. 입안을 가르고 들어오는 무명의 혀를 이번에는 망설임 없이 받아들였다. 거실에 질척한 소리가 울렸고 부일은 방에서 도저히 나올 수가 없었다.

집으로 돌아와 보니 정말로 경옥이 와 있었다. 가영은 디딤돌 위에 아무렇게나 구르는 경옥의 검은 고무신을 가지런히 올려 둔 후, 운동화를 벗고 대청마루에 들어섰다.

경옥은 안방에 앉아 짐을 풀고 있었다.

"할머니."

"……."

경옥이 눈을 가늘게 뜨고 가영을 올려다보았다. 신기가 있는 사람들이 으레 그렇듯 경옥의 눈빛도 언제나 칼날처럼 번뜩이고 날카로웠다. 가영은 어쩐지 속이 뜨끔해 배시시 웃었다.

"할머니 저, 저녁은 드셨어요?"

"필요 없다."

대꾸에 마뜩잖음이 역력하게 묻어났다. 늘 가영에게 냉랭했지만 어쩐지 평소보다 더 그랬다.

"제가 뜨거운 물 받아……."

경옥은 가영의 대꾸를 다 듣지도 않고 베개를 베고 돌아누웠다. 마른 등에서 찬바람이 쌩쌩 불었다. 할머니가 돌아오면 덜 외로울 것 같았는데 그 등을 보고 있자니 어쩐지 더 외로웠다. 풀이 죽어 시무룩해 있는데 뚜르르 뚜르르 전화가 울렸다. 가영은 몸을 숙여 수화기를 들었다.

"여보세요?"

— 너 이노무 지지배!

"오빠?"

— 뭐 하느라고 전화를 안 받아!

"……내가?"

— 너 엊그제 어디 갔었어! 내가 얼마나 전화 많이 했는 줄 알아?!

"엊그제?"

— 그래! 네 생일날!

아, 그날.

그날의 일들이 머릿속에 주르륵 떠올랐다. 기분이 더욱더 가라앉았다.

— 어제는 또 왜 안 받고!

"며…… 명이네 집에……."

가영의 대답을 들은 수환이 크게 한숨을 내쉬었다. 어쩐지 안도한 듯했다.

— 명이네 집에 가 있었어? 하루 종일?

"응……."

— 그래. 잘했어. 혼자 있는 것보다야 그게 낫다. 너 명이네 집 전화번호 알아?

"아직 몰라."

— 그거 물어봐서 적어 두었다가 오빠한테 알려 줘. 알겠어?

"응."

— 생일날도 그 집에 있었어?

"……응."

— 미역국은 먹었어?

"응……."

— 초는 켰고?

"응……."

수화기 너머 수환이 한 번 더 한숨을 크게 내쉬었다. 그 따듯한 목소리를 듣고 있자니 가슴이 요동치고 눈물이 왈칵 날 것만 같아 가영은 입술을 꾹 물었다.

— 잘했어. 오빠가 챙겨 주지도 못하고 마음 쓰였는데. 고맙네. 다음번에 맛있는 거라도 사 들고 찾아가야겠다.

"내가 맛있는 거 많이 해 드려. 더덕도 구워 드리고 명이가 감자전 좋아해서 감자전도 해 주고…… 막국수도 하고 된장찌개도 해 드렸어."

— 잘했어. 오빠가 보니까 나쁜 사람들은 아니더라. 할아버지도 반듯하시고 명이란 애도 그렇고. 그리고 그 집에 막 밤늦게까지 있고 그러지 말고. 어? 폐 끼치는 것도 그렇지만 기지배가 밤늦게 남자만 사는 집에 있고 그러는 거 아니야. 알겠어?

"응."

— 오빠가 형사인 거 지난번에 넌지시 말해 두었으니까 아마 너한테 함부로 못 할 거야.

"응."

볼에 발그레 홍조가 피었다.

— 엄마는? 엄마 아직도 안 돌아오셨어?

"오늘 오셨어."

— 그래. 또 며칠 앓아누우시겠네. 네가 또 고생하겠다. 오빠가 조만간 내려갈게.

"응. 근데 오빠."

— 왜?

"나…… 명이가…… 나 공부시켜 준대."

— 공부? 무슨 공부?

"똑똑해지는 공부."

— ……그게 뭐야? 공부를 하면 똑똑해지는 거지, 똑똑해지는 공부가 어디 있어?

"명이 집에 책이 아주 많은데. 그거 나 다 볼 수 있게 해 준대."

수환의 목울대가 웃음으로 움직이는 소리가 들렸다. 둥둥둥 울리는 북소리처럼 낮고 점잖았다. 가영이 헤헤 하고 따라 웃었다.

— 그래. 가서 책 많이 봐. 똑똑해진 다음에 오빠도 좀 알려 줘.

"응."

— 밥 잘 챙겨 먹고. 오빠가 또 전화할게.

"응."

— 그래. 고생해. 박가영. 파이팅!

"빠이팅!"

킥킥킥 웃고 나서 가영은 전화를 끊었다. 웃고 나니 기운이 나 가영은 씩씩하게 자리에서 일어섰다. 안방에 돌아누운 경옥은 어느새 코를 골고 있었다. 농에서 이불을 꺼내 조심스레 덮어 주고 가영은 서둘러 주방으로 향했다. 경옥이 먹을 찬을 좀 만들어 놓은 뒤에 어서 명이에게 가 약을 받아 오고 싶었다.

박판석이 쓰러진 것은 닷새 전이었다. 매스컴에서는 잇단 광폭 행

보에 의한 과로라고 이야기했지만 그것은 사실과 달랐다. 그는 고열에 시달리며 헛것을 보았다. 얼굴은 붉고, 입술은 파랗고 가끔 간질 환자처럼 거품을 물며 발작했다. 사흘 동안 병원에서 온갖 검사를 다 해 보았지만 원인을 알 수 없었다.

판석의 아내는 그 모습을 볼 때마다 기절했고, 아들인 차겸은 그때마다 누군가를 떠올려야 했다. 이제는 존재가 지워진 제 동생 가영이었다. 아버지의 증세는 놀라울 정도로 그때의 가영과 닮아 있었다.

그리고 바로 하루 전, 아버지 판석은 가영과 같은 진단을 받았다.

'신병이외다. 신내림을 받아야 하오.'

"씨발."

차겸은 현관에 서서 담배 연기와 함께 욕설을 씹어뱉었다. 그때 집안의 저주는 가영이 짊어지고 간 것이 아니었나. 그 아이를 버리며 모든 것이 끝난 줄로만 알았는데 어째서 또다시 이런 일이 벌어지는 것인지 그는 좀처럼 이해할 수가 없었다. 초조하게 연신 담배만 빨고 있는데 벌컥 대문이 열렸다.

다급하게 앞마당에 들어선 남자는 비통한 표정으로 차겸을 올려다보았다.

"차겸아."

"아저씨."

차겸은 담배를 발로 비벼 끄고 그에게 퍼뜩 다가갔다.

"의원님은 어떠시니?"

"그대로세요."

아버지의 상태를 묻는 그의 전화에 차겸은 사실을 이야기할 수밖에 없었다. 아버지는 차겸에게 친구는 물론 가족 친지도 믿어선 안 된다고 귀에 딱지가 앉도록 말하곤 했지만, 전덕기는 아버지의 연줄로 경찰청장에 올랐고 아버지의 사람 중 가장 충성심이 강한 이였다. 막막한 순간 비빌 언덕이 되어 줄 이는 그뿐이었다. 그리고 차겸은 이 사태를 수습해 줄 누군가의 도움이 절실히 필요했다.

덕기는 차겸의 어깨를 부드럽게 두드렸다.

"일단 들어가자."

"네."

현관문을 열자마자 집 안이 소란스러웠다. 고용인들이 거실을 분주하게 뛰어다녔고 아버지의 침실 쪽에서 와장창 뭔가가 깨지는 소리가 났다.

난리통에 판석의 아내는 소파에 홀로 앉아 넋을 놓고 있었다. 언제나 깔끔하게 말아 올린 머리카락이 지친 얼굴처럼 엉망이었다.

덕기는 부인에게 인사할 여유도 없이 차겸을 따라 2층으로 뛰어 올라 갔다.

바닥에 깨진 접시와 하얀 찹쌀죽이 범벅이었다. 음식을 먹다가 다시 발작이 시작되었는지 판석은 미친개처럼 하얀 거품을 물고 눈을 뒤집은 채 발광했다.

어찌나 그 힘이 센지 몸을 침대에 고정시켜 놓은 줄들이 끊어진 지 오래였다. 되풀이되는 끔찍한 광경에 사람들은 넋을 놓았다. 차겸도 마찬가지였다. 그는 아버지가 발작하는 것을 무기력하게 쳐다봐야만 했다. 눈물이 날 것 같아 그는 이를 악물었다. 비명조차 나오질 않았다.

아버지의 발작은 그로부터 10분이 더 흘러 진정되었다. 고용인들이 그의 방을 치우고 옷을 갈아입혔다. 아버지는 언제 그랬냐는 듯 다시 고열에 시달리며 침대에 축 늘어졌다.

덕기는 소파에 앉아 잿가루처럼 멀거니 앉아 있는 판석의 아내와, 울분을 삭이고 있는 차겸을 차례로 바라보았다. 무릎 위에 올려진 차겸의 손이 부들부들 떨렸다.

"왜…… 우리 집에 이런 일이 일어난 것인지……."

힘겹게 입을 뗀 부인의 목소리는 아득했다. 그녀는 꿀꺽 마른침을 한 번 삼켰다. '후' 하고 내쉬는 숨이 파들거렸다.

"아무래도…… 9년 전에……."

"어머니."

차겸이 뾰족하게 날을 세우자 부인은 입술을 꾹 물고 흐트러진 머리카락을 넘겼다. 두 모자 사이에 냉기가 흘렀다. 덕기는 둘의 눈치를 조금 더 살피다가 제복 안주머니에서 작은 플라스틱 통을 내밀었다.

"의원님께 이걸 드리세요."

차겸은 커피 테이블 위에 올라온 투명한 플라스틱 통을 살폈다. 붉은색 알약이 세 알 들어 있었다.

"이게 뭡니까?"

"다른 방법은 안 통해도 이건 될 겁니다."

"이거 CTA……."

차겸은 '빨간 알약' 그러니까 고위층 자제들 사이에서 'Crimson Tablet'이라고 불리는 그 약을 알고 있었다. 필로폰이나 코카인과는 비교되지 않을 만큼 각성 효과가 뛰어나지만 몸에 전혀 흔적이 남지 않았다. 이후에 신체 기능을 저하시키거나, 다른 마약처럼 점점 더 강도를 높여야 효과를 보는 등의 부작용도 없었다. 코카인을 하고 코 조직이 괴사된 놈들은 봤어도 CTA를 하고 신체의 일부가 괴사되거나 망가진 사람은 본 적이 없었다.

하지만 다른 마약들보다 더 심각한 불안증과 우울증을 동반했다. 더욱이 그보다 더 문제가 되는 것은 한번 이것에 중독되면 다른 마약으로도 대체하기가 불가능하다는 것에 있었다. 각성 효과를 가진 마약을 즐기는 놈들은 필요에 따라 종목을 바꿨다. 코카인이 없으면 암페타민, 암페타민이 없으면 필로폰, 그중에 무엇이라도 가리지 않고 사용했다. 하지만 이 약에 한번 맛을 들인 이들은 다른 마약은 찾지도 않았다. 오로지 그 약만을 원했다.

불행하게도 그들이 열렬히 원하는 이 약은 구하는 것이 하늘의 별 따기보다 어려웠다. 값이 비싼 것이 문제가 아니다. 공급 자체가 쥐똥만큼이었다. 원하는 사람은 100인데 나오는 양은 1도 되지 못하는 것이다. 이 약을 얻기 위해 상속받은 유산을 모두 날린 놈도 보았다. 그래 놓고도 구할 수 없어 괴로움과 우울증에 목을 맨 놈도 있었다. 그 꼴을 옆에서 보고도 친구 놈들은 아직도 이것을 구하지 못해 난리였다.

차겸도 친구들과 어울릴 때에는 여느 부잣집 자제들이 그러는 것처럼 코카인도, 필로폰도 암페타민도, LSD나 엑스터시도 해 보았지만 이 약만은 손대지 않았다. 어쩌다 모임에서 운 좋게 약을 구했다는 소리가 들리면 그날은 거기에 끼지 않았다. 호기심에 손을 댈까 겁도 났고 무엇보다 중독되어 저 스스로 목을 매 뒤지고 싶진 않았다.

"이 약, 어디서 났습니까?"

"아는 분께 구했다. 다른 방도가 없잖니."

"……."

차겸은 테이블 위에 정갈하게 올려져 있는 약통에 선불리 손을 뻗지 못했다. 행여나 사달이 나면 어쩌나 하는 두려움이 몰려들었다.

"하지만 이건 마약 아닙니까? 아버지가 이걸 먹고 괜찮아지신다고 어떻게 보장합니까?"

"이건 마약이 아니야. 본래 마약이 그런 용도로 쓰였던 것이 아닌 것처럼 이 약도 치료를 위해 쓰였던 거다. 사람들이 다른 방법으로 남용하는 것이 문제가 되는 거지 병자를 고치는 데 문제가 되는 것은 아니야."

"이건 허가받지 않은 약품이잖아요."

"네 아버지 살릴 방법 이것밖에 없다. 네 아버지가 살아야 나도 살고 네 어머니도 살고 너도 살아."

"……."

차겸이 망설이자 판석의 부인이 냉큼 약통을 집어 들었다.

"정말 이거면 되는 거예요?"

"어머니."

차겸이 경고하듯 어머니를 불렀지만 그녀는 노기가 띤 눈으로 아들을 올려다봤다.

"의원님 살려야지. 어떻게든 제정신 돌아오시게 해야지! 그래야 너도 살고 나도 살아!"

저 양반은 가영이처럼 어디다 내다 버릴 수도 없으니까. 여자는 그 말을 속으로 삼키고 자리에서 일어섰다. 여자가 움직일 때마다 통 안의 알약에서 도로록 도로록 구르는 소리가 났다.

경옥은 저녁 9시가 넘어도 일어나질 않았다. 가영은 차게 식은 찬을 잘 싸서 다시 냉장고에 넣어 놓고 무명의 집으로 향했다. 집에 도착해 보니 부일은 이미 저녁을 먹은 뒤였고 명이는 그곳에 없었다. 부일은 명이 사냥을 나갔다고 했다. 추적추적 내리는 비가 을씨년스러웠고 곧 천둥 번개가 쳤다. 부일은 가영에게 무명은 비가 내릴 때마다 사냥을 나간다고 알려 주었다. 가영은 부일에게 사냥에 대해 되묻지 않았다. 설사 부일이 대답을 해 주어도 저는 이해하지 못할 것이 분명했다.

가영은 대신 부일에게 서고에서 책을 하나 골라 달라고 부탁했다. 가능하면 무명에 대해 이해할 수 있는 책을 원한다고 하자 부일은 복잡하고 난해한 표정을 지어 보였지만 이내 적당한 두께의 책을 하나 골라 가영의 손에 쥐여 주었다.

가영은 거실 앉은뱅이 의자에 앉아 '뱀파이어의 전설' 이라는 제목의 책을 펴 들었다. 곧 거실의 불이 꺼지고 테이블 위의 작은 스탠드 하나만 켜졌다. 부일은 잠자리에 들었고 어둠에 침잠한 거실에는 시계의 초침 소리만 울렸다. 가끔 한 번씩 번쩍하는 번개가 쳤고 쾅 하고 천둥이 울렸다. 가영은 그때마다 고개를 들어 창문 너머를 바라보았다. 새까만 어둠에 잠긴 산골의 풍경이 번개가 칠 때만 기괴한 색으로 바랬다.

번쩍. 번개가 치고 쾅! 하고 천둥이 요란스레 울렸다. 가영은 책에 처박고 있던 고개를 들었다. 어느새 창문이 열려 있었다.

철퍽하는 소리. 어둠에 잠긴 집 안으로 비릿한 냄새가 흘러들어왔다. 세찬 빗소리가 울리고 바람을 따라 집 안으로 들이닥친 비가 제 얼굴 위에서 부서졌다. 지금껏 읽었던 책장이 촤르륵 맨 앞장으로 다시 돌아갔다.

어둠에 잠겨 있어도 열기가 느껴졌다. 가영은 그 자리에 앉아 숨을 죽였다. 그리고 숨소리 하나 나지 않는 새까만 어둠 속에서 무명의 존재를 느꼈다.

번쩍하고 다시 번개가 쳤다. 온 세상이 다시 하얗게 바랬다. 어둠 속의 무명이 아주 짧은 순간 모습을 드러냈다. 그는 검붉은 색이었다. 다시 어둠에 잠겼을 때 그의 눈이 그 안에서 떠올랐다. 야행성 짐승처럼 붉은색의 두 눈이 어둠 속에서 빛났다.

가영은 침을 꼴딱 삼켰다. 손에 잡은 책이 꾸깃하게 구겨지고 손바닥 주름 사이로 식은땀이 흘렀다. 그가 무명은 맞나, 혹시 창문으로 뛰어든 산짐승은 아닌가 겁이 났다.

“며…… 명아?”

그 붉은 눈동자가 천천히 눈을 감았다가 떴다. 고양이가 눈인사라도 하듯 아주 느렸다. 가영은 책에서 읽은 내용을 이것저것 생각했다. 책에는 많은 내용이 있었지만 그중 무명을 떠올릴 만한 구절은 전혀 없었다.

그에 대해 알고 싶은 것이 많았다. 묻고 싶은 것도 많고 이해하고 싶은 것도 아주 많았다. 정말 무명의 말처럼 자신이 그의 것이 될 수 있는지, 영원히 그 곁에 남을 수 있는지. 그를 계속 보살필 수 있는지 그것도 확인하고 싶었다.

그는 어둠 속에서 더 많은 것을 볼 수 있다고 했었다. 그 말이 떠오르자 가영은 제 앞에 놓인 스탠드를 껐다. 가영은 무명을 따라 느리게 눈을 감았다가 떴다. 어둠에 새까맣게 침잠해 있는 방 안에 조금씩 빛이 들었다. 아주 희미하게. 그러나 분명 점점 더 또렷하게.

"가까이…… 가까이 가도 돼?"

그는 대답이 없었다. 가영은 자리에서 일어나 아주 천천히 등불처럼 빨간 두 빛을 향해 걸음을 옮겼다. 깜빡이던 무명의 눈동자는 가영이 발을 떼자마자 어둠 속에 사라졌다.

"나 책을 보고 있었어. 뭐냐 하면 뱀파이어에 관한 건데……."

가영은 허공 속에 시선을 두고 양팔로 주위를 더듬었다. 무명의 위치를 필사적으로 가늠했다. 그는 어둠 중에서도 가장 깊은 곳에 숨어 있었다.

"뭐라고…… 뭐라고 하냐 하면. 뱀파이어는 피를, 피를 마시고 살고, 또…… 나무로 만든 관에서 잠을 자고…… 또…… 십자가랑…… 은…… 은으로 된 걸 싫어하고…… 또……."

손끝에 선득한 것이 닿았다. 가영의 손가락이 움찔 움츠렸다가 이내 조심스럽게 다시 펴졌다. 더듬더듬 손끝으로 닿는 것을 만졌다. 피비린내가 코끝을 시큰하게 만들었다. 그 날카롭고 신경질적인 냄새는 분명 바로 코앞이었다. 가영은 어금니를 꾹 물었다가 뗐다. 침을 한 번 삼키고 그 서늘한 온기가 남아 있는 감촉을 다시 더듬었다.

"소…… 송곳니가 아주…… 아주 기…… 길대. 그런데 너는 십자가도 안 싫어하고 송곳니, 송곳니도 없잖아. 명아 너는…… 그럼 뭘 싫어해?"

"……."

"너는…… 감자전을 좋아하고 또 아주…… 아주 높이 뛰어오르고…… 또 아주 나이가 많고…… 그리고 또……."

더듬고 올라가는 손이 마침내 보드라운 것에 닿았다. 딱딱한 그의 쇄골, 목울대 그리고 턱이 차례대로 만져졌고 무명의 젖은 손이 가영의 손을 감싸 쥐었다. 눈앞에 붉은 눈동자가 다시 천천히 떠올랐다. 이번엔 아주 가까웠다. 지금껏 보아 온 어떤 것보다도 더. 가영은 숨을 멈추고 다시 침을 삼켰다. 무명의 눈이 루비처럼 투명하고 차가웠다. 손을 들어 그것을 만져 보고 싶을 정도로 예뻤다.

번쩍하고 다시 번개가 쳤다. 삽시간에 무명이 다시 모습을 드러냈다. 저의 손을 쥐고 있는 그의 얼굴에 비처럼 흐르는 수많은 핏방울들. 벌어진 입술 사이로 하얗게 빛나는 이. 가영은 히익 소리를 내며 뒤로 물러섰다. 무명은 여자의 손을 놓았다. 가영의 숨소리가 가빠졌다.

"기다려. 약을 줄게."

그의 음성이 어둠을 울렸다. 가영의 숨소리가 가늘게 떨렸다. 겁이 나는 것이 슬펐다. 그에게 가까이 갈 수가 없는 것이. 그리고 영영 그에게 가까이 갈 수 없을까 봐 두렵고 슬펐다.

가영은 아빠를, 엄마를, 오빠를, 경옥을 그리고 그녀가 알고, 그녀를 아는 모든 이들을 제대로 이해할 수가 없었다. 심지어 수환마저도 이해할 수가 없었다. 왜 저를 싫어하는지 왜 저를 밀어내는지 아니면 왜 저를 불쌍히 여기고 아껴 주는지. 배우지 못했다는 것은, 그래서 무엇이고 제대로 이해하고 가늠할 수 없다는 것은 사람들과의 사이에 벽을 만들었다. 더 이상 누구에게도 다가갈 수 없게 만들었다. 백치처럼 눈만 깜빡거리는 가영에게 사람들은 곁을 내주지 않았다. 그저 한심하단 눈으로 '네가 무엇을 안다고' 하고 혀를 차거나 '그저 그런 게 있다' 라며 피할 뿐이었다.

똑똑해지고 싶었다. 그래서 뭐든 많이 알게 된다면 지금은 이해 못 하는 수많은 사람들을 이해하고 싶었다. 엄마를, 아빠를, 오빠를, 경옥을, 저를 아끼는 수환의 마음을, 그리고 여기 저를 들뜨고 자꾸만 요동치게 만드는 무명을.

"너를 알고 싶어."

가영은 잔뜩 목이 멘 목소리로 조용히 말했다.

"너를…… 무서워하고 싶지 않아……. 알고 싶어. 나는 너를, 무명을 알고 싶어."

가영은 눈으로 까만 어둠을 좇았다. 바람은 더 세게 불었고 빗물은 더 많이 가영의 얼굴을 때렸다. 차갑게 식은 어깨에 소름이 돋고 덜덜 떨렸다.

"나는 너를 받아들이고 싶어."

"……."

"약 때문에 널 기다린 게 아니야. 물론 그걸 원하지만 그것보다는…… 네가……."

무얼까. 내가 널 기다린 이유가 무얼까. 자꾸만 너를 알고 싶고 늘 너에게 닿고 싶은 이유가 무얼까. 하루 종일 머리를 맴돌던 내 입가에 닿던 그 매끈한 살덩이의 감촉 때문일까. 아니면 너에게 풍기던 그 은근한 솔향 때문일까. 아니면 너의 온기 때문일까. 아니면 그것도 아니라면 그저 네가 나를 '가영' 이라고 부르는 그 목소리 때문일까.

책에서는 피를 먹고 사는 흡혈귀에겐 온기가 없다고 했다. 심장도 뛰지 않는다고 했다. 그러나 무명은 달랐다. 그는 심장이 뛰었고 온기가 있었다. 웃으면 부드럽게 휘어지는 입가. 루비처럼 반짝이는 눈은 아주 쉽게 반달처럼 굽었다. 그 얼굴을 보고 있으면 뱃속에서 뭔가가 요동쳤다. 뜨겁게 부글부글 끓었다. 그래서 진저리가 났다. 두렵고 무섭지만 이상하게 자꾸만 그것을 느끼고 싶었다.

"만지고 싶어."

가영은 절망하듯 고백했다. 그를 만지고 싶었다. 그의 얼굴, 입술, 목울대, 손가락, 편편한 가슴에서 뛰는 심장도.

저벅거리는 발소리가 빠르게 들리더니 곧 턱이 위로 들렸다. 무명의 눈동자는 노기를 띤 듯 무섭게 빛났다.

"뭐 하자는 거야. 지금."

가영은 대답 대신 숨만 쌕쌕댔다.

"지금 내 꼴이 얼마나 역겨운지 알아? 너 그걸 제대로 마주할 수 있어? 구역질 안 할 수 있어? 네가 날 만질 수나 있어?"

"……."

턱을 잡은 그의 악력이 점점 거세졌다. 가영의 얼굴이 고통으로 조금씩 일그러졌다.

"나는 너 같은 사람을 먹고 사는 괴물이야. 비가 오면 빗물에, 그 비린내에 피 냄새를 감추고 돌아다니는 괴물. 사람의 껍데기를 쓴 괴물. 그런 나를 네가 받아들일 수 있어?"

가슴에 쿵 하고 돌덩이가 얹어졌다.

"너는 날 볼 때마다 바들바들 떨었어. 내게 살려 달라고, 죽여 달라고 빌었어. 너는 구역질을 하고 나를 밀어 냈어."

"……."

"나는 너에게 약을 주고 너는 부일의 자리를 채우는 것, 그게 우리가 한 거래야. 네가 해야 할 것은 그게 다야. 네가 내게 주어야 할 것은 그게 다라고. 그러니까……."

"미안해."

히끅 히끅 가영이 딸꾹질을 하듯 울었다. 구겨진 얼굴에 주르륵 빗방울처럼 눈물이 떨어져 내렸다.

"그때 너 아니었으면 나 죽었을 거라는 거 나 그거 알아."

무명의 붉은 눈이 갈피를 못 잡고 흔들렸다. 그 금수 같던 눈이 처음으로 연약해 보였다.

"너를…… 무서워해서 미안해. 그래도, 그래도 노력…… 노력할게. 너를…… 무서워하지 않도록 내가 노력할 테니까……."

이 계집이 대체 저에게 무엇을 바라는 걸까. 그럴 필요 없어. 받아들이려 노력할 필요 따윈 없다고. 그것을 원하지도 않는다. 그런데 어째서 이토록 안달을 할까. 왜 더 붙지를 못해 난리냐고. 그것도 이렇게 겁에 질린 참새 새끼처럼 바들바들 떨면서. 사람을 찢어 죽이는 자신의 본성을 알기나 할까. 피를 마시고 육신을 뜯어 먹는 광기를 알기나 할까. 정말로 그런 자신을 받아들일 수 있다고 믿는 걸까. 무서워하지 않을 수 있다고, 정말로 그렇게 생각하는 것일까.

인간이 그를 보며 발작하듯 떨고 도망가는 것에는 익숙했다. 누구도 그를 보면 그렇게 했다. 피를 뒤집어쓴 모습을 보고도 다가오려 애쓰는 자는 없었다. 본래 그가 어떤 존재인지 아는 이들도 적당한 거리를 지키며 그저 그가 어서 금수의 껍질을 벗길 바랐다. 그러나 괴물은 그의 껍데기가 아니다. 이것이 그의 본모습이었다. 뒤집어쓰는 것은 이 괴물의 가죽이 아니라 무명이라는 인간의 가죽이었다. 이제는 너무나 익숙해진 인간이라는 그 탈 말이다.

그러니 가영은 그저 자신이 쓰고 있는 무명이라는 가죽만 받아들이면 되는 것이다. 비가 오면, 그래서 피비린내가 나면, 가영은 부일이 했던 것처럼 적당한 거리를 두고 서서 그가 벗어 버리는 옷가지만 챙겨 들면 되는 것이었다. 이렇게 처절하게, 기를 쓰며 그를 받아들이려 하지 않아도 되는 것이다.

가영의 눈에서 눈물이 또륵 또륵 굴렀다. 이것이 무슨 의미인지 알 수가 없다. 슬픈 것인지 화가 난 것인지. 아니면 그저 두려운 것인지. 그녀에게서 느껴지는 감정의 파고를 도저히 알 수가 없어서 그는 가영의 입술을 찾아 씹었다. 찌릿한 고통에 여자가 몸을 움찔 떨었다. 도톰한 입술에서 여자의 타액과 달큰한 피가 섞여 들었다. 무명은 그것을 빨았다. 피가 흐르길 멈추면 한 번 더 씹었다. 가영은 다시 움찔 떨고 곧 다시 히끅 히끅 흐느꼈다.

무서움, 두려움, 저도 알지 못하는 거북함, 그러나 그 모든 것을 뒤덮는 것은 외로움이었다. 부러질 듯 위태로운 외로움. 가영을 좀먹어 가는 것은 그것이었다. 어디든 몸을 대고 부비고 싶은 마음. 얼얼하게 뜨거운 것에 모든 것을 녹이고 싶은 갈망. 그것이 무서움보다, 두려움보다 치미는 구역질보다 훨씬 더 강했다.

무명은 가영에게서 입술을 떼어 냈다. 피와 타액이 흐르는 도톰한 입술을 그는 손가락으로 매만졌다. 그리고 젖어 있는 뺨을 손으로 닦아 냈다.

그는 피에 절은 윗옷을 벗어 던졌다. 번개가 번쩍 치고 다시 천둥이 쾅 하고 사방을 때렸다. 핏물이 묻어 있는 새하얀 살결이 보였다. 편편하지만 단단한 가슴과 복근이 번쩍하고 빛났다가 어둠 속에 가라앉았다. 무명은 여자의 손을 자신의 가슴 한가운데에 가져다 댔다. 가영의 손바닥에 뜨끈한 온기와 둥둥둥 가슴을 울리는 박동이 느껴졌다.

"가영."

그가 여자의 이름을 불렀다. 가영은 입을 벌리고 받은 숨을 내뱉었다. 뱃속이 부글부글 끓고 심장이 머리 꼭대기에서 뛰었다.

"네가 지금 내게서 느끼는 것. 이건 따듯함이 아니야. 나는 너에게 영원히 그것을 줄 수 없어."

가영은 백치처럼 눈을 깜빡거렸다. 여자의 영혼처럼 맑은 눈이었다. 무명은 붉게 열이 오른 여자의 뺨을 가만히 쓸었다.

"아마 나는 너를 죽도록 아프게 할 거야."

뺨을 매만지는 무명의 손길은 잘 벼린 칼날 같았다. 피에 젖은 손은 움직일 때마다 여자의 얼굴을 더 붉게 만들었다. 애초에 그는 따듯함이란 것을 가지고 태어나지 않았다. 그것이 무엇인지도 모른다. 그래도 그가 갖고 있는 다른 종류의 것은 있었다. 그가 아주 잘 알고 있는 것.

"그리고 꼭 그만큼 내가 너를 녹여 줄게. 아주 뜨겁게."

"……."

영문을 모르는 가영의 눈이 도록 도록 굴렀다. 어둠 속에서 아주 희미하게 그의 치아가 드러나는 것을 본 것 같았다. 말캉한 그의 혀가 부풀어 오른 입술을 핥자 온몸에 전율이 일어났다. 가영은 이미 자작자작 타들어 가고 있었다.

무명의 입술은 아주 부드럽게 닿았다가 떨어졌다. 무명의 가슴팍에 닿아 있는 손이 고사리처럼 오그라들었다. 가영은 어찌할 바를 몰라 머뭇거렸고 무명은 그런 가영을 재밌다는 듯 관찰했다. 굽어든 손이 가슴팍에서 헤매다가 떨어졌다. 무명은 다시 가영의 작은 손을 제 가슴팍에 붙였다. 다시 뜨겁게 손이 고동쳤다. 그는 가영을 내려다보았다.

"너는 네가 뭘 하고 싶은지 알아?"

"……."

"나를 만지고 싶다고 했잖아. 그걸 어떻게 해야 하는지는 알아?"

고개를 저어야 하는지 끄덕여야 하는지 가영은 혼란스러워 부풀어 오른 제 입술만 쭉쭉 빨았다. 무명은 가슴팍에 닿아 있는 가영의 손목을 잡고 제 살갗 위로 눌렀다. 오그라들었던 손가락이 펴졌다.

째깍째깍 초침 소리가 들렸다. 어둠에 잠긴 방 안으로는 빗방울과 바람 소리가 몰아닥쳤다. 가영은 눈을 굴리며 그 소리가 거슬린다는 생각을 했다. 무명에게서 벗어나 창문을 닫아 비를 막고 바닥에 흐트러진 물방울을 닦아 내고 싶은 충동이 일었다. 버거운 열기에 얼굴이 홧홧해지고 심장이 펄떡펄떡 갈비뼈를 뚫고 나올 듯이 뛰었다.

무명이 가영의 손을 움직였다. 가슴에 달라붙어 있던 손이 아래로 조금씩 미끄러졌다. 손에 그의 명치가 닿았다. 단단한 뼈 아래 뭉클한 감촉 그 아래 일직선으로 골이 파인 길이 나 있었다. 열이 오른 돌덩이처럼 손바닥을 달궜다. 매끈한 그의 피부와 솜털도 느껴졌다. 제 몸과 같은데 또 다르다. 실크처럼 부드럽고, 또 단단하고 뜨겁고……. 이 느낌을 무어라 표현해야 좋을지 모르겠다. 그저 뜨겁고 벅차서 무서웠다.

손은 아래로 계속해서 미끄러졌다. 손끝이 분명 그의 배꼽을 지나고 있었다. 가영은 숨을 쉬는 것을 잊었다. 무명의 눈동자에는 분명 마력이 있었다. 책에서 뱀파이어는 사람을 유혹한다고 했다. 어쩌면 그것만은 사실일지도 모른다. 이대로 그의 눈을 쳐다본 채 숨이 멈춰 죽을 수도 있겠다는 생각이 들었다.

"딸꾹."

나른하게 풀려 있던 무명의 눈꺼풀이 그 소리에 완전히 들렸다.

"딸꾹."

가영은 황급히 제 입을 손으로 막았다. 그래도 새어 나오는 딸꾹

질은 멈추질 않았다.

"딸꾹."

무명에게 잡힌 손을 비틀어 빼고 두 손으로 입을 꽉 막았다. 딸꾹질을 속으로 삼키려 하자 이번엔 사레가 걸렸다.

"콜록!"

무명의 눈이 게슴츠레하게 찌푸려졌다. 가영은 다시 얼굴에 열이 몰렸다. 이번엔 흥분이나 공포가 아니라 부끄러움 때문이었다. 죽고 싶다는 말은 이럴 때 쓰는 것인가 보다.

"콜록! 쿨럭쿨럭!"

무명은 창가로 다가가 창문을 닫았다. 요란하던 빗소리가 아스라이 멀어졌다. 뽀득뽀득 젖은 마룻바닥이 미끄러지는 소리가 들리고 얼마 지나지 않아 가영의 머리 위로 따듯한 것이 내려앉았다. 무명의 손바닥이 제 머리를 가볍게 쓰다듬자, 가슴이 전혀 다른 온기로 몽글몽글 데워졌다.

"새벽까지 비가 내릴 거야. 서고에 가서 책을 읽다가 아침에 돌아가. 약은 씻고 나서 가져다줄게."

"아. 응."

그는 옷가지를 주워 들고 욕실로 향했다. 딸깍. 불이 켜지자 그의 모습이 확연하게 보였다. 하얗고 단단한 그의 상체가 고스란히. 남자의 벗은 등을 처음 본 것은 아니다. 여름에 등목을 해 달라는 수환의 등판을 늘 찰싹찰싹 찰지게 때려 왔다. 남자의 등이 아름답다고 느낀 건 처음이었다. 곧게 뻗은 날개뼈가 움직일 때마다 뭉쳐지는 근육 덩어리들이 비단처럼 유혹적으로 보이긴 처음이었다. 가영은 그의 뒷모습을 좇다가 그가 제 앞에서 완전히 사라지기 전에 물었다.

"내가 도와줄까?"

그가 눈살을 찌푸리며 뒤를 돌아보았다. 입가에는 여전히 웃음기가 가득했다.

"네가? 뭘?"

"아, 아무거나."

"네가 날 닦아 줄 거야?"

"그래도 돼?"

해맑은 물음에 그는 고개를 절레절레 저었다. 여느 사람들이 가영을 보며 혀를 차는 것과 비슷한 모양새였다. '어휴' 하고 곧 한숨이라도 내쉴 것 같았는데 그는 그러는 대신 그저 웃었다. 그리고 조용히 욕실 문을 닫았다.

전덕기는 관용차 뒷좌석에 앉아 불쾌하게 인상을 찌푸렸다. 그는 한 손에 들린 전화를 반대편으로 바꾸어 잡았다.

"그 새끼는 뭔데 자꾸 일을 들쑤셔!"

— 설득을 하는데도 잘 먹히지가 않습니다. 원체 꼴통이라.

"상부의 지시도 어긴단 말이야? 그런 새끼를 뭐 하러 데리고 있어!"

— 그래도 서 내에서는 검거율이 가장 높습니다. 선후배들의 신망

도 두텁고…….

덕기는 더 들을 것도 없다는 듯 '아아' 소리를 내며 그의 말을 끊었다.

"집으로 보내. 당분간 경찰서에 얼씬도 못 하게 해. 그 일에 손 떼게 해. 내 말 알아들어?"

— 예.

그는 신경질적으로 전화를 끊고 좌석에 던졌다. 별 시답지 않은 놈이 신경을 다 거스른다.

덕기는 제복 안주머니를 뒤져 알약을 꺼냈다. 손바닥에 들린 그 붉은빛을 보는 표정에 어떤 결의가 서렸다.

청장이 되기 훨씬 전, 그러니까 그가 아직 청년이었던 때 무명을 만났다. 그는 투지에 넘쳤고 정의로웠으며 지칠 줄 모르는 투사였다. 권력과 돈이라는 거대한 바위 앞에서도 주눅 드는 법이 없었다. 그때는 자신이 연약한 껍질을 지닌 계란인 줄을 몰랐다. 한번 그 거대한 힘에 짓눌리고 난 이후에야 그는 자신의 초라함을 알았다.

무명을 만났을 때 그는 근신 처분 중이었다. 여러 가지 이유를 붙였지만 증거 인멸을 하지 않은 죗값이었다. 권력자의 더러운 스캔들을 묻어 주지 못한 죄. 그 증거를 들이민 죄로 그는 나락에 떨어졌다. 바위에 짓이겨진 계란이 된 무기력감, 세상에 대한 배신감과 분노. 그 울분들은 무명을 만나며 소강되었다.

이 세상의 법과 도덕이 심판하지 못하는 놈들을 골라 그에게 넘겨주며 그는 평화를 얻었다. 그리고 그 대가로 피를 얻었다. 무명의 피로 만든 이 알약은 그에게 부를 안겨 주었다. 그리고 이미 실패한 경험, 좌절했던 경험을 반면교사로 삼아 전덕기는 짓밟히는 달걀 따위가 아닌 바위가 되기로 작정했다. 바위가 될 것이다. 짓이겨지는 고통은 두 번 다시 경험하지 않을 것이다.

그래서 잡은 것이 박판석이었다. 부와 권력을 위해 태어난 사람. 누구보다 그 생태계에 촉이 밝은 사람. 대한민국의 정치계를 떡 주무르듯 주무를 수 있는 사람. 훗날 누구보다 높은 곳에 가서 앉을 수 있는 사람. 그를 제왕으로 만들고 덕기는 그의 가장 막강한 오른팔이 되어 후에 그 역시 자리에 오르고 싶었다. 지금은 그 반석을 닦는 것이다.

"청장님 도착했습니다."

덕기는 약을 주머니에 넣고 옷매무새를 가다듬었다. 차가 차고로 들어서자 문 앞에 마중 나와 있는 차겸이 보였다. 그의 얼굴에는 생기가 돌았지만 어딘지 모르게 겁에 질린 듯 보이기도 했다. 그는 덕기를 보더니 바르게 인사해 보였다.

"오셨어요?"

"그래. 어떠시니?"

그 말에 차겸은 마른 입술을 혀로 축였다. 뭐라고 이야기해야 좋을지, 좋아졌다고 하기엔 이상했고 이상하다고 하기엔 좋아졌다. 어쨌든 모든 것이 매우 기묘했다. 그래서 그는 말을 아꼈다.

"일단 들어가시죠."

박판석은 흥분해 있었다. 얼마 전 침실에서 사지를 떨며 거품을 물던 그 남자는 어디에도 없고 다시 정력적이고 강건한 남자, 아니 그때보다 훨씬 더 강건하고 정력적인 남자가 거실에 앉아 있었다.

자신감 넘치는 미소가 만연한 얼굴은 전에 없이 생기가 넘쳤다. 눈에는 총기가 번뜩였고 머리카락은 윤기가 흘러 반지레했다. 푸르죽죽하게 변해 있었던 입술은 붉은빛을 띠었고 뺨에는 젊은이의 그것처럼 홍조가 피어 있었다.

덕기가 들어서자 판석은 자리에서 일어섰다. 언제나 약간 구부정하던 어깨가 반듯하게 펴진 채였다.

"덕기."

그는 손을 내밀며 웃었다. 웃는 모습마저 혈기가 넘쳤다.

"의원님."

덕기가 공손하게 그의 손을 잡자 판석은 나머지 한 손을 그의 손등에 덮었다.

"내가 자네에게 빚을 졌네. 빚을 졌어."

"별말씀을요. 쾌차하셔서 다행입니다."

판석은 덕기를 서재로 안내했다. 차를 내오는 부인의 얼굴에도 행복과 기쁨이 넘쳤다. 집안의 가장이 건강을 되찾자 그 초상집 같던 저택이 비로소 바로 섰다. 모두가 제자리를 찾아 균형을 잡았다. 판석은 아내가 덕기에게 고맙다는 인사를 하고 방을 나갈 때까지 기다렸다가 찻잔을 들었다.

"일은 좀 어떤가?"

"뭐, 저야 무탈하죠."

"내게 준 것이 CTA라는 약이라고?"

"예. 의원님."

판석은 찻잔을 한 모금 마시고 고개를 천천히 주억거렸다.
"자네도 알겠지만 나는 약물을 싫어하네."
"네. 알고 있습니다."
"내 자식새끼도 그렇고 원체 약하고 사고 치는 놈들이 많아서 말이야."
그놈뿐이랴. 덕기가 청장직을 맡고 나서 가장 먼저 한 일이 사고를 친 고위층 자제들의 사건을 어떻게든 지리멸렬하게 만들어 두는 것이었다. 증거를 없애고, 합의를 종용하고, 사건을 축소하는 것. 그것을 잘해 올라간 것도 바로 이 자리였다.
"그 약, 더 가지고 있나?"
덕기는 빙그레 웃으며 안주머니에서 약봉지를 꺼내 그에게 건넸다.
"안 그래도 혹시 몰라 몇 개 더 챙겨 왔습니다."
판석은 반색하며 봉지를 받아 들었다. 붉은 알약 3개. 환하던 얼굴이 개수를 확인하자 다시 굳었다.
"이게 단가?"
"예?"
"이 약 더 구해다 줄 수 있겠는가?"
"……CTA를요?"
판석이 찻잔을 내려놓으며 멋쩍게 웃었다.
"마약을 하며 늙는 놈을 본 적은 있어도 말이야. 마약을 하며 젊음을 찾는 놈은 본 적이 없어."
의자 팔걸이를 매만지는 손길에 흥분이 묻어 있었다.

"그런데 말이야. 정말 이상하지. 그저 병이 나아서 몸이 가뿐해진 거라 느꼈는데 그게 아닌 거야. 시력이 돌아오고, 예전 같지 않던 입맛도 돌아오고, 후각도, 청각도, 모든 게 너무나 또렷하네. 굽었던 허리가 펴졌다니 믿어지겠는가? 이런 말 하긴 뭣하지만 아침에 일어나니 발기가 돼 있었어. 다시 이십 대로 돌아간 기분이더군."

"……."

"CTA는 부작용이 없다고 들었네. 맞나?"

"예. 몸에 흔적도 남지 않고 신체적 부작용도 남지 않습니다. 하지만 심리적인 부작용이……."

"그것은 상관없네. 나야 워낙 강골 아닌가."

"……."

"이 약 좀 더 구해다 주게. 이것보단 많이. 구할 수 있는 만큼 구해다 주면 고맙겠네."

"그렇지만 이것은 많이 복용하시면……."

"당 대표 선거가 코앞이야. 다시 발작을 하며 쓰러질 수는 없어."

그에게 있어 신내림은 일종의 저주였다. 그가 존재감 있는 국회의원이 되고 나서 계속해서 따라붙는 것은 박판석은 무당의 자손이라는 수식어였다. 개천에서 난 용이 되어 정치계에 입문했을 때 그는 학자의 자식, 정치인의 자식, 재벌의 자식들과 경쟁해서 살아남아야 했다. 온갖 저열한 수를 다 쓰는 그 시궁창에서 무당의 자식이라는 명패는 오랫동안 그의 발목을 잡았고 그는 매번 그 사실 앞에 고개를 숙였다.

아버지가 무당이란 것을 부정할 수는 없었지만 무당 자식을 둔 아버지가 되기를 부정할 수는 있었다. 무당 아버지도 모자라 무당 딸년을 둔다면 그는 더 이상 올라갈 수가 없었고 그렇게 되고 싶지 않았다.

그는 부정보다는 자신의 욕망에 충실한 사람이었다. 그래서 딸자식을 버리는 것은 생각보다 쉬웠다. 아이를 시골 무당의 집에 내려놓고 왔을 때, 호적에서 아이의 이름을 지우고 사망 신고를 하였을 때 그는 차라리 마음이 편안했다. 차명 계좌로 매달 경옥에게 돈을 보냈다. 입막음의 값이었다. 다행히 아이를 맡기고 난 후 경옥은 그에게 연락하지 않았다. 시련은 그렇게 끝난 것이라고 생각했다. 신병이 찾아오기 전에는 말이다.

"다시 발목을 잡힐 수 없어. 이제 거의 다 왔지 않나. 이제 겨우 내 뜻을 펼칠 기회를 잡았네."

무슨 일이 있어도 그럴 수 없다. 어떻게 여기까지 왔는데. 이곳까지 오기 위해 얼마나 많은 것을 버려 왔는데. 이제 겨우 여기까지 올라왔다. 더 이상 물러날 방법이 없었다. 돌아가는 다리는 예전에 끊겼다. 가영을 버리기 훨씬 전부터 끊어져 있었다. 이젠 그저 앞으로 나아가는 수밖에 없었고 그러기 위해서 판석은 이 약이 절실히 필요했다. 신병으로부터 저를 보호해 주고 젊음과 생기를 되찾게 해 주는 바로 이 약이 말이다.

"내가 당 대표가 되어야 자네도 내가 끌어 주지 않겠나. 언제까지 경찰 나부랭이만 할 텐가. 자네도 이제 나랏일을 해 보아야지."

"……."

그 말에 덕기의 입가에 힘이 들어갔다. 곤란함에 내리깔았던 눈에는 뜨거운 욕망이 서렸다.

"구할 수 있는 양에 한계가 있습니다."

"얼마나 구해다 줄 수 있나?"

덕기는 양을 가늠하기 위해 부산스레 눈을 굴리며 생각에 빠졌다.

"오십 알."

"오십 알. 한 번에?"

"예."

"그럼 그다음엔 언제 또 가져다줄 수 있나?"

"6주 후에."

"늦어."

"……."

"그때면 너무 늦네."

"……."

단호한 판석의 말에 덕기는 입술을 씹었다.

"더 가져오게, 덕기. 내 명운이 자네에게 달렸네. 그리고 내 명운이 자네의 명줄도 쥐고 있어. 잘 생각해 보게나."

다시 찻잔을 드는 판석의 눈은 백사처럼 가늘고 교활했다. 독니를 품은 그 눈에 덕기는 제 목을 제가 조르고 있다는 느낌을 받았다. 물러서면 반드시 그의 독니에 물릴 것이다. 덕기는 말없이 찻잔을 들었다. 목구멍이 싸했다.

달콤한 독

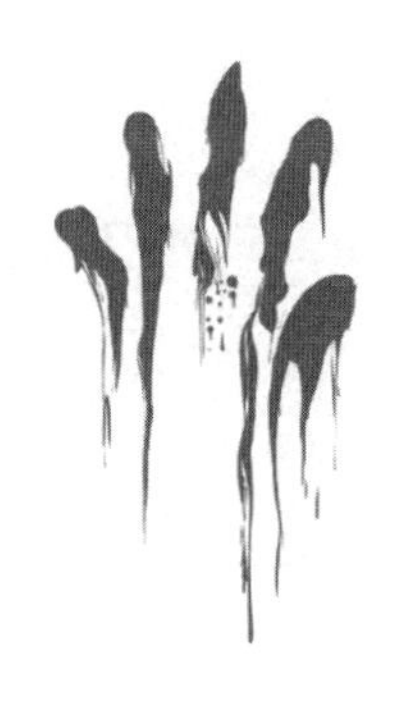

가영은 서고의 책장을 빙 돌았다. 손가락으로 책등을 훑으며 돌다가 눈에 띄는 것이 있으면 그것을 집어 들어 훑었다. 그의 서재에는 알 수 없는 문자로 적힌 책들이 많았다. 어떤 것은 한문이었고 어떤 것은 알파벳이 쓰여 있었는데 또 어떤 것은 그저 지렁이가 기어가는 것처럼 보이기도 했고 또 어떤 것은 그림으로 그려져 있기도 했다.

어느 자리에서 손가락이 쏙 들어갔다. 책 사이가 이빨이 빠진 듯 움푹 파여 있었다. 호기심이 일어 눈을 가늘게 뜨고 살피니 아주 작은 소책자가 있었다.

가영은 빽빽하게 꽂힌 주변의 책들을 몇 권 빼 공간을 만든 뒤에 손가락으로 그것을 걸어 제 쪽으로 당겼다.

책에는 제목이 없었고 제 손바닥 두 개를 합친 것만 한 크기였다. 두께는 얇았고 커버는 부들부들한 재질이었다. 어쩐지 신비한 느낌이 들어 가영은 책장을 펼쳤다.

"……."

한글 같기도 하고 한문 같기도 한 글씨들. 붓으로 휘갈기며 써 내려가 눈을 가늘게 뜨고 그 모양을 아무리 되새김질해도 알아볼 수가 없었다. 다음 책장을 넘기는데 바닥으로 뭔가가 툭 떨어졌다. 가영은 제 발등에 사뿐히 올라간 꾸깃꾸깃한 것을 집어 들었다.

아주 오래되어 색이 바랜 흑백 사진 한 장. 여자는 웃고 있었다. 까만 머리를 단정하게 말아 올리고 하얀색 블라우스에 스카프를 맨 모습이 단정하고 우아했다. 흑백이지만 무척 햇살이 좋은 날 찍은 듯 여자는 눈이 부셔 초승달처럼 눈을 접고 있었다. 가녀리고 부드러워 보이는 인상. 구김 하나 없이 맑고 단아한 얼굴이었다. 가영은 사진을 뒤로 돌렸다.

나의 Anna.

안나. 안나. 가영은 소리 내어 그것을 읽었다. 열한 살 때까지 매주 같은 날 같은 시간에 집으로 영어 교사가 왔었다. 그때 그 교사는 가영에게 알파벳 읽는 법을 알려 주었다. 그렇게 했어도 읽어 내는 것보다 읽어 낼 수 없는 것이 더 많다. 예를 들어 ti나 ch로 된 것. 그리고 묵음이 들어간 단어는 반드시 틀렸다. 그 이외에도 이해할 수 없고 읽을 수 없는 글자는 왜 그리 많은지. 중간에 신병을 앓지 않았다면 적어도 단어는 똑바로 읽을 수 있었을까, 그런 아쉬움을 늘 가졌었다.

그렇지만 이 글자는 똑바로 읽을 수 있다. 안나. 이리 보아도 저리 보아도 분명 이 알파벳은 그렇게 쓰여 있었다. 가영은 다시 사진을 뒤집어 여자를 보았다. 어쩐지 보고 있으니 마음이 편안했다. 누굴까. 가영은 눈을 아주 가늘게 뜨고 이 여자가 무명과 닮았는지 아닌지를 가늠했다. 웃는 모습이 묘하게 닮은 것 같기도 하고 아닌 것 같기도 했다. 사진이 좀 더 선명했다면 좋았을 텐데.

"나의 안나."

가영은 여자의 얼굴을 보며 소리 내어 말해 보고는 배시시 웃었다.

"안녕하세요. 안나 씨. 엄청 미인이시네요. 혹시 무명의 엄마인가요? 아니면…… 누나?"

"누구랑 이야기해?"

무명의 목소리에 가영이 화들짝 놀라 책자를 바닥에 떨어뜨렸다. 무명은 저벅저벅 다가오더니 가영의 발등을 찍고 구르는 책자를 집어 들었다. 책이 무명의 손에 들리자 제가 들었을 때보다 더 작아 보였다.

"책을…… 책을 고르고 있었어."

무명은 가영의 손에 들린 흑백 사진도 조용히 빼내어 도로 책 사이에 끼웠다.

"이건 너에게 어려워 보이는데."

"안나. 그 여자분 이름 안나 맞아?"

그는 책자를 접어 진열장에 넣으며 고개를 끄덕였다.

"어…… 엄마야?"

무명은 알 듯 모를 듯 미소 지었다.

"너 알파벳은 읽을 줄 아네?"

"잘 몰라. 어렸을 때 배웠는데 틀릴 때가 더 많아."

샤워를 마치고 온 무명에게는 아주 좋은 냄새가 났다. 비누 냄새, 그리고 늘 그에게 느껴졌던 향긋한 냄새가 섞여 박하 향처럼 코를 알싸하게 만들었다. 물기가 덜 마른 머리카락은 달빛을 받아 반질거렸고 아직 수분감이 남은 하얀 피부는 더없이 눈부셨다. 다시 또 그를 만지고 싶어져 가영은 제 두 손을 꼭 모아 쥐었다.

무명은 가영의 손을 하나 가져가 손바닥을 보이게 잡았다. 그러고는 그 위에 검지로 뭔가를 죽죽 그었다. 어떤…… 글씨 같았다. 마지막으로 점을 찍고 그는 가영을 쳐다보았다. 무엇인지 맞춰 보라는 듯했다.

"하…… 한 번만 더 해 줘. 잘…… 잘 못 알아들었어."

그는 다시 글씨를 썼다. 알파벳. 그는 알파벳을 쓰고 있었다.

H…… U…… G…….

"허…… 허그?"

"무슨 뜻인지 알아?"

가영은 도리질했다. 그는 다시 가영의 손바닥 위에 뭔가를 썼다. 다시 H로 시작하는 글자였다.

H…… E…… A…….

"모…… 모르겠어. 길어."

"겨우 다섯 글잔데?"

무명의 핀잔에 가영은 뿌루퉁하게 입술을 내밀었다.

"길어."

"그럼……."

그는 지우개로 종이를 지우듯 가영의 손바닥을 부드럽게 훑었다. 매끄럽고 보드라운 감촉에 조금 진저리가 났다. 무명이 다시 검지를 움직였다. 이번엔 K로 시작하는 글자였다.

K…… I…… S…….

무명이 마침표를 찍고 가영을 다시 쳐다봤다. 여자의 얼굴은 잘 익은 사과처럼 붉었다.

얼굴 위로 쏟아지는 무명의 시선이 홧홧했다. 어쩐지 잘 입이 떨어지질 않았다. 그가 살짝 눈썹을 들었다. 대답하라는 신호였다.

"그냥 글자잖아."

무명의 목소리에 웃음기가 묻어났다. 어쩐지 놀리는 거 같았다. 가영은 인상을 썼다.

"말 안 할래."

"왜?"

"말하기 싫어."

"좋아. 그럼."

무명은 다시 가영의 손바닥 위에 글자를 썼다. 가영의 미간은 더 구겨졌다.

"몰라. 이건 정말 모르겠어."

"터치(TOUCH)."

"터치."

가영은 그 말을 따라 했다.

“무슨 뜻인지 안 물어봐?”

“……알아. ……그 뜻.”

가영은 대답을 얼버무렸다. 자꾸만 그의 앞에서 작아지는 기분이 들었다. 그는 가영의 손바닥을 끌어 제 뺨 위에 올렸다. 차갑고 촉촉했다.

이상해. 무명은 정말 이상하다. 무섭다가, 상냥하다가, 장난스럽다가…… 어느 때는 너무 숨이 막힌다. 수환은 이렇지 않다. 수환은 언제나 따듯하기만 한데. 그 옆에 가면 늘 포근하고 기분 좋아서 그저 그 옆에 파고들어 고양이처럼 고릉거리고만 싶은데 무명은 그렇지가 않다. 가까워지고 싶은데 너무 멀고, 너무 멀다고 느껴지면 그는 이렇게 거리를 좁혀 왔다. 그가 이렇게 좁혀 올 때면 꼭…… 그에게 잡아먹힐 것만 같다.

“명아. 내가 너를 어떻게 생각해야 해?”

손바닥에 명의 입술이 스쳤다. 가영은 꼴딱 침을 삼키고 두려움에 파르르 눈을 떨었다.

“너를 무서워하고 싶지 않은데…… 자꾸 네가 무서워. 그리고…… 너를 보고 있으면…….”

가영은 자신의 배꼽 위에 나머지 손을 얹었다.

“여기가…… 자꾸 아파.”

무명은 가영이 제 아랫배를 손으로 꾹 누르는 것을 보며 여자의 손바닥을 부드럽게 문질렀다.

“아주 오래전에, 남자와 여자가 한 몸이었을 때, 신이 번개로 둘을 쪼개 갈라놓고 토막 난 몸을 꿰매어 매듭을 지었대. 그게 배꼽이야.”

가영은 그의 이야기가 흥미로워 눈을 빛냈다.

"그래서 남자와 여자가 만나면 서로 배꼽을 대 보고 싶어 하지. 쪼개진 자신의 반토막인가 싶어서."

"아."

가영은 순진무구하게 탄식했다. 그렇구나. 그래서 배꼽이 있구나.

"난…… 뭔가 아기와 관련이 있다고 생각했어."

사실 아이가 배꼽으로 나온다고 생각했다. 어릴 때 엄마가 배꼽은 소중한 곳이니 만지지 말라고 했을 때 단번에 그것이 사실이라고 혼자 결론을 내렸다. 하지만 상처였구나. 그래서 만지지 못하게 했구나. 가영은 명이가 참 아는 것이 많다고 생각했다.

여자의 가녀린 허리가 무명의 손에 이끌려 그의 몸에 붙었다. 가영의 얼굴이 무명의 어깨에 묻혔다. 온몸에 그의 온기와 향이 닿았다. 가영의 숨소리가 가빴다. 그녀는 단지 안겨서 이게 무슨 일인가 생각했다.

"그러니까 이렇게 서로 배를 대고 있으면 아프지 않을지도 몰라."

그의 향기가 너무 좋다. 온기도, 그가 말할 때마다 울리는 그의 목울대도. 어쩐지 한숨이 새어 나왔다. 그래도 아랫배는 여전히 부글부글 끓었다. 어쩌면 가슴이 뛰어서 온몸이 다 아픈 걸지도 모른다.

"어때?"

그가 물었다.

"아…… 아파."

그러자 무명은 가영을 제 품에서 조금 떼어 내고 그녀의 아랫배에 자신의 손을 얹었다. 따듯한 온기가 배꼽 아래로 물감처럼 번져 나갔다. 가영은 자신의 아랫배를 문지르는 힘줄이 돋아난 커다란 손을 바라보다 고개를 들었다.

"넌 왜 내게 다정한 거야?"

"……."

"나를 먹고 싶지 않아?"

"위험한 질문이네."

무명은 장난기 어린 웃음을 흘렸다.

"너는 나랑 똑같이 생겼는데…… 너는 나랑 다르잖아. 그리고 너는 사람을 먹고 나는…… 나는 사람이잖아. 어느 날 네가 정말 많이 배가 고프면…… 그래서 죽기 직전이면…… 나를, 나를 먹을 거잖아."

"이 세상에 모두가 죽고 너 하나만 남는다고 해도 나는 너를 먹지 않을 거야."

"어째서?"

무명은 가영의 잔머리를 부드럽게 쓸어 여자의 귀에 걸었다.

"그럼 이 세상에 나 혼자 남게 되니까."

"……."

"혼자 사는 건 재미가 없어. 살아남아도 무의미하지. 나는 따분하게 사는 건 이제 정말 지겹거든."

"그거……."

가영은 잠시 말을 멈췄다. 무심하게, 혹은 너무나 강하게 보이는 그의 눈동자를 쳐다보느라 가영의 까만 눈동자가 쉼 없이 흔들렸다.

"그건 외롭다는…… 그런 말이야?"

저를 쳐다보는 여자의 눈은 별이 떠 있는 밤하늘 같았다. 연약하면서도 깊었고 아스라이 반짝였다. 그 눈을 보고 있으면 너무나 많은 생각이 떠오르고 또 너무나 많은 것들이 잊혀 간다. 이런 너에게 나는 무엇을 말해야 할까. 기쁘게, 혹은 가혹하게, 또는 너의 빛이 절명하도록, 아니면 발광하도록. 무명은 고개를 끄덕였다.

"응. 맞아. 외롭다는 말이야. 너처럼."

그 말에 가영은 방그레 웃었다. 동질감, 거기에서 오는 기쁨, 그리고 슬픔이 가득한 얼굴로 그녀는 무명의 목에 손을 두르고 꼭 껴안았다.

가녀린 여체가 품으로 폭 안겨 왔다. 목을 끌어안는 힘이 여느 때와는 다르게 강했다.

"그럼 이렇게 배꼽을 대고 있자. 내가 너의 반토막은 아니겠지만 언젠가 찾을 때까지."

순진하긴. 그 말을 진짜로 믿어 버리네. 무명은 저 혼자 웃어 버렸다. 그러고는 가녀린 여체를 제 품으로 좀 더 당겨 안았다.

가영. 내겐 반토막 같은 건 존재하지 않아. 모두가 사라졌고 남겨진 것은 나 하나니까.

무명은 가영의 보드라운 목덜미에 얼굴을 묻고 곧 눈을 감았다.

무명은 사람을 유혹해서 원하는 것을 취하는 데에 달관한 존재였다. 그가 마수를 뻗쳐서 실패한 경우는 한 번도 없었다. 부일은 무명이 가영에게 자신의 피를 먹이고, 감언이설로 유혹하고, 손길로, 몸짓으로 그리고 자신의 입과 혀로 몸과 마음이 달아오르게 만드는 것을 지켜보며 어쩐지 죄책감이 들었다. 특히 가영이 차려 준 맛있는 밥을 먹을 때에는 더욱더 그랬다.

부일은 우울하게 수저를 떠 입에 넣었다. 맛난 북엇국이 좀처럼 목에 걸려 넘어가질 않았다. 특히 저렇게 가영이 무명에 대한 호기심과 선의를 숨기지 못하고 눈을 빛낼 때에는 더욱더 그랬다.

"그건 맛있어?"

가영은 김이 모락모락 나는 무명의 커피 잔을 보며 맑은 목소리로 물었다. 그러자 무명은 먹어 보라는 의미로 자신의 커피 잔을 가영의 앞으로 밀었다. 가영은 킁킁 냄새를 맡아 보고 아주 살짝 입을 댔다.

"퉤!"

그러곤 곧 인상을 찡그리며 혀를 내밀었다. 소매로 자신의 혀를 문지르곤 죽을상을 한 가영을 보며 무명은 살웃음을 터트렸다.

"으! 써!"

가영은 혀를 빼물고 진저리를 치더니 냉수를 벌컥 마시며 입을 헹궜다. 꼭 코에 이물이 묻어 그르렁대는 새끼 강아지 같았다. 무명은 웃으며 잔을 제 앞으로 다시 당겨 갔다.

"커피에는 카페인이란 성분이 들어 있어. 원래는 카페바제라고 불렸지. 이걸 섭취하면 각성 효과가 나타나. 정신이 맑아지고 집중력도 향상되고 졸음도 사라져."

가영은 떫은 입맛을 다시며 제 배를 문질렀다.

"속 아파."

괜한 것에 혀를 댄 것 같았다. 뭐든 먹는 잡식성이라더니 이렇게 맛없는 걸 먹는 걸 보면 정말 뭐든지 먹는 게 틀림없다. 가영은 쓰린 속을 달래며 인상을 찡그렸다.

"명아. 나랑 배꼽 대고 있을래?"

"풉!"

그 해맑은 물음에 부일은 먹던 북엇국을 뿜었다. 뭘 대고 있어?!

"이따가."

무명이 아무렇지 않게 대답했다. 부일은 무명에게 눈을 부라렸다. 아아! 신이시여! 이 몹쓸 짐승 놈이 저 순진무구한 존재에게 대체 뭘 가르친 겁니까!

"아, 빨래."

한 시간 전에 세탁기를 돌려 둔 것이 생각나 가영은 몸을 발딱 일으켜 주방을 빠져나갔다. 무명의 입가에 비밀스러운 웃음이 피었고 부일은 가영이 완전히 종적을 감출 때까지 기다렸다가 무명에게 속삭였다.

"어르신 번식기예요?"

"뭐?"

무명이 머그잔을 매만지며 심드렁히 되물었다.

"아니 왜 그러니까 동물처럼……."

"번식기가 무슨 뜻인지 몰라서 되묻는 것 같아?"

무명의 말에 부일은 도통 모르겠단 얼굴로 고개를 한쪽으로 기울였다.

"가영 처자를 어떻게 하고 싶으신 겁니까?"

무명은 입을 다문 채 여전히 머그잔만 만졌다. 대답할 가치가 없는 질문이라고 생각하고 있는 것일까.

"인간이든, 짐승이든, 생명이 깃든 것들은 모두 번식에 대한 욕구가 있어요."

"부일."

경고하듯 낮게 읊조리는 목소리에도 부일은 말을 이었다.

"어르신은 딱 하나 남은 종의 생존자 아닙니까. 누구보다 더 강렬할지도 모릅니다. 어쩌면 가영 처자의 몸을 빌려서 그걸 이루고 싶으신 걸 수도 있어요."

"이젠 내 종족 번식까지 걱정해 주다니. 네놈이 노망이 났나 보다."

"모든 것은 때가 있는 법 아닙니까. 어쩌면 어르신에겐 지금이 그때인지도 모르죠. 이미 어떻게 하는지도 아시잖아요. 여자에게 아이를 갖게 해 보신 적, 있잖습니까."

"그래서?"

"가영 처자를 저처럼 부리지 마시고 아예 가족을 만드시는 건……."

"안나는 죽었어."

무명은 머그잔을 매만지던 손을 테이블 위에 묵직하게 내렸다.

"아이를 가진 후에 죽었다고."

"……."

"언제 죽을지 모르는 이 심심하고 기약 없는 인생도, 혼자라는 외로움도 난 싫어. 그걸 누군가에게 물려주기도 싫어. 네 말대로 여자의 자궁을 빌린 적은 있지. 아이를 잉태했다가 결국 둘 다 죽였어. 그 짓은 한 번으로 족해. 다시는 하고 싶지 않아.”

여자의 자궁을 빌린다. 무명은 그렇게 표현하고 있지만 분명 그는 그녀를 열렬하게 사랑했다. 안나. 무명처럼 새하얀 얼굴에 웃는 모습이 유독 예쁘던 여인이었다. 그가 언제 태어나 언제부터 성인의 몸으로 살아갔는지는 모르지만 그 긴 시간을 살아가며 사랑하는 사람 한둘이 없었을 리는 없다.

부일이 알기론 안나가 마지막이었다. 그리고 아마도 무명의 아이를 가진 최초이자 최후의 인간이었을 것이다. 여자는 임신 중기를 넘기지 못하고 시름시름 앓다가 죽었다.

그때 처음으로 목격했다. 무명의 생명을 받아 간 자가 어떻게 세상에서 사라지는지. 여자는 무명의 품에서 순식간에 재가 되었다. 여자는 산 채로 타들어 갔다가 그대로 먼지처럼 흩어졌다. 슬픔을 위로하고 따듯한 온기를 느낄 여유도 없었다. 육신을 따라 영혼도 완전하게. 그 이후로 부일은 무명에게 불로의 인생을 살게 해 달라고 조르는 것을 관두었다. 그렇게 형체도 영혼도 없이 사라져 버리는 것은 싫었다.

“인간은 너무 나약하고, 너무 짧은 생을 살아. 네놈처럼 조금씩 피를 먹여 생명을 연장시켜 줄 수는 있지만, 널 봐. 결국 제발 죽게 해 달라고 내게 시위하고 있잖아. 이 지겨운 생을 누가 영원히 살고 싶어 하겠어.”

“…….”

“가영은 외로움이 힘든 아이이고 나는 그걸 채워 줄 거야. 내가 줄 수 있는 것이 있다면 기꺼이 주겠어. 하지만 그게 다야. 그 아이에게 연민과 동정 이상의 감정은 없어. 내가 줄 수 있는 건 거기까지야."

무명은 자리에서 일어나 개수대에 머그잔을 넣었다. 부일은 무명마저 자리를 뜬 부엌에 앉아 그가 지난번 거실에서 가영에게 한 키스를 떠올렸다. 무명은 분명 가영의 외로움을 그렇게 채워 줄 것이다. 그에게 완전히 중독되어 버리도록. 그는 그렇게 사람을 소유했다. 누구도 예외가 없었다.

그러나 가영을 안나처럼 만들고 싶지 않다는 그의 말은 조금 다른 의미로 다가왔다. 그러니까 조금은 그가 가영을 소중하게 여기고 있다는, 그런 의미. 아니, 어쩌면 아주 많이 소중히 여기고 있다는 의미가 될지도 모른다.

가영은 바구니 가득한 빨래를 이고 밖으로 나왔다. 빨랫줄에 빨래를 하나씩 털어서 널어 두다가 무명의 인기척을 들었다. 햇살이 맑고, 공기가 아주 좋은 아침이었다. 가영은 그가 서서 깨끗한 붕대를 감은 얼굴로 자신을 구경하는 것을 보며 씩 웃었다. 무명은 선이 참 고왔다. 여자인 저보다 훨씬 예뻤다. 그가 붉고 예쁜 입술을 꼭 다물고 있으면 더욱 그렇게 보이다가 하얀 이를 드러내고 웃으면 목울대가 위아래로 움직이는 확연한 남자가 된다.

"왜 항상 건조기 안 써?"

무명이 심드렁하게 물었다. 가영은 나머지 빨래를 힘껏 털어 줄에 널며 대답했다.

"해님 냄새가 좋아서. 그 냄새가 나면 한겨울에도 어쩐지 따듯한 기분이 들거든. 너도, 부일 할아버지도 그 냄새를 늘 맡게 해 주고 싶어서."

"……."

"그리고 부일 할아버지가 햇빛에 말리는 거 진짜 엄청 엄청 좋아하셔. 관절염이 낫는 기분이래."

"그거 헛소리야."

무명의 대꾸에 가영이 키득키득 웃었다. 종달새 소리처럼 예쁜 목소리에 무명의 입가에도 웃음이 피었다.

"생각해 봤는데, 네가 눈을 가리고 있어도 꼭 눈이 보이는 것처럼 움직이는 거. 그거 뭔지 좀 알 것 같아."

가영은 빨래를 줄에 걸고 탁탁 털며 말을 이었다.

"처음 네 피를 먹었을 때 꼭 눈을 감고 있어도 모든 게 다 보이는 기분이 들었거든. 그리고 네가 준 약을 먹을 때도 좀 그렇고. 그래서 명이 네가 느끼는 것도 그런 거 아닌가? 하는 생각이 들어."

다시 빨래를 집으려 몸을 돌렸다. 무명이 바로 코앞까지 와 있었다. 가끔은 인기척을 내고 가끔은 인기척 없이 다가온다. 이럴 때는 귀신처럼 공중에 떠서 오는 건가 하는 의구심마저 생겼다. 어쨌든 무명은 늘 신기했다.

"일종의 초음파 같은 거야. 돌고래처럼 소리로 물체를 보는 거지. 눈을 감고 있어도 나는 네가 어디에 있는지 보여. 다만 색이 없을 뿐이야."

가영은 무명의 앞에 손가락을 들어 보였다.

"몇 개게?"

"두개."

오. 가영이 조용히 손가락을 하나 더 폈다.

"몇 개게?"

"세 개."

이번엔 제 등 뒤로 손을 감춰 주먹을 꼭 쥐었다.

"몇 개?"

"영 아니면 다섯."

가영은 장난스럽게 입술을 깨물고 이번엔 손을 다 폈다. 무명은 곧바로 대답했다.

"다섯."

까르르. 가영은 소리 내어 웃었다.

"명이 너 정말 신기하다! 어떻게 하면 그렇게 다 알아? 나도 네가 준 약을 많이 먹으면 그렇게 될 수 있어? 꼭 마법사처럼?"

"입을 벌려 봐."

"어?"

"어서."

가영이 멍하게 입을 벌리자 무명은 자신의 검지 손을 밀어 넣었다. 짭조름하고 알싸한 맛이 느껴졌다. 무명이 피 맛. 그는 가영의 입안에서 손가락을 빼고 여자의 도톰한 입술을 그대로 한 번 문지른 뒤 가녀린 턱을 들어 입을 맞췄다. 모든 동작은 자연스러웠고 가영은 어색함을 느낄 새가 없었다.

"맞춰 봐."

"어?"

무명은 뒷짐을 지고 있었다. 잠시 후 가영의 몸에 열이 훅 올라왔다. 그의 피가 혈관을 타고 도는 것이 느껴졌다. 솜털이 일어서고 모든 감각이 단잠에서 깨어나는 느낌에 가영은 가쁘게 숨을 내쉬며 눈을 꾹 감았다. 1초, 2초, 3초. 고집스럽게 입을 다물고 감은 눈에 더 힘을 주고 '으으' 소리를 내다가 이내 숨을 내뱉으며 기진맥진하여 눈을 떴다.

"모르겠어! 피 때문이 아닌 거야?"

무명은 목울대를 울리며 웃었다. 그 소리에 둥둥둥 가슴이 고동쳤다. 해님 아래에서 보는 그는 이렇게 따듯한데. 비가 오는 날 적막 속에서 보는 그는 등골이 오싹하게 무섭다. 언제쯤 그에게서 느껴지는 이 이상한 간극이 메꿔질까?

"내 피가 마법의 약은 아니니까. 그저 가지고 있는 능력을 최대한으로 이끌어 내 주는 거. 내 피는 아마 인간에게 그렇게 작용하는 것 같아."

볼에 혈색이 돌고 있는 가영의 한껏 까맣고 풍성해진 머리카락을 무명은 조심스럽게 뒤로 쓸었다. 그 손길에 가영은 기분이 나른해졌다. 저도 모르게 그쪽으로 머리를 기울이고 무명의 손등을 눌러 자신의 뺨에 좀 더 손바닥을 가져다 댔다. 부드럽고 기분이 좋았다.

"명이 네가 조금씩 안 무서워지는 것 같아. 배꼽을 대 보아서인가?"

"그럴지도 모르지."

빨래에서 나는 기분 좋은 섬유 유연제 냄새, 봄바람. 명이에게서 나는 청량한 향이 근사하게 후각을 자극했다. 어쩐지 입안에 침이

고이고 발끝이 저렸다.

가영은 눈을 살며시 뜨고 무명에게 한 발 다가가 부드럽고 촉촉한 그의 입술에 입을 맞췄다. 가영의 뒤꿈치가 땅에서 떨어졌다가 다시 닿았고 무명은 조금 뒤로 주춤했다. 어색하고 그답지 않은 동작에 가영은 번쩍 정신이 들었다.

"미안. 놀랐어?"

"……."

눈을 가린 무명의 표정을 읽기가 힘들었다. 가영은 좌우로 눈을 굴리며 입술을 깨물었다. 잘못한 건가? 그렇지만 무명은 늘 아무런 예고도 없이 입을 맞췄다. 이제 와서 새삼스레 놀랄 필요는 없는 것 아닌가.

"피 때문이야."

그가 조금 더 낮아진 목소리로 말했다.

"응?"

"아마 내 피 때문일 거야."

"……."

피? 아마 너의 몸을 달아오르게 한 건 자신의 피 때문일 거라고. 무명은 그렇게 생각했다. 그는 그렇게 단정 짓고 나서 가영의 허리를 잡아 자신에게 당겼다. 다시 입술이 붙었고 가영의 발뒤꿈치가 바닥에서 다시 떨어졌다. 여자는 무명의 단단한 팔뚝에 손을 얹고 부드럽게 위아래로 쓰다듬었다. 그 서툰 감각이 몸서리치게 좋았다. 무명은 고개를 비틀고 여자의 입안으로 혀를 밀어 넣었다.

어쩌면 부일의 말이 맞을지도 모른다. 이젠 정말 여자와 몸을 섞고 싶어진 것인지도 모른다. 가영은 분명 자신의 리비도를 자극했다. 그녀의 순수함은 무명의 잔인함을 자꾸만 증폭시켰다. 여자를 아래에 누르고 싶은 마음. 그래서 그 순수함을 짓밟고 그것을 더럽히고 싶은 욕구가 샘솟았다. 그러지 못할 이유가 전혀 없다. 어차피 가영은 제 것이었다. 여자는 죽을 때까지 그의 옆에 붙어 있어야 한다. 어쩌면 부일처럼 아주 오랫동안 죽음을 기다리며 살아가게 될지도 모른다.

무명은 가영의 허리에 감은 손을 슬쩍 셔츠 아래로 밀어 넣었다. 부드럽고 야들한 여자의 맨살이 느껴졌다. 무명의 손바닥이 등을 타고 올라가자 가영이 부르르 떨며 신음했다. 그녀는 스스로 느끼지 못하고 있지만 이미 몸이 달아 있었다. 자신의 아래에 무너질 준비가 모두 되어 있었다. 그러니 그러지 못할 이유가 전혀 없었다. 전혀.

무명은 천천히 그러나 확실하게 여자에게서 물러섰다. 뜨끈하게 등을 훑던 그의 손도 셔츠 속에서 빠져나왔다. 가영은 자리에 눈을 감고 서서 휘청거렸다. 여전히 숨이 가빴다.

가영은 힘겹게 눈꺼풀을 들어 올렸다. 무명은 손으로 턱선을 아주 부드럽게 쓸었다. 조금 더 해 줬으면 좋겠다. 조금 더 입술을 부벼 줬으면. 조금 더 등을 쓸어 줬으면. 조금 더. 어쩌면 하루 종일. 그러나 예민해진 고막에 누군가의 발자국 소리가 났다. 가영은 몸을 뒤로 돌렸다.

"누군가, 여기로……."

"맞아. 여기로 오고 있어."

무명은 눈에 감긴 붕대를 풀며 대답했다. 얼마 지나지 않아 덤불 너머로 사람의 모습이 보였다. 차가 들어오지 못하는 좁다란 길목을 따라 남자 두 명이 무명의 집으로 다가오고 있었다.

덕기는 마당으로 들어서며 본 여자아이가 무척 낯익다고 생각했다. 분명 어디선가 본 기억이 있는데 도통 떠오르지가 않았다.

"조금 이른 거 아니야?"

무명의 말에 덕기는 상념에서 깨어났다. 덕기의 비서가 막 무명의 혈관을 찾아 주삿바늘을 넣고 있었다.

"그렇습니까? 제가 날짜 계산을 잘못했나 봅니다."

덕기는 멋쩍게 웃으며 손에 들고 있던 서류 봉투에서 종이를 꺼내 그에게 건넸다.

"지난번 물건들은 좀 어떠셨습니까? 구미에 맞는 것들이 좀 있으셨나요?"

"몇몇은."

무명은 다리를 꼬고 그 위에 서류를 펼쳤다. 무겁게 침묵이 내려앉았고 무명이 서류를 들여다볼 때마다 종이가 부스럭거리는 소리만 간간이 들렸다.

덕기는 무명이 제 입맛에 맞는 출소자의 인적 사항을 뒤적이는 모습을 꽤 인내심 있게 바라보다가 슬쩍 눈길을 창밖으로 돌렸다. 빨래를 다 널은 여자아이가 이번엔 부일과 함께 텃밭에 쪼그려 앉았다. 목장갑을 손에 끼고 잡초를 고르는 손이 빠르고 야무졌다. 건강하고 혈기 넘치는 안색. 맑은 눈동자.

가만있자. 저 얼굴을 내가 어디서 봤더라……?

탁 하고 무명이 서류를 테이블에 던지는 소리에 덕기는 흠칫 눈을 돌렸다. 기묘한 호기심과 적대감이 담긴 무명의 눈을 보자 퍼뜩 이 계집애를 어디서 보았는지가 생각났다. 박판석의 집 앞. 누가 볼세라 차겸이 등 뒤로 감추었던 그 아이가 틀림이 없었다. 덕기는 특유의 침잠한 미소를 지어 보였다.

"처음 보는 얼굴이로군요. 저 아이."

무명은 제 피를 짜기 위해 주먹을 꾹꾹 쥐었다 폈다. 그 모습이 무척 위압적이어서 덕기는 자세를 조금 고쳐 앉고 침을 꿀꺽 삼켰다.

"새로 장만했어. 부일이 너무 낡아서."

"아."

덕기는 다시 환하게 미소 지어 보였다.

"그러셨군요."

"그래. 그러니까 남의 것에 관심은 꺼 주었으면 좋겠어."

무명이 덕기처럼 환하게 미소 지어 보였다. 그의 새하얀 이가 드러나자 덕기는 온몸이 오싹했다.

국장실 밖이 소란스러웠다. 욕지거리와 투덕거림 그리고 번잡스러운 만류의 탄식이 섞여 들다가 이내 벌컥 문이 열리고 수환이 사무실 안으로 들어섰다. 과장이 그의 다리를 붙들고 같이 안으로 들어섰다.

"야, 인마……."

과장이 어쩔 줄 모르고 수환을 잡아당겼지만 수환은 팔을 저어 그를 뿌리치더니 뚜벅뚜벅 다가와 쾅 하고 책상을 내리쳤다.

"근신 처분이라니! 제가 왜 근신 처분을 받아야 합니까!"

국장은 그를 완전히 무시하는 자세로 서류철을 뒤적였다. 그 오만함에 분통이 터져 버렸다. 수환은 그의 서류철을 빼앗아 바닥으로 집어 던졌다. 과장의 얼굴이 허옇게 질렸다.

국장은 짜증스러운 얼굴로 수환을 노려보았다. 수환의 눈에 서려 있는 노기는 조금도 빠져나가지 않았다.

"제가 뭘 잘못했다고 근신 처분입니까?! 예?! 좆같은 다단계 사기범 잡으라고 해서 잡아 처넣었잖아요. 그러면 된 거 아닙니까?!"

"조수환."

국장은 아주 조용히 그의 이름을 읊조렸다. 서 내에서 알아주는 꼴통. 우직하고 강직해서 모두에게 신망이 두터운 총아. 그러나 국장에게 그는 제 앞길에 걸리적거리는 쓰레기나 다를 것이 없었다.

"상사의 지시를 번번이 무시한 것으로 아는데. 아니야?"

"무슨 지시 말입니까? 연쇄 살인범 잡지 말라는 지시? 지금 그것 때문에 이러시는 겁니까? 이러면 더 수상해진다는 거 모르세요?"

"자네가 무슨 사건을 수사하는지 나는 몰라. 다만 감찰과에서 자네가 번번이 조직의 지시를 무시하고 독단적으로 행동해 경찰 내부에 심각한 위험과 지장을 초래한다는 보고만 받았을 뿐이야. 그 정도면 근신 처분은 당연한 결과지."

"좆같은 소리 하네. 씨발."

수환이 욕설을 내뱉자 과장이 그의 등을 철썩 후려갈겼다.

"야! 이 미친 새끼야! 여기가 어디라고! 죄, 죄송합니다, 국장님! 이, 이 새끼가 뭘 잘못 처먹었나……. 야, 너 잘리고 싶어? 어?"

수환은 제 멱을 잡고 끌어내려는 과장을 다시 한번 밀쳤다.

"아, 씨발 좀! 내버려 둬 봐요 좀!"

그는 늘어진 자신의 점퍼를 다시 당겨 입었다.

"내가 하나만 물어봅시다. 이거 누구랑 관계된 일입니까? 정치가? 아니면 사업가? 그니까 어디서 돈을 처먹었냐고! 씨발! 어디서 처먹었기에 형사가 정당한 이유로 수사하는 걸 방해해? 내가 지금 범죄자 인권 되찾아 주자고 이 지랄 해? 그렇게 보여요? 법과 질서 앞에서는 만인이 평등하다며! 어떠한 불의나 불법과도 타협하지 않는 의로운 경찰이 되자며! 경찰 윤리 강령인가 뭔가 만들어 놨으면 지켜야 할 것 아니야!"

"형사가 되기 전에 인간이 먼저 되라, 조수환. 네놈이 길길이 날뛸 때마다 네놈의 동료들이 말려들고, 조직의 기강이 해이해진다는 것도 모르는 한심한 놈이 형사 나부랭이를 하겠다고?"

국장이 조용히 목소리에 힘을 주었다.

"여기는 조직이야. 조직은 조직의 룰이 있고 그 룰을 지켜야만 거대한 몸뚱이가 한 몸처럼 움직일 수 있는 거다. 너 같은 피라미 새끼 하나가 설치고 다닌다고 정의와 도덕이 바로 설 것 같아? 어디서 덜떨어진 개소리를 해."

"그 몸뚱이에 비계가 하도 많이 껴서 움직일 수나 있습니까?"

"배지 내놔, 조수환. 옷 벗기기 전에."

씨발 좆같은 새끼들. 수환은 어금니를 물고 경찰 배지와 총을 책상 위에 내려놨다. 돌아서서 방문을 나서다 그는 성질이 나 가죽 소파 옆에 놓여 있는 쓰레기통을 발로 뻥 찼다. 힘에 못 이겨 쓰레기통이 바닥으로 데굴데굴 굴렀다.

"아, 진짜 저 꼴통 새끼."

과장은 식은땀을 흘리며 쓰레기를 주워 담았다.

"내버려 둬."

국장은 신경질적으로 말하고 기분을 가라앉히기 위해 깊게 숨을 내쉬었다.

"오 과장."

"예, 예. 국장님."

과장이 퍼뜩 몸을 일으켰다.

"저 새끼 저거…… 감시 좀 잘해. 알겠어? 어디 가서 또 또라이 짓하면 오 과장이나 나나 진짜 죽은 목숨이야."

"아, 예. 알겠습니다."

오 과장은 쓰레기통을 바로 세우고 조심스레 뚜껑을 덮었다. 등에서 식은땀이 줄줄 났다. 아, 진짜 저 또라이 새끼. 저건 대체 언제 저 성질 죽이려나. 조만간 저 버러지 놈 때문에 본인의 승진길이 막히진 않을까 전전긍긍해야 하는 자신의 처지가 넌덜머리 났다.

수환은 월세방에 가서 짐을 챙겨 나왔다. 골방에 처박혀 혼자 끙

끙 앓느니 차라리 고향 집에 가서 엄마와 가영과 함께 있는 편이 훨씬 더 나을 것 같았다. 무엇보다 조금 멀리 떨어져 있지 않으면 다시금 경찰서로 뛰어 들어가 버릴 것만 같았다.

치밀어 오르는 화에 머리가 터져 나갈 지경이었다. 뜨거워서 곧 질식해 버릴 것 같은 열이 삭여지지 않아 수환은 차창을 모두 내리고 달렸다. 인적이 드문 고속도로를 달리는 내내 칼바람을 맞으며 화를 식혔다.

돌다리 앞에 차를 대고 글러브 박스를 뒤져 몇 년 전에 처박아 둔 담뱃갑을 찾았다. 애연가였지만 어쩐지 흡연 때문에 체력이 나빠지는 것 같아 담배를 끊은 지가 3년이다. 그래도 오늘 같은 날은 니코틴이 간절했다.

그는 반쯤 비운 담뱃갑과 라이터를 찾아 들고 차에서 내렸다. 가방을 차량 위에 올려 두고 그는 곧바로 담배부터 물었다. 라이터로 불을 지피고 딱 한 모금을 빨아들였을 때 멀리 비탈길 위로 가영이 쏜살같이 내려오는 모습이 눈에 들어왔다.

"오빠! 오빠!"

"저놈 저거……."

다친다고 뛰어 내려오지 말라고 매번 말하는데도 참 말 더럽게 안 듣네. 수환은 막 문 담배를 깊게 한 모금 더 빨고 바닥에 떨궈 담뱃재를 발로 비벼 껐다.

"오빠!"

급하게 뛰어오느라 볼에 홍조가 붉게 피어오른 가영이 헤헤거렸다. 이마에 난 솜털을 손등으로 무심하게 쓸어 내며 그녀는 숨을 골랐다.

"너 나 오는 줄 어떻게 알았냐?"

"아까 봤어! 저어어어어기서 오빠 차 오는 거."

가영은 손가락으로 구불구불한 산길을 가리켰다. 명이네 집은 지대가 높았다. 돌다리 건너 나 있는 도로도 아주 멀리까지 한눈에 보였다. 그리고 그 도로를 타고 들어오는 하얀색 자가용은 언제나 수환의 것이었다. 막 명이네 아침밥 설거지를 하려는데 수환의 차가 보여서 가영은 열 일을 제쳐 두고 달려 나왔다. 하지 못한 설거지는 명이에게 부탁했다. 질색하는 눈치였지만 그것보다는 수환을 마중 나오는 게 더 급했다.

"너 못 본 사이에 살이 좀…… 오른 거 같네?"

"내가?"

가영은 제 몸을 더듬으며 갸웃거렸다. 그런가?

"엉. 어째 혈색도 좋아 보이고. 너 뭐 나 몰래 좋은 거 먹냐?"

"헤헤."

가영은 또 하릴없이 헤헤 웃었다. 머리를 긁적거리며 실없이 웃는 걸 보면 영락없는 꼬마 아이 같았다. 수환은 가영의 뒤통수를 쓰다듬으며 가방을 챙겨 멨다.

"들어가자."

경옥은 아들이 가영과 나란히 집으로 향하는 것을 못마땅하게 바라보았다. 쯧쯧 혀를 차고는 서로의 목소리가 들릴 때까지 가까워지자 냉큼 소리쳤다.

"잘하는 짓이다. 잘하는 짓이야. 어? 경찰서에서 쫓겨난 놈이 뭐가 좋다고 시시덕거리면서 들어와!"

수환은 엄마의 핀잔에 넉살 좋게 미소 지었다.

"캬. 역시 우리 장 보살님. 아직 살아 있네. 살아 있어. 어떤 귀신이 알려 줬어? 나 근신 처분 받았다고?"

"저놈을 어디다 쓸꼬."

경옥이 한탄을 하며 가슴을 쿵쿵 두드렸다. 가영은 수환이 툇마루에 올려 둔 가방을 품에 안고 화장실로 사라졌고, 수환은 툇마루에 앉아 외투의 지퍼를 내렸다.

"너는 하여간 그 성질머리 안 죽이면 조만간 사달 날 테니 그렇게 알아."

"그건 어디서 들은 정보래? 확실한 거야?"

경옥은 아들의 등짝을 매섭게 후려쳤다. '악' 소리와 함께 수환의 몸이 배배 꼬였다.

"이 얼빠진 놈아. 으이구, 장군 할아버지가 네놈 낳지 말라고 했을 때 내가 그 말을 들었어야 했는데. 으이구, 이 머저리 같은 놈!"

"아, 진짜. 엄마야말로 성질 좀 죽여! 어떻게 된 게 나이를 먹을수록 꼬장꼬장해져! 힘도 더 세지고!"

경옥이 다시 손을 들자 수환이 몸을 움찔하며 방어적으로 두 손을 치켜들었다.

"지 명을 지가 단축하지 아주 그냥."

"근신 처분 받은 게 내 탓이야? 세상이 썩은 탓이지. 장군 할아버지한테 물어봐. 뭐 때문에 이렇게 됐나. 그럼 딱 답이 나올걸."

"세상에는 사람 힘으로 안 되는 일도 있어. 그러니 제발 좀 유하게 살아. 해서는 안 되는 일 같으면 포기도 좀 하고. 왜 네 인생을 네가 피곤하게 만들어."

"사람 힘으로는 안 되는 일이 있어도, 경찰 힘으로 안 되는 일이 있으면 안 되는 거야. 그게 내 신조야. 그래야 억울한 사람이 없는 정의로운 사회가 되지. 안 그래? 장 보살?"

수환이 애교 있게 씩 웃어 보였다. 장 보살은 아들의 넉살 좋은 웃음에 쯧쯧 혀를 차며 시선을 허공으로 돌렸다. 지쳐 보이는 눈매가 오늘따라 더 우울해서 수환은 경옥의 몸을 눈으로 천천히 훑었다.

"요새 영 기운이 없어 뵈네? 병원 가서 검진이라도 받아야 되는 거 아니야? 지금이라도 읍내로 나가 볼래?"

"아서. 죽을 때가 돼서 그런 거니까."

"거참. 말을 해도. 가영이가 얼마나 우리 보살님을 챙기는데, 애 들으면 섭섭해하겠네."

"……."

아들의 말에 경옥은 덜그럭덜그럭 그릇을 꺼내는 소리가 들리는 주방으로 시선을 돌렸다. 저 착하고 둔해 빠진 것. 그래서 제 팔자를 망칠 모지란 것.

"수환이 너."

"응?"

"너 가영이한테 자꾸 정 주지 말어."

"……."

수환은 인상을 찌푸렸다.

"뭔 소리여."

"저년한테 자꾸 정 주지 말라고. 그러다 진짜 너한테 정붙일라."

"……."

열한 살 때 이곳에 와 자그마치 9년. 그 긴 세월을 함께했으면서도 경옥은 여전히 가영에게 모질었다. 원래 누군가에게 사근사근한 타입은 못 되는 모친이지만 적어도 세상 만물에 대해 나름의 깊은 애정은 가진 사람이었다. 그런 모친이 유독 가영에게만은 그렇지가 않았다. 수환은 살면서 단 한 번도 경옥이 가영에게 따듯한 말 한번 건네는 것을 보지 못했다.

차라리 매를 들거나 혼을 냈다면 어쩌면, 가영에게 그나마 잔정이라도 있다고 생각했을지도 모른다. 그러나 경옥이 9년 동안 가영에게 했던 것은 '무시' 였다. 있는 듯 없는 듯. 경옥은 늘 가영을 투명인간 취급 했다. 있어도 그만 없어도 그만. 갑자기 부모와 형제를 잃고 천애 고아가 되어 버린 가영에게 경옥의 태도는 그래서 더 아프고 모질었다.

간밤에 소변을 지렸을 때, 악몽을 꾸었을 때, 그리고 첫 월경을 했을 때 가영이 찾은 것은 경옥이 아니라 수환이었다. 밤중에 울면서 문을 열고 들어오는 가영을 수환은 매번 따듯하게 품어 주었다. 이불을 빨아 주고, 곁에 자리를 내어 주고, 가영의 첫 생리대를 사다 주고, 축하한다고 작은 케이크에 초를 켜 준 것도 수환이었다.

수환은 가영에게 엄마였고, 아빠였고 또 오빠였다. 가영에게도 수환이 애틋하지만 수환에게도 가영은 애틋할 수밖에 없다. 정을 주지 말라 한다고 그게 말처럼 되나? 이미 온전히 가영에게로 정이 가 있는 것을.

"그게 뭐 잘못된 거야? 가영이가 나한테 정붙이는 건 당연하지."

"저년, 이 세상에 발붙이고 살 년 아니야."

수환은 말문이 막혀 '허' 하고 웃었다.

"아니, 뭐 그럼 이 세상에 발붙이고 안 살면? 저승 가서 발붙이고 살아야 돼? 그런 말이야?"

"저년은 여기 살면 죽어."

무슨 소리야, 이게. 수환은 눈살을 찌푸렸다. 세상이 이승이 아니면 저승이지. 여기서 못 살면 그럼 어디서 산단 말인가? 경옥은 못마땅하고 불안하게 붉어진 아들의 얼굴을 보며 다시 혀를 찼다.

"이게 다 업보인 거지. 너나, 나나 전생에 무슨 죄를 지어서 저런 년을 만나 사는지……."

"무슨 말이야 자꾸."

수환의 언성이 까랑까랑하게 높아지자 경옥은 다시 자리에 누웠다.

"가영이가 뭐가 어때서 그래. 나는 불쌍하고 잘해 주고 싶기만 한데. 하여간 엄마는 왜 이렇게 모질어 사람이. 그래 가지고 극락에나 가겠어? 심보가 그렇게 못돼서?"

"네놈이나 극락왕생해라. 이 등신 같은 놈아."

경옥은 뾰족하게 대꾸하며 획 돌아누웠다. 어릴 때나, 지금이나 제 어미의 속을 도저히 읽을 수가 없었다. 헛소리를 하는 것인지 진담을 하는 것인지, 몸에 여러 명의 신을 받아 모시고 사는 어미는 가끔은 제 언어로 가끔은 그 귀신의 언어로 말을 했다. 수환은 아직도 그것을 분간할 수가 없었다.

엄마와 함께 있으면서도 모정을 제대로 느낄 수 없는 그 헛헛함을 과연 경옥은 알고나 있을까. 수환은 모로 돌아누운 경옥의 모습을 조금 더 바라보다가 곧 자리에서 일어섰다.

가영은 가마솥 가득 물을 부었다. 수환의 속옷과 하얀 티셔츠를 바구니 가득 담아 한편에 밀어 놓고는 낡고 오래된 아궁이에 불을 붙였다.

후우— 후우— 불길이 더 잘 일어나게 입김을 불어 넣는 가영의 얼굴은 뜨거운 불길에 붉게 달아올랐다.

"이거 아직도 써?"

가영은 게슴츠레하게 뜬 눈으로 뒷문에 앉아 있는 수환을 바라보다 배시시 웃었다.

"응. 집 안에서는 가마솥을 못 끓이니까."

집을 개조하기 전에, 그러니까 수환이 아주 까마득하게 어릴 때나 사용하던 아궁이였다. 지금은 금이 가고 여기저기 망가진 그 아궁이를 가영은 여전히 사용했다. 가영이 비누로 애벌빨래한 속옷과 셔츠를 저렇게 한 번 솥에 펄펄 끓이고 나면, 누렇고 꾀죄죄했던 천들은 모두 깨끗하고 뽀얗게 변했다. 햇살 아래 풀을 먹인 것처럼 빳빳하고 뽀송한 옷가지를 꺼내 입으면 수환은 늘 기분이 좋고 편안했다.

불을 다 붙인 가영이 바르작거리며 가마솥 안에 애벌빨래한 속옷과 천 뭉텅이를 넣었다. 철퍽철퍽. 찰그락찰그락. 물에 젖은 천들이 들어가는 소리, 드르륵하고 가마솥 뚜껑이 닫히는 소리. 후우— 후우— 몇 번 더 불길을 불고 장작을 집어넣는 소리. 자작자작. 그것이 타들어 가는 소리.

수환은 열심히 움직이는 가영의 작고 둥근 등을 바라봤다. 언제부터인가 수환은 가영이 주변에만 있으면 자꾸 졸음이 쏟아졌다. 각박하고 쉴 틈이라고는 조금도 없는 생활을 하다가 이렇게 시골로 내려와 가영이 부지런히 움직일 때마다 나는 가영의 숨소리, 움직이는 소리, 조잘거리는 목소리 같은 것을 들으면 그제야 비로소 마음이 놓였다. 쉬고 싶고 눈꺼풀이 무거워졌다.

수환은 뒷문을 열어 놓고 그 앞에 모로 누웠다. 흙바닥에 서걱거리는 가영의 분주한 발소리를 들으며 그냥 잠이 들어 버렸다.

무명이 준 알약을 망설임 없이 입안에 털어 넣은 가영의 행동은 평소보다 열 배쯤 빨랐다. 경옥과 수환에게 점심을 차려 준 뒤 가영은 서둘러 무명의 집으로 들어가 밥을 차렸다. 청소를 하고 빨래를 개고, 다시 널고 화장실을 정리하고 설거지를 한 뒤 가영은 가타부타 말도 없이 집을 뛰쳐나가 산에 올랐다.

가영이 다시 무명의 집으로 돌아왔을 때는 이미 해가 뉘엿뉘엿 지고 있을 때였다. 가영은 배낭에서 쑥과 두릅을 꺼내 주방 싱크대 위에 좌르륵 쏟아 냈다. 뭐에 정신이 홀랑 빼겼는지 거실에 책을 들고 앉아 있는 무명이나 노곤하게 졸고 있는 부일은 보이지도 않는 모양이었다.

무명은 인상을 찌푸리고 부엌으로 어슬렁어슬렁 가영을 좇아 들어갔다.

'빨리, 빨리' 가영은 혼잣말을 하며 부산스레 가방에서 두릅과 쑥을 다 쏟아 내는가 싶더니 절반만 덜어 내고 절반은 다시 비닐에 넣어 꽉 묶었다.

"그건 누구 주려고?"

"명아. 내가 밥과 반찬은 해 두고 갈 테니까 이따가 꺼내 먹어. 알겠지?"

가영은 과도를 꺼내 분주하게 두릅을 다듬었다. 목소리가 전에 없이 신나 보이자 무명의 입술이 더 굳었다.

"너 지금 두 집 살림 하는 거야?"

"아까 점심에 해 놓은 반찬이랑……."

무명은 다듬어지지 않은 두릅을 손으로 가렸다. 덕분에 목표물을 잃은 가영의 손이 멈췄고 비로소 분주했던 시선을 들었다.

아이, 예뻐라. 한일자로 꾹 다물린 무명의 새초롬한 입술을 보며 가영은 방그레 웃었다.

이 계집애가.

"웃지 마. 나랑 장난해?"

무명이 더 낮은 목소리로 묻자 이번엔 키득키득 웃음이 터져 나왔다.

"수환 오빠는 음식 못하거든. 차릴 줄도 몰라. 집에 밥 수저가 어디 있는지도 모르고. 근데 명이 너는 그런 거 다 잘 알잖아. 부일 할아버지도 있고."

"그 집에도 할머닌가 뭔가 있잖아."

"아. 할머니 몸이 좀 안 좋으셔. 그리고 수환 오빠도 집에 자주 안 와서. 게다가 몸 쓰는 일 해서 꼬박꼬박 밥 잘 먹어야 하기도 하고……."

"그럼 나는?"

무명의 말에 가영은 눈을 깜빡였다.

"명이 너?"

"그래. 나."

가영은 고개를 갸웃거리더니 다시 눈을 깜빡였다.

"명이 너는, 엄청 세잖아. 너는 엄청 엄청 세잖아. 세상에서 제일 세잖아."

"……."

그 순진무구한 눈을 깜빡거리는데 더 할 말이 없었다. 그냥 머릿속이 하얗게 비어 버렸다. 수환 오빠인가 뭐시깽인가가 형사라고 했나? 무명은 아침의 일을 상기시켰다. 가영이 부엌에서 설거지를 하다가 멈추더니 세제를 묻힌 스펀지를 무명의 손에 쥐여 주고는 그대로 뛰어나갔다. 저를 그렇게 두고 가 버리기에 무슨 큰일이라도 났나 싶었더니 고작 그 수환인가 뭔가 하는 그지 같은 놈을 마중하러 비탈길을 쏜살같이 뛰어 내려간 것이다. 그것도 한 번의 자빠짐도 없이.

누가 그런 데 쓰라고 알약을 줬던가. 집중력을 향상하여 학업에 매진하라고 줬지.

가영은 두릅을 가리고 있는 무명의 손을 들어 제 머리 위에 얹고는 그 따듯한 감촉에 '헤헤' 웃었다. 백치 같은 맑은 웃음이 예전에는 마냥 편안했는데 이제는 갑갑해진다.

"명아 이따가 나 책 읽으러 와도 돼?"

가영은 눈을 반짝이며 구김살 없이 물었다. 안다. 머릿속에 아무것도 들어 있지 않다는 것을. 그래도 무명은 다시 한번 여자의 입술을 씹어 피를 맛보고 싶었다. 그 아무것도 없는 머릿속을 그래도 한 번 들여다보고 싶다. 그래서 가영 자신은 눈치채지 못하는 그 속내를 자신이 대신 읽어 내고 싶었다.

가영은 집으로 들어와 저녁밥을 차렸다. 상다리 부러지게 차려 놓은 밥상을 수환은 게걸스럽게 먹어 치웠다. 밥그릇을 깨끗하게 비운 후 따듯한 물로 샤워를 하고 나와 보니 가영의 모습이 보이질 않았다.

수환은 부엌으로 힐끗 시선을 던졌다. 설거지까지 말끔하게 정리된 부엌은 깨끗했다. 수환은 몇 번 더 주변을 훑으며 가영을 찾다가 물기를 털어 내고 귀를 닦은 수건을 빨래 통에 던져 넣었다. 뭐, 어딘가에 있겠지. 잠깐 밭에 가 있다거나, 솥단지에 가 있다거나, 여하튼 금방 오겠지.

수환은 대수롭지 않게 생각하며 리모컨을 뒤적여 TV를 틀었다. 베개를 베고 잠시 졸았다가 설핏 눈뜨자 뉴스에서 일기 예보가 나오고 있었다. 맑은 날씨가 계속될 거라는 기상 캐스터의 이야기를 흘려듣고 눈을 드니 시침이 숫자 10을 가리켰다.

벌써 시간이 이렇게 됐나. 수환은 자리에서 일어나 주위를 두리번거렸다. 경옥은 일찌감치 잠자리에 들었고, 가영은…….

"가영아."

수환은 가영의 방 쪽으로 목을 빼고 대답을 기다렸다.

"박가영."

대답이 없었다. 수환은 주섬주섬 자리에서 일어나 가영의 방문을 삐걱 열었다. 어두운 방 안에는 아무도 없었다. 수환은 다시 시계를 쳐다봤다. 10시.

"박가영!"

수환이 마당을 향해 소리치자 닭들이 푸드덕거렸다.

"이노무 지지배가."

수환은 외투를 입고 손전등을 하나 챙겨 들어 집에서 나섰다. 달빛이 밝아 길은 그렇게 어둡지 않았다. 그러나 아무리 그래도 밤이었다. 수환은 손전등으로 산길을 살폈다. 버스럭버스럭 소리가 가까워지더니 산 윗길에서 가영이 룰루랄라 콧노래를 부르며 내려오는 것이 보였다.

"야!"

수환이 버럭 소리를 지르며 손전등을 마구 흔들어 보이자 가영이 반갑게 손을 흔들며 뛰어 내려왔다.

저거 봐 저거! 뛰지 말라니까!

수환은 헤헤 실실 제 앞에 선 가영의 머리통을 망설임 없이 쥐어박았다.

"아야!"

"너 제정신이야! 인마! 내가 해 져서 돌아다니지 말라 그랬지! 위험하다고!"

가영은 이마를 부여잡고 울상을 지었다.

"그치만…… 밤이 아니면 책을 볼 시간이……."

수환은 가영의 이마를 한 대 더 쥐어박았다.

"아야!"

"너 오빠가 그 집 밤에 가지 말라고 했어! 안 했어!"

"……했어."

"이노무 지지배가 아주 그냥 큰일 나려고 어딜 밤중에 여자 혼자 찾아가!"

"그래도……."

"너 한 번만 더 그 집에 밤에 찾아가 봐. 어? 아주 그냥 다리를 확 그냥 어? 분질러 버릴 테니까."

가영은 하는 수 없이 고개를 끄덕였다. 수환에게 걱정하지 말라고 무어라 항변이라도 해 보고 싶었지만 딱히 항변할 수 있는 게 없었다. 그 집에 자꾸만 밤중에 찾아가지 말라는 수환의 말을 늘 새기고 있으면서도 가영은 항상 밤이 되면 서고를 찾아갔다. 약도 얻고 싶고 책도 보고 싶었지만, 그것보다는…… 자꾸만 무명과 배꼽을 대고 싶었다.

무명이 자신을 만지거나, 아니면 자신이 무명을 만질 때의 느낌이 너무 좋았다. 따듯하고 아늑하고 또 간지러운 그 기분을 자꾸만 자꾸만 느끼고 싶었다. 이게 뭔지는 모르지만 은밀하고 남에게 들켜선 안 되는 짓이란 건 안다. 나쁜 짓 같기도 하다. 그러니까 수환에게 말해선 안 된다. 그러니 항변할 수가 없었다. 대신 그저 고개를 끄덕일 수밖에 없다.

수환이 있는 동안에는 아무래도 밤중에 무명을 찾아가는 것은 못할 것 같았다. 그럼 명이랑 배꼽을 대 볼 수도 없는 건가. 명이 옆에 앉아서 책을 보면 되게 기분 좋은데. 그것도 못 하는 건가. 예쁜 달빛이 들어오는 그 동굴도 되게 좋은데. 이젠 그 달빛 아래에서 명이랑 같이 놀 수 없는 건가.

"오빠는…… 서울 언제 가?"

"그건 왜 물어?"

"……아니. 그냥."

가영은 바닥을 비비적거리다가 수환을 따라 집으로 발걸음을 뗐다. 어쩐지 걸음이 무거웠다. 명이에게 이제 당분간 밤에 못 가게 되었다고 말해야 할 텐데, 그것도 막막했다.

이상하게도 명이는 오늘 화를 많이 냈다. 뭐라고 해도 잘 웃지도 않고. 기분이 나쁜 것 같은데 뭘 해도 풀리지가 않는다. 내일 감자전을 좀 부쳐 줄까. 내일 딸기 따는 것을 도와주면 좀 괜찮아질까? 수환이 가영에게 뭐라고 뭐라고 계속해서 잔소리를 하는 것 같았는데 가영은 한 마디도 귀담아듣질 못했다. 마음은 무명의 집 서고에 가 있었고 생각은 벌써 무명의 딸기밭에 가 있었다. 노릇노릇한 감자전, 새콤달콤한 딸기. 그리고 어쨌든 무명이었다.

파동

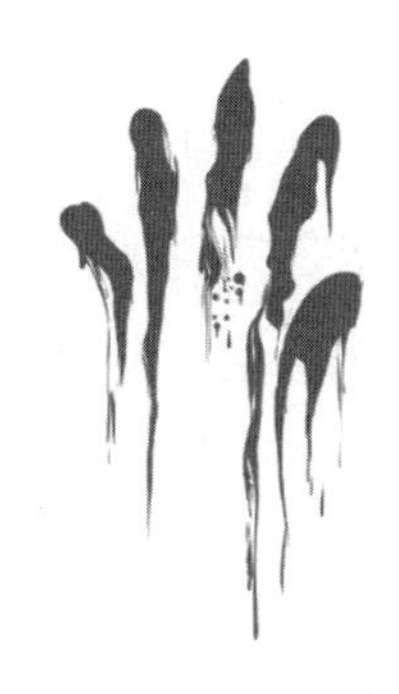

"이게 또 밥 차려 놓고 어디 갔어!"

수환은 김이 모락모락 나는 밥상이 경옥의 방에 펼쳐져 있는 것을 보고 대뜸 소리부터 질렀다. 경옥은 수저를 뜨다 말고 혀를 찼다.

"걔가 어디를 가건 그게 너랑 무슨 상관이야. 와서 밥이나 처먹어!"

"다 큰 기지배가 자꾸 집에는 한시도 안 붙어 있고. 요즘 봄바람 났어? 걔?"

수환은 투덜거리며 아랫목에 엉덩이를 대고 앉았다. 구시렁거리는 말투엔 불만이 펑펑 묻어났다.

"너는 해 다 떠서 일어나 가지고는 가영이부터 찾냐? 걔가 네 마누라야?"

수환은 점심때가 돼서야 잠에서 깨어났다. 가영은 그가 일어나 화장실로 향하는 것을 보자마자 부지런히 밥과 국을 퍼 상을 차렸다. 수저까지 깔끔하게 내어놓고는 똥 마려운 강아지처럼 안절부절못하기에 경옥은 수환이 시켜 상은 부엌에 들여놓겠다며 가영을 내보냈다. 그랬는데도 그녀는 쉽사리 발길을 떼지 못했다. 경옥이 언성을 높여 앞에서 얼쩡거려 정신이 사납다고 타박하자 그제서야 더 망설이지 않고 집을 나섰다. 경옥은 이미 마음이 콩밭에 가 있는 애를 단도리 하려 드는 제 아들이 그저 한심했다.

"또 윗집 간 거 아냐?"

"갔으면?"

그래서 네가 뭐 어쩔 거냐는 경옥의 말투에 수환은 뜨던 숟가락을 상에 탕 내려놨다.

"갔으면이라니! 그러다가 어? 큰일 나면 어쩌려고!"

"그년 이제 스물이야, 이것아. 언제까지 끼고 돌 참이야? 이제 시집가도 될 나인데."

수환이 펄쩍 뛰었다.

"시집은 무슨! 요즘엔 다 서른 넘어서 가는 그런 시대야! 엄마는 잘 알지도 못하면서. 그리고 가영이 아직 걔 어른 아니야. 나이만 먹었지 아직 어린애라니까. 그런 애가 시집은 무슨 시집이야! 걔는 아직 한참 멀었어! 어른 되려면! 아직은 내가 보살펴 줘야 한다고."

"주접떨고 있네. 지 인생 단도리도 못 하는 놈이……."

"하여간 장님은 안 돼!"

"육갑을 떨어라."

"안 돼! 가영이가 아까워!"

수환은 밥을 거칠게 퍼서 입에 넣었다. 스물, 가영의 나이를 가리키는 그 숫자는 그저 숫자에 불과한 것이다. 수환에게 가영은 언제나 어린애였다. 항상 친구가 없어 외로워하는 어린아이. 수환이 가영에게 무명과 부일을 소개시켜 준 건 외로운 누이에게 마음을 둘 만한 친구를 만들어 주기 위해서였다. 설마…… 가영이 그 눈먼 놈이랑…… 눈이라도 맞…….

수환은 도리도리 머리를 저었다. 안 돼. 절대 안 돼. 생각하는 것만으로 서늘하게 피가 식었다. 아직 수환은 가영을 다른 남자에게 보낼 준비가 되지 않았다. 그 옆에 다른 놈이 서 있는 꼴은 죽었다가 깨어나도 못 본다. 누가 돼도 못 미덥다. 수환은 우격다짐하듯 입에 밥을 퍼 넣었다. 어서 그릇을 비우고 가영을 찾아 나서야 했다. 설마 진짜 그놈이랑 눈이라도 맞았을까 봐 마음이 초조했다.

무명은 오전 내내 집 뒷마당 비닐하우스에서 부일과 고추 모종을 옮겨 심었다. 100여 개의 포토들을 일렬로 잘 늘어놓고 집에 돌아오니 가영이 감자전을 부치고 있었다.

프라이팬을 탁 쳐서 전을 뒤집더니 혀를 빼꼼 물고 막 다 익은 전을 그릇에 옮겨 담았다. 전은 이미 산처럼 쌓였다. 킁킁킁 코끝에 스치는 냄새가 회를 동하게 만든다. 무명은 주방 앞에 멍하게 섰고 부일은 더러워진 손을 닦으러 화장실로 향했다.

가영은 인기척을 느끼고 고개를 들더니 무명을 보고는 히죽 웃었다.

“안녕.”

"……."

무명은 고소한 향에 이끌려 부엌 안으로 들어갔다. 가영은 젓가락을 무명의 손에 들려 주려다가 아직 흙으로 범벅이 되어 있는 걸 발견하고는 제 손으로 주욱 감자전을 찢어서 무명의 입 앞에 내놓았다.

"자. 아."

무명이 조신하게 입을 벌리자 가영은 그 안에 쏙 전을 밀어 넣었다. 햄스터처럼 볼이 나온 채 오물거리는 모습을 지켜보며 가영은 헤헤헤 웃고는 미지근한 물에 행주를 적셔서 무명의 손을 깨끗하게 닦기 시작했다. 더러운 흙먼지가 뽀얀 손에서 뽀득뽀득 닦여 나갔다.

"너. 걔한테도 이렇게 해 줘?"

무명이 별안간 물었다.

"누구?"

"걔."

걔라고 지칭하는 목소리가 뾰족해서 가영은 한 번 고개를 갸웃거렸다. 걔?

"수환 오빠?"

"응."

가영의 얼굴에 무엇 때문인지 모르는 홍조가 발그레 피었다.

"아니. 수환 오빠는 내 도움 같은 거 필요 없어. 수환 오빠는…… 엄청 어른이잖아."

"……그럼 난 애야?"

"……."

하긴. 누가 나이가 더 많냐고 따지면 당연히 무명이었다. 수환은 이제 서른이었지만 무명은 몇 살인지도 모를 만큼 오래 살았지 않나. 그런데 왜 수환과는 다르지? 수환의 밥을 차리고 옷을 빨아 주면서도 가영은 한 번도 자신이 수환을 돌보거나 도움이 된다는 생각은 하지 않았다. 어떻게든 도움이 되고 싶은 마음이야 늘 갖고 있지만, 그것보다는 그에게 받은 것을 이렇게라도 되돌려 주고 싶다는 '보은'의 마음이 더 강했다.

그런 마음에 비하면 가영이 무명에게 갖고 있는 것은 또 달랐다. 무명에게 필요한 사람이 되고 싶다는 마음은 그에게 도움이 되거나 '보은'하고 싶은 마음보다 그저 그를 어루만져 주고 싶다는 바람이 훨씬 더 깊고 강했다. 처음 만났을 때부터 그의 이름을 부르고 반말을 한 것이, 시작을 '친구'로 한 것이, 그런 마음이 들게 하는 건가 가영은 그것을 곰곰이 생각했다.

"몰라. 넌…… 넌 그냥 무명이야."

그것 말고는 설명할 말이 없었다. 그냥 그는 무명이니까. 그것 말고 또 무슨 이유가 있단 말인가.

무명은 여자의 손에서 행주를 빼내고 두 손을 가만히 끌어 자신의 허리에 둘렀다. 배꼽이 딱 마주 닿았다. 포근하고 익숙한 온기에 가영의 몸이 훅 빨려 들어갔다. 그녀는 자연스레 명의 쇄골에 뺨을 대고 안겼다.

"걔랑 이런 거 해?"

"……."

가영은 또 곰곰이 생각에 잠겼다. 어릴 땐 수환의 품에 무척 자주 안겼다. 울면 늘 수환이 가영을 품에 안고 토닥여 재웠다. 자장가처럼 안정되는 손길을 엄마의 것이라 생각하며 잠들고는 했었다. 최근에는 그런 적이 없지만.

뭐라고 대답해야 할지 어려워 한참 망설이다가 가영은 고개를 끄덕였다. 어쨌든 수환은 가영을 안고 업어서 키웠으니까.

무명은 가영의 턱을 잡아 위로 들었다. 예쁘장한 입매가 자신의 입술에 말랑하게 닿았다. 그 접촉이 너무 달아서 가영은 기꺼이 입을 벌렸다. 그러나 가영의 기대와는 달리 무명의 입술은 아주 짧게 접촉하고 곧 떨어졌다.

"이런 건?"

"……."

가영은 재빠르게 대답할 수가 없었다. 감겼던 눈꺼풀이 아주 나른하게 올라갔다. 붕대에 감겨 있는 무명의 붉은 눈을 이 순간만큼은 제대로 보고 싶었다. 가영은 발꿈치를 들고 무명의 입술에 자신의 입술을 꼭 가져다가 대었다. 허리에 감긴 무명의 손이 셔츠 아래로 들어와 등을 타고 올랐다.

'아' 하는 나른한 숨이 새어 나갔다.

"이런 건?"

달큰하고 뜨거운 숨결이 가영의 입가에 닿았다. 갈증에 입술이 마르고 몸이 훅 뜨거워졌다. 맨등을 쓸어 오는 그의 손은 이토록 차가운데도 말이다. 어쩐지 현기증이 몰려왔다. 여자는 혼곤하여 무명의 너른 어깨에 얼굴을 기댔다. 시리고 뜨겁고 황홀한 것이 척추를 따라 간지럽게 흘러내렸다.

"말해 봐. 그 남자랑 이런 것도 해?"

"안 해."

가영은 고개를 저으며 몽롱하게 말했다.

"왜?"

무명이 다시 물었고 가영은 고개를 휙 들어 그런 무명을 올려다보았다. 왜라고 묻는 그를 이해하지 못하겠다. 꾹 다문 엄격해 보이는 입술만 보아서는 도저히 그의 표정을 읽을 수가 없었다. 어떤 대답을 해야 만족할는지 그것도 알 수가 없었다. 어째서 왜라고 묻는 걸까. 그건 수환과도 이렇게 해 보라는 건가? 그런 뜻인가?

"너…… 너랑, 처음 해 보는 거니까."

"그럼 그 남자랑 할 거야?"

"뭐, 뭘?"

"이런 거."

무명의 손이 등을 돌아 가슴으로 올라왔다. 손가락이 브래지어를 파고들더니 가슴을 와락 잡았다. 가영은 헉하는 소리를 냈다. 눈앞이 번쩍했고 무릎이 꺾였다. 찌릿한 감각이 머리부터 발끝까지 여체를 관통했다. 무명은 팔로 여자를 더 당겨 자신에게 붙이고 한껏 드러난 목덜미를 입술로 쓸어 올렸다. 가녀린 여체가 부르르 떨었다.

가영은 그의 가슴팍을 밀고 품에서 빠져나왔다. 무명의 손에 의해 어중간하게 위로 올라간 브래지어를 내리고 셔츠의 매무새를 만졌다. 떨리고 뜨겁고 버거운 기분이 무서워 가영은 정신없이 제 머리카락을 훑어 올렸다. 그래도 자꾸만 자꾸만 흐트러지는 것 같다.

"그 남자랑 할 거야?"

무명은 낮은 목소리로 말했다. 어느새 그는 농사일을 마치고 온 무명이 아니라 사냥을 나갔다 돌아온 혈귀처럼 보였다. 가영은 눈을 빠르게 깜빡였다.

"수환 오빠는 이러지 않아. 수환 오빠는 나, 나한테 입을 맞추지도 않고, 또 이렇게……."

어쩐지 화르륵 열이 올라 입술을 한 번 악물었다가 최대한 조용히 말한다는 걸 저도 모르게 언성이 높아졌다.

"막 내 찌찌를 주무르지도 않는다고!"

와장창! 하고 거실에서 뭔가가 부서지는 소리가 들렸다.

아, 아이고…… 아이고…… 부일이 곡을 하며 바닥에 떨어진 바둑알을 버들버들 주워 올렸다. 가영은 어쩐지 울고 싶어졌다.

"그래서 싫어?"

"뭐?"

어지러움에 저는 머리가 휘청휘청하는데 무명은 아무렇지도 않아 보였다. 언제나 무명과의 접촉에 달뜨는 건 저 혼자다.

"내가 널 만지는 거."

"모, 몰라. 좋기도 하고, 그런데…… 무섭기도 하고……."

무명은 조금 물러난 가영에게 가까이 다가왔다. 가영이 한 발 주춤 물러서자 여자의 손을 잡아 자신의 가슴에 올렸다. 다시 두근두근 고동 소리가 느껴졌다. 무명은 손을 들어 부드럽게 여자의 잔머리를 훑었다. 그 비단처럼 미끈한 감촉에 가영은 다시 노곤하게 녹았다. 무명은 새끼 강아지의 머리를 쓰다듬듯 가영의 뺨을 쓰다듬었고 그럴 때마다 가영의 눈꺼풀이 나른하게 감겼다가 들렸다.

무명은 가영의 광대뼈를 쓰다듬다가 턱선을 타고 목덜미까지 부드럽게 손을 내렸다. 손가락으로 윤곽을 훑으며 어깨를 지나 다시 가슴으로 내려가자 가영은 설핏 인상을 쓰더니 얌전히 그의 손길을 기다렸다. 호기심이 가득한 표정이었다. 그게 어떤 느낌이었는지 다시 떠올리려는 거 같기도 하고 아까의 그 느낌을 다시 느끼고 싶어 하는 것 같기도 했다. 벌어진 가영의 입술로 단내가 났다. 이 얼마나 순진무구한 존재인가. 무명은 가영의 젖가슴 위 심장 부근을 지그시 눌렀다.

"가영."

어. 거기가 아닌데? 가영은 애매한 위치에서 멈춘 무명의 손에 골몰하다가 자신을 부르는 소리에 고개를 들었다. 그의 얼굴에는 말간 미소가 걸려 있었다. 왜 웃지? 난 심각한데. 그는 다시 한번 부드럽게 가영의 턱을 훑었다.

"그 남자 앞에선 이렇게 하지 마."

"어, 어떤 거?"

무명의 손가락이 도톰한 가영의 아랫입술을 톡 건드렸다.

"이렇게 입을 벌리고 아무것도 모른다는 표정으로 올려다보는 거."

"……."

가영은 인상을 썼다. 쉬운 말인데도 그는 정말 알아들을 수 없는 말을 하곤 한다. 요즘 들어 더 많이.

"넌 정말 이상해."

가영은 고개를 도리도리 젓고 싱크대로 가 분주히 요리 도구를 정리하기 시작했다. 무명은 그 모습을 한참 동안 쳐다보다가 부엌을 빠져나왔고 부일은 제 주인의 눈치를 면밀히 살피며 입을 뗄 기회만 엿보았다.

부일의 눈에도 무명은 이상했다. 웬만한 세상사, 일어나는 일들은 다 겪어 본 그는 뭘 해도 침착했다. 모든 것에 익숙해서 무관심하고, 뭐든 시큰둥했다. 그러나 요즘의 그는 다소 감정적으로 보인다. 특히 가영에게 하는 짓을 보면 다분히 충동적으로 생각 없이 뭔가를 저지르는 느낌이 들었다.

예전의 일을 떠올렸다. 그러니까 안나의 일. 무명은 여인을 사랑해도 표가 나지 않았다. 언제나 장막 뒤에서 움직였다. 그는 여인에게 상냥했지만 사랑을 속삭여 주진 않았다. 늘 듬직하고 무거웠지만 그만큼 무뚝뚝하고 말이 없었다.

그는 뭐랄까, 불처럼 사랑하는 남자도 아니고 햇살처럼 사랑하는 남자도 아니고 언제나 어둠처럼, 달빛처럼, 안개처럼 여자를 대하는 남자였다. 여자에게 욕정을 느껴도 그것이 밖으로 드러난 적도 없었다. 그렇게 패기와 혈기가 넘치는 청년 같은 남자도 아니었다. 하지만 가영에게 하는 것을 보자면 그는 번식기 짐승처럼 굴었다. 킁킁거리며 탐색하고 다른 이가 제 암컷에게 냄새를 묻힐까 봐 신경이 곤두서 있었다.

무명이 어느 정도 가까워 오자 부일은 그에게 속삭이기 위해 입을 뗐다.

어르신. 아무래도 어르신은 가영 처자를 좋아하는 것 같습니다요.

"입 다물어."

말을 하기도 전에 무명이 경고했다. 목소리에 언짢음이 잔뜩 담겼다. 부일이 무슨 말을 하려는지 알고 있는 눈치였다. 부일은 입을 다물고 그를 향해 눈을 가늘게 떴다. 남의 눈에도 뻔히 보이는 것을 본인은 인정하지 못하겠다는 건가? 아집을 부리는 주인이 어쩐지 어리숙한 사내로 보인다. 이제 그만 인정하라는 말이라도 하려는 찰나, 누군가 똑똑똑 문을 두드렸다.

"계십니까!"

건장하고 우렁찬 목소리였다. 부일은 무명의 표정이 더없이 일그러지는 것을 보고 느릿느릿 몸을 움직였다. 가영이 목소리를 듣고 주방에서 거실로 달려 나왔다. 부일이 손을 저어 보였다. 저가 나가 보겠다는 뜻이었다.

밖에 있던 수환은 현관에 귀를 쫑긋 세워 보고 다시 문을 두드렸다.

똑똑똑.

"계세요?"

여전히 답이 없어 한 번 더 문을 두드리는데 문이 삐걱 소리를 내며 열렸다.

부일은 고개를 내밀고 장정을 쳐다보았다. 이 덩치가 좋고 목소리가 우렁찬 청년은 아주 잘 기억하고 있었다. 제집에 가영을 처음 데려다준 청년이고, 어쩌면 지금쯤 무명이 씹어 죽일까 갈아 죽일까 골몰하고 있는 청년일지도 모르니까 말이다. 그는 빙그레 웃고 허리를 푹 숙여 인사했다.

"어르신, 안녕하세요. 저 기억하세요? 아랫집에 사는 수환이요."

"아. 기억하다마다."

부일은 구김 없이 씩씩한 수환의 인사에 저도 모르게 미소를 지었다. 장국 같은 청년이었다. 구수하고 정겨웠다. 자식은 없다만…… 저에게 딸자식이 있다면 무명보다는 무조건 이 남자에게 시집보낼 것이다. 듬직하고 우직해 보이는 덩치도 그랬고 구김 없이 씩씩한 말투도 그랬고 소처럼 웃는 미소도 그랬다.

"여기, 가영이가 있나 해서……."

수환이 넉살 좋게 말하다가 부일의 뒤에 스치는 실루엣에 말끝을 흐렸다. 파직 하고 한순간 전기가 튀었다. 살기 어린 분위기에 부일은 뒤를 슬며시 돌아보았다. 호리호리하고 선이 고운 무명이 입매를 꾹 다문 채 제 뒤에 서 있었다.

둘은 입을 다물고 동시에 생각했다.

'저 새끼인가?'

그 새끼가 그 새끼고, 바로 그 새끼도 그 새끼였다. 처음 마주했을 때의 호감은 사라진 지 오래였다. 두 남자는 마주 보고 서서 서로를 위아래로 훑었다. 경계심이 가득했다.

수환은 무명을 보며 사내새끼가 계집애처럼 뽀얗고 여리여리해 가지고 장작도 제대로 못 팰 기생오라비 상이라고 결론을 냈다.

무명은 수환을 보며 덩치만 무식하게 커 가지고 멍청한 얼굴을 가진 시답지 않은 놈이라고 생각했다. 어쨌든 가영이 못 챙겨 안달인 놈이었다. 저런 놈은 몸에 갖고 있는 피도 많겠지. 얼마나 나올까. 6리터? 7리터?

부일은 침을 꿀꺽 삼켰다. 두 남자 사이에 괜스레 껴서 고래 싸움에 새우 등 터지듯 그대로 터져 나갈 것만 같았다.

"그…… 저기…… 가영 처자는……."

"오빠!"

무명의 뒤에서 토끼처럼 쫑긋 가영이 머리를 내밀었다. 그녀는 무명을 지나쳐 쏜살같이 수환의 앞에 섰다. 손에 묻은 물기를 셔츠에 닦아 내며 가영이 더없이 맑게 물었다.

"오빠, 무슨 일이야?"

반가움이 가득 묻은 그 목소리에 수환의 입가에 씨익 미소가 걸렸다.

"너 찾으러 왔다. 맨날 어딜 그렇게 쏘다니냐?"

"아. 명이 감자전 해 주려고. 명이가 감자전 엄청 좋아하거든."

"……."

수환의 눈이 지그시 명에게로 향했다. 다시 파직 하고 전류가 튀었다.

무명은 저를 노려보는 수환을 보며 콧방귀를 뀌었다. 가소로운 작자다. 밤에 저를 보고 오줌을 지릴 놈이 분명한데 으스대는 꼴이 아주 볼만하다고 그는 속으로 비아냥거렸다.

부일은 어금니가 딱딱 부딪혔다. 이 숨 막히는 공기를 모르는 건 저 순진무구한 가영 하나였다. 가영은 배실배실 웃었다.

"오빠도 들어와서 감자전 먹을래?"

부일이 헉 숨을 들이켰다. 무명이 그걸 허락할 리가 없다. 누가 연적을 집 안에 들이고 같은 밥상에 마주 앉겠는가.

"됐어. 나 배불러. 감자전 다 했으면 이제 집에 가자."

"왜?"

가영이 고개를 갸웃하고 물었다.

"왜라니, 왜가 어딨어! 집에 가야 되니까 가자는 거지! 너 자꾸 쏘다닐 거야?"

"안 되는데. 오늘 명이네 딸기 따는 거 도와주어야 하는데……."

"그걸 네가 왜 도와!"

수환이 다시 버럭 했다. 아니, 감자전 부쳐 줬으면 됐지. 그냥 이 집이랑 친하게 지내라고 했지 누가 언제 여기서 종노릇을 하라고 했나! 어른 앞에서 결례일 것 같아 수환은 뒷말을 목 뒤로 꿀꺽 삼켰다.

"그런 힘쓰는 일은 기지배가 하는 거 아니야!"

딸기 따는 게? 여자가 하는 게 아니라고? 가영은 고개를 갸웃했다. 그런 말은 또 처음 들어 본다. 그래도 수환 오빠는 허튼소리를 하는 사람은 아니니까 아마 딸기를 따는 일은 정말로 여자가 하는 일이 아닐 거다. 아마 그럴 거야. 응.

가영은 골몰하다 이내 반색하며 미간을 폈다.

"아! 그럼 오빠가 하면 되겠다!"

누군가의 입에서 '헤엑' 하는 쉰 소리가 튀어나왔는데 아마도 부일 같았다. 수환의 입도 꼭 그처럼 벌어져 있긴 했지만 그는 영 할 말을 찾지 못하는 듯 보였다.

가영은 내내 헤실거리고 웃었다. 허름하기 짝이 없는 비닐하우스 안에 장정 둘과 노인이 함께 자리한 모습을 보며 짝짝 박수를 쳤다.

좋다 좋아! 이러고 있으니까 꼭 가족 같아!

가족은 옘병. 졸지에 남의 집 비닐하우스에 들어와 바구니 들고 딸기를 따고 있으려니 욕이 절로 나왔다. 저의 산만 한 덩치에 손마디 하나밖에 안 되는 딸기를 들고 있는 모양새도 어째 우스워 보일 것 같았다. 이래 봬도 이 손이 폭력배, 살인마를 찾아 잡던 손인데 여기서 쥐똥만 한 딸기나 따고 있다니. 자신이 왜 이러고 있는지 도통 불만이었다.

수환은 구시렁거리며 딸기를 따다 고개를 들어, 맞은편의 무명을 쳐다봤다. 이상한 일이었다. 분명 그는 붕대로 눈을 칭칭 감은 장님인데 자꾸만 저를 노려보는 기분이 들었다. 뭐지. 그는 고개를 갸웃거리다 다시 딸기를 땄다.

가영은 딸기를 따다가 그중 아주 동그랗고 빛깔이 고운 딸기 하나를 발견하더니 환하게 웃으며 명에게 쫄래쫄래 다가갔다.

"명아, 명아. 이거 진짜 달겠다. 자. 아."

가영은 다정하게 무명의 입에 딸기를 넣어 주었다. 무명은 입을 벌리고 그걸 얌전히 받아먹었다. 어쩐지 좀 으스대는 느낌을 지울 수 없어서 수환은 눈을 뱁새처럼 가늘게 떴다.

"어때? 달지?"

명은 대답 대신 무뚝뚝하게 고개를 끄덕여 보였다. 가영은 환하게 웃었다.

대체 뭐가 좋다고 저렇게 웃어? 얌전히 받아먹는 꼴도 마뜩잖았지만 받아먹어 놓고 퉁명스러운 게 더 재수 없었다.

"박가영."

수환은 그 꼴이 볼썽사나워 가영을 불렀다.

"응?"

가영은 쫑긋 뒤를 돌아보더니 이내 주인의 부름을 들은 강아지처럼 꼬리를 흔들며 수환에게 갔다.

"왜?"

"너는 장정이 둘이나 되는데 왜 자꾸 알짱거려?"

"나도 도우려고. 나도 도우면 빨리 끝나고 좋잖아."

"너 없어도 빨리 끝나. 너는 저기 가 있어."

수환의 퉁명스러운 말투에 가영은 피 하며 입을 삐죽댔다.

"가영."

반쯤 채운 바구니를 들고 저만치 벗어나려는데 무명이 사근한 목소리로 불렀다. 귀가 번쩍 뜨여 가영은 '응' 하고 돌아보았다.

"나 목이 말라."

"아. 기다려! 내가 가져다줄게!"

부탁을 기다렸다는 듯이 가영은 서둘러 비닐하우스를 벗어났다. 저 장님의 부탁이 뭐가 저렇게 반갑다고. 수환은 씨근덕거리며 허여멀건 면상을 한 기생오라비를 노렸다. 어린 가영이 안쓰러워 어렸을 때부터 업어 주고 안아 주며 키웠다. 그 작은 몸으로 무거운 것을 들고 버둥거릴까 저가 있을 적에는 물통 하나도 제대로 들게 한 적이 없다. 그런데 이놈은 뭔데…….

"너는 뭔데 남의 집 귀한 딸자식을 이래라……저래라……."

"어험! 커험!"

부일의 헛기침이 수환을 가로막았다. 그는 노인을 불편하게 하고 싶지 않아 곧 입을 닫았다. 하긴 가영에게 장정이 둘이라 했지만 눈먼 놈이 얼마나 도움이 되겠는가. 눈앞에 있는 딸기를 따려고 해도 손으로 더듬거리는 시간이 더 길 텐데. 혼을 내도 낼 놈을 내야지. 가영이 그를 도우려는 마음을 이해 못 하는 것은 아니다. 원래 정이 많은 아이라 어려운 이를 보면 지나치지를 못한다. 기범 할배도 그렇고.

그러고 보니 요즘도 기범 할배네 챙겨 주러 다니나? 그 노인네한테서 좀 떨어져 있어야 할 텐데.

가영이 살얼음이 낀 물통과 플라스틱 잔 몇 개를 챙겨 들고 후다닥 뛰어 들어왔다. 서둘러 졸졸졸 물을 따라 무명에게 건네고는 바로 하나를 더 따라 부일에게도 건넸다.

"할아버지 여기요."

"아이고, 고마워."

마지막 잔에 물을 따라 수환에게 건네자 그는 마지못해 잔을 받아 들었다.

"가영이 너. 집에 가 있어."

"왜?"

가영은 못마땅하게 이마를 찌푸렸다. 왜긴 왜야! 여기서 노비 노릇 할까 봐 그러지!

"그냥 가 있어. 걸리적거리니까."

"……."

"여기 있어 봤자 뭐 너 할 일도 없고, 그냥 집에 가."

가영은 침울한 시선을 바닥으로 떨어뜨렸다.

그걸 보고 있기가 불편해 무명은 여자를 불렀다. 저 멍청한 놈이 가영의 기분을 더 상하게 하기 전에 떨어뜨려 놓아야 했다.

"가영."

우울하게 내리깔렸던 가영의 눈이 살포시 들렸다.

"나 지난번에 네가 해 준 봄동이 먹고 싶어."

"봄동?"

"응. 버무려 준 거."

"아! 그거!"

가영의 얼굴이 다시 개나리처럼 활짝 폈다.

"해 줄게! 해 줄게! 또? 또 먹고 싶은 거 없어?"

"야!"

수환이 얼굴이 시뻘게져서 소리를 꽥 질렀다. 지금껏 종노릇을 해 줬으면 됐지 무슨 저녁밥을 또!

"집에 가."

수환이 이 물린 소리를 했다. 가영은 그 목소리에 훅 가라앉았다.

"나 뭇국."

무명이 대답하며 수환의 말을 씹었다.

"뭇국?"

"응, 뭇국. 소고기 넣어서."

이 잣 같은 놈이! 수환은 무명에게 눈을 부라렸다. 가영을 보내 놓고 저놈을 족쳐야겠다는 사명감에 불탔다.

"야!"

다시 한번 수환이 저를 보고 언성을 높이자 가영이 움찔했다.

"너 오빠 말 안 들려?"

"그, 그치만…… 명이가……."

“명은 무슨 명이! 이 자식이 정신을 못 차리고!”

“가영.”

무명이 나긋하게 여자를 불렀다. 응? 하고 가영의 몸이 반사적으로 돌아갔다.

“여기. 물컵.”

“아.”

무명이 내민 물컵을 가영이 받으려던 찰나 수환이 그것을 확 채갔다. 그러고는 가영의 손에 들린 물통도 빼앗아 들었다. 이제 종노릇은 그만 시키고 싶다.

“가. 좋게 말로 할 때.”

“…….”

무명이 저의 입술을 미약하게 씰룩거렸다. 조만간 수환의 머리통을 뜯어낼 것만 같았다. 부일은 마른침을 꿀꺽 삼켰다. 손이 들린 딸기 바구니가 덜덜덜 리드미컬하게 흔들리기 시작했다. 조만간 심장마비로 즉사할 것만 같다. 그때였다.

“아이고!”

부일은 허리를 부여잡고 신음했다.

“허, 허리가. 내, 허, 허리가!”

“할아버지!”

부일의 앓는 소리에 놀란 가영이 퍼뜩 그를 부축하고 나섰다.

“할아버지 괜찮으세요?”

“아, 아이고 허, 허리가…….”

“할아버지. 가세요. 제가 방에 모셔다드릴게요.”

"아, 아이고……."

부일은 규칙적으로 앓는 소리를 내다가 수환을 지나쳐 갈 때 더욱 더 크게 신음을 했다. 수환은 가영이 부일을 부축하고 사라질 때까지 물컵과 물통을 들고 그 꼴을 보아야만 했다. 달리 가영을 집으로 돌려보낼 방도가 이젠 없었다. 그 집으로 들어갔으니 가영은 꼼짝없이 밥을 하겠지.

무명은 부일이 흙바닥에 내려놓고 간 물컵을 집어 들었다.

"……."

허여멀건 것이 앞을 가리자 비닐하우스 문간을 바라보던 수환이 퍼뜩 초점을 맞췄다.

"……."

무명은 말이 없었다. 대신 바닥에서 집어 든 물컵을 아주 조용히 수환의 손에 들린 물컵 위에 포개었다.

수환이 물컵과 무명을 번갈아 쳐다보는 사이 무명은 씽긋 웃어 보이고는 비닐하우스를 빠져나갔다. 수환은 얼이 빠졌다.

저 새끼가 지금…… 나 비웃은 거야?

처음 보았을 때의 무명은 차분한 목소리로 예의 바르게 자신의 나이를 소개하는 제법 바른 청년이었다. 조금 퉁명스러워 보이긴 했지만 그래서 더 진중해 보였던 것 같다. 가영이 설레발을 치며 무명에게 눈을 반짝일 때 별생각 없이 마음을 놓은 건 그런 그의 태도 때문이었다. 세상에 초연해 보였던 그 태도. 무엇에도 흥미를 보이지 않는 듯한 그 태도 말이다.

그가 가영의 생일을 챙겨 주고 혼자 집을 지켜야 하는 가영과 어울려 준다는 것에는 고마움도 느꼈다. 과일 바구니라도 사서 건네주며 앞으로도 잘 부탁한다고 인사를 할 마음도 있었다.

가영과 무명이 서로를 어떻게 대하는지 보기 전에는 말이다!

봄동과 감칠맛 나게 끓여진 소고기 뭇국이 올라 있는 저녁 밥상에 앉아 있자니 엉덩이에 가시라도 난 듯이 불편했다. 가영이 끙끙거리며 앓아누워 있는 부일의 방에 따로 소반을 차려 갔을 때에는 더욱 그랬다. 수환은 봄동을 우득우득 씹으며 평화로운 얼굴로 밥알을 삼키고 있는 무명을 눈으로 지져 죽일 듯 쏘아보았다.

아무리 봐도 이 자식은 보통 놈이 아니다. 형사의 촉이란 것이 있다. 하는 꼬라지가 보통 대가 센 놈이 아니란 느낌을 받았다. 장님이라 눈앞에 뵈는 게 없는 건 그렇다 쳐도 간덩이도 여간 부은 것이 아닌 듯했다. 나이도 열 살이나 어린데, 끽해 봐야 스무 살, 이제 막 어른이 된 좁쌀만 한 놈일 뿐인데 단둘이 남으니 날 선 긴장감 같은 것이 느껴졌다.

내가 왜 이런 기생오라비 같은 놈에게 긴장감을 느껴야 하지? 경찰서 서장의 면전에다 대고도 육두문자를 내뱉을 수 있는 사람이 바로 자신인데 말이다.

수환은 무명을 아주 찬찬히 뜯어봤다. 제대로 가꾸지 않아 거칠고 숱 많은 까만 머리에 심하다 싶을 정도로 하얀 피부. 도드라져 보이는 붉은 입술에 날카로운 턱선은 아무리 봐도 이게 여자인지 남자인지 분간이 잘 가지 않을 정도로 고왔다. 침을 삼킬 때마다 도드라지는 목울대만 아니라면 놈을 여자라고 보아도 자연스러웠다.

수환의 시선은 힘줄이 돋아나 있는 무명의 손으로 옮겨 갔다. 제 얼굴처럼 하얗고 기다란 손은 그러나 부드럽지 않았다. 완연한 남자의 것이었고 매우 단단해 보였다. 수환은 저의 손과 그의 손을 눈대중으로 비교했다. 어쩌면 자신의 손보다 조금 더 클지도 모른다. 농사일을 하는 치들은 원래부터 골격이 단단하다. 체력이 받쳐 주지 않으면 흙을 만지며 살 수가 없으니까 말이다.

하지만 왜일까. 무명은 흙을 만지며 사는 놈 같지가 않았다. 햇볕에 그을리지도 않은 새하얀 피부도 그랬지만 무쇠처럼 단단해 보이는 손이 기묘하게 서늘하고 또한 위험해 보였다.

"나이가 스물이라고?"

수환이 범인을 취조할 때처럼 서두를 뗐다. 목소리에서는 긴장감과 적대감이 그대로 드러났다.

무명은 어깨를 조금 더 펴고 이 형사 놈이 묻는 말에 바른대로 대답해 주어야 하는지 고민했다. 나이가 얼마인지도 모를 만큼 많이 먹었다고 할 수는 없지만 그렇다고 저놈이 꼬박꼬박 반말을 하는 것도 별로 듣고 싶지가 않았다. 그러나 제 나이를 숨기면서 놈의 반말을 듣지 않는 그 두 가지는 양립할 수 없으니 하나는 포기해야만 했다.

"네."

"부모님은 다 돌아가시고?"

"네."

"너…… 뭐 학교는 어디까지 다녔어?"

"……."

학교를 어디까지 다녔냐고? 네가 생각하지 못하는 만큼 다녔지.

무명이 입을 다물자 수환은 그 뜻을 매우 안 좋게 받아들였다.

"너 정규 교육 과정은 다 마쳤어? 그것도 못 마쳤어?"

"……마쳤습니다."

그건 마쳤네. 휴, 다행이다. 수환은 안도의 한숨을 내쉰 다음 침을 삼키고 입을 뗐다.

"어쨌든 네가 우리 가영이 외롭지 않게 잘 어울려 주고 그래서 내가 꼭 고맙단 이야기는 하고 싶었어. 살다가 뭐 어렵거나, 누가 와서 해코지하거나 아니면 뭐 억울한 일 당하면 나한테 말해. 내가 그 정도는 해결해 줄 수 있어."

"……."

무명은 대꾸 없이 꼭꼭 밥알을 씹었다. 수환은 그에게 가영이랑 거리를 두라는 이야기를 해야 할 것 같았다. 말이 좋아 거리를 두라는 거지 그러니까 너 같은 쥐뿔도 없는 놈이 감히 혹시라도 가영이를 넘보거나 하면 그냥 그 자리에서 가루로 만들어 주겠다는 협박 비슷한 거였다.

그러나 그의 그 경고는 가영이 부일의 밥상을 다 챙기고 부엌으로 들어오며 입안으로 다시 삼켜졌고 집으로 돌아갈 때까지 뱉을 수 없었다.

그날 밤.

비가 왔다. 예정에 없던 기습적인 폭우였다. 그리고 수환은 갑자기 열감기에 시달렸다. 입술이 파랗게 질려 식은땀을 흘리며 앓는 수환을 보며 가영은 발을 동동 굴렀다. 그의 모친은 제 아들을 한 번 내려다보고는 '죽을병 아니니 내버려 두라' 는 한마디만 내뱉고 방으로 들어가 이부자리에 누웠다.

가영은 수건에 찬물을 적셔 수환의 얼굴과 목덜미, 손과 발을 정성스럽게 닦았다. 조금이라도 열이 내릴까 아무리 문질러도 소용이 없었다. 수환이 끙끙 앓는 소리를 들으며 속이 시커멓게 탔다.

"오빠. 오빠."

혹여 정신을 놓았나 가영이 수환을 흔들었다. 그는 끙끙 앓으며 괜찮다는 말만 반복했다. 가영은 한 번도 수환이 이토록 앓는 것을 보질 못했다. 항상 건강하기만 했던 사람이 앓아누우니 더 무서웠다. 커다란 몸을 새우처럼 웅크리고 벌벌 떠는 걸 보는데 왈칵 눈물이 났다. 어떡해, 어떡해. 발을 구르다가 가영은 우산과 손전등을 들고 산길을 뛰어 올라갔다.

생각나는 거라곤 딱 하나였다.

무명의 약. 부러진 뼈도 붙게 하고, 찢긴 곳에 새살도 돋게 했던 그 약이면 수환도 말짱해질 것이다.

똑똑똑. 가영은 소심하게 문을 두드렸다. 안에서는 대꾸가 없었다.

야심한 시각이었다. 아마 부일은 잠이 들었을 테고 명이는…….

가영은 번개가 번쩍하는 하늘을 올려다봤다. 명이는 집에 없을 가능성이 더 컸다. 어째야 하나 고민하며 가영은 우산을 들고 멀뚱히 그 집 앞에 서 있었다. 그 약을 얻으려면 무명을 만나야 했다. 가능하면 아주 빨리. 아주 빨리 말이다.

발을 동동 구르다 다리가 아파 가영은 집 앞에 주저앉았다. 지붕이 되어 주지 못하는 짧은 처마 끝에 우산을 쓰고 흙벽에 기대어 앉아 있자니 쏟아지는 빗소리에 귀가 멍멍했다. 추위에 으슬으슬 몸이 떨려 가영은 제 몸을 바짝 당겨 어깨를 감쌌다.

번쩍. 번개가 쳤다. 무명은 늘 그런 식으로 나타났다. 소리도, 기척도 없이. 한순간 어둠이 발광할 그 찰나에 늘 제 앞에 섰다.

가영은 우산을 젖히고 고개를 들었다. 어둠에 잠식당한 그에게는 피와 비 내음이 섞인 비릿한 향이 감돌았다.

"명아."

"문은 늘 열려 있어."

가영이 저를 부르자 무명은 침착하게 말했다. 이 집의 문은 항상 열려 있다. 서고의 문을 빼면 늘 누구에게나 개방되어 있다. 누구에게나 열어 놓은 것은 역설적으로 누구도 들어올 수 없기 때문이었다.

"어쩐지 그냥 들어가면 안 될 것 같아서."

"네 집이야."

"……."

가영은 눈을 들어 무명의 붉은 눈을 좇았다. 피처럼 선명한 눈. 오늘은 또 어떤 사냥을 하고 왔을까. 오늘도 온몸이 붉은색으로 물들었을까. 밤에 보는 그는 숨이 막힌다. 두렵고도 매혹적이었다. 무명은 가영의 손목을 붙잡아 일으켰다. 뚜벅뚜벅 문으로 걸어가 손잡이를 잡아당겼다. 녹슨 경첩 소리가 나더니 문은 허술하게 열렸다.

"여기는 이제 네 집이야. 그러니까 네 맘대로 들어와도 돼."

"……."

명의 말이 기뻐서 가영은 잠시 미소 지었다. 그를 따라 집 안으로 들어서니 훈훈한 온기가 밀려왔다. 주위가 어둑해 아무것도 보이질 않았지만 어쩐지 불을 켤 용기는 나지 않았다.

"명아. 있잖아. 그 알, 알약."

집 안으로 들어서던 무명의 발소리가 멈췄다. 그가 뒤를 돌아보았다. 그의 눈이 가영을 내려다보았다.

"그거 오늘도 주면 안 돼?"

"……너 그거 달라고 이 밤중에 찾아온 거야?"

"으응."

무명의 눈이 일그러졌다. 결국 너도인가. 결국 너도 이렇게 쉽게 무너지는 건가. 한 알…… 두 알…… 그리고 결국엔 수십 알. 다시 또 그런 결말을, 너무나 인간답게 자멸하는 결말을 보아야 할지도 모른다. 나는 또, 누군가를 곁에 두어 망가뜨려 버렸는지도 모른다.

"수환 오빠가…… 갑자기 아파."

"……."

수환을 생각하니 또 눈물이 났다. 훌쩍하고 코를 훔치고 가영은 눈을 껌뻑여 눈물을 떨궜다.

"갑자기 막 열이 나고 그러는데 어, 어떻게 해야 할지 모르겠어. 119를 부를까 생각도 해 봤는데 그것보다는 네 약이 더 빠를 것 같아서……. 할머니는 죽을병 아니라고 그냥 놔두라는데…… 저러다 정신 놓을까 봐 너무 무서워서……."

아. 무명은 옅은 숨을 짧게 토했다. 중독 때문이 아니다. 거기에 아주 찰나의 순간 마음이 놓였다. 그러나 이것이 다행인지, 불행인지. 수환이 걱정되어 덜덜 떠는 가영을 보는 것이 그의 마음을 해쳤다. 어지럽고 혼탁했다.

"이리 와."

매우 낮은 목소리에 가영은 조심스레 발을 앞으로 내디뎠다. 더듬더듬 주위를 더듬는 손을 무명이 잡아 휙 저에게로 당겼다. 그에게서 나는 비릿한 내음에 가영이 콧잔등을 구겼다.

딸깍하고 명은 거실 불을 밝혔다. 예상치 못한 일에 가영이 뒷걸음질을 쳤는데 무명은 당긴 손목에 힘을 주어 여자를 옴짝달싹 못하게 했다.

여자는 '아' 하고 신음했다. 검붉게 물든 셔츠. 젖은 빗물들을 타고 내려가는 핏자국들. 목울대를 따라 쇄골에 고였다가 셔츠로 스며드는 것들.

가영은 무명의 새하얀 피부를 따라 내려가는 그 이질적인 것들을 정신없이 눈으로 훑었다. 그러면서 아예 처음부터 눈에도 넣지 말걸 그랬다고 후회했다. 가영은 그의 앞에서 또 두려움에 떨까 봐 제 입술을 꼭 물었다.

"내 옷을 벗겨."

무명의 명령에 가영은 눈을 동그랗게 떴다. 전혀 부드럽지 않은 말투였다.

"그 약이 필요하다며."

"……."

"그럼 내 옷을 벗겨."

무명은 가영의 손목을 놓았다. 반동으로 한 발 물러선 가영이 제 손목을 다른 손으로 감쌌다. 어쩐지 시큰거렸다.

"벗겨."

붉은 눈이 발광했다. 그는 화가 나 보였다. 한밤중에 제집을 찾아와 약을 달라는 것에 화가 난 것 같다. 제 피를 자꾸 뽑아 달라는 것 같아 화가 난 걸까? 그럴 수 있다고 생각한다. 하지만 아파서 끙끙 앓는 수환을 생각하니 미안해도 어쩔 수가 없었다. 가영은 어금니를 꾹 물고 피에 절은 무명의 허리춤을 두 손으로 감아쥐었다. 꾹 잡으니 빗물에 섞인 피가 진득하게 스며 나왔다. 가영은 이를 더 사리물었다.

할 수 있어. 못할 것 없어. 할 수 있어. 이것만 벗기면 명이가 알약을 줄 거야. 가영은 무명의 옷을 위로 들었다. 팔에 걸려 더 이상 올라가질 않자 여자는 곤란한 눈으로 무명을 올려다보았다. 무엇도 읽을 수 없는 눈은 형광등 불빛 아래에서도 기이하게 빛나고 있었다. 그 눈을 보자니 또다시 울고 싶어진다. 어쩐지 그랬다.

무명은 아무 말 없이 두 손을 들어 보였다. 가영은 까치발을 들고 무명의 몸에서 완전히 옷을 빼냈다. 액체를 머금은 윗옷은 죽은 짐승의 늘어진 시체만큼 무거웠다. 가영은 그 섬뜩한 것을 발밑에 조심스레 내려놓았다.

"누구의 피인지 궁금하지 않아?"

"……."

"내가 오늘 무엇을 사냥하고 왔는지, 그래서 어떻게 했는지 안 궁금해?"

"……."

가영은 도리질을 했다. 알고 싶지 않다. 감히 상상하고 싶지도 않다. 자꾸 저를 겁먹게 하는 무명의 말들이 미웠다. 어쩌면 지금 당장은 무명이 미운 걸지도 모른다.

"이것도 벗겨."

무명이 가영의 손을 잡아 제 바지 버클 위에 올렸다. 가영의 손이 다시 고사리처럼 쪼그라들었다.

"어서."

"……."

가영은 입술을 물었다. 그냥 무서웠다. 핏물이 눌어붙은 그의 복부를 보고 있자니 그리고 그것이 누군가의 피라고 생각하자니 오금이 저렸다. 공포에 질리니 도망치고 싶다는 생각마저 사라졌다. 부들부들 떨리는 손이 힘겹게 무명의 바지 버클을 풀었다.

여자는 금수의 발톱 위에 놓인 작은 초식 동물 같았다. 온몸을 웅크린 채 그저 죽을 때만 기다리는 듯 순했다. 무명은 지퍼를 내리는 가영의 손을 잡아 치웠다. '헉' 하고 숨을 들이마신 여자가 뒤로 물러섰다. 끔뻑이는 눈은 황망하고 두려워 보였다. 그 눈짓. 여린 나비의 날개 같은 펄럭거림 한 번에 무명은 모든 것이 환멸스러웠다.

그는 말없이 제 방으로 들어갔다. 서랍을 뒤져 알약이 서른 알쯤 든 비닐을 가져와 가영에게 내밀었다.

"가져가."

"……."

가져가라고 말하는 그 말투가 왜 그렇게 차고 모진지 가영은 선뜻 그 약을 받아 들 수가 없었다.

"가져가."

그 목소리가 더 낮아졌다. 가영은 어찌해야 할지 몰랐다.

"너 그 남자가 그렇게 소중해?"

무명이 물었다. 그 남자는 분명 수환이었다. 가영은 고개를 끄덕였다.

소중해. 소중하다. 당연히 소중해. 수환 오빠는 자신의 불행한 어린 시절을 그나마 따듯하게 물들여 준 사람이다. 평생 그에게 보답하며 살아야 한다고, 마땅히 그래야 한다고 생각하며 자랐다. 지금도 수환을 위해서라면 목숨도 내놓을 수 있었다. 수환은 정말로, 정말로 소중했다.

"그럼 가져가. 너에게 다 줄 테니까."

"……."

정적이 흘렀다. 가영은 무명에게 무어라 말을 해야 좋을지 몰랐다. 화를 내는 그는 어렵다. 풀어 주고 싶은데 방법을 몰라 더 어쩔 줄 모르게 된다.

"명아…… 미안해……."

"한 알이야. 한 번에 한 알. 그 이상은 안 돼."

침착하고 냉정한 말투가 어쩐지 모질게 들려왔다. 가영은 반사적으로 고개를 끄덕거렸다.

너를 믿기 때문에 주는 것이다. 그 말을 무명은 속으로 삼켰다. 그의 입매가 뒤틀렸다. 그것까지 말하고 싶지 않다. 다른 남자를 위해 가져가겠다는 약을 내주며 믿음을 말하다니. 기분이 더럽다. 여자는 늘 자신이 잊어버린, 어쩌면 처음부터 갖고 있지 않았을 저열한 감정을 느끼게 했다.

왜 너는 이토록 맑을까. 어째서 너는 이토록 꾸미지 못할까, 어째서 이렇게 감정을 숨기질 못하고 왜 거짓말 한 번을 하질 못할까.

"가. 남자가 기다리잖아."

"응. 고마워."

가영은 조금 머뭇거리다 곧 씩씩하게 그에게서 몸을 돌렸다. 우산을 야무지게 그러잡고 벌컥 현관문을 열더니 조심스럽게 무명을 한 번 돌아보았다. 근심 걱정이 가득한 얼굴은 누구를 위한 것인지 알 수가 없었다. 가영은 곧 그의 시야에서 사라졌다.

째깍재깍.

한동안 집 안에서는 초침 소리만 울렸다.

"허."

자신이 뛰어온 거리를 가늠하기 위해 멈춰 서자 헛웃음만 튀어나왔다. 어디까지 뛴 것인지 모른다. 정신을 차려 보니 머리 위로 해가 뜨고 있었고 그래서 온 길을 되짚어 달리기 시작하고 한참, 겨우 그는 읍내에 당도했다. 그래 놓고도 숨소리 하나 흐트러지지 않았다. 원래라면 숨이 턱 밑까지 차올랐어야 맞다. 비 오듯 땀이 쏟아졌어야 맞다. 그러나 소매 끝으로 훔쳐 낸 이마에선 아무것도 닦여 나오질 않았다.

본인에게 일어난 일임에도 믿기지 않아 그는 몇 번 더 헛웃음을 지었다. 이게 무슨 일이지? 지난밤에 무슨 일이 있었는지는 기억나질 않았다. 그저 갑자기 정신이 멀쩡해졌고 그러고 나니 전보다 더 정신과 신체는 선명했다.

가영이 괜찮으냐고 물었을 때 그는 아무렇지도 않다고 대답했다. 그래서 가영은 안도했고 수환은 불현듯 갑갑해져 옷을 챙겨 입고 집 밖으로 나왔다. 조금 뛰어 볼까? 하는 가벼운 마음으로 뜀박질을 시작했는데 해가 뜨는 것을 보고서야 알았다. 자신이 정말 정처 없이 뛰기 시작했다는 것을 말이다. 평소에는 딱 맞던 옷들이 조금씩 꽉 꼈다. 살이 찐 게 아니었다. 근육이 더 불어나 버린 것이다.

해 본 적이 없어 모르겠지만 스테로이드제를 복용하면 이런 느낌일 것 같았다. 정말 기이한 기분이었다. 기억나는 것이 없으니 본인이 왜 이러는지도 추측할 방도가 없었다.

곧장 집으로 갈까 하다 그는 이왕 읍내에 온 거 가영에게 줄 빵과 초콜릿을 좀 사 가기 위해 걸음을 돌렸다. 사거리에서 가장 눈에 잘 띄는 곳에 있는 오래된 동네 빵집은 얼마 전 대기업 브랜드로 이름을 바꿨다. 좀벌레가 종이를 먹듯 야금야금. 이 지척의 산동네도 결국 대자본에 그렇게 오염되어 갔다.

딸랑— 문에 달린 종이 울리자 분주하게 빵을 정리하던 안주인이 퍼뜩 몸을 일으켰다.

"어서오…… 어. 수환이구나?!"

"안녕하세요."

"웬일이야? 휴가 얻었어?"

여자는 반가운 듯 목소리가 한 톤 올라갔다.

"네."

휴가가 아니라 근신이지만 굳이 사실을 알려 줄 필욘 없다. 수환은 그저 머쓱하게 웃고 진열대를 살폈다.

"가영이 줄 초콜릿 사 가게?"

"네."

안주인은 흐뭇하게 웃었다.

"가영이는 복도 많지. 이렇게 누이 아껴 주는 오빠도 있고. 이게 제일 맛있어."

여자는 수환에게 작은 초콜릿 14개짜리 박스를 건넸다.

"그럼 이걸로 주세요."

그는 가영이 좋아하는 슈크림 빵을 몇 개 더 집어 여자가 향한 계산대 위에 내려 두었다.

"이것도 같이 해 주세요."

여자는 콕콕 바코드를 찍었다.

"가영이는 좀 어떻게 지내?"

"가영이야 뭐 항상 잘 지내죠."

"요새 가영이 얼굴 보기 힘들어. 기범 할배가 없어서 그런가."

심드렁했던 수환의 표정이 순간 일렁였다.

"기범 할배가 왜요? 어디 갔어요?"

"어머, 그 일 몰라? 기범 할배 행방불명됐잖아. 가영이가 암말도 안 해 줬어?"

"……."

"아휴, 말도 마. 아주 난리도, 난리도 그런 난리가 없었다더라."

여자는 수환이 내민 돈을 받아 거스름돈을 건네고 봉투에 초콜릿 상자와 빵을 담으며 말을 이었다.

"정수네 엄마가 그러는데, 기범 할배 없어지기 전에 술 먹고 그렇게 주정을 떨었대. 아니, 뭐 술 먹고 주정 부리는 거야 하루 이틀이야? 그런데 세상에 무슨 일인지 가영이가 그 집에서 그냥 피를 철철철 흘리며 나오더라는 거야."

"가영이가요?"

"어! 뭐에 맞았는지 그냥 머리를 부여잡고 피를 철철 흘리면서 슬기네 집 앞에 철퍼덕 앉아 있더래. 세상에 그날 비가 막 쏟아지던 날이었는데 어휴, 걔가 흘린 핏자국이 그냥 동네 바닥마다 흥건해 가지고……. 어떤 남자애가 오더니 데려갔다더만. 덩치도 너보다 작고 허여멀건 게 눈에 붕대 감았다는 거 보니까 너네 뒷집 사는 그 장님 아닌가 싶어."

"……."

기범 할배 이 미친 노인네가 가영이 머리를 깨 놨단 소리야? 그걸 무명이 데려갔고?

"그게 언제예요?"

"언제더라……. 지난달…… 말이었지? 아마? 기범 할배는 그 일 있고 하룬가 이틀인가 있다 사라졌어. 어디 가서 술 먹고 자빠져 객사한 거 아닌가 싶은데 경찰들이 아무리 뒤져도 시체도 못 찾는다더라. 하기사 뭐 시체 나왔어도 그거 염해 줄 사람이라도 있어? 자식들도 버렸는데. 차라리 어디 그냥 산에서 뒈져 가지고 산짐승 먹이나 되면 다행이겠다 싶어. 아니 근데 정말 몰라? 가영이 심하게 다쳤을 텐데."

"……."

"가영아."

낯익지만 낯선 목소리였다. 지금 제 이름을 그렇게 다정하게 불러 주는 이는 수환 오빠와 무명이 유일했다. 그러나 과거에, 그러니까 그녀가 신열이라는 것을 앓기 전에는 누구나 그녀의 이름을 그렇게 어여삐 불렀다. 그중에서도 가장 그녀의 이름을 기쁘게 부르던 사람은 저의 부친, 판석이었다.

닭장을 청소하고 모이를 주고 막 나오던 길이었다. 두 손에 고무장갑을 끼고 후줄근한 복장으로 솔이 얼마 남지 않은 빗자루를 든 채 가영은 그를 발견하자마자 그 자리에 붙박이처럼 섰다.

"가영아."

그가 한 번 더 딸을 불렀다. 가영은 차마 떨어지지 않는 입을 몇 번이나 옴찔거렸다.

"아…… 아빠."

이제나저제나 아빠가 언제쯤 찾아올까. 언제쯤 저를 데리고 다시 집으로 돌아갈까. 눈을 떠서 감을 때까지 그 생각을 했었다. 오로지 그 생각만이, 그 바람만이 가영의 하루를 버티게 해 주는 유일한 것이었다. 하지만 포기했다. 그래야 살 수 있을 것 같아서 그녀는 부친이 자신을 찾아오는 것을, 다시 그 집으로 돌아가는 것을, 그의 가족으로 남는 것을 포기했다.

자신을 죽은 이라고 말하는 엄마를 본 이후로 더 이상 그들에게 가족이 될 수 없다는 것을 깨달았다. 대신 가영은 다른 이의 종이 되기를 자처했다. 그렇게 해서라도 어딘가에, 또 누군가에게 소속되고 싶었다.

그런데 왜 지금일까. 이젠 단념하고 새로운 일상을 찾아가려 하는 지금이 되어서야 왜 아빠가 찾아온 걸까. 진작에 포기했다면, 아빠는 진작에 찾아왔을까.

판석은 딸에게 미소 지었다. 어쩐지 슬픔이 가득 배어 있는 그 얼굴을 보고 있자니 가영은 콧잔등이 시큰해졌다. 열에 펄펄 끓던 몸을 끌어안고 대체 이게 무슨 일이냐며 자신의 이름을 부르짖던 아빠의 모습이 흐리게 겹쳐졌다.

판석은 너무나 많이 변해 버린 딸의 모습에 당황했다. 어릴 때의 가영은 바비 인형을 든 공주님이었다. 윤기가 흐르는 새까만 머리를 비단처럼 늘어뜨리고 크고 맑은 눈을 동그랗게 뜬 채 어딜 가나 헤실헤실 행복하게 잘 웃기만 하던, 어쩌면 마네킹처럼 보일 법도 한 아이.

이제 스무 살이 된 딸은 어디에서도 인형 같던 과거를 찾아볼 수 없었다. 헝클어진 머리, 햇볕에 까맣게 그을린 얼굴. 누군가가 버린 옷을 주워 입은 듯 남루한 옷차림에 흙덩이가 엉켜 있는 고무장갑을 낀 덜떨어진 시골 처녀. 똘똘하고 기민해 보였던 그 영롱한 눈동자는 여전히 맑았지만 아주 많이 처연했다. 세월은 사람을 그렇게 변화시켰다.

판석이 제 딸을 내치고 점점 더 번드르르해질수록 가영은 시골에서 점점 더 무너져 갔다. 이제는 둘을 한곳에 데려다 놓아도 같은 핏줄이라고 여길 사람이 없었다. 겉모습을 놓고 보자면 이젠 완전한 타인에 가까웠다.

"잘 지냈니?"

말 한마디 건네는 것도 어색했다. 가영이 당황한 듯 보이자 판석은 딸이 혹여나 도망가진 않을까 초조했다.

약이 필요했다. 전덕기가 주는 양으로는 부족했다. 그래서 사람을 시켜 CTA를 구할 다른 루트를 알아보기 위해 여기저기 줄을 대 보았지만 실패했다. 그 약은 오로지 전덕기를 통해서만이 구할 수 있었다. 경찰청장이면서 동시에 유일무이한 CTA의 중개상이었던 거다. CTA를 부탁했으니 분명 근 시일 내에 그 약을 구하러 갈 터였고 판석은 지난 2주간 덕기에게 사람을 붙여 그가 어디서 어떤 루트로 그 약을 얻는지를 염탐했다.

끄나풀에게 들은 주소는 익숙했다. 본인이 9년 전 제 혈육을 그 앞마당에 버려두고 온 곳이었으며 얼마 전 집 앞까지 찾아온 가영을 아들 차겸이 다시 비정하게 돌려보낸 곳이었으니까.

판석은 차겸이 며칠 전 덕기가 은근슬쩍 가영에 대해 물어 불안하다고 했던 이야기를 떠올렸다. 산골 마을과 가영. 그리고 덕기와 그 약이 뭔가 관련이 있다는 예감이 들었다. 가영은 이곳에서 9년을 살았다. 산 천지를 제집처럼 드나든다고 했다. 덕기가 그 약을 어디서 얻어 오는 것인지 몰라도 근거지가 있다면 가영이 모를 리는 없을 것 같았다.

판석은 마른침을 삼키고 다시 입을 열었다.

"많이……."

많이. 그다음에 무슨 말을 꺼내야 할까. 이미 버린 혈육이었다. 그 이후 제대로 떠올려 본 기억도 없다. 혹덩어리. 가영은 그에게 떼어 낸 혹덩이였다. 자신이 신병을 앓았을 때 원망스럽게 잔상만 떠올려 본 것이 다다.

네가 다 가져갔어야지. 네가 다 그 짐을 지었어야지. 무엇 때문에 너를 버렸는데. 무엇 때문에 너를 무당집에 버렸는데. 무엇 때문에 경옥에게 9년 동안 적지 않은 돈을 쥐여 주며 살았는데. 판석은 숨을 한 번 고르고 다시 얼굴에 만연한 미소를 지었다.

"많이 컸구나."

"……."

"마냥 아기 같을 줄 알았는데 이젠 어엿한 숙녀가 되었어."

아빠는 가영의 기억 속의 그와 똑같았다. 세련된 고급 정장을 입은 아빠는 언제나 곧고 우아했다. 까맣고 윤이 나는 검은 머리도 그때와 똑같이 단정하게 빗겨져 있었다. 세월의 흔적이 비껴간 것처럼 그만은 열한 살 때 자신이 기억하는 그 모습 그대로였다. 그 모습을 9년 동안 그리워했다.

매일 밤 꿈을 꾸었다. 원망이 앞서야 하는데 그를 향한 그리움이 더 커서 가영은 아빠를 미워할 수도 없었다. 조금만 더 일찍 왔다면 가영은 주저 않고 아빠에게 달려갔을 거다. '아빠' 하고 큰 소리로 부르며 그의 품으로 뛰어들어 엉엉 울었을지도 모른다. 아니면 너무 반가워서 소리 내어 웃었을지도 모른다. 그러나 지금은…….

"네가 아빠 많이 원망하는 거 안다."

"……."

지금은 아빠의 등장이 너무나 예상 밖의 일이라 놀랍기만 할 뿐이었다. 갑자기 고요한 일상이 깨져 그저 정신이 아찔하다.

판석은 침을 한 번 꿀꺽 삼켰다. 가영을 꾀어 보아야 한다. 버린 딸이 정말로 그 약과 관련이 있는지, 아니면 적어도 듣거나, 아는 것이 있는지 확인해 봐야 했다. 그래야 그다음의 일을 계획할 수 있었다. 그는 슬픈 표정을 지어 보였다.

"가영아. 아빠가 사실 많이 아프다."

"……아파?"

가영이 멍하게 그의 말을 읊조려 물었다.

"지난번에 집 앞에 찾아왔다는 이야기 들었어. 엄마가 너에게 어떻게 했는지 듣고 아빠가 정말 마음이 많이 아팠단다. 아빠를 얼마나 원망했겠니. 그렇지?"

아프다고? 아빠가? 가영은 커다란 눈으로 아빠의 모습을 꼼꼼히 살폈다. 그러고 보니 조금 표정이 안되어 보이기도 하고, 몸이 좀 굽은 것 같기도 하고, 어쩐지 눈에 힘이 없어 보이기도 한다.

"아파요?"

가영이 물었다. 어릴 때보다 조금 더 차분해진 목소리는 그러나 딸아이의 눈동자만큼이나 여전히 맑았다.

"아파."

"어디가 아파요?"

"……모르겠다. 원인도 모르고 고칠 법도 없댔어."

"……."

아빠를 만나게 될 거란 생각을 단념한 지는 오래이지만 이제야 겨우 만났는데. 아빠는 아프다고 한다. 원인도 고칠 법도 없다고 했다. 가영이 신병을 앓을 때 병원마다 돌며 들었던 이야기였다. 원인도 모르고 고칠 수도 없다는 말. 그 고통이 생생해서 가슴이 아파 왔다.

가영은 경옥의 닫힌 방문을 슬며시 쳐다보았다. 주무시고 계신 걸까. 경옥은 신기가 좋은 무당이니까 아빠가 왜 그러는지 알 수 있지 않을까?

그러다가 생각이 다른 곳에 미쳤다. 가영은 다시 한번 아빠를 쳐다보았다. 어째야 하나. 고민하고 있는데 아빠가 부드럽게 미소 지어 보였다. 그 미소가 너무 슬펐다. 붉게 변한 눈가에 마음이 찡해 왔다.

"잠깐…… 잠깐만 기다려 주세요."

가영은 고무장갑을 벗어 마루 위에 올려놓고 저의 방으로 종종걸음 쳐 들어갔다. 딸아이가 방으로 들어간 지 얼마 되지 않아 벌컥, 다른 문이 열렸다. 경옥이었다. 여전히 을씨년스러운 여자였다. 칼날같이 매서운 눈매는 여전히 불편하다. 권력자가 된 이후로 누구도 판석을 저런 식으로 쳐다보지 않았다. 심지어 강남에서 가장 유명하고 부유한 점쟁이도 그에겐 고개를 숙였다. 자칫 적대적이라고도 읽힐 만큼 서슬이 퍼런 눈. 판석은 언짢고 으스스했다.

"오랜만이외다."

판석이 점잖게 인사했으나 경옥은 그에게 마주 인사하지 않았다. 그저 철심을 박은 듯 쨍하게 노려보다가 가영이 사라진 문 쪽으로 흘깃 눈길을 주고는 입을 열었다.

"가영이를 어쩌려고 찾아왔소?"

"애비가 딸을 찾아왔는데 무슨 이유가 있어야 하나?"

판석이 껄껄 사람 좋게 웃자 경옥의 눈이 가늘어졌다.

"데려가려 하오?"

여자가 묻자 판석은 다시 웃었다. 어물쩍 대답을 유예하는 태도가 비열했다. 이기와 욕심만 가득 찬 악한 존재. 그의 등 뒤로 수많은 악귀가 보였다. 아지랑이처럼 일렁이며 어지럽게 떠다녔다. 너무 많아 손을 쓸 수 없을 지경이었다. 그렇게 영험하단 산이면 산, 강이면 강, 자리면 자리마다 돌며 빌고 빌어도 소용이 없었다.

삶의 굴레는 너무나 잔인하다. 판석의 수레바퀴는 이미 엇나가 있었다. 제대로 교합이 맞지 않는 그 바퀴는 모든 것을 다 제 발밑에 깔고 갈 것이다.

수환은 비닐봉지를 들고 단출한 마당으로 들어왔다. 한눈에 보기에도 고가인 검은색 세단이 다리 밑에 대기 중인 것을 보고 뭔가가 이상하단 생각이 들었다. 마당에 고급 정장을 입은 노신사가 인기척을 느끼고 뒤를 돌아보자 수환은 그가 누구인지 단번에 알아보았다. 핏줄이면 닮는다고, 그는 가영과 닮아 있었다. 망치로 뒤통수를 얻어맞은 것 같다. 이 남자가 여길 왜 왔지?

지난 9년 동안 가영이 밤마다 엄마 아빠를 찾아 부르짖을 때도, 그렇게 혈육이 그리워 매일매일 어디에도 엉덩이를 붙이지 못하고 산이며 들이며 조랑말처럼 뛰어다닐 때도 나타나지 않던 사람이 뭣 때문에?

수환은 박판석의 저열한, 가진 자 특유의 가식적인 표정과 눈매를 눈에 담고는 혈색이 좋지 못한 저의 엄마를 향해 시선을 돌렸다. 경옥은 낮게 한숨을 쉬었다.

방에 들어간 가영은 서랍을 뒤져 무명이 저에게 건네어 준 약봉지를 찾아 들었다. 조금 망설이다가 알약 하나를 꺼내 입에 넣고 꿀꺽 삼켰다.

괜찮아. 괜찮을 거야. 혼자 다짐하듯 되뇌고 가영은 약봉지를 손에 구겨 잡고 방문을 나섰다.

아빠의 뒤로 수환이 보였다. 빵집 로고가 찍힌 큼직한 봉지. 저를 위해 사 왔을 그 봉지를 든 수환의 얼굴은 꽤 허탈하고 당황스러워 보였다. 그 표정에 어쩐지 죄를 짓는 기분이 들어 가영은 봉지를 제 엉덩이 뒤로 슬쩍 숨겼다.

CTA였다. 그 붉은 알약. 찰나의 순간 가영의 손에 들렸다 엉덩이 뒤로 사라진 그것을 판석은 똑똑히 보았다. 저건 CTA다. 분명해.

신은 공평하다. 저에게 개 같은 신병을 주었지만 그걸 이겨 낼 방법도 같이 내려 주었다. 그것도 9년 전 버린 딸에 의해서 말이다. 판석은 속으로 쾌재를 불렀다. 될 놈은 언제든 되게 되어 있다. 이기는 자는 늘 이기는 거다.

"여긴 무슨 일로 오셨습니까?"

수환이 남자에게 적대적으로 물었다. 판석은 제법 서릿발 같은 물음에 거만하게 그를 쳐다보았다.

"딸아이를 데려가려고 왔소."

"……."

이 미친놈이. 씨발. 죽으려고. 욕설을 뱉으며 그의 멱살을 잡을까 봐 수환은 제 이를 사리물었다. 말하는 태도가 너무 당당해서 가증스러웠다. 가영이 그동안 마음고생 한 것을 생각하면 그녀 앞에서 무릎을 꿇고 용서해 달라고 빌어야 맞는 것이 아닌가. 잘못했다고 울어야 하는 것 아닌가. 뻔뻔해도 정도가 있지. 어떻게 이렇게 말짱하게 찾아와 신발에 흙 하나 묻히지 않고 이야기할 수 있단 말인가.

엄마는 늘 신이 정해 준 운명을 따라 사람은 살아간다고 말했다. 삶에 대해 도전하려는 의욕보다 삶에 순응하며 살아가는 것이 더 올바른 방법이라고 여기는 엄마 때문에 수환은 더 청개구리처럼 삶을 도전적으로 살았다.

엄마는 혈육은 천륜이라 여겼다. 그러나 사람 힘으로 바꾸지 못하는 것은 없다. 수환은 그렇게 믿는다. 정해진 운명 따위는 없는 거다. 그러니까 그는 더 이상 가족이 아니다. 혈육도 천륜도 아니다. 가영을 버렸으니 당연하다. 가영은 이제 이 남자가 아니라 자신의 가족이었다.

"못 데려가십니다."

수환이 어깨를 펴고 한 글자 한 글자 씹어뱉었다.

"가영이 못 데려가세요. 이제 와서, 못 데려가십니다."

"……."

판석은 다시 웃었다. 어린아이의 칭얼거림을 듣는 듯한 태도로 그를 한 번 훑더니 경옥에게 말했다.

"장 보살. 내 딸 데려가겠네."

"……."

그녀는 말이 없었다.

"못 데려가신다니까요. 가영이 이제 제 가족입니다."

수환이 다시 한번 힘주어 강조했지만 판석은 그 말을 무시했다.

"딸아이를 데려가도 내가 자네에게 그동안 가영이 맡기며 준 돈, 당분간 계속 주겠네. 잘 키워 준 것에 대한 감사의 의미로."

돈. 수환의 놀란 두 눈이 제 어미에게 향했다. 여자는 여전히 초연하고 짜증스러운 얼굴로 제 방에 그저 망부석처럼 앉아 있기만 했다. 엄마가 돈을 받았어? 가영이를 보살피기로 하고? 설마 그 돈으로…….

비싼 대학 등록금에 경찰 공무원 준비까지. 자신의 과거가 파노라마처럼 줄줄이 보였다. 온몸의 피가 바닥으로 쏟아지는 기분이었다. 망부석처럼 앉아 있는 불쌍하고 연약한 제 모친이 이렇게 경멸스럽긴 처음이었다.

"가자, 가영아. 챙겨 갈 짐 있으면 가져오렴."

"……."

지금 당장 짐을 싸라고? 여길 떠난다고? 그 집으로, 다시 그 집으로 간다고? 가영은 우물쭈물했다. 어떻게 해야 좋을지 몰랐다. 언제든 그렇게 하고 싶었지만, 막상 그런 기회가 오니 쉬울 것만 같던 일이 어렵게 다가왔다. 당장, 당장 어떻게 여길 떠나란 말인가.

아픈 경옥을 두고, 저를 위해 간식을 사 온 수환을 두고, 어떻게 그렇게 미련 없이 이곳을 떠난단 말인가. 그리고 명이. 그의 얼굴이 자꾸만 떠올랐다.

가영은 저벅저벅 제 아버지에게 어색하게 걸어가 약봉지를 내밀었다.

“이거요.”

가까이서 본 그것은 이제 의심할 여지없이 CTA였다. 그러나 판석은 짐짓 모른 척하며 제 딸을 바라보았다.

“이게 뭐니?”

“약이에요. 이거 다 드릴게요. 아프실 때 한 번에 한 알씩 드세요. 제가 해 드릴 수 있는 게 이것뿐이에요.”

“…….”

수환은 가영이 남자에게 건넨 붉은 알약이 의심스러웠다. 뭐지, 이 약? 설마 저가 먹은 것도 이건가?

“저…… 지금 여기 못 떠나요.”

“…….”

수환은 가영을 보았다. 혈색이 좋은 그녀의 얼굴은 그동안과 다르게 침착하고 또렷했다.

“저 할머니도 챙겨 드려야 하고 수환 오빠 밥도 챙겨 줘야 해요. 이부자리도 봐 드려야 하고 빨래도 해 드려야 하고 또…… 닭 모이도 주고 또…….”

“…….”

가영은 그만큼 했다. 저를 위해. 엄마를 위해. 엄마가 그렇게 모질게 대했는데도 말이다. 엄마는 가영을 부리며 그의 부친에게 돈을 받았고, 자신은 그 돈으로 학교를 가고 경찰이 되었다. 돈을 받아 처먹었으면 차라리 공주처럼 잘해 주기라도 하지. 아껴 주기라도 하지. 거짓으로라도 사랑을 주지. 수환은 떨리는 주먹을 꽉 쥐었다.

"가."

수환이 짧게 뱉었다.

"가. 가영아."

"……."

"가. 아빠한테. 네 가족한테 가."

"……."

수환은 손에 들린 봉지를 가영에게 쥐여 주었다. 미안하다는 말도 나오질 않는다. 염치가 없어 다시 그 맑은 눈을, 저를 챙기겠다는 이 심성 고운 아이의 바른 얼굴을 쳐다볼 수가 없었다.

나는 처음부터 가족이 아니었다. 가족이길 원했지만 그렇지 못했다. 그동안도 가족이 아니었다. 가족은 돈으로, 사람을 사지 않아. 가족을 팔아 그 돈으로 호의호식하지도 않는다. 수환 자신도, 그리고 모친도 그들에겐 가영을 잡을 자격이 없다.

수환은 가영의 머리를 한 번 쓰다듬고는 집으로 들어갔다. 한번 닫힌 방문은 다시 열리지 않았다. 가영은 상처 입은 듯한 수환의 얼굴이 마음에 걸려 한참이고 그 자리에 서서 울먹였다.

가영은 아빠의 말을 따랐다. 수환도 경옥도 저를 잡지 않고 아빠는 함께 가자고 하니 별도리가 없었다. 차를 타기 전 가영은 자꾸만 뒤를 돌아보았다. 외로움에 질식할 것만 같던 시골집도, 늘 뛰어다니던 산도, 그리고 무명의 집도. 이렇게 준비 없이, 예고 없이 떠나도 되는 걸까. 도통 이게 맞는 것 같지가 않다.

저의 것이라 할 수 있는 것이 없어서 싸 가지고 나올 짐도 없었다. 대신 수환이 준 초콜릿과 무명의 집에서 빌려 온 시집 하나를 품에 꼭 들고 왔다. 돌려주어야 하지만 돌려주고 싶지 않았다. 그 책이라도 가지고 있고 싶었다.

서울로 올라가는 길이 까마득하게 멀었다. 가영은 아빠 차를 타고 가는 내내 아빠의 차를 타고 산골로 왔을 때처럼 멍하게 전신주만 바라보았다. 하늘이 많이 흐렸다. 아스팔트의 비릿한 내음이 코끝에 느껴졌다. 그러나 비 내음이 느껴지지는 않았다. 그저 우울하기만 한 날씨였다.

"대체 이게 무슨 일인지……."

여자는 현관에 팔짱을 끼고 서서 구시렁거렸다. 목에 건 눈부신 다이아몬드 목걸이를 매만지는 손이 자못 신경질적이고 초조했다. 한숨을 내쉬는 모친을 바라보는 차겸의 얼굴도 돌처럼 딱딱하게 굳었다. 아버지의 아래에서 그의 처세술을 배워 왔다. 그의 수족이 되고 나아가서는 미래의 박판석이 되기 위해 차겸은 아버지의 일거수일투족을 챙겼다.

가영이 집으로 돌아온다는 것은, 그것도 아버지가 몸소 시골로 내려가 가영을 데리고 온다는 것은 이제 그 계집이 판석에게 무척 쓸모 있는 존재가 되었다는 뜻이었다. 그리고 최근에 판석이 자신의 건강에 과도하게 집착하고 있음을 안다.

CTA를 알게 된 이후, 아버지는 그 약이 없으면 다시 거품을 물고 쓰러질 거란 불안증에 시달렸고, 오로지 그 약에만 몰두하고 있었다. 그리고 그의 말대로 가영이 그 약과 관련된 자라면, 분명 가영은 다시 이 집의 공주가 될 것이다. 다시 온 집안의 관심과 사랑이 가영에게로 갈 것이다. 과거 그 예쁘고 착한 겉모습으로 세상 모두를 홀렸듯이.

기사가 모는 판석의 세단이 차고에 들어섰다. 차고에서 이어진 도어록을 수행 비서가 열어젖히자 위세 당당한 아버지의 실루엣이 보였다. 차겸은 초조한 기분을 숨기고 제 어미를 따라 얼굴에 미소를 띠었다.

판석의 뒤를 따라 가영이 모습을 드러냈다. 길고 흑단 같은 까만 머리를 지저분하게 묶은 시골뜨기 촌년이.

“어서 오세요.”

모친은 남편을 부드럽게 맞이하고 그의 뒤에서 집 안을 곁눈질하는 딸에게 시선을 던졌다. 집 앞에서 모질게 가영을 쫓아냈던 일은 과거의 일이었다. 과거에 냉대했던 이에게 마치 없었던 일이라는 듯 사근하게 구는 것에 달관했다. 상냥하게 미소를 지으며 백치처럼 굴면 상대방은 어쩔 수 없이 그에 장단을 맞추어 주었다. 자신의 딸에게도 그녀는 다르지 않았다. 여자는 딸을 향해 예의 그 천사 같은 미소를 지어 보였다.

“어서 오렴. 먼 길 오느라 힘들었지?”

“…….”

모친이 제 손을 꼭 잡았다. 집을 찾아온 그날 엄마가 이런 반응을 했다면 가영은 울며 그 품에 달려들었을지도 모른다. 아니면 함께 미소 지으며 고개를 끄덕이곤 응석을 부렸을지도 모른다. 하지만 지금은 그저 모든 상황이 어색하기만 했다.

"저…… 이제 가영이는……."

어머니가 가영의 손을 꼭 잡는 것을 보며 차겸은 조심스레 아버지에게 입을 뗐다. 판석은 아들을 향해 엄하게 눈을 들어 보였다. 그는 아버지의 저런 눈만 보아도 오금이 저렸다. 예나 지금이나 마찬가지다.

"가영이는 이 집 사람이다. 이제."

냉정한 말투였다. 판석은 아들에게 그 한마디를 퉁명스럽게 던지고 옷을 갈아입으러 방으로 들어갔다. 차겸은 마침내, 드디어, 끝끝내 집 안에 발을 들인 저의 누이를 내려다보았다.

모두의 사랑을 독차지하던 눈엣가시. 태어나자마자 저가 받았어야 할 가족 모두의 사랑을 빼앗아 간 도둑년. 신병에 걸려 산에 버려졌단 이야기를 듣고는 얼마나 행복하고 통쾌했던지. 그 이후로 어머니의 관심과 아버지의 기대가 자신에게만 쏠려 얼마나 신이 났는지 모른다.

지난번 집 앞에 찾아온 그녀를 어머니가 내쫓았을 때, 가영의 '가' 자도 당신 앞에서 꺼내지 못하게 말을 막는 부친을 보았을 때, 그는 짜릿한 희열을 느꼈다. 그런 인생이 계속될 줄로만 알았다. 다시 이렇게 눈앞에 나타나기 전까지는 말이다.

이가 갈렸다. 가영이, 저의 누이가 죽이고 싶을 만큼 미웠다. 스무 살의 처녀가 괴물처럼 보였다.

차겸은 따라 들어가려는 어머니를 제치고 아버지를 따라 방 안에 들어갔다.

"아버지 진심이세요?"

판석은 인상을 쓰며 아들에게 옷가지를 내밀었고 차겸은 어떻게든 분을 삭이려 숨을 떨며 그것을 받아 옷걸이에 걸었다. 아버지 앞에서 화를 내어선 안 된다. 건방지다며 따귀 세례를 받을 것이다. 그는 어금니를 물었다.

"정말로, 가영이. 집에 들이실 거예요?"

"못 할 게 뭐가 있어?"

"가영이, 이제 더 이상 이 집 사람 아니잖아요."

"네 누이다. 그럼 당연히 이 집 사람이지."

"……가영이 이미 오래전에 죽은 사람 아닙니까."

사탕을 달라고 징징대는 듯한 제 아들의 모습에 판석은 쯧 하고 혀를 차며 인상을 썼다. 아버지의 작은 변화에도 아들은 식은땀을 쏟았다.

"멍청한 놈 같으니. 언제쯤 너는 내 말을 철석같이 알아들을 테냐?"

"……아버지."

"누가 저 애를 책임지겠다던? 누가 저 애를 산 사람으로 만든다고 했어! 그냥 이 집에 살게만 하자는 거야 살게만!"

판석은 협탁 위에 내려 둔 비닐봉지를 그의 앞에서 흔들어 보였다. 무수히 많은 붉은 알약.

"이게 뭘 뜻하는 것 같아. 전덕기가 약을 구해 오는 그 루트를 저 애도 알고 있단 뜻. 그 뜻이야. 그뿐이야? 저 아이만 잘 구슬리면 대가를 주지 않아도, 타인의 눈을 신경 쓰지 않아도 된다는 말이다. 내가, 그리고 네가 직접 오십 알이 아니라 백 알! 이백 알! 그 이상도 받아 낼 수 있단 뜻이야! 내가 살고, 너는 아비 밑에서 계속 살 수 있단 뜻이야."

"……."

"네 누이 잘 지켜. 잘 구슬리란 말이야. 약을 어디서 가져오는지, 어디서 나는지, 그걸 어떻게 만드는지, 구슬릴 수 있을 때까지 구슬려. 단물 쓴물 다 뽑아 먹으란 말이야. 그때까진 해 달란 대로 다 해 줘. 그 이후 일은 그 이후에 생각해도 늦지 않아."

"……."

차겸은 비정한 부친의 눈을 들여다보았다. 그 안에서 자신은 보이지 않았다. 오로지 박판석, 당신만이 가득했다.

밥상은 진수성찬이었다. 9년 동안 경옥의 집에 살면서는 제대로 고기반찬을 먹지 못했다. 나물과 버섯, 채소로 만든 반찬 한두 개, 거기에 하얀 쌀밥에 국이 다였다. 단출한 상 위에 올리면 딱 안성맞춤인 밥상. 거기에 비하면 휘황찬란하게 조각되어 있는 8인용 식탁에 올라가 있는 찬과 요리들은 끝이 없었다.

가영은 고개를 돌려 가며 반찬을 구경했다. 어릴 땐 분명 매일 이런 밥상을 받았었다. 어렴풋이 기억나지만 그때 무엇을 먹었었나 하면 마땅히 떠올려지는 음식은 없었다. 이런 진수성찬보다 차라리 한

밤중에 끓여 먹었던 라면 같은 것이 더 선명하게 기억에 남았다. 가영이 쉽게 수저를 들지 못하자 모친이 그녀의 앞으로 돼지고기로 만든 사태찜을 내밀었다.

“자. 어서 먹어. 이거 네가 좋아하는 거잖아.”

엄마는 방긋 웃었다. 여전히 섬섬옥수 고운 손으로 그녀는 가영의 앞에 예쁘게 말린 계란말이도 밀어 주었다.

“너 먹기 좋으라고 설탕도 많이 넣었어.”

맞아. 그랬다. 어릴 땐 무조건 단 음식이 좋았다. 계란말이도 단것, 사태찜도 단것, 어쨌든 단맛이 있어야 먹었다. 지금도 단것은 좋아한다. 엄마는 그걸 다 기억하고 있었구나. 엄마가 기억하고 있다는 걸 알면서도 기쁘지 않았다. 대신 가슴이 지끈 아팠다.

“먹어. 엄마가 너 배곯을까 봐 수저도 못 드신다.”

옆에서 차겸이 얼렀다. 부드러운 어조지만 곱게 들리진 않았다. 가영은 우물쭈물 수저를 들었다.

“잘 먹을게요.”

음식은 맛있었다. 어릴 때 먹어 보았기 때문인가 모두 다 입에 잘 맞았다. 다만 기름진 음식을 많이 먹어서인가 실컷 먹고 나니 속은 그렇게 좋지 못했다. 무엇보다 상황이 불편했다. 늘 그리워했던 집이, 엄마가, 아빠가, 오빠가. 모든 것이 다.

“너 어릴 때 쓰던 방, 엄마가 가구며 다 바꿨어. 너무 다 아기들 거라. 이제 스무 살인데 처녀가 쓰기엔 좀 그렇잖아.”

모친은 부드럽게 말하며 방문을 열었다. 향긋한 내음이 훅 끼쳤다. 방은 연핑크색이었다.

하얀 침대에 연핑크색 이불과 쿠션이. 하얀색 협탁 위에 레이스가 섬세하게 수놓아진 스탠드와 꽃이. 그리고 새하얀 화장대 위에는 어릴 때 가지고 놀았던 것과 비슷한 바비 인형이 놓여 있었다. 모든 것이 새것이었다.

엄마는 옷장을 열어 새 옷을 꺼냈다. 예쁜 십자수가 수놓인 핑크색 실크 파자마. 엄마의 취향이었다. 맞아. 그래. 엄마는 늘 자신을 데리고 소꿉놀이를 했다. 하나부터 열까지 본인의 취향으로 저를 꾸몄다. 가영은 핑크색을 그렇게 좋아하지 않았다. 노란색이나 초록색을 훨씬 더 좋아했다. 파란색보다는 핑크색이 좋지만 그보단 노란색이, 그보단 초록색이 좋았다.

어릴 땐 저가 예쁘다고 박수 치며 기뻐하는 엄마를 보는 것이 신나고 행복했다. 정말 공주가 된 기분이 들었고 자신을 공주처럼 대해 주는 엄마가 좋았다.

그땐 그것이 자신을 사랑해서라고 생각했다. 9년이 지난 지금 다시 그때처럼 속옷부터 시작해 하나하나 자신의 취향대로 침대 위에 늘어놓는 엄마를 보고 있자니 이것이 과연 사랑이었을까 생각하게 된다.

11년 동안 나는 이곳에서 어떤 존재였을까, 지난 9년 동안 그리워 잊지 못했던 것들이 이런 것이었나. 나는 왜 이곳에 와 있는 걸까.

"속옷 사이즈가 맞을지 모르겠다. 대충 평균으로 샀는데. 입어 보고 작으면 말하렴. 엄마가 새것으로 사다 놓을게."

"……."

엄마는 가영을 위아래로 훑고는 못마땅한 듯 고개를 저었다. 그러더니 곧 방그레 웃었다.

"이제 그 옷 좀 벗자. 영 못 봐 주겠다. 오늘은 씻고 푹 자렴. 내일 아빠가 할 말이 있다니까. 알겠지?"

"엄마."

가영은 나가려는 모친을 붙잡았다. 마음이 자꾸만 아파 왔다.

"왜?"

여자는 대답했다. 지난번처럼 썩은 고기라도 본 듯한 표정이 아니라, 너무나 당연히 들어야 할 말을 들었다는 듯 아무렇지도 않게, 너무도 자연스럽게, 처음부터 지금까지 자신은 가영의 엄마가 아니었던 적이 없었던 듯이. 아침에 먹었던 무명의 약이 아니면 자신은 아마 이 엄마의 맑은 표정에, 아빠의 살가움에, 오빠의 다정한 목소리에 속았을지도 모른다. 그러나 그 약 때문일까……? 모든 것이 너무나 명료하게 보였다. 너무나, 명료하게.

"왜?"

입술을 꾹 닫고 있는 가영에게 여자는 상냥하게 채근했다.

"나…… 배가 아파요."

"……."

"나 잠들 때까지 옆에 있어 주면 안 되어요?"

모친의 표정이 한 번 싸늘하게 굳었다. 평생 자신의 마음을 숨기고 손님을 친절히 맞이하고 접대하는 것에 이골이 난 여자였다. 하지만 그 순간 그 표정만은 진심이었다. 아주 찰나였지만 곤욕스러워하는 그 표정이 진심이었다. 여자는 다시 방긋 웃었다.

"그래. 알겠다."

모친은 가영이 씻고 나와 속옷과 파자마 입는 것을 도왔다. 바비 인형처럼 저가 고른 옷을 잘 차려입은 가영을 만족스럽게 쳐다본 후 침대에 누운 아이의 등을 아주 천천히 토닥였다.

여자는 자장가를 흥얼거렸다. 밑도 끝도 없이 그저 잘 자라 우리 아가만 계속해서 반복되는 엄마의 음성을 들으며 가영은 이불을 눈 두덩이 위로 끌어 올렸다.

엄마는 한 번도 자장가를 불러 준 적이 없다. 매일 밤 물어보아도 매일 밤 엄마는 웃으며 유모를 대신 들여보냈다. 기억을 하지 못하는 것인지 어쩐 것인지는 몰라도 가영은 알 수 있었다. 엄마가 연기를 하고 있음을. 무리를 하고 있음을. 이유는 알 수 없지만 이것이 진심이 아니라는 것은 안다. 저를 그리워해서, 그래서 미안해서 이러는 것이 아닌 것도 안다.

미안하다는 것은, 사랑한다는 것은 한밤중에 몰래 들어와 자는 저의 머리맡에 초콜릿을 놓아 주는 것이었다. 차 내어 버린 이불을 다시 어깨까지 예쁘게 끌어당겨 놓는 것이었다. 악몽에 깨어나 밤새 칭얼거리는 어린 누이에게 제 이불을 내어 주고 밤새 묵묵히 토닥여 주는 것이었다. 가족에게, 엄마에게 받았어야 할 사랑을 가영은 수환에게 받았다. 유년 시절의 따듯함이라고는, 사랑이라고는 수환에게서 받은 것 말고는 생각나질 않았다.

이런 건 싫어. 따듯한 집, 맛있는 음식, 예쁜 방과 옷, 푹신한 이불. 9년 동안 그리워했던 모든 것이 이곳에 있지만, 무엇도 느껴지지 않았다. 저를 보며 괴성을 질러 대던 닭이 그리웠다. 그 좁은 단칸방의 서늘한 외풍이 불던 그 초라한 이부자리가 그리웠다. 매일 수환이 들고 오는 그 자그락거리는 비닐봉지 소리가 그리웠다.

무엇보다 무명이, 그 아이의 품이 그리웠다. 그 아이가 보고 싶어서 눈물이 났다. 다시 이름을 부르면 저의 목소리를 듣고 찾아와 주지 않을까도 생각했다. 그러나 마지막으로 무명을 보았을 때, 그가 지었던 표정, 그 얼굴이 생생히 떠올랐다. 어쩐지 그를 불러도 다시는 와 주지 않을 것 같았다. 그는 그때 너무 차가웠다.

엄마의 자장가가 끝날 때까지 가영은 눈을 감고 있었다. 휴, 하는 긴 한숨과 함께 엄마가 방을 나가자 그제야 가영은 아프게 감았던 눈을 천천히 떴다. 그러곤 책을 읽었다. 무명의 서고에서 가지고 온 시집이었다.

몇 페이지쯤 읽다가 눈을 비비고 몇 페이지쯤 읽다가 잠이 들었다. 설핏 귓가에 바람 소리가 들렸다. 커다란 목련나무의 꽃향기도 진하게 났다. 사르락 하고 종이책이 넘어간 후 가만히 덮이는 소리가 났다.

내내 그리워하던 서늘한 향이 꽃향기에 섞여 코끝에 맴돌았다. 잠시 후에는 깃털 같은 감촉이 뺨을 간지럽혔다. 창문이 열려 있었다. 찬바람에 오소소 소름이 돋아 잠결에 몸을 웅크리자 따듯한 것이 어깨 위로 감겼다. 몽롱하고 한없이 간지러워 꿈인 것 같았다. 가위에 눌린 것처럼 몸이 잘 움직이지 않는 것도 꼭 그랬다.

가영은 잘 떨어지지 않는 입술을 움직이려 안간힘을 썼다. 눈을 뜨면 무명이 보일 것 같은데, 눈이 잘 떠지지 않았다.

"쉬."

어둠 속에서 목소리가 속삭였다. 손을 뻗어 그것을 잡아 보고 싶었다.

"내 것을 돌려받으러 왔어."

가영은 온몸에 쥐가 날 정도로 힘을 주었다. 손가락 발가락을 비틀어 보려 낑낑거렸다. 그의 향기가 가까웠다 멀어졌다. 머리맡에 두었던 책이 스르륵 소리를 내며 천에서 미끄러졌다. 안 돼. 가져가지 마. 몇 번이고 몸서리를 쳤다. 누에고치처럼 웅크린 채 잠이 든 가영의 얼굴이 고통스럽게 일그러졌다.

무명은 그녀의 얼굴을 물끄러미 바라보았다. 그저 여리게 일그러진 얼굴을 감상했다. 아주 신기한 듯이.

"여기가 네가 그리워하던 곳이야?"

그는 주위를 둘러보았다. 공주의 방처럼 하얗고, 섬세하고, 화려했다. 너는 공주였구나. 외로운 성에 갇힌 공주. 가영은 언제나 외로워했다. 웃을 때에도 어딘가는 채워지지 않아 텅 비어 있었다. 그 외로움을 어쩌지 못해 비를 피하는 산짐승처럼 저의 품으로 파고들었다는 것을 안다. 입을 맞출 때마다, 그녀의 여린 입가를 씹을 때마다 그것이 느껴졌다.

어때. 이젠 외롭지 않아?

악몽을 꾸는 듯 고통스러워 보이는 가영의 눈가가 점점 빛났다. 달빛을 받은 보석처럼 속눈썹 새로 차올랐다.

무명은 제 손에 든 보들레르의 시집을 내려다보았다. 맨 처음 이 시집을 산 것은 부일 때문이었다. 사랑에 실패한 후 자괴감과 우울함에 몸살을 앓던 그를 위로하기 위해서였다. 그 이후 부일은 짬이 날 때마다 서점에 들러 다시는 읽지 않을 보들레르의 시를 사 와서 서고에 넣어 두었다. 습관처럼, 버릇처럼. 그때의 부일은 그래도 제법 활기찬 노인이었다.

서고에 있는 수많은 책들 중, 가영이 처음으로 가져가 읽고 싶다고 한 책이었다. 그녀는 가슴에 그것을 품고 어쩐지 네가 생각난다며 웃어 보였다.

그대는 구천에서 왔는가, 나락에서 왔는가.

아마 분명 가영이 맘에 들어 하는 사랑의 시는 그렇게 시작할 것이다. 네 마음속에 담긴 나는 너에게 무엇일까. 나는 너의 어디쯤에서 멈춰야 할까. 네가 도망가지 않을 만큼을 지키려면, 언제까지나 너의 호의를 받으려면, 너의 미소를 보려면 나는 어디까지 너에게 다가가야 할까. 나는 너의 어디쯤에 있고 싶은 걸까.

무명은 폭신한 이불을 덮은 가영의 몸을 조심스레 안아 들었다. 순간 짓눌린 꿈에서 깨어난 가영이 눈을 게슴츠레 들었다.

"깨어나지 마. 공주님."

달빛 아래 무명은 불꽃처럼 밝고 밤하늘처럼 서늘했다. 그는 창밖을 내다보았다. 찬바람이 물결처럼 밀려들었다. 그가 말간 미소를 지으며 이불을 이로 살짝 물어 여자의 얼굴 위까지 덮었다.

"아직 밤바람은 차고, 우린 하늘을 날 거야. 너는 다시 꿈을 꿀 거고."

몸이 솟구쳤다. 처음엔 놀라웠고 그다음부터는 평화로웠다. 둥실둥실 파도 위에 떠다니는 것 같기도 했고 어둠에 갇혀 구름 속에 떠다니는 기분도 들었다. 두근두근. 무명의 심장 소리는 엄마의 자장

가보다 고요하고 따듯했다. 가영은 그제야 끝도 없는 잠의 나락으로 빠져들었다. 악몽도 없고, 몸을 짓누르는 듯한 고통도 없었다. 그저 평안한 어둠뿐이었다.

마음

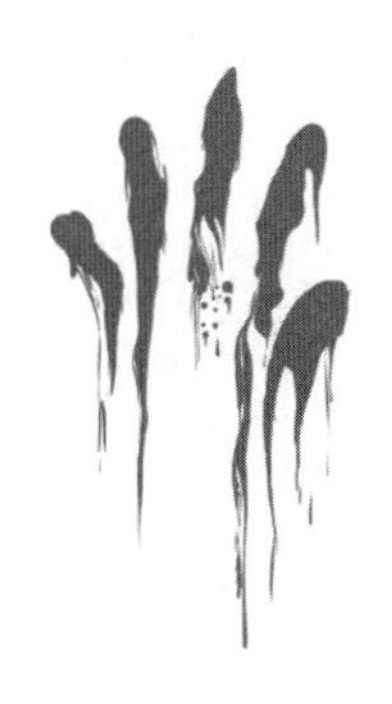

수환은 밤늦게까지 잠을 이룰 수 없었다. 가영이 떠나간 집은 적막하고 쓸쓸했다. 악몽을 꾸었다고 문고리를 잡고 울던 모습이 자꾸만 생각났다. 평생 애정에 목말라하던 아이에게 자신이 주었던 것, 사랑 혹은 애정이라 이름 붙인 위선이 못 견디게 혐오스러웠다. 어떻게 그럴 수 있냐, 어떻게 가영의 부친에게 돈을 받을 수 있냐던 저의 고함에 모친은 태연한 얼굴로 대꾸했다.

저년이 내게 해 준 것이라고는, 그리고 너에게 해 준 것이라고는 그것뿐이야. 경옥이 저의 어미는 맞는지 의심스러웠다. 그녀가 모시는 신이 악마인 것은 아닐까, 어쩌면 그냥 귀신에 씌어 버린 건 아닐까 생각했다. 늙어서 추해진 것인지, 당신의 말대로 죽을 때가 되어 추해진 것인지 그것도 모르겠다. 그저 모든 것이 가영에게 너무나 너무나 불공평한 일이란 것만이 확실했다.

수환은 괴로움과 외로움에 뒤척이다 이부자리를 털고 일어났다. 속이 타서 냉수를 한 잔 들이켜고 마루로 나와 미닫이문을 드르럭 열었다. 달이 뜬 깊고 어두운 밤이었다. 벌레 소리만 들리는 고요함에 귀를 기울이고 있자니 한결 더 우울하고 쓸쓸했다.

수환은 저도 모르게 가영의 방문을 쳐다보았다. 엄마의 방도, 저의 방도 모두 마루로 방문이 연결되어 있는데 가영의 방문만 밖으로 나 있었다. 신을 신고 새시로 덧대어 복도로 만든 좁은 마당을 건너야 비로소 집 안으로 들어올 수가 있었다.

사는 내내 다른 곳을 바라보고 있는 방문을 의식하지 못했다. 이제야 그것이 눈에 들어왔다. 그런 것마저도 어린 마음에 상처를 주었을까 걱정되었다. 서울에서 어떻게 지내고 있으려나. 그토록 그리워하던 곳인데 마음 편히 잘 지내고 있으려나. 이젠 이곳에 더는 찾아오지 않으려나. 찾아가면 늘 그랬던 것처럼 저를 보러 뛰어나와 주려나.

"……."

바람에 삐걱하고 문이 흔들렸다. 꼬리에 꼬리를 물고 생각에 빠져 있던 그의 눈이 그 순간 가늘어졌다.

어째서 방문이 열려 있는 거지? 분명, 저 방문은 내내 닫혀 있었다. 가영은 언제나 꼭꼭 저의 방문은 닫고 다녔다. 온 집 안의 문단속은 그 녀석이 다 했다. 집을 떠나며 분명 제 방문을 잘 단도리 했을 것은 의심할 여지가 없는 일이다.

수환은 발걸음을 옮기며 슬리퍼를 끌지 않으려 노력했다. 이 산골 마을에 밤늦게 찾아올 이는 아무도 없었지만 형사를 하며 외딴 마을에 강도가 드는 일도 종종 목격하곤 하였다. 몸에 밴 습관대로 그는 의구심과 경계심을 갖고 몸을 낮추었다.

손으로 조심스레 문을 건드렸다. 끼익, 하는 녹슨 쇳소리가 났다. 수환은 긴장감에 턱을 굳히고 문을 좀 더 민첩하고 빠르게 열어젖혔다.

방 안으로 바람이 몰아닥쳤다. 어두운 방 안으로 수환의 그림자와 달빛이 쏟아져 들어갔다. 그 안에 가영이 있었다. 마치 계속 그곳에 누워 있었다는 듯 새근새근 자고 있는 가영의 몸 위에는 본 적 없는 연핑크의 고급스러운 이불이 덮여 있었다.

이질적인 이불보다 더 이질적인 것이 그의 눈을 사로잡았다. 저의 그림자에 반 정도가 어둠에 잠겨 있던 실루엣. 아주 오랫동안 그곳에 서서 가영을 바라본 듯 가만히 여자를 내려다보던 사내가 아주 천천히 눈을 들었다. 매혹적이고도 소름 끼치는 움직임이었다.

"쉿."

그가 길고 가는 손가락을 저의 붉은 입술에 대었다. 수환은 숨이 멎었다.

이, 이 새끼…….

죽은 자처럼 새하얀 피부 위로 박힌 두 개의 붉은 점. 달빛을 받아 청아하게 빛나는 다이아몬드 같은 두 눈은 수환의 목줄을 죄었다. 어떻게 된 일인지를 모르겠다. 그 눈과 마주하는 순간 사지에 마비라도 온 듯, 아니 그냥 돌처럼 굳은 듯 움직일 수가 없었다. 손가락도 눈동자도 움직일 수 없었으며 말도 할 수 없었고 심지어 숨도 제대로 쉴 수가 없었다.

그는 수환이 얼어붙는 것을 보고 만족스럽게 시선을 내렸다. 째깍 째깍 초침이 울렸다. 수환은 침을 꿀꺽 삼켰다. 입술이, 폐가, 목젖이 타는 것 같았다.

눈을 가린 장님. 부모님이 이혼하고 할아버지와 단둘이 사는, 가난하고 가진 것 없는 청년. 그리고 가영의 친구. 지금껏 수환은 눈앞의 남자를 그렇게 알고 있었다.

남자는 아주 한참 동안 가영을 바라보았다. 아주 한참 동안 평화롭게 잠에 빠져 있는 그 얼굴을 하나하나 뜯어보았다. 시선은 뜨거웠고 잔인한 열망이 담겨 있었다.

소리를 지를 수 있다면 질렀을 것이다. 그러나 그럴 수가 없었다. 목소리가 입 밖으로 뱉어지지도 않았다.

살가죽을 벗겨 내는 듯 가영의 피부 위를 더듬던 눈이 다시 수환을 보았다. 피처럼 붉고, 고통스러울 정도로 선명한 눈을 소유한 자의 몸이 수환과 정면으로 마주했다. 호리호리하고 낭창낭창하던 몸이 칼날처럼 견고하고 민첩해 보였다. 그가 어둠 속에서 웃었다. 하얀 이를 드러내며.

수환은 저의 관자놀이를 타고 식은땀이 흐르는 것을 느꼈다. 이 장면에 기시감이 들었다.

그래. 분명 본 적이 있다. 새까만 어둠 위에 찍힌 핏빛의 붉은 점을 분명히.

수환은 간신히 눈을 한 번 깜빡였다. 그렇지 않으면 정말 죽을 것 같아서 아주 힘겹게 뻑뻑한 눈을 감았다. 그리고 떴을 때는 마치 신기루였다는 듯 남자는 사라져 있었다.

서늘한 미풍이 몸을 훑고 지나갔다. 감각이 다시 깨어나고 조였던 숨통이 터져 수환은 깊게 호흡하며 몸을 틀어 저의 뒤를 돌아보았다.

삐걱삐걱. 방문이 흔들렸다.

그는 장님도 가영의 친구도 아니었다. 심장이 질주하듯 뛰었다. 정신분열증 환자의 광기에 찬 스케치. 그 안에서 봤던 그 붉은 눈동자를 가진 괴물.

무명이라 불리는 이 남자는 필시 그 괴물임에 틀림이 없었다.

"씨발……."

그는 짓눌린 욕설을 내뱉었다.

욕심

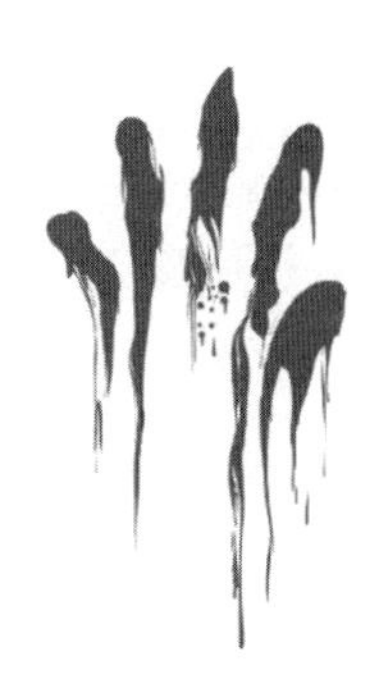

그 새끼는 살인마다. 뭐 하는 놈인지는 모르지만 어쨌든 사람은 아니다. 그는 날이 밝을 때까지 거실에 조용히 앉아 있었다.

그 괴물을 밤중에 찾아가는 것은 위험한 짓 같았다. 그렇다고 낮에 찾아간다고 해서 덜 위험한 것은 아니겠지만 어두울 때보다야 시야가 밝은 편이 심리적인 안정에는 도움이 될 것이다. 그래서 날이 밝기만을 기다렸다. 닭이 울고 어둠이 걷히고, 해가 떠오르길 기다리며 그 새끼를 어떻게 해야 할지를 생각했다. 그 괴물 새끼는 눈빛만으로도 사람의 사지를 마비시킨다. 사람을 잔혹하게 살해한 현장에서도 느껴 보지 못한 감각이었다. 숨이 막히는 그런 기분은 말이다.

수환은 해가 뜨는 것을 보고 바로 휴대폰을 들었다.

— 예. 선배.

휴대폰 너머 아직 잠이 덜 깬 영길이 대답했다.

"야, 나 아무래도 찾은 것 같아."

— 예?

"그 살인범."

— 무슨 살인범요?

"왜, 그 정신분열 목격자가 그린 놈!"

영길은 대답이 없었다. 쉽사리 수환의 말을 이해하지 못하는 듯했다.

"그, 새빨간 눈! 내가 씨발 그걸 봤다니까!"

— …….

"아무래도, 아무래도 그 새끼 같아. 하여튼 그 새끼야. 맞아. 내가 맞는 것 같아."

— 뭐 증거라도 있어요?

증거. 증거라면 그 눈으로 충분해. 꼭 그림처럼 악귀 같은 그 붉은 눈. 그거면 충분했다. 수환에겐 확신을 줄 증거였지만 객관적으로 보자면 그것은 증거가 될 수 없었다. 게다가 그 정신분열 환자의 그림이 신빙성 있는 증거가 될 리도 없었다. 좀 더 필요했다. 이 괴물을 옭아맬 확실한 증거가.

이 새끼는 정체가 뭐든 사회에서 격리시켜야 한다. 그리고 가영의 옆에서도 격리시켜야 한다. 어쩌면 죽어야 하는지도 모른다. 꼭 악몽을 꾸고 있는 것 같았다. 근본 없는 공포에 손발이 저려 왔다. 이마에 식은땀이 흘렀다.

대체 그 자식은 정체가 뭘까. 수환은 정신을 차릴 수가 없어서 이렇다 할 작별의 말도 없이 전화를 뚝 끊었다. 이 새끼를 잡아야 하는데 눈앞이 깜깜했다.

삐걱— 방문이 열리더니 스륵스륵 슬리퍼를 끌고 가영이 마루로 들어섰다. 그녀는 '어' 하고 멈추더니 눈을 비비고 하품을 했다. 늘 이곳에서 입던 그 허름하고 낡은 옷으로 멀쩡하게 갈아입은 가영을 보는 수환의 눈이 범상치가 않았다.

"너 여기가 어딘 줄 알아?"

수환이 아주 낮고 강한 어조로 물었다. 여기? 당연히 알지.

"응."

가영은 고개를 끄덕였다.

"너 서울 갔잖아. 어떻게 밤사이에 네 방에서 나와?"

"그건……."

가영은 눈을 좌우로 굴리며 말끝을 흐렸다. 명이가 나를 안고 날았어. 진실은 그것인데 입 밖으로 내기가 어려웠다. 수환이 믿어 줄지도 모르겠고. 그렇게 하면 무명이 어떤 존재인지 알려 주는 것 같았다. 그리고 그래선 안 될 것만 같았다. 뭐라고 적당히 핑계를 대야 좋을까 고민했다. 거짓말은 못 했다. 평생 해 본 적도 없고 하고 싶지도 않았다. 그래서 우물쭈물했다.

"그 새끼 뭐야?"

"누구?"

가영이 불안스레 눈을 깜빡거렸다.

"그 새끼! 너 밤에 데려온 새끼! 저 위에 사는 그 장님인 척하는 그 새끼!"

그 새끼라고 칭하는 수환의 언성이 공격적이었다. 가영은 자연스레 방어적으로 그에게 눈을 치켜떴다.

“명이는 그냥 좋은 아이야.”

“너, 그 새끼 뭐 하는 새끼인 줄은 알아?!”

“모, 몰라.”

“그 새끼 사람 죽이고 다니는 새끼 아니야?!”

“아니야!”

가영은 저도 모르게 버럭 소리 질렀다. 너무 강한 어조로 항변해 버렸다. 그래 놓고 이를 물고 뒤로 주춤 물러섰다. 울컥 뭔가가 가슴에서 치밀어 올랐다.

명이는, 그의 말대로 사람을 죽이고 다니는 자였다. 이름도 없이 평생 괴물이나 귀신으로 불렸다던. 오로지 그녀에게 불리기 위해 자신의 이름을 만들었다던. 명이는 그런 아이였다.

명이는 나쁘지 않아. 명이는 좋은 아이야. 명이는 착해. 명이는 따듯하고 친절해. 명이는 사람을 죽이지만, 그렇지만 나쁘지 않아. 명이는…… 사람을 죽이지만…… 그래도 나쁘지 않아……. 가영의 시선이 아프게 바닥으로 떨어졌다.

명이는 좋은 사람이야. 그러나 어떻게 양립할 수 있을까. 사람을 죽이는 것과 좋은 사람이라는 것이. 어떻게 사람을 죽이며 좋은 사람일 수 있을까. 그래도, 아무리 그렇다 해도, 그 말도 안 되는 것이 명이에겐 가능했다. 아니, 가영의 머릿속에서는 가능했다.

명이는 특별해. 명이는 착한 사람이야. 명이는 따듯하고 좋은 사람이야. 명이는 절대로 나쁘지 않아. 그렇게 속으로 되뇌며 어쩐지 서러워 눈물이 났다. 마음속에 있던 죄의식, 애써 무시했던 아픈 부분, 언제나 그녀의 마음속에서 스스로를 좀먹어 가던 나약한 곳을 수환은 너무 강하게 긁어 버렸다.

"명이는……."

명이는 저를 구해 줬다. 기범 할배로부터 구해 주고 가장 힘들 때 외로울 때 마법처럼 곁에 나타나 머물러 줬다. 온기를 주고, 쉴 곳을 주고, 저를 필요로 해 줬다. 그가 아니었다면 죽었을지도 모른다. 그가 아니었다면 웃을 수 없었을지도 모른다. 그가 아니었다면. 그가 아니었다면.

"명이는……."

명이는 아프다. 떠올리면 행복하고 불안하고 슬프고 아프고 뜨겁다.

"너, 설마."

수환은 어쩔 줄 몰라 하며 감정적으로 대하는 가영을 보고 허탈하게 더듬거렸다.

"너. 그 새끼 좋아해? 남자로 좋아해?"

"……."

가영의 얼굴이 하얗게 변했다. 가영은 그런 것을 모른다. 남녀 간의 사랑이 무엇인지 알 리가 없다. 가영이 아는 것이라고는 '정'. 남녀의 구분이 없고, 위아래의 구분이 없고, 사람이든 짐승이든 누구에게나 쏟아부을 수 있는 그것 말고는 아무것도 알지 못한다. 그러나 이것은 분명 여자가 남자에게 느끼는 '정'이었다. 사랑이라고는 할 수 없을지라도 분명 연약하게 흔들리는 눈동자는 여자의 것이었다. 남자를 생각하는 여자의 것.

수환의 얼굴이 벌겋게 달아올랐다. 이 좆같은 새끼가 가영을 홀렸다. 꽉 쥔 주먹이 부들부들 떨려 왔다. 이 괴물 같은 새끼가……. 가영은 저에게 무슨 일이 벌어진 것인지, 지금 자신의 행동이 무엇을 의미하는지, 아무것도 모른다. 명이가 어떤 존재인지도 모르는 게 분명했다.

그 새끼는 살인마다. 악귀다. 그 새끼가 뭔지는 모르지만, 증거도 없고 들은 바도 없지만, 확신할 수 있는 것은 아무것도 없지만, 그래도, 그럼에도 수환은 확신했다. 그 새끼는 괴물이다. 살인마고 악귀이며 죽음이고 파멸이었다. 그 새끼는 안 돼. 그 새끼는 안 된다. 누이를 그렇게 빼앗길 순 없다.

"너, 집 밖으로 나가지 마."

"……."

"그 새끼한테, 아니 그 집으로 가면 진짜 너 끝장날 줄 알아."

수환이 분노로 가라앉은 목소리로 꼭꼭 씹어뱉었다. 협박 같은 명령이었다. 가영은 도리질했다.

"싫어."

"뭐?"

"시 ,싫어."

"이 계집애가 진짜! 싫다는 말이 나와?"

"싫어. 싫어. 싫어!"

수환은 눈앞이 까맣게 소광하는 것을 느꼈다. 저에게 반항하는 가영의 모습을 처음 보았다. 충격이 이루 말할 수 없이 컸다. 그것이 그를 더 화나게 했다.

"내 말 들어. 아니면 집에 밧줄로 꽉꽉 묶어 두는 수가 있어!"

'익' 하고 가영이 저의 아랫입술을 꽉 사리물었다. 터지는 화를 참을 수 없어 어깨를 파르르 떨더니 힘껏 수환을 노려보았다. 서럽게 차오른 눈물이 투둑투둑 흘렀다.

"오빠 진짜 싫어!"

가시 돋친 말을 내뱉더니 가영은 신을 신고 집 밖으로 뛰쳐나갔다.

"야!"

수환이 미닫이문까지 따라 나갔지만 워낙 발이 빨라 잡을 수가 없었다.

"너 하여간 그 새끼한테 갔다간 진짜 나한테 맞아 죽을 줄 알아! 알겠어!"

수환의 악에 받친 고함 소리가 들렸다. 수환의 목소리가 그렇게 듣기 싫어 보긴 처음이었다. 가영은 본능적으로 비탈길을 오르다 멈칫하고 오던 길을 다시 내려갔다. 수환도 꼴 보기 싫었지만 그렇다고 무명을 보기도 싫었다. 어쩐지 그랬다. 왠지 모르게 두려웠다.

가영은 다시 돌다리를 건너뛰었다. 어딘지 모르겠지만 마음이 가라앉을 때까지, 두렵고 화가 나고 서글픈 이 마음이 진정될 때까지 그냥 정처 없이 달리고 싶었다.

좁은 2차선 도로의 가장자리를 따라 정신없이 발걸음을 옮기는데 끼익하고 익숙한 외형의 세단이 앞길을 막아섰다. 까맣게 선팅된 차창 안이 보이지 않았지만 곧, 알 수 있었다. 문을 다급히 열고 내린 사람은 다름 아닌 차겸이었다.

"박가영."

그는 그 귀찮고 짜증 나는 이름을 한탄하듯 부르고 한숨을 내쉬었다. 가영이 없어지고 집안은 난리가 났다. 당연했다. 분명 자는 것을 확인하고 나왔는데 밤사이에 이불째로 없어진 것이다. 온 집 안과 동네를 새벽녘부터 다 뒤졌다. 경옥의 집에는 아무리 전화를 해도 전화선을 뽑아 놓기라도 했는지 통화가 되질 않았다. 결국 아버지의 닦달에 못 이겨 이 거머리를 찾으러 여까지 왔다.

차겸은 여기까지 차를 몰고 오면서 그냥 동생이 어디로 영영 사라져 버렸으면 좋겠다고 생각했다. 몽유병이라도 있어서 밤중에 나가 차에 치여 버렸거나, 강물에 뛰어들었거나, 그게 아니면 그냥 어디라도 영영 찾지 못하는 곳으로 가 버렸으면 좋겠다고 말이다. 그러나 동생은 사지 멀쩡하게 보란 듯이 이곳에 있었다.

다시 그 초라하고 낡고 펑퍼짐한 옷을 입고, 촌년처럼 볼을 붉게 물들이고 엉망진창인 모습으로 맑고 순한 눈을 깜빡이고 있었다.

"너 대체 어떻게 된 거야?"

그는 치밀어 오르는 신경질을 속으로 꽉 눌렀다. 성질 같았으면 머리끄덩이를 잡고 뺨을 날렸을 것이다. 이 쪼그맣고 간사한 계집애가 저를 이렇게 고생시켰다는 것에 대한 울분을 그렇게 풀었을 것이다.

그러나 그럴 수가 없다. 이 여자를 어르지 않으면 아버지가 원하는 약을 얻을 수가 없고, 그 약을 얻는 데 도움이 되지 못한다면 차겸은 다시 예전처럼 내쳐질 것이다. 아버지의 기대가 사라질 것이다. 다시 투명인간처럼 지내며 질투와 열등감에 시달릴 것이다. 그 인생으로 돌아가기가 죽기보다 싫었다.

"너, 어머니 아버지가 얼마나 걱정하고 계시는 줄 알아? 한밤중에 너 사라져서 납치된 줄 아셔! 경찰에 신고한다는 거 내가 간신히 말렸어!"

"아. 미안해……."

거기까지는 미처 생각하지 못했다. 그저 단순히 무명이 나타났고 그저 홀린 듯 잠결에 이곳으로 돌아왔다. 가영이 원한 것이었다. 저가 이곳을 그리워해 무명을 불렀고 그가 자신을 두고 가 버리지 않길 원했다. 그냥 그것뿐이었다. 그 이외의 것은 생각하지 못했다. 아빠, 엄마의 기분 같은 것. 또 차겸의 기분 같은 것. 너무 오래 떨어져 있어서 마음에 담아 두질 않게 된다.

타인. 어쩌면 그것보다 더 먼 존재일지도 모르겠다. 그렇게 느껴지는 본인의 마음이 이상했다. 아빠는 그래도 날 찾아 줬는데. 내게 미안하다고 해 줬는데. 내게 잘해 주려 노력하셨는데. 그토록 그리워했으면서 왜 이렇게 선뜻 마음이 가질 않을까. 왜 자꾸 생각하질 못할까. 그것이 미안했다. 지금도 머릿속엔 엄마 아빠의 걱정보다 무명, 그리고 그에 대한 수환의 말들이 더 가득했다. 나쁜 사람이 된 듯 죄책감이 들었다.

"미안해. 그냥…… 부, 불편해서…… 왠지 모르게……."

그 말에 차겸은 다시 한번 한숨을 쉬었다. 이번엔 아까보다 훨씬 편안해 보였다.

"그래. 그럴 수 있어. 이해해. 그래도 이렇게 말없이 사라지는 게 어디 있어. 말이라도 하고 갔어야지."

"……미안해."

"말하기 어려우면 내가 대신 말해 줄게. 너 집 불편해한다고. 너 여기서 살고 싶어 한다고. 그럼 되겠어?"

"응……."

"아마, 아버지 너 자주 보자고 할 거야. 집에 데리고 와서 밥도 먹이고 옷도 사 입히고 뭐 그러고 싶어 하시는데, 너 그건 괜찮겠어?"

가영은 고개를 끄덕였다. 예전처럼 즐거울지는 모르겠지만 그 정도는 가능할 것 같다. 적어도 하룻밤 그 집에서 자는 것처럼 불편하진 않을 테지.

"미안해……."

가영은 또 사과했다. 이젠 그 집이 자신의 집처럼 여겨지지가 않아서. 오랫동안 기억 속에 묻어 두었던 그 집과 똑같은데 어딘지 모르게 너무나 다르게 느껴져서. 예전처럼 엄마 아빠가 살갑게 여겨지지가 않아서. 어쩐지 모든 것을 너무나 많이 착각하고 있었던 것 같아서. 스스로도 자기 자신의 마음을 잘 알지 못해서. 철부지처럼 변덕을 부리는 거 같아서 그게 자꾸 미안했다.

"괜찮아. 어디 가는 길이었어? 내가 데려다줄까?"

"그냥, 그냥 걷고 있었어. 어딜 가려는 게 아니라."

"타. 그럼. 같이 드라이브하자."

가영은 조금 머뭇거렸다. 아직도 오빠가 무서웠다. 너무 어린 시절의 기억에 멈춰 버린 채 성장한 탓이다.

가영은 차겸의 눈치를 살폈다. 그때는 둘 다 어린애였다. 자신을 표현할 방법이 한정되어 있었다. 그리고 이젠 어른이었다. 차겸도 자신도 그때보다 훨씬 더 어른이었다. 이젠 그렇게 서툰 방법으로 감정을 표현하는 일은 없을 거다. 이젠 다 컸으니까. 어쩌면 오빠도 그때의 일을 부끄럽게 여길지도 모른다.

차겸은 가영에게 조수석 차 문을 열어 보였다. 거절할 수가 없었다. 가영은 느릿느릿 차에 올라탔다.

오누이는 한동안 아무 말도 하지 않았다. 흐른 세월만큼 서로 공유할 수 있는 이야깃거리도 없었다. 그저 창밖의 경치를 구경했다. 산 중턱에 걸려 있는 아침 햇살이 예쁘게 풍경 위로 부서지는 것을 구경하고 있자니 긴장되었던 기분이 조금씩 편안해졌다. 무엇보다 승차감이 무척 좋았다. 꼭 무명의 품 같기도 했다.

"너…… 그 약 말이야."

한참 만에 차겸이 조심스레 말을 꺼냈다. 가영의 얼굴이 차겸 쪽으로 돌아갔다.

"응?"

"그, 아버지한테 준 거."

"아. 응."

"그거……."

차겸은 말하기 전에 침을 한 번 꿀꺽 삼켰다.

"그거 조금 더 얻을 수 있을까?"

"……조금 더?"

"혹시 모르니까. 조금만 더."

"……."

그때 명이는 분명 자신이 가진 걸 다 내놓은 거 같았는데……. 그것은 무명의 피였다. 그 피로 그 알약을 어떻게 만드는 것인지는 모르지만 가끔 그는 약이 아닌 자신의 검지에 상처를 내 가영의 입안에 넣어 주기도 했다. 그럼 효과는 훨씬 더 강했다. 잠이 들지 못할 정도로 말이다.

"아버지…… 너랑 똑같아."

"어?"

"너랑 병이 똑같다고. 열나고, 거품 물고 쓰러지고, 정신 못 차리시고 그러셨어."

"……."

가영의 얼굴이 하얗게 질렸다. 신병. 아빠도 그걸 앓는다고?

"너도 그거 겪어 봐서 알잖아. 얼마나 고통스러운지. 너는 어떻게 나았는지 모르지만 아버지는 그거 죽어도 못 고친대. 죽을 때까지 그렇게 살아야 한대. 아니면 신내림 받거나. 근데 알잖아. 울 아버지 정치인인 거. 대통령 하고 싶어 하시는 거. 그런데 어떻게 무당을 해?"

"……."

과거가 되살아났다. 그 죽을 것 같은 고통이. 어쩌다가 그것을 아빠까지 겪게 되었을까.

차겸은 굳은 표정의 누이를 곁눈질했다. 어떻게든 그 약을 받아야 한다. 아니, 어떻게든 그 약을 대 주는 줄을 만나야 한다. 덕기가 아닌 다른 이. 가영에게 그 약을 주는 이를 만나야 했다. 무슨 수를 쓰더라도 이 약과 관련해 가영을 쓸모없는 이로 만들어야 했다. 그래야 가영에게 쏠린 아버지와 어머니의 관심을 다시 저에게로 돌릴 수가 있었다. 그래야 가영이 다시 버림받고 그 둥지를 오롯이 자신이 차지할 수 있었다.

"그 약. 내가 받아 올 수 있을까?"

가영의 눈이 불안스레 좌우로 흔들렸다. 백지처럼 하얀 머릿속을 굴리느라 정신이 없었다. 그 약을 받아 온다고? 차겸 오빠가? 무명에게?

가영은 그 약을 무명이 왜 만드는지 알지 못한다. 누구도 가영에게 그것을 알려 주지 않았다. 다만 그것이 무명의 피이고 그걸 먹으면 그의 말대로 자신이 가지고 있는 모든 감각을 아주 선명하게 깨워 준다는 것, 그리고 부러진 뼈를 붙게 하고, 찢긴 살을 말짱히 고칠 만큼 치유에 대단히 뛰어나다는 것만은 잘 알고 있었다. 그 약이 어떤 식으로든 아빠에게 도움이 될 것이라는 건 확실하다. 그래서 무명에게 건네받은 약봉지를 망설임 없이 아빠에게 건넸다. 자신이 할 수 있는 가장 커다란 친절이었다.

가족에게 인정받기 위해 내내 똑똑해지고 싶었다. 무엇보다 아빠에게, 엄마에게, 그리고 사람들에게 무시당하고 외면받고 싶지 않았다. 그리고 지금 어쩐 일인지 더 이상 아빠도 엄마도 오빠도 저를 무시하지 않고 있었다. 더없이 친절하고 따듯했다. 비록 그것을 가영은 가슴 깊이 느끼지 못하고 있어도 그들이 자신에게 보여 주는 선의는 확실했다.

아빠는 아프다고 했고 죽기 전에 용서를 구하고 싶다고 했다. 가영은 그 말을 믿는다. 살면서 누군가를 의심한 적이 없다. 노란색도 남들이 검은색이라고 하면 검은색이라고 믿었다. 그 편이 훨씬 편했다. 고집을 부리지 않고 그저 타인의 말을 믿는 것. 그것을 그대로 인정하는 것. 누군가와 싸울 필요도 의가 상할 일도 없다. 그렇게 바보가 되어도 그래도 그것이 정답이라고 믿었다. 거절의 말은 하지 못했다.

"어디서 구하는지 알려 줄 수 있어?"

차겸이 한 번 더 물어 왔다. 그 음성이 너무나 간절했다. 눈빛이 곧 죽을 사람처럼 서글펐다. 가영은 고개를 저었다. 좌우로 확실하게 젓는 고갯짓이 명백한 거절이었다. 차겸의 미간이 살얼음처럼 얼었다가 풀렸다.

"좋아……. 그럼…… 그럼, 얼마나 구할 수 있는지, 얼마에 구할 수 있는지만 말해 봐."

"……얼마?"

가영이 말뜻을 이해하지 못해 얼굴을 기울이자 차겸은 마른세수를 하고 운전대를 고쳐 잡았다.

"한 번에 얼마나 구할 수 있어?"

"……모, 몰라."

"너는 얼마나 받았어?"

"나는…… 나는 하루에…… 한 알."

"한 알?"

차겸이 신경질적으로 되물었다. 하루에 한 알? 겨우? 아버지는 하루에 한 알로는 어림도 없었다. 아버지는 요즘 과하게 그 약을 먹는다. 하루에 너덧 알로도 부족했다. 아버지는 불안에 시달렸다. 약 기운이 떨어지면 다시 거품을 물고 쓰러질 것에 대한 두려움. 정치판에서 쫓겨날지도 모른다는 두려움. 결국 원하는 것을 가질 수 없을지도 모른다는 두려움. 그런 두려움에 쫓겼다.

아버지는 이렇게 질 수는 없다고 했다. 독이 가득한 그의 얼굴은 볼 때마다 오금이 저렸다. 그리고 저 역시 아버지를 보며 두려움에 쫓겼다.

"돈을 얼마나 줘?"

"내가?"

"그래. 한 알에 얼마냐고."

"명이는 돈 같은 거 안 받아."

명이? 차겸의 눈이 가늘어졌다. 순간 가영은 실수했다는 생각이 들었다. 당황스러웠다.

"세워 줘."

가영이 다급하게 말했다.

"미안한데 세워 줘!"

겁에 질린 목소리에 차겸은 차를 세웠다. 가영은 급하게 문을 열고 무서운 것에서 도망치는 사람처럼 차가 지나쳐 온 방향으로 달렸다. 차겸은 차에 앉아 누이가 자꾸만 뒤를 돌아보며 황망하게 달아나는 것을 지켜보았다. 그는 입술을 붙였다 떼며 입안에서 누이의 말을 굴려 보았다.

"명……."

명이라고, 했겠다……?

운전기사가 차 문을 열어 주고는 덕기를 향해 고개를 숙여 보였다. 평소와 조금도 다름없는 퇴근길. 그는 불이 환하게 켜져 있는 자택의 문을 열었다.

"식사는 하셨어요?"

현관 앞에 마중 나온 아내가 덕기에게 물었다. 그는 별다른 대꾸 없이 외투를 건네주었다. 아무것도 먹고 싶지 않다는 뜻이었다. 아내는 순종적이었다. 어쩌면 감정 없는 인형 같다고 하는 편이 맞는 말일지도 모른다. 그가 자신의 아내를 더 이상 눈에 담지 않게 되었을 때부터 아내는 인형 같았다.

덕기가 아내에게 건넬 말은 딱 한 마디였다. 서재로 들어가기 위해 2층 계단을 오르며 그는 아내를 돌아보지도 않고 이야기했다.

"방해하지 마."

아내 역시 답이 없었다. 그저 감정 없는 표정을 한 채 그에게서 등을 돌려 방으로 들어가 버렸다. 허울뿐인 부부였다. 그래도 앞일을 위해서라면 아내가 필요했다. 그 자리를 채워 두고는 있어야 했다.

덕기는 서재 문을 열었다. 찬바람이 훅 빠져나왔다. 모자란 가정부가 청소하며 창문을 열어 두고 닫지 않은 모양이었다. 하여간 여기나 저기나 덜떨어진 것들뿐. 하등 도움이 되질 않았다. 덕기는 투덜거리며 창문을 닫았다. 고급 커튼을 나풀나풀 흔들던 바람이 뚝 멎었다. 딸깍— 잠금 쇠를 걸고 뒤를 돌자 어둠 속에서 뭔가가 움직였다.

덕기는 창문가에 그대로 박제되었다.

책상 위에 종이가 뱅글뱅글 돌아가는 소리가 났다. 무명의 새빨간 눈이 어둠 속에서 번뜩거렸다. 그는 창가에 굳어 있는 덕기를 조금 더 지켜보다 물었다.

"우리가 같이 일한 지 얼마나 되었지?"

목이 타 덕기는 마른침을 꿀꺽 삼켰다. 무명의 붉은 눈이 잠시 점멸했다. 남자는 입술을 뻐끔대다가 말했다.

"이, 이십…… 이십 년쯤……."

"이십 년."

그는 덕기가 한 말을 곱씹었다.

"이십 년이라."

눈꺼풀이 아래로 지그시 내려갔다가 천천히 들렸다.

"너를 처음 봤을 때가 기억나. 겁에 질려 꼬리를 가랑이 사이에 숨긴 투견 같았지. 그땐 내가 무서워 거짓말도 할 줄 몰랐고. 그래서 널 택했어."

어둠 속에서 발광하는 이 기이한 눈동자를 보고 겁을 먹지 않는 이가 어디 있겠는가. 그가 이렇게 갑자기 저를 찾아와 과거에 대해 추억하는 것이 의아했고 또 두려웠다. 덕기는 이러지도 저러지도 못하고 무명의 눈치만 살폈다.

"이십 년. 꽤 긴 시간이야. 안 그래?"

"……."

"인간을 망각의 동물이라 하더군. 사람은 누구나 변하지. 누구나 자신을 잊어. 애초에 누구였는지 말이야. 그리고 곧 모든 걸 잊어버려."

덕기는 다시 한번 침을 꿀꺽 삼켰다.

"……무, 무슨 말씀이신지……."

"언제부터 내게 사냥감을 골라서 주었지?"

"……."

덕기는 말을 잃었다. 그걸 어떻게, 그걸 어떻게 알지? 덕기의 눈이 빠르게 흔들렸다. 처음 무명을 만났을 때 그는 무명에게 약속했다. 세상의 법으로 심판할 수 없는, 인간의 세상에서는 도저히 어쩔 도리가 없는 짐승만도 못한 쓰레기들을 그에게 바치겠노라고. 그리고 그 뒤처리를 해 주겠노라고. 그래서 무명도 그에게 약속했다. 자신의 피를 내주어 그에게 부를 주고, 원하는 바를 이루게 해 주겠노라고.

그러나 세상살이가 그렇게 뜻대로 되는 것은 아니었다. 학연, 지연, 혈연. 부를 쌓을수록, 명예가 높아질수록 그런 것들에게서 멀어지는 것이 아니라 반대로 그런 세속적인 것들에 가까워졌다. 모든 것이 인맥이었다. 모든 것이 혈연이었고 모든 것이 지연이었고 모든 것이 학연이었다. 그곳에서 자신의 권력과 명예를 지키려면 그들과 같아져야만 했다.

무명이 속하지 않은 세상에서 그는 자신을 지켜야 했다. 그곳에 섞이지 않으면 다시 인생이 나락으로 떨어질 것 같았다. 그런 곳에서 무명은 그를 지켜 주지 못한다. 무명은 오로지 그의 손에 약만 들려 줄 뿐이었다. 그 약을 어떻게 사용할지, 그래서 어떤 인생을 살지, 무엇을 이룰지는 온전히 그가 택해야 하는 문제였다.

그는 무명의 피로 권력을 쟁취하는 삶을 택했다. 가능하면 영원히

이 무리에 속하고 싶었다. 우아하고 부유하고 막강한 권력을 가진 세계. 그러기 위해서였다. 그러기 위해서 그는 권력과 돈과 명예가 있는 집안의 자손들을 단도리 했다. 서류를 조작하고, 뒤로 빼돌리고, 사건을 축소하고 은폐하여 그들을 법의 울타리 밖으로 빼내었다. 그리고 무명의 울타리 안에서도 마찬가지로 빼내었다. 철저하게 뒤로 숨기고 감춰서 그들을 세상 속에 스며들게 했다. 누구도 그들의 정체를 모르도록. 누구도 그 위험함을 모르도록. 누구라도 그들의 먹잇감이 될 수 있도록.

"너는 자신하나?"

무명은 서류를 뱅글뱅글 돌리는 것을 멈추며 물었다. 오만하게 덕기를 바라보는 눈동자는 결코 사람의 것이 아니었다.

"내게 먹히는 사람들과 네가, 내 눈에 다를 거라고. 그걸 자신하냔 말이야."

"……."

오줌을 지릴 것 같았다. 콧등과 이마에 식은땀이 송골송골 맺혔다. 그는 덜덜 떨며 목이 졸린 듯 어눌하게 말을 토했다.

"이, 이해해 주셔야 합니다. 어, 어르신. 어르신의 뒤처리를 해 드리려면 제, 제가 그들을 도와야 했습니다. 제, 제가 높은 위치로 올라가야만, 어, 어르신의 일을 처리할 수 있었습니다. 벼, 별장 사건. 그 사건 파고드는 놈이 있었어요. 제가 그것을 막았습니다. 그놈이 의심하지 못하도록 그, 근신 처분을 내렸습니다. 제가 어떻게 이렇게 할 수 있었겠습니까. 제가 여기까지 올라오지 않았다면 불가능한 일이었을 겁니다."

어둠 속에서 무명이 웃었다. 큭큭큭큭 하는 웃음소리와 함께 그의 실루엣이 떨렸다. 번뜩이는 눈이 반으로 접혔다.

"그깟 형사 나부랭이 한 명? 그런 조무래기가 와서 날 잡아가기라도 한단 말이야?"

"……."

"오줌을 지리며 도망가게 해 주면 돼. 그래도 안 되면 눈을 뽑고, 그래도 안 되면 혀를 뽑고, 그래도 안 되면 그 자리에 사지를 갈라 버리면 그만이야."

"……."

"흔적도 없이 먹어 치워 버리면 돼."

덕기의 입안에 침이 고였다. 침을 삼킬 수도 없었다.

"난 도덕적이지 않아. 가능한 한 조화롭게 살아가려고 노력하고 있지만 말이야. 네놈 세상의 법대로 살기에, 나는 태생적인 한계가 있지."

"어르신……."

"그래서 너에게 도덕이나 신의 따위를 바라진 않는다. 그렇다면 내 피를 너에게 주고, 사냥감을 받는 이 더러운 거래를 시작하지도 않았어. 나는 말이야. 단지 네가 얕은 잔꾀로 내 기분을 더럽히지 말았으면 해."

"……."

"인간이란 정말 하찮고 이기적인 존재이지 않나. 네놈을 보면 인간의 모든 걸 알 수가 있지."

"……."

그는 서류를 가지고 자리에서 일어섰다. 뚜벅뚜벅 발소리가 났다. 덕기는 코앞까지 가까워진 무명의 눈을 보며 눈 한 번 깜빡이지 못했다.

"전덕기."

무명은 나른하게 남자의 이름을 불렀다. 살생부에 적어 넣듯 한 자 한 자 정확했다.

"네놈을 씹으면 무슨 맛이 날까."

"……."

"부디 그날이 지금으로부터 아주 멀리 있길 바래."

"……."

코앞에서 느껴지던 그의 얼음 같은 숨소리가 사라졌다. 찰나의 신기루처럼 그는 순식간에 사라졌고 덕기는 자리에 털썩 주저앉아 거친 숨을 내쉬었다. 심장이 공포로 터질 듯 뛰었다.

그는 바닥을 벌벌 기어 책상 앞으로 가 스탠드를 켰다. 그가 손에 들고 간 서류가 무엇인지 확인해야 했다. 분명 그가 따로 빼놓은 재벌가들의 서류 중 하나였을 것이다. 분주히 서류를 뒤지던 손이 멈췄다. 딱 하나가 비어 있었다. 그것도 가장 빼앗겨서는 안 되는 것이었다.

장태호.

무명이 가져간 파일은 그의 것이었다.

무명은 서류를 손에 쥐고 산골 마을로 떨어졌다. 버석한 모래가

밟히고 뿌연 연기가 잠시 일었다. 그는 옷가지를 툭툭 털고 집으로 걸었다. 문가를 서성이는 그림자가 보였다. 달빛을 받은 희미하고 작은 그림자. 가영의 것일 수밖에 없다.

"명아."

그의 발소리를 들은 가영이 퍼뜩 몸을 돌려 그에게 달려왔다. 오들오들 떠는 목소리에 한기가 가득했다. 무명은 눈살을 찌푸렸다.

"너 언제부터 여기 있었어?"

"수환 오빠가……."

그 새끼가 왜? 또 앓아눕기라도 했어? 그래서 이번엔 뒈진대?

"너 만나지 말라고 했어. 안에서, 안에서 계속 너 기다리고 있어서 나 못 들어가서……."

이번엔 꼭 뒈져야겠다. 뒈지지 않더라도 뒈지게 해야겠다.

가영은 입술을 잘근잘근 씹다가 수환을 골몰하는 명을 올려다봤다.

"명아, 나 차…… 차겸 오빠한테 네 이름 말했어."

무명의 얼굴이 훨씬 더 구겨졌다.

"그 새낀 또 누군데? 넌 뭔데 그렇게 주변에 오빠가 많아? 너 친구 하나도 없다며?"

"나, 친오빠…… 친오빠야."

아. 친오빠.

"나 오빠한테, 네, 네 이름을 말했어. 피, 네 피가 필요하다는데…… 나는…… 있잖아. 차겸 오빠 무서워……. 너, 너 해코지하면 어쩌지? 예, 옛날에 오빠가 나 엄청 많이 때렸어……. 지금은 안 그럴 것 같은데 어쩐지 나 좀 무서워…….”

가영은 겁에 질려 횡설수설했다. 어차피 명이란 이름은 가짜다. 세상에는 존재하지 않는 자의 이름이었다. 그러니 그 이름을 가지고 할 수 있는 일도 없을 것이다. 설령 있다 해도 그자가 감히 뭘 어쩐단 말인가.

“진정해. 아무 일도 없어.”

“나 때문에 들키면 어쩌지? 그 약 들키면 어쩌지?”

그는 가영의 어깨를 토닥였다.

“나 아빠한테 네가 준 약 다 줬어. 그거 다 줘 버렸어. 아빠가 죽을병에 걸렸대서, 내가 그 약 다 줬어. 근데 그걸 더 달래. 어떻게 해?”

“어차피 너한테 준 거야. 어떻게 쓰든지 그건 네 마음이잖아.”

“……너한테 해코지하면?”

“누가? 너네 아빠가?”

그가 물었다.

아빠. 우리 아빠가……. 그런데 아빠는 어떤 사람이지? 아빠가 어떤 사람이었더라? 가영의 기억 속에 아빠는 늘 다정하고 사랑이 넘치던 분이었다. 그러나 동시에 신병에 걸렸다는 이유로 저를 이 산골에 버려두고 두 번 다시 찾지 않던 사람이었다. 그러다가 죽을병에 걸려 사죄를 하러 온 사람이었고 지금은 다시 관계를 회복하기 위해 노력하는 사람이었다. 아빠는 대체 어떤 사람일까.

“모르겠어……. 모르겠지만 기분이 너무…… 슬퍼. 네가 너무 걱정돼. 느낌이 너무 이상해.”

그는 웃으며 가영의 머리를 매만졌다.

"아무래도 넌 멍청한 게 아닌 거 같다. 가영."

"……뭐?"

"멍청하다고 하기엔 지나치게 걱정이 많아."

어쨌든. 가영의 마음이야 어쨌든 무명에게는 이쪽이든 저쪽이든 하여간 그 오빠란 새끼들이 문제란 그 뜻이었다. 모쪼록 일에는 순서라는 것이 있었다. 그리고 모두 다 대수롭지도 않은 일들이었다. 우선은 집 안에 들어앉아 있는 새끼부터 해결해야 했다.

"일단 네 방에 가 있어. 내가 곧 찾아갈게."

"하지만……."

"찾아갈게."

웃는 무명의 모습이 달빛에 반짝거렸다.

"괜찮아."

부드럽게 말하는 그가 가영의 근심을 고요히 잠재웠다. 이 붉은 눈에서 안정감을 느끼다니 기묘했다. 그는 가영을 안아 들어 순식간에 가영의 집 앞마당에 내려놓았다. 가영의 발이 사뿐하게 땅 위를 밟는 것을 보고 그는 다시 온 길을 되돌아갔다.

삐걱— 문을 열자 식은 찻잔을 앞에 둔 채 멍하게 앉아 있던 수환이 고개를 돌렸다. 명을 올려다보는 그의 눈에서는 결연한 의지가 느껴졌다. 마치 폭정을 펼치는 주군을 기다리는 충신처럼 보였다.

"네놈이로군."

수환은 나른하게 내려다보는 무명의 붉은 눈을 보며 확신했다.

"그 별장에서 홍승만이랑 황주영 죽인 놈. 그놈. 너지?"

부일은 어디 갔지? 무명은 주변을 두리번거렸다. 그놈은 분명 서고로 몸을 피했을 것이다. 무명이 조금이라도 수환을 노려볼라치면 손발을 벌벌 떨며 겁을 집어먹던 놈이니 분명했다.

"형사라고?"

무명이 물었다. 같은 목소리였으나 느껴지는 분위기는 확연하게 달랐다. 좀 더 낮아지고 좀 더 거칠어진 목소리는 위압적이었다. 발아래 깔리는 안개처럼 그의 목소리가 서서히 수환의 살갗을 훑어 올라갔다. 몸에 소름이 돋았다. 수환은 주먹을 꽉 쥐었다. 여차하면 일어나 그에게 덤벼들기 위해 무릎을 세웠다.

"네놈은 살인마야!"

무명은 수환을 훑었다. 고집스럽고 사내다운 눈매. 정직한 눈빛. 모두가 처음엔 이런 얼굴을 했었다. 부일도. 전덕기도, 그리고 그를 스쳐 간 많은 이들도 모두가 다.

"그래서 날 체포라도 하겠다는 거야?"

무명이 침착하게 물었다.

"내 손목에 수갑이라도 채우게?"

조금 비아냥거리는 것 같은 억양이었다. 수환은 이를 사리물었다.

"내가 못 할 것 같아?"

"내 손목에 수갑을 채울 수 있다고 생각해?"

"……."

무표정한 붉은 눈. 그 눈을 올려다보면 숨통이 조인다. 분할 지경이다.

"너…… 너 정체가 뭐야?"

"그 대답을 들으려면 말이야. 네가 각오가 되어 있어야 해."

"……."

"미치든지, 아니면 내 손에 죽든지, 둘 중 하나를 택할 각오가."

"이런 미친 새끼가……."

"다른 방법이 하나 더 있긴 해."

"……."

"모든 건 이렇게 시작하지."

그는 서류를 손에 쥐고 몸을 웅크려 수환의 앞에 앉았다. 굽은 등이 짐승의 것처럼 날 서 있었다.

"너, 나와 거래할래?"

"……뭐?"

"너는 먹이를 가져와. 네가 감당할 수 없는 것. 세상에 감당할 수 없는 것들을 내게 데려와."

"무슨 개소리를……."

"그럼 나는 너에게 약을 주지. 약으로 돈을 만들고 그 돈으로 명예를 사들이고, 그 명예로 너는 힘을 가질 수 있어."

먹이? 약? 수환의 미간이 좁혀 들었다. 먹이. 먹이가 뭐지? 약. 약이라면 가영이 판석에게 건네주었던 그 붉은 약인 것 같았다. 쉼 없이 흔들리던 그의 눈이 단박에 커졌다. 모든 말의 맥락은 딱 하나를 가리켰다.

"너…… 이 미친 개자식……."

별장은 피로 범벅이 되어 있었다. 사체는 흔적도 찾을 수 없었다. 국과수에서는 시신의 피가 모두 빠져나갔으며 심하게 훼손당했을 가능성이 아주 높다고 했다. 훼손을 당한 것이 아니다. 먹이. 그러니까, 이 새끼가 그놈들을 먹은 것이다.

수환은 뒷걸음질 쳤다. 우당탕 소리가 집 안에 울렸다.

"너, 씨발 너 뭐야! 너 대체 뭐야!"

무명은 다시 몸을 일으켰다.

"나는 무명이지."

그는 자신의 의미 없는 이름을 입 밖으로 내어 보았다. 무명. 가영의 입에서 '명'이라는 짧은 음절이 읊어지면 그 의미 없는 명칭에 의미가 생기곤 한다. 햇살처럼 따듯하고 태양처럼 찬란했다.

"걱정 마. 나는 아무나 먹지 않거든. 솔직히 먹지 않으려고 노력하며 산다고 해야 맞지만. 어쨌든 널 먹진 않아."

"……가, 가영이…… 너 가영이를……."

"먹지 않아."

"……."

수환의 숨소리가 파르르 파르르 떨렸다. 곧 심장 마비가 올 사람처럼 헉헉거리는 소리는 금방이라도 숨이 넘어갈 것처럼 가팔랐다. 그럼에도 고집스러운 눈은 어둠 속에 촛불처럼 타올랐다. 정직하고 정의롭고 소처럼 맑았다. 좋은 인간이었다. 변치 않을 수만 있다면. 그는 분명 좋은 인간일 것이다. 그러나 변치 않는다면 영원히 무명 자신과는 공존할 수 없었다. 지나치게 정의롭고 우직한 성품을 지녔다면 저를 받아들이고 인정할 리가 없을 테니 말이다.

"너는, 너는 사람을 죽였어."

"너희도 먹기 위해 짐승을 죽이잖아. 인간이란 포식자 위에 나라는 상위 포식자가 하나 더 있을 뿐이야. 그리고 난 다행히도 대화와 타협이란 것을 할 줄 알지. 그래서 우린 공존할 수 있어."

"떨어져. 너 가영이에게서 떨어져!"

수환이 어금니를 물고 말했다. 후회했다, 죽도록 후회했다. 가영을 데리고 뒷집을 찾은 것을. 무명에게 그녀를 소개한 것을. 그녀의 외로움을 그런 식으로 달래 주려 한 것을. 가영을 위험에 빠뜨린 것은 자신이었다. 가영의 마음에 이 괴물을 밀어 넣은 것도 자신이었다.

"부탁이야. 제발 떨어져. 가영에게서 제발 떨어져."

살기가 느껴지던 수환의 목소리가 이젠 애걸하듯 했다. 무명은 몸을 조금 더 굽혔다. 도약하기 직전의 금수처럼 신중하고 위험했다.

"너는 가영에게 오빠인가, 아니면 남자인가?"

"뭐?"

"너는 가영에게 무엇이 되고 싶으냐 말이야."

"……."

"오빠야, 아니면 남자야."

가영에게…… 나는 가영에게…… 수환은 그것을 섣불리 단정 지을 수 없었다. 가영에게 무슨 존재가 되고 싶다고 생각한 적이 없다. 그녀는 가족이었다. 가족이기에 서로를 벗어나 살 수 없다고 생각했다. 떨어져도 떨어질 수가 없다고 생각했다.

"오빠이면서도 동시에 남자이고 싶은가?"

"……."

그녀의 하나뿐인 가족이고 싶다. 언제나 곁에 두고 지켜보고 싶다. 지금껏 그랬듯 하나부터 열까지 제 손으로 그녀를 자라나게 하고 싶다. 무엇이든 자신을 거쳐 가게 하고 싶다. 모르는 것이 하나도 없고 싶다.

"가영은 너를 좋아해."

"……."

"너에 대해 말할 땐 늘 얼굴을 붉혔지. 너는 알고 있으면서 모른 척했겠지만."

언제나 꼬리를 흔드는 강아지처럼 저를 보면 반가워 어쩔 줄을 몰랐다. 어쩌다 통화라도 하면 가영은 하루 종일 수환 저를 위해 어떤 일들을 했는지 손가락을 꼽으며 열거했었다. 오빠를 위해 나물을 캐고, 오빠를 위해 이불을 빨고, 오빠를 위해 약초를 말리고, 오빠를 위해 경옥을 돌보고.

가영은 그의 위성이었다. 그를 중심으로 뱅뱅 도는 가영에게 그는 위로를 얻었다. 이 세상에 단 하나. 자신을 오매불망 사랑해 주는 이. 존재도 모르는 아버지, 신이 차지하고 있어 단 한 번도 맘 편하게 대할 수 없었던 엄마를 대신한 것이 바로 그녀였다.

가영은 어렸다. 순수하고 순진해서 남자를 몰랐다. 남녀 간의 사랑이 무엇인지도 몰랐다. 가영이 저를 생각하는 마음은 풋사랑이라고도 부르지 못할 만큼 깨끗하고 순수한 것이라고 여겼다. 언젠가, 그녀가 시집갈 나이가 된다면, 그래서 진정한 사랑을 하게 된다면 그때 비로소 자신의 마음을 정의할 수 있을 거라 여겼다. 그래서였다. 가영의 마음에 제대로 답해 줄 수 없었던 것은. 너무나 조심스러웠던 것은.

"그게 네놈과 무슨 상관이야?"

"상관이 있어. 가영은 이제 내 소유거든."

"뭐라고?"

수환의 눈이 희번덕거렸다. 이것 봐. 이럴 땐 완벽하게 남자의 얼굴이라니까.

"부일은 이제 늙었어. 그리고 나는 돌봐 줄 사람이 필요해."

가영은 그의 집 부엌을 제집처럼 드나들었다. 집 구조에 익숙해 보였고 늘 부일에게, 무명에게 필요한 것이 무엇인지 종이라도 된 듯 물었다. 이제야 가영의 모든 행동이 이해가 되었다. 가영은 종인 듯 보인 게 아니라, 정말로 이 집의 종이었다.

수환은 자리에서 벌떡 일어났다.

"너 설마…… 가영이를……."

"가영은 자신을 필요로 해 주는 존재가 필요해. 자신이 속할 곳이 필요해. 내게 아주 알맞지."

수환은 이제 그가 어떤 존재인지 잊었다. 지금은 그저 수컷 대 수컷일 뿐이었다. 그는 무명에게 덤벼들었다. 그의 멱살을 잡고 주먹을 날렸다. 무명은 피하지 않았다. 입안 점막이 주먹에 뭉개졌다. 입 속에 비릿한 피가 고였다. 혀를 내어 입가를 훑으니 찢어진 곳에서 마찬가지로 피 맛이 느껴졌다.

"이 괴물 새끼야. 너 가영이가 얼마나 불쌍한 앤 줄 알아? 그 애 나이만 먹었지 아직 어린애야. 너 그 불쌍한 애를 데리고 지금 뭐 하는 거야! 너 같은 새끼가 가영이 왜 필요해! 왜 하필 가영이야! 너 가영이 멍청하고 모자라 보여 그래? 그래서 가영이 택한 거야?! 그래?!"

"산에서 나는 것들을 줄줄이 외고 있더군."

"뭐라고?"

"가영은 모자라거나 멍청하지 않아. 네가 가영을 멍청하고 모자라다고 생각할 뿐이야."

"……."

"나는 가영을 불쌍하다 생각한 적 없어. 네놈이 가영을 불쌍하게 만들겠지."

"너……."

무명은 제 멱살을 쥔 수환의 손목에 손가락을 감았다. 축축하고 서늘한 것이 흡사 뱀의 비늘 같았다.

"너는 내 멱살을 쥔 최초의 인간이자 최후의 인간이 될 거야."

무명이 힘을 주자 수환의 손이 스르르 풀렸다. 엄청난 악력에 손마디가 굽어들었다. 수환의 이마에 핏대가 섰다.

"기꺼이 너에게 내 뺨을 내줬다는 사실을 아주 잘 기억해 둬. 이건 네가 가영을 포기하는 대가야."

"아니야."

"가영의 앞에서 가족도, 남자도 되지 마. 둘 중에 뭐라도 되면 나는 너의 피를 마시고 네 살을 씹을 거야."

"……."

공포가 칼날이 되어 그의 척추를 도려내고 있었다. 정신을 차리기 위해 애썼다. 까마득하게 멀어지는 정신을 그는 어떻게든 부여잡았다.

"너는, 이 세상에 존재해서는 안 돼."

"그럼 날 죽여. 가능하다면 말이야."

"너는 가영의 옆에 있어선 안 돼. 너는 가영을……."

손마디가 하얗게 질리다 못해 푸르게 변해 갔다. 질리다 못해 손가락 끝부터 썩어들어 갈 것 같았다. 수환의 무릎이 서서히 바닥에 닿았다. 그는 천천히 쓰러져 갔다.

"너는 그 가여운 아이를 이용하려는 거야. 너는…… 그 아이를 가지고 노는 거야."

왜 하필 가영일까. 그 아이를 데리고 무엇을 하려는 걸까. 가영은 대체 그에게 어떤 의미일까. 과연 가영이 그에게 무슨 의미가 있긴 할까. 소모품처럼 쓰고 버리려는 것이 아닐까.

"만약 내가 가영과 뭔가를 하게 된다면 말이야. 그건 너와 상관도 없는 일이겠지만 그럼에도 내가 그 아이와 뭔가를 하게 된다면 그건 놀이가 아니야."

무명의 눈에는 흔들림이 없었다. 다만 그는 망설였다. 아주 잠시 망설였다가 완전히 바닥에 무릎을 꿇은 수환의 가물거리는 눈을 똑바로 바라보았다.

"그건 아마, 사랑이겠지."

반박해야 했다. 그 말에 그의 턱에 다시 한번 주먹을 꽂아 줘야 했다. 그러나 수환의 몸은 그대로 뒤로 넘어갔다. 기억은 아스라이 멀어졌다. 수환의 거대한 몸이 바닥에 넘어져 그대로 일어나지 않았다.

아주 잠깐 의식을 잃은 것뿐이다. 무명의 붉은 눈을 들여다본 인간이 으레 그렇듯이.

평소보다 더 선명한 달이 떠 있었다. 불빛 하나 없는 산골 마을의 달은 어둠 속에서 유난히 밝았다. 무명은 늑대처럼 그것을 올려다보았다. 꽤나 오랜 시간 움직이지도 않았다. 그러다가 수환의 거대한 몸을 가뿐하게 안아 들었다.

가영은 불을 끄고 이부자리에 앉아 한참이고 무명을 기다렸다.

"분명 온다고 했는데……."

수환의 귀가도 아직이었다. 똑딱거리는 시계만 하염없이 쳐다보고 있자니 피로가 몰려왔다. 가영은 이불을 끌어 다리에 덮고 무릎을 모았다. 조금씩 졸음이 쏟아졌다. 깜빡 졸았다가 머리를 털고 일어나고 깜빡 졸았다가 제 무릎에 이마를 찧고 벌떡 몸을 일으키길 반복했다.

안되겠다 싶었다. 가영은 졸음을 쫓기 위해 이부자리에서 몸을 일으켰다. 아무래도 밖에 나가 찬 공기라도 좀 맞아야 할 성싶다. 외투를 챙겨 입고 삐걱거리는 방문을 잡아당겼다. 미풍이 잔머리를 훑고 지나갔다. 문지방을 넘으려던 발이 어정쩡하게 들렸다가 도로 제자리를 밟고 섰다. 가영의 입이 반갑고 얼떨떨하게 벌어졌다.

"명아."

그가 방문 앞에 서 있었다.

"언제 왔어?"

가영은 목을 빼고 주위를 두리번거렸다.

"수환 오빠는?"

무명이 걸음을 옮겼다. 그가 성큼 한 발 다가오자 가영의 몸이 그

흐름을 따라 뒤로 물러섰다. 그가 또 한 발 다가왔다. 가영은 홀린 듯 무명에게서 뒷걸음질 치다가 방 안으로 완전하게 들어섰다. 삐걱. 녹슨 문이 날카로운 소리를 내며 무명의 손에 꽉 닫혔다. 걸음을 옮기는 그의 모양새가 진지했다. 지금까지와는 어쨌든 좀 다른 느낌이었다.

뺨에 명이의 손이 닿았다. 그의 손이 부드럽게 뺨을 훑고 좀 더 안으로 들어가 목덜미를 감았다. 가영은 그에게 미소 지었다. 선하고 꾸밈없어 보이는 그 미소에도 무명은 마주 웃어 보이지 않았다. 가영은 조금 더 웃어 보였다. 그리고 무명은 가영의 얼굴에서 그 미소가 사라지기 전에 서둘러 입을 맞췄다.

입술을 훑고 안으로 비집고 들어오는 혀가, 허리를 감아 자신에게 붙이는 그의 손길이 평소와는 조금 달랐다. 조금도 가볍지가 않았다. 익숙하게 했던 것들이 낯설어지기 시작해 가영은 감은 눈을 파르르 떨었다.

그가 입술을 짓눌렀다. 허리를 기점으로 가영의 상체가 뒤로 꺾이다가 이내 무너졌다. 무명이 입술을 떼어 냈다. 가영은 이불 위에 누워 달뜬 숨을 내뱉고 있었다. 자신을 올려다보는 눈은 순종적이었다. 그러나 무슨 영문인지 알지 못해 휘둥그레져 있었다.

무명은 그녀의 눈에서 입술 그리고 갖추어 입은 외투로 시선을 옮겨 갔다. 그가 손으로 점퍼의 지퍼를 내렸다. 지이익 하는 소리가 조용한 방 안에 울렸다. 그는 점퍼를 양옆으로 벌리고 곧 상체 위에서 그것을 떨궈 냈다. 낡고 오래된 셔츠 위로 가슴과 편편한 배의 실루엣이 드러났다.

무명은 가영의 옆구리를 쓸다가 셔츠 안으로 손을 넣었다. 망설임 없이 단번에 가영의 브래지어 속까지 파고들었다. 가영이 히익 하고 숨을 들이켰다. 입을 벌린 채 크고 순진한 눈을 하고 대체 무슨 짓을 하고 있는지 묻고 있는 것 같았다. 그가 일전에 가영에게 한 것은 여기까지였다. 그때도 가영은 이 같은 반응을 보였다. 그리고 뒤로 물러서며 도망갔다. 겁에 질린 모습이 꼭 궁지에 몰린 토끼 같았다.

무명은 행위를 멈추었다. 더럽히고 싶었고 반대로 지키고도 싶었다. 자신의 어둠에 그녀를 물들이고 싶었고 또, 누구도 밟지 않은 새하얀 눈처럼 그녀를 남겨 두고 싶기도 했다.

가슴을 덮은 무명의 손이 따듯했다. 엄마가 입혀 준, 예쁘지만 불편하고 감촉이 나쁜 브래지어보다 훨씬 더. 그의 손은 더 이상 움직이지 않았다. 읽을 수 없는 붉은 눈이 그저 저의 위에서 깜빡임도 없이 내려다보고 있었다. 무슨 생각을 하는지 초점이 흐렸다. 그러다 이내 결심이라도 한 듯 그의 손이 뒤로 물러섰다.

가영은 그의 손을 다급하게 잡았다.

"……."

흐릿하던 그의 시선이 명료해졌다. 가영은 물러선 무명의 손을 잡아 다시 자신의 브래지어 안으로 밀어 넣었다. 그러고는 고개를 저어 보였다.

"싫어."

"……너 지금 내가 뭘 하려는지 알아?"

"몰라."

"……."

가영은 여전히 순수하고 여전히 진심이 담긴 표정으로 침을 꿀꺽 삼켰다.

"뭔지는 모르지만 그만두는 건 싫어."

"……."

"네가 날 포기하거나, 버리는 거 같잖아."

"……."

"사실……."

가영은 볼을 붉혔다.

"이거, 기분 좋아. 네가 나 만지는 거."

"……."

아무것도 모르는 그녀의 입에서 나오는 순진한 말이 늘 그를 아찔하게 만들었다. 너는 감히 상상도 하지 못할 것이다. 내가 너의 어디까지 만질 수 있는지. 얼마나 끊임없이 만질 수 있는지.

세상의 모든 이에게서 읽히는 것이 있었다. 인간이라면 누구나 가지고 태어나는 것. 욕심. 이기심. 그들을 흥하게 하는 것도, 그리고 타락시키는 것도 결국은 그것이었다. 너무나 선명한 감정이, 그 감정을 담은 눈동자가, 목소리가, 결국은 모든 것이 환멸스러웠다. 인간의 끝이 없는 욕망에, 그 끝없는 화수분 같은 것에 그는 질렸다.

인간은 타락하기 위해 존재한다. 그렇기에 저 같은 괴물이 사는 것이다. 그래서 일말의 망설임도 없이 주린 배를 채울 수 있었다. 괴물에게 걸맞는 더럽고 추잡한 존재.

그러나 가영은 달랐다. 가영에게선 그것이 보이지 않았다. 그녀는 언제나 맑았다. 숨김이 없었다. 투명하고 백지처럼 깨끗해서 오히려 더 깊이를 가늠할 수 없는 물 같았다. 그리고 그러한 존재는 그녀가 유일했다. 가영은 무명에게 세상에 딱 한 송이 남은 꽃 같았다. 사랑하지 않을 수가 없었다.

"너, 나랑 할래?"

"뭘?"

"진짜로 배꼽을 대는 거. 그게 어떤 건지 나랑 해 볼래?"

꺾을 거다. 너를 더럽히겠다. 한 송이뿐인 꽃은 그렇게 박제시킬 것이다. 저라는 유리병에 가두고 누구도 만지지 못하게 하리라. 대신 너에게 나를 내어 주마. 충직한 개처럼, 암컷을 만난 늑대처럼 나는 너에게 나를 내어 주겠다.

가영은 조금 고심하는 듯하더니 곧 고개를 끄덕였다. 소꿉놀이를 시작하는 어린아이처럼 신나는 눈이었다. 무명은 가영의 몸 위로 저의 몸을 겹치고 입술을 눌렀다. 똑딱똑딱 초침 사이로 가쁜 숨소리가 섞여들었다.

명은 손안에 움켜쥔 가영의 가슴을 마사지하듯 주물렀다. 키득키득 마주 닿은 입가에 가영의 웃음소리가 번졌다.

"웃기다."

그저 그가 저의 가슴을 주무르는 모양새가 우스운 것 같았다. 무명은 가영의 셔츠를 잡아 가슴 위로 끌어 올렸다. 휑한 공기가 피부에 그대로 닿았다. 그는 브래지어도 위로 밀어 올렸다. 어스름한 빛에 가영의 맨가슴이 드러났다. 비단처럼 유연한 굴곡이었다. 추위에 유두가 꼿꼿하게 솟았다. 무명은 그것을 바라보았다. 어둠은 모든 것을 희미하게 만들었지만 무명의 눈만은 그렇지가 못했다.

그가 어디를 보고 있는지는 오히려 더욱 선명하게 알 수 있었다. 가영은 손에 잡히는 천을 만지작거렸다. 그에게 몸을 드러냈다는 것보다도 그가 지키고 있는 침묵이 가영을 부끄럽게 만들었다. 언제까지 이러고 있어야 하지? 배꼽은 언제 마주 대는 거지? 침을 삼키고 입술을 씹고 있으니 그가 다시 고개를 숙였다.

늑골에 그의 입술이 느껴졌다. 젤리처럼 말랑하고 촉촉했다. 피부에 소름이 돋아서 가영의 입이 살짝 벌어졌다. 쪽 하고 그의 입술이 흡입력 있게 붙었다 떨어졌다. 입을 맞춘 자리에서 조금 더 위로, 그보다 조금 더 위로 부리를 쪼듯 이동했다.

허공에 치솟아 있는 유두가 묘하게 아파 왔다. 가영은 그 기분이 이상해 두 눈을 좌우로 굴렸다. 왜 젖꼭지가 아픈지 알 수가 없었다. 그저 욱신거렸다. 기분이 정말로 이상했다.

무명은 손을 들어 브래지어와 셔츠를 조금 더 확실하게 밀어 올렸다. 그러고는 덜컥 가영의 유두를 삼켰다.

"앗!"

저도 모르게 고개가 번쩍 들리며 비명이 새어 나왔다. 무명이 손으로 여자의 입을 막았다. 가영이 그 손 위로 자신의 두 손을 겹쳤다. 그는 가영의 젖꼭지를 혀로 쓸고 빨고 삼켰다. 그 행위 하나하나에 가영은 끙끙 앓으며 상체를 비틀었다. 눈앞이 하얗게 변했다. 눈을 뜨고 있음에도 아무것도 보이질 않았다.

다른 한 손이 가영의 아랫배를 타고 바지 안으로 들어갔다. 가영이 무릎을 세워 허벅지를 좁혔지만 일말의 망설임도 없이 가랑이 사이로 들어간 무명의 손길이 훨씬 더 빨랐다.

"응! 응!"

다급한 소리를 내며 가영이 도리질을 쳤다. 그는 아래로 미끄러져 내려갔다. 누구도 닿지 않은 곳이었다. 곱슬거리는 음모를 지나 조금 더 아래. 힘을 주어 붙인 허벅지 사이로 액체가 흘러들어 가듯 그의 손가락이 흘러 들어갔다. 가영이 그의 팔뚝을 꽉 잡았다. 겁을 잔뜩 집어먹은 눈을 동그랗게 뜨고 그녀는 다시 도리질을 해 보였다.

"쉬."

그가 달래듯 소리 내었다.

"소리 내면 안 돼, 가영. 사람들이 깨어날지도 몰라."

명의 손가락이 치골 아래 좁게 갈라진 둔덕 안으로 파고들었다. 가영은 쌕쌕 숨을 내쉬며 무어라 웅얼거렸다. 눈을 꾹 감았다가 번쩍 뜨고 눈을 다시 꾹 감았다가 번쩍 떴다. 구겨진 눈매가 열기로 뿌옜다.

골반이 불규칙하게 비틀렸다. 바짝 세웠던 무릎이 아래로 쭉 뻗었다가 다시 위로 솟았다. 진저리가 날 만큼 천천히 매만졌다. 습하고 뜨거운 가영의 사타구니가 젖어 들어갔다. 아랫도리에 몰린 열기가 무명의 손끝을 얼얼하게 데웠다. 그 감미로움에 무명의 입도 벌어졌다. 마음이 부드럽게 녹아내렸다.

여체를 만진 지가 너무 오래되었다. 한동안 잊고 지냈던 것들이었다. 사라진 것 같았던 욕구가 치솟아 들끓었다. 그는 손가락을 움직여 둔덕을 벌리고 클리토리스를 찾아 부드럽게 쓸었다. 전기 충격이라도 받은 듯 가영의 몸이 부르르 떨렸다.

"응!"

고통스럽게 신음을 내지르며 눈을 꽉 감자 눈매를 타고 눈물이 뚝 떨어졌다. 그 모습이 황홀했다. 그는 중지로 그 자그마한 것을 부드럽게 쓸어 올리고 쓸어내렸다. 가영의 입에서 뭉개진 비명이 쉼 없이 흘러나왔다. 손이 흠뻑 가영의 체액에 젖었다. 황홀하다. 그는 입술에 닿는 대로 가영의 피부에 입을 맞추고 코끝을 부비고 숨을 들이마셨다. 달아오른 피부에서 베어 먹고 싶을 만큼 단내가 났다. 천국의 향기 같았다.

가영이 제 입을 막은 무명의 손을 쿵쿵쿵 쳤다. 상체는 가쁘게 들썩였고 얼굴은 붉다 못해 터질 듯이 타올랐다. 무명이 입에서 손을 떼어 내자마자 가영은 헐떡거리며 말했다.

“수, 숨을 못 쉬겠어.”

히익— 히익— 들이켜는 숨소리가 처절했다. 여체가 자글자글 타올랐다.

“아파.”

“어디가?”

가영은 손을 내려 자신의 사타구니 사이에 있는 무명의 손을 꽉 잡았다.

“여기가.”

아파. 아팠다. 욱신욱신 아팠다. 그가 손으로 만질 때에도 만지지 않을 때에도. 너무 아파서 허리가, 다리가 배배 꼬였다. 이렇게 해도 저렇게 해도 그 고통이 해소되지 않았다.

“여기가 아파.”

처음 느껴 보는 감각에 고통스러워하는 여자의 모습이 측은하고도 사랑스러웠다. 그건 아픈 게 아니야. 좋은 거지. 잔인하게 기대가 생겼다. 그렇다면 네가 조금 더 고통스러웠으면 좋겠어.

그는 가영의 바지와 속옷을 발끝까지 단번에 벗겨 냈다. 가영은 몸을 웅크리며 저의 사타구니를 두 손으로 가리고 힘껏 몸을 웅크렸다. 아파. 아프다. 욱신대는 감각에 몸서리가 쳐졌다. 기대했던 것과 아주 많이 달랐다.

무명의 손이 닿으면 간지럽고, 따듯하고, 가끔은 소름이 돋았다. 그래도 기본적으로는 무척 좋았다. 고통스럽지는 않았다. 그런데 지금은 아팠다. 온몸이 돌처럼 힘이 들어갔다. 누군가 살갗을 사포로 비벼서 아프게 만든 것처럼 온갖 군데가 욱신거리고 따가웠다. 그 감각이 무서워 가영은 몸을 말고 제 사타구니를 꾹 눌렀다. 그러면 조금은 감각이 둔해졌다.

무명은 자신의 집게손가락을 깨물었다. 손끝에 대롱대롱 붉은 선혈이 새어 나오자 그는 그것을 가영의 입가에 내밀었다.

"먹어."

가영은 도리질했다.

"그럼 아파."

"……."

"아플 거야. 아주 많이."

그의 피를 먹으며 깨달은 것이 있다. 그의 피는 가영이 원하는 것을 주지 못했다. 효과는 일시적이었다. 어제 달달 외웠던 책도 약효가 떨어지면 까먹었다. 기억에 남는 것이라고는 인상 깊었던 한두 구절 정도였다. 엄청난 속도로 속독해서 수많은 책을 하룻밤 사이에 읽을 수는 있지만 그렇다고 그것으로 가영이 원하는 속도만큼 그녀를 똑똑하게 만들어 주지 못했다.

그래서 무명의 피가 몸에서 사라지고 나면 허무감이 몰려들었다. 전에 비해 모든 것이 더 둔한 듯이 느껴졌다. 우울한 기분도 들었다. 그래서 싫었다. 그 잠깐의 기쁨, 그 잠깐의 똑똑함을 얻고자 그의 피를 먹는 것이. 꼭 그에게 기생하는 것 같았다.

아빠 앞에서 똑똑한 척하려고 그의 알약을 하나 먹은 것을 내내 후회했다. 괜한 짓이었다. 무명의 피는 마법을 만들어 주지 못한다. 모든 것에 해결책이 될 수가 없었다. 의지해서는 안 되는 것이다.

"싫어. 안 먹을래. 어차피 지금도 아파."

"지금 아픈 거랑은 달라."

달라? 저를 내려다보는 그의 눈이 제법 진지했다. 근심도 담겨 있었다.

"너는 처음이고 나는……."

그는 말을 끝까지 잇지 못했다. 나는 너와는 다르다. 나는 인간과도 닮았지만 짐승과도 닮았다. 여자를 안은 지 오래되었다. 내가 너를 배려할 수 있을지 모르겠다. 어쩌면 제어할 수 없을지도 모른다. 네 안에 파고들고 나면, 짐승에 더 가까울 것이다.

너에게 이 모든 것들을 설명해 줄 시간이 있었다면 얼마나 좋았을까. 그러나 지금은 그럴 여유가 없었다. 달아오른 피가 그를 보챘다. 구구절절 입을 놀리는 것은 행위의 흥분만 가라앉힐 뿐이다. 특히나 본능이 아닌 이성의 언어들은 더욱 그랬다.

그는 잔뜩 송그린 가영의 무릎을 잡아 옆으로 기울어진 여체를 똑바로 눕혔다. 그러고는 그녀의 무릎에 부드럽게 입을 맞추고 두 다리를 옆으로 벌렸다. 힘겹게 오므린 다리가 맥없이 벌어졌다. 부끄러움에 다시 몸을 움츠리기 전에 무명의 몸이 가영의 위로 올라왔다. 따듯한 체온이 골반에서부터 가슴까지 가득 닿았다. 안정감이 들어 가영은 나른한 한숨을 내뱉었다. 기분이 좋았다.

명은 가영의 눈가에 묻어 있는 눈물 자국을 부드럽게 닦아 내고 달아오른 뺨에 입을 맞췄다. 가영의 입술을 쓸고 쌕쌕 달뜬 숨이 새어 나오는 입가에 입을 맞추고 가지런한 치아를 혀로 어루만지고 더 깊은 곳, 가영의 입안을 훑고 더 깊은 곳에서 그녀의 혀를 옭아맸다.

가영은 무명의 목에 손을 감았다. 떨어지지 않겠다는 듯 온몸을 그에게 밀착했다. 아마 오늘 이후에 그녀는 자신의 행동이 무엇을 의미하는지 알게 될 것이다. 그 순진무구한 몸짓 하나가 어떻게 수컷의 성욕을 데우는지 말이다.

무명은 저지 팬츠 끈을 풀었다. 이젠 정말로 배꼽을 대어 볼 차례가 온 것이다. 그는 손바닥으로 가영의 허벅지와 엉덩이를 힘 있게 쓸어 올렸다. 그러고는 가영의 무릎을 잡고 여자가 버둥거리지 못하게 아래로 눌렀다. 그다음 그는 가영에게 파고들었다. 손바닥을 축축하게 적실 만큼 부드럽고 매끄러워진 곳으로 단번에 밀려들어 갔다.

아랫도리를 뭔가가 눌렀다. 꾹 막힌 곳에 맨들거리는 무엇인가가 닿더니 자꾸만 자꾸만 그녀를 위로 밀었다. 뭐지? 뭐지? 하는 사이에 그 단단한 것이 생살을 가르기 시작했다. 아팠다. 날카로운 끝으로 찌르는 듯 아팠다. 가영은 무명의 목에 감았던 손을 풀고 허우적

댔다. 아파! 그러나 그는 멈추질 않았다. 아픔 뒤에는 더 큰 아픔이 있었다. 아픈 곳을 그는 더 후벼 팠다.

가영이 손톱으로 그의 어깨를 긁었다. 그가 가영의 무릎을 조금 더 눌렀다. 무릎이 눌리자 엉덩이가 더 위로 들렸다. 어디까지 밀고 들어올 작정인지, 그는 상처 난 곳을 더 쑤시고 들어왔다. 비명을 내지르고 싶었다. 엉엉 소리 내어 울고 싶은데 무명의 혀가 집요하게 옭아맸다.

가영은 고통에 몸부림치다 본능적으로 무명의 혀를 씹었다. 무명의 미간이 움찔 좁아졌다. 그러나 그는 아랑곳 않고 더욱더 가영의 안으로 파고들 뿐이었다. 가영이 그의 혀를 꽉 물고 비명을 지르자 '흐으' 하는 뭉개진 소리가 입안으로 먹혀 들어갔다. 울컥 침이 아닌 타액이 입안으로 쏟아졌다. 시고 짜고 비릿했다.

"삼키지 마."

그가 입을 떼고 말했다. 가영은 입 밖으로 그것을 밀어 냈다. 입가에 피가 흘렀다. 그가 다시 입을 맞췄다. 혀로 입안을 쓸었다. 입안에 고여 있는 체액들이 누구의 것인지 모른다. 그저 서로 나누어 가진 것 같았다. 무명이 다시 입술을 떼어 냈다. 가영은 엉엉 울었다.

"아파."

입가에 저의 피가 번져 있었다. 눈물과 피에 젖은 얼굴이 여신처럼 아름다웠다. 그녀의 몸에 묻어 있는 무엇이라도 다 빨아 먹고 싶다. 무명이 그녀의 몸으로 더 욱여들어 갔다. 가영이 그의 가슴팍을 밀었다.

"아파!"

아프다. 그저 아팠다. 아파서 벗어나고 싶었다. 가영은 그의 가슴을 손으로 치고 할퀴었다. 무명은 공격적으로 가슴팍을 치는 가영의 두 손을 잡아 위로 올렸다. 커다란 손으로 여자의 두 손목을 움켜쥐고 그는 가영을 내려 보았다. 계속 아플 거다. 아마 많이. 그의 피는 인간을 치유했다. 찢긴 상처를 아마 계속해서 치유하려 들 것이다. 그리고 그는 계속해서 그것을 찢었다. 딱 한 방울이면 좋았잖아. 그럼 너는 내 혀를 씹지 않았잖아, 가영.

"명아. 아파."

아직 시작도 하지 않았다. 그리고 여기서 멈출 수도 없었다.

"미안해."

"……."

미안하다고 말하는 무명의 얼굴이 너무 애틋하고 사랑스러워 가영은 울음을 멈추고 눈을 깜빡거렸다. 눈가에 맺혀 있던 눈물방울이 다이아몬드처럼 반짝이다 관자놀이를 타고 흘러내렸다.

"미안해, 가영."

그는 가영의 머리 위에 여자의 손목을 교차시킨 뒤 한 손으로 그것을 움켜쥐고 나머지 한 손으로 가영의 입을 다시 틀어막았다. 그러고는 그녀의 안에서 빠져나갔다가 단번에 안으로 파고들었다. 비명을 지르지 못하는 그녀의 목에 핏대가 섰다. 그는 계속해서 움직였다. 조금의 자비도 없는 짐승 같은 몸짓이었다.

가영의 몸이 위로 밀려 올라갔다. 그녀는 눈을 꽉 감았다. 도리질도 쳐 보았다. 어떻게든 벗어나 보려고 몸을 틀어도 보았다. 그러나 무엇도 소용이 없었다. 고통이 끝나질 않았다.

얼마나 지속되었을까. 아랫도리를 쑤시던 것이 동작을 멈췄다. 무명의 몸이 바윗덩어리처럼 딱딱하게 굳었다. 꾹 감았던 눈을 힘겹게 떴다. 눈앞이 열기로 몽롱했다. 무명의 실루엣이 희미했다. 아주 잠시 평화로웠다. 아주 잠시 무명이 연약하다고 생각되었다.

그의 얼굴에 감정이 스치는 것을, 연약함이 깃드는 것을 가영은 처음으로 목격했다. 그가 무엇인가를 음미하는 표정을 짓는 것이, 어딘지 모르게 부서질 듯 위태로운 얼굴을 하는 것이 처음이었다. 지금껏 본 중 가장 아름다운 얼굴이었다. 그의 몸에서 아지랑이 같은 것이 피어오르는 것 같았다. 그 모습에 넋을 잃고 있는데 그가 다시 입을 맞추어 왔다. 가벼운 입맞춤. 좀 더 자잘한 접촉 후에 그가 다시 혀를 섞으려 들었다. 가영은 그를 힘껏 밀쳤다.

"싫어! 이제 안 할 거야!"

그녀는 버둥거리며 상체를 일으키고 옷가지를 대충 주워 들어 문을 향해 기었다. 무명이 기어가는 가영의 발목을 잡아 다시 저의 앞으로 끌어왔다. 가영은 다시 그의 품에 가두어졌다.

"내가 싫어?"

가영의 뺨을 어루만지며 묻는 목소리가 너무…… 부드러웠다. 가영의 얼굴에 절망이 스쳤다. 싫을 리가 없잖아.

"아파."

그저 아파서, 그게 무서웠다.

"아픈 건, 싫어."

"내가 한 말 기억해? 난 너를 죽도록 아프게 할 거라고 했잖아. 내가 그만큼 너를 채울 거라고. 이제 소꿉놀이는 끝났어, 가영. 나와 배꼽을 댄다는 건 이런 거야.”

그가 가영의 가랑이를 벌리고 다시 자리를 잡았다. 가영이 두 손을 가슴팍에 모으고 몸을 송그렸다. 그는 가영의 손을 잡아 저의 가슴팍에 대었다.

어둠 속에 희미하게 상처들이 보였다. 저가 긁은 자국을 따라 어깨에서부터 가슴팍까지 피가 맺혀 있었다. 가영은 깜짝 놀라 황급히 손을 떼어 냈다.

“이젠 못 멈춰.”

그가 협박하듯, 경고하듯 혹은 맹세하듯 말했다.

“이제는 끝까지 가야 해. 너는 내 정인이 된 거야.”

정인? 가영의 콧잔등이 찡그려졌다. 다시 얼얼한 아랫도리에 뭔가가 닿았다. 그가 다시 안을 가르고 들어왔다. 처음보다 더 아팠다. 눈앞이 쨍하고 눈물이 찔끔 났다. 다시 도망치고 싶었다. 가영은 눈을 질끈 감고 바들바들 몸을 떨었다.

“할퀴어.”

뭐?

“날 할퀴어.”

가영은 엉엉 울며 눈을 깜빡였다.

“날 할퀴어. 때리고, 물어뜯어도 좋아. 그래도 끝나지 않아.”

“…….”

“밤새 끝나지 않을 테니까.”

그가 단번에 안을 가르고 들어왔다. 눈앞이 명멸했다. 소리를 지르려 하자 그가 입을 틀어막았다. 가영이 그의 가슴을 손톱으로 할퀴었다. 때리고 꼬집었다. 몸을 비틀어 그에게서 벗어나려니 그가 가영의 두 어깨를 움켜쥐었다. 그가 허리를 쳐올렸다. 악 소리가 속으로 삼켜졌다. 가영은 손에 잡히는 대로 뜯었다. 어디를 어떻게 때리고 뜯은 것인지 모르겠다.

무명은 인상 하나 찡그리지 않았다. 오히려 그는 부드럽게 웃었다. 욕망이 가득 담긴 두 눈은 여전히 불타올랐다. 땀과 체액에 온몸이 젖었다. 고통 때문인지 몸부림 때문인지 온몸이 뜨겁게 달았다.

천천히 힘이 빠졌다. 사납게 할퀴어 대던 손이 얌전히 이불 위에 내려앉았다. 눈꺼풀이 무거웠다. 타는 듯한 고통에 조금씩 둔해졌다. 그가 입을 맞추어 왔다. 자비라곤 찾아볼 수 없는 몸짓에 비해 지나치게 상냥한 키스였다. 그가 움직일 때마다 저의 몸도 덩달아 흔들렸다. 그는 가영의 뺨에, 콧잔등에, 어깨에, 가슴에 쉼 없이 입을 맞췄다. 그러고는 귓가에 무어라 속삭였다. 사랑한다는 말 같았다.

거짓말. 가영이 소리 없이 입을 옴찔거렸다. 사랑한다는 말은 거짓말 같았다. 이렇게 쉽게 사랑받을 리가 없다. 사랑이 그렇게 쉬울 리가 없다. 특히나 가영 자신에게 이토록 쉽게 쥐어질 수 있는 것이 아니었다. 그러니 거짓이다. 거짓이야. 그럼에도 그 믿을 수 없는 말은 달콤했다. 뜨겁게 눈물이 솟았다.

그가 가영의 손가락에 저의 손가락을 감아 왔다. 하얗고 힘줄이 선 단단한 손. 가영은 그것을 힘겹게 입가에 끌어와 입을 맞추었다. 그가 몇 번이고 이름을 불렀다. 가영. 가영. 가영.

헛것이라도 좋았다. 꿈이라도 좋았다. 고통스럽지만 행복했다. 가영은 가물거리는 눈을 꽉 감았다. 이대로, 그냥 이대로.

그냥 이대로 죽어 버리고 싶다.

동이 터 올 때면 늘 지랄맞던 닭이 울지 않았다. 경옥은 침묵 속에서 깨어났다. 닭이 울면 늘 부엌에선 달그락거리는 소리, 가영이 분주히 아침밥을 준비하는 소리가 들려왔었다. 그러나 집 안은 고요했다. 여느 때와 다른 아침을 맞이하며 경옥은 안방 문을 열고 조용히 마루에 섰다.

해는 이제 막 산자락에서 떠오르고 있었다. 집 안에는 날카로운 일출의 빛이 파고들었다. 그리고 그 빛 속에 까만 그림자가 드리워지자 노인은 바닥에 납작 엎드렸다.

그는 가영의 방문 앞에 서 있다가, 저를 보고 절을 하듯 바닥에 주저앉아 공손히 머리를 조아리고 있는 노인을 내려다보았다. 노파는 밟으면 그대로 죽어 버릴 벌레처럼 덜덜 떨었다. 귀(鬼)와 신(神)을 보는 자라 하더니 과연 그 말이 맞는 듯했다. 그가 입을 열었다.

"깨우지 마라."

가영을 두고 하는 말이었다. 경옥은 더더욱 몸을 낮춰 납작 엎드리는 것으로 대답을 대신했다. 노인은 무명이 완전히 사라질 때까지 그 자리에서 꿈쩍도 하지 않았다.

핏물이 해일처럼 밀려드는 꿈을 꾸다가 수환은 '으악' 하며 자리에서 일어났다. 손등으로 이마를 문지르니 축축하게 젖어 있었다. 입술과 목구멍이 바짝 말라 따가웠다.

주방에서 달그락거리는 소리가 들렸다. 머릿속에 '가영'이란 두 글자가 떠올랐다. 그는 자리를 박차고 부엌으로 뛰쳐나갔다.

경옥은 갓 지은 밥을 뜨다가 벌컥 문을 열고 나온 아들을 향해 몸을 돌렸다.

"가, 가영이……."

경옥은 몸을 굽혀 상에 밥그릇을 올려놓았다. 쑥을 넣은 된장국의 향이 모락모락 퍼졌다.

"너도 한 그릇 먹을 테냐?"

수환은 모친의 물음을 듣지 못했다. 그저 가영의 행방을 쫓다가 그녀의 방으로 발길을 돌렸다.

"아서라."

경옥이 그를 만류했다.

"자고 있어. 깨우지 마."

"……."

수환은 미간을 찌푸렸다. 이건 또 무슨 경우야?

가영이 이 집에 와 숟가락과 젓가락을 상 위에 올릴 줄 알게 되었을 때부터 그녀는 단 한 번도 늦잠을 잔 적이 없었다. 언제나 주인의 칭찬을 원하는 강아지처럼 부산스럽게 움직인 후 경옥의 칭찬을 기다렸다. 목을 빼고 이제나저제나 저만 보는 가영에게 모친은 눈길 한번 준 적이 없었다. 일찍 일어나 자신을 도우라 한 적도 없지만, 그렇다고 그녀가 마음 편히 잠을 잘 수 있도록 배려한 적도 없었다.

가영에겐 그 침묵이 재촉이었고 회초리였다.

그런데 이제 와서 맘씨 좋은 아주머니 흉내라도 내려는 건가? 늦잠을 자는 가영도, 이러한 모친의 모습도 수환에겐 생소했다.

"주방에 하도 오랜만에 와서 뭐가 어디에 있는지 모르겠다. 그러니 그냥 대충 먹자."

"갑자기 왜 이래?"

"뭐가?"

"생전 아침밥 한 번 안 차리던 양반이 갑자기 이러니까 그러지. 이상하잖아."

"가영이 오기 전에는 내가 다 했다. 이놈아."

"그게 언제 적이야, 대체."

"앞으로 집에서 네 밥은 네가 챙겨 먹어. 다 큰 놈이 누가 꼭 챙겨줘야 밥을 먹어?"

"……."

대답이 없는 수환의 눈이 다시 가영의 방으로 향했다. 경옥이 혀를 찼다.

"애먼 데 정력 쏟지 말고 밥이나 처먹어."

박한 모친의 말에 아들의 눈에서 레이저가 뿜어져 나왔다. 어금니를 무느라 턱관절이 꿈틀대는 것이 보였다. 할 말이 많으나 말하지 않으려니 괴로운 듯했다.

"내가 뭘 하려는데?"

"그년 내버려 두라니까."

"엄마는 아무것도 모르니까 그런 소리가 나오는 거야."

저 뒤에 사는 새끼가 누구인지, 그 새끼가 가영에게 무슨 짓을 하려는지 모친은 전혀 모른다. 알게 되면 저렇게 태평한 얼굴로 저런 소리를 할 수가 없다.

"어디에도 정 못 붙여서 제 살 깎아 먹는 버러지 같은 놈들한테도 정을 주던 애야. 이제야 어딘가에 정붙이려고 하는데 네가 무슨 자격으로 훼방을 놔?"

수환이 입을 벌렸다.

"네 애미 무당이다. 이놈아. 내가 눈 뜬 장님인 줄 아느냐?"

수환은 더듬대며 집 뒤편을 향해 삿대질을 했다.

"아니, 엄마 저 뒷집, 지금 저 뒷집에 사는 놈이 얼마나 미친 새낀 줄 알아? 걔는 차원이 달라. 저 새끼는 그냥 우리가 아는 그런 개새끼 같은 게 아니라고! 엄마는 귀신이 그런 것도 안 알려 줘? 저 새끼가 뭔지 몰라?"

"네가 저 새끼 개새끼 할 주제는 아니지."

"엄마!"

"사람은 운명이란 게 있어! 너도, 나도 다 팔자란 게 있어. 가영이는 그럴 운명이야. 말했지! 저년 이 세상에서 살 팔자 아니라고! 처음부터 그럴 팔자야. 그렇게 타고났어. 그러니 제발 좀 가만히 있어."

"팔자는 얼어 죽을!"

그는 어금니를 질끈 물었다. 팔자라느니 운명이라느니 그게 무슨 개소리란 말인가. 가영이 저 새끼랑 이루어질 운명이란 말이야? 이 세상에 살 팔자가 아니면? 저 괴물 같은 놈이랑 살 팔자란 거야? 그건 절대 안 돼. 절대 그렇게 내버려 둘 수는 없다. 그는 이 모든 상황이, 그리고 그걸 모두 알고 있으면서 태연한 모친이 너무나 낯설고 황당했다.

"엄마는, 엄마는 이걸 받아들일 수 있어? 이게 말이 돼? 저 불쌍한 거, 저 괴물 새끼한테 가져다 받치잔 말이야?"

"조수환."

모친은 지친다는 듯 그의 이름 석 자를 불렀다. 힘없이 감았다 뜬 눈매가 희미했다.

"제발 네 팔자 그만 꼬아라. 제발 네 화를 네가 부르지 말란 말이야. 이 모자란 것아."

그는 보란 듯이 발걸음을 옮겼다. 그러고는 가영의 방문을 덜컥 열었다. 가영은 이불에 누에고치처럼 말려 있었다. 몸을 잔뜩 웅크린 채 아이처럼 잠든 그녀를 수환이 흔들어 깨웠다.

"박가영! 야! 일어나!"

'으 으' 가영이 신음하며 눈을 떴다. 수환이 몸을 흔들자 온몸이 다 욱신거렸다.

"야, 일어나! 옷 입어!"

"아파."

가영이 칭얼거리며 다시 몸을 눕히려 하자 수환은 억지로 그녀를 일으켜 앉혔다. 덮고 있던 이불을 빼앗자 몸에 휑한 한기가 들었다. 가영은 재빠르게 몸을 웅크렸다. 늘 좋기만 하던 수환이 요 며칠은 그렇게 얄미울 수가 없었다.

수환이 가영의 몸에 억지로 점퍼를 끼워 넣었다.

"왜 그러는데? 어디 가?"

"너 나랑 서울 갈 거야."

서울?

반쯤 감겼던 가영의 눈이 또릿해졌다.

"왜?"

수환은 가영의 점퍼 지퍼를 바짝 올리고 후드를 머리에 씌웠다.

"일어나. 나가자."

그는 가영의 손을 잡아 일으켰다. 얼떨결에 발에 신발을 끼우고 고개를 돌리니 마루에 경옥이 낙담한 얼굴로 앉아 있었다. 된장국이 올라간 조반이 경옥의 곁에 보였다. 무어라 대꾸하려 입을 열었는데 수환에 의해 우악스럽게 밖으로 끌려 나갔다.

그는 끝끝내 왜 서울에 가야 하냐는 가영의 물음에는 대답해 주지 않았다. 꼭 도망이라도 가는 듯 비장한 얼굴로 차를 몰 뿐이었다.

"오늘은 웬일로 가영 처자가 안 오네요."

부일은 쪼르르 커피를 따른 잔을 조심스레 무명에게 내밀었다. 지난밤에 서고로 몸을 피한 뒤 그는 제발 내일 아침 사지가 절단된 시체가 집 안에 널브러져 있지 않기만을 간절히 빌었다.

다행히, 집 안은 전과 다름없이 깨끗했다. 가영이 청소해 놓고 간 그대로였다. 다른 것이 있다면 평소의 아침과는 다르게 가영이 없다는 것, 그리고 평소와 다르게 무명이 아침 일찍 샤워를 했다는 것.

그 두 개였다.

무명은 별일이 없다면 하루 일과를 마치고 샤워를 했다. 하루 일과를 마치지 않았는데 샤워를 하는 경우는 별일이 있을 때만이었다. 일단 피 묻은 옷가지 같은 건 없었다. 그렇다는 건 누굴 죽이진 않았다는 것이었다. 그리고 그렇다는 건 다른 일로 밤새 바빴다는 것이고, 또 그렇다는 건…….

“못 일어났겠지. 아직.”

무명의 그 단조로운 대답에 부일은 제 가슴을 움켜잡았다. 아아, 신이시여. 이 짐승이 드디어…… 드디어 일을 치고 말았습니다.

“뭐야 그 표정은?”

무명은 부일의 표정이 못마땅해 물었다.

“가영이 네 여자라도 돼?”

적의가 가득 담긴 목소리에 부일은 절레절레 고개를 저었다. 그럴 리가 있나. 누구 손에 죽으려고. 하지만 왜 목이 메지. 아…… 우리 불쌍한 가영 처자…….

가영에 대한 측은함에 어쩔 줄 몰라 하는데 커피 잔을 식탁에 내려놓은 무명의 눈이 가늘어졌다. 그는 몸을 일으켜 창가로 다가갔다. 부일은 주인을 따라 그 옆에 섰다. 돌다리 아래로 수환의 차가 빠져나가고 있었다. 그는 주인의 옆얼굴과 하얀 세단을 번갈아 쳐다보았다. 눈빛이 예사롭지가 않았다.

“가영 처자를 데려가는 걸까요?”

무명의 눈동자가 세단의 뒤꽁무니를 따라 이동했다. 사냥감을 보는 짐승의 눈이었다. 아랫집 총각은 연적을 잘못 골라도 한참 잘못 골라 버렸다. 여자를 빼앗기는 것이 문제가 아니고 목숨을 빼앗기는 것이 문제였다. 무명은 인간의 생사에 그다지 관심이 없었다. 걸리적거리면 그는 가장 쉽고 빠른 방법을 택할 것이다.

"저 총각 죽이면 가영 처자가 엄청 슬퍼할 텐데……."

"알아."

대답하는 무명의 목소리에 짜증이 섞여 있었다. 부일은 어쩐지 웃음이 비죽 새어 나와 어금니를 꽉 물었다. 드디어, 드디어! 제 맘대로 할 수 없는 일이 생겨 버렸구나. 다행이다. 이 꼬라지를 보고 죽을 수 있어서. 하나님 감사합니다. 제가 이 모습을 보려고 지금껏 살아 있었나 봅니다. 말년에 주신 큰 행복, 마음껏 누리고 가겠습니다.

영길은 담배를 피우다 수환의 차가 서 안으로 들어오는 것을 보고 발로 비벼 껐다. 차는 서 바로 앞에 급정지했다. 차를 모는 품새부터 벌써 경황이 없었다.

"선배!"

수환이 벨트를 풀고 차 밖으로 나왔다. 조수석에는 웬 여자아이가 타 있었다. 영길은 겁을 먹은 듯한 여자아이에게서 눈을 떼지 못한 채 물었다.

"누구예요?"

"내 동생."

"아."

영길은 바로 수긍했다가 다시 미간을 구겼다.

"근데 동생은 왜 여기로……."

"야, 너 재 좀 잘 봐라."

"에?"

"뭐 어디 아이스크림이라도 사 먹이고 있어. 나 금방 갔다 올게."

"아니, 저, 선배!"

빠르게 서 안으로 사라지는 수환의 뒷모습을 보며 헛손질을 하다가 영길은 난감해하며 눈을 돌렸다.

"……."

차 안에서는 웬 촌스러운 여자아이가 두 눈만 끔뻑거리고 있었다. 영길은 난처하여 머리를 긁었다.

"아, 나 원……. 아이스크림을 사 먹일 나이도 아닌 거 같구먼."

수환은 거침없는 발걸음으로 서장실로 향했다. 복도에서 마주친 팀장이 그를 보며 눈을 휘둥그렇게 떴다. 아니, 근신 중인 새끼가 여긴 왜 또 기어들어 왔나? 그렇게 물을 계획이었는데 '아니, 근신 중인 새끼'까지만 입 밖으로 냈다.

수환이 벌컥 서장실 문을 열었고 팀장의 얼굴은 파랗게 질렸다.

"저 그 새끼 봤어요."

대뜸 문을 열고 들어오더니 첫마디부터 범상치 않았다. 서장은 타이핑을 하다 말고 눈을 가늘게 떴다. 팀장이 뒤따라 들어왔다. 문고리를 잡은 채 식은땀을 쩔쩔 흘렸다. 참 이 종자들은 변함이 없다 싶어 서장은 한숨을 쉬었다.

"뭐야? 또."

"홍승만 패거리 죽인 그놈 저 봤습니다."

서장의 얼굴이 굳었다. 그는 문가의 팀장을 향해 눈짓했다. 나가 보란 의미였다.

"엇, 예."

바짝 겁을 집어먹은 팀장이 쏜살같이 문을 닫았다.

"그 새끼 정말…… 하여간 정말 이상한 새낍니다. 꼭 잡아야 해요. 아니면 조사라도 해야 합니다. 아니, 조사해서 잡아야 합니다. 정말 위험해요."

"내가 그 조사 그만하라고 하지 않았어?"

침착한 서장의 말에 수환이 길길이 날뛰었다.

"연쇄 살인범입니다. 연쇄 살인범! 그 새끼…… 대체, 뭐 하는 새끼인 줄도 모르겠다고요! 사람 새끼 같지도 않아요! 그런 놈이 돌아다니게 놔둘 겁니까? 아니, 선량한 사람을 죽이든 죄지은 새끼를 죽이든 어쨌든 그 새끼는 살인마라고요! 지금 이게 무마할 일이에요?"

"누가 언제 뭘 무마한다는 거야."

"지금 그렇잖아요! 뭉개려고 하는 거 아닙니까! 그래서 나 근신받게 한 거잖아요!"

"말조심해."

"감방에 처넣어야 합니다! 일반 감방으로도 안 되고 그 새끼는 아주 특수한 감방에 처넣어야 해요! 수사하게 해 주세요. 안 그러면 매체에 알릴 겁니다."

"조수환."

서장이 신음하듯 그의 이름을 불렀다. 이 꼴통 새끼 때문에 호흡이 곤란할 지경이다. 수환은 눈에 뵈는 게 없었다.

"내 목이 날아가는 한이 있더라도 그 새낀 잡을 거예요."

"증거 있어?"

"저 복귀시켜 주십시오. 제가 어떻게 해서든 잡아넣을 겁니다."

또라이. 정말 또라이다. 두통이 지끈지끈 몰려왔다.

"제정신 아니야 너 지금."

"복귀 안 시켜 주시면 저 혼자서라도 할 겁니다."

"길길이 날뛰고 있잖아. 제정신 아니라고, 너 지금."

"저, 부탁하러 온 거 아닙니다. 통보하러 온 겁니다."

아, 이 미친 자식. 서장은 두통에 입술을 콱 물었다. 키보드 위에 얹어진 그의 두 손이 꽉 쥐어졌다. 제 할 말을 다 마친 수환이 등을 돌려 서장실을 빠져나갔다. 애초에 대답을 들을 생각도 없었으니 남아 있을 이유도 없었을 것이다.

잡을 수 있는 자였으면 진즉 잡아 처넣었겠지. 그게 가능했다면! 그게 안 되니, 그렇게 할 수가 없으니 이러고 있는 것이 아닌가!

남자는 한참 동안 진정하지 못하다가 크게 한숨을 내쉬고 곧 전화기를 들었다. 신호음이 갈 동안에도 그는 입술을 자근자근 씹어 댔다. 저 또라이 새끼가 하는 말이 무슨 말인지 모른다. 알고 싶지도 않다. 윗사람들이 하는 일에 관여하고 싶지도 않고 묻고 싶지도 않으며 의문을 갖고 싶지도 않았다. 그저 그가 원하는 것은 잔잔한 항해였다. 태풍을 만나지 않고, 암초를 만나지 않고 승진이란 목적지까지 순항하는 것이 그의 목표였다. 그런데 저 새끼가 그걸 자꾸 망치려고 한다. 사람 속도 모르고 저 혼자 정의로운 척은 다 하는 꼴통 같으니.

"접니다. 청장님. '그분' 건으로 드릴 말씀이 있어서요."

영길은 가영을 서점으로 안내했다. 여자가 원한 것은 아이스크림이 아니라 책이었다. 확실히 아이스크림을 원할 만큼 어린애도 아니었다. 대체 수환은 동생을 몇 살로 보고 있는 건지. 다 큰 처녀를 아직도 대여섯 살짜리로 보고 있는 것이 틀림없다.

영길은 가영에게서 멀찌감치 떨어진 '실용 서적' 코너에 서서 괜스레 책을 뒤적거렸다. 아까부터 가영이 그의 눈치를 보며 자꾸만 종종걸음으로 멀어져 가까이 다가갈 수가 없었다. '낚시의 기본 원리'를 절반쯤 펼치고 있는데 점퍼 주머니에서 휴대폰이 진동했다. 수환이었다.

"여보세요?"

— 어디야?

"여기 서점."

— 데리고 나와.

"볼일 다 끝났어요?"

— 응. 데려와.

전화를 끊는 목소리가 평소보다도 착 가라앉아 있었다. 근신 처분 중인 수환도 수환이지만 졸지에 파트너를 잃은 영길도 그간 곤란하기는 마찬가지였다. 부당한 처사인 것을 알지만 그것이 조직의 룰이라면 따라야 했다. 어쨌든 이것도 직업이고 밥벌이 아니던가.

"저기, 저 동생분!"

영길이 부르는 소리에 가영이 화들짝 놀라 보던 책을 제 몸 뒤로 숨겼다. 초등학교 도서 코너였다. 낯가림 한번 더럽게 심하네. 영길은 곤란한 듯 헛기침을 하며 말했다.

"수환 형님이 부르시네. 저기 아이스크림도 못 사 줬는데, 뭐 보던 중인지 모르지만 그거 내가 사 줄게요."

그 말에 가영의 눈이 빛났다.

"진짜요?"

수줍게 묻는 목소리가 조심스러웠다.

"그럼요."

영길은 흔쾌히 고개를 끄덕이며 가영을 참 묘한 아이라고 생각했다. 까맣게 그을린 피부에 단정치 못한 옷차림을 합쳐 놓고 보자면 약간 덜떨어진 아이가 아닌가 싶은데 바라보는 눈빛이 가슴 설렐 정도로 청량했다. 조심스레 묻는 목소리도 더없이 맑았다. 보고 있으니 무언가 치유를 받는 듯한 느낌이 든다.

가영이 너무 부끄러워하였으므로 영길은 일부러 그녀가 등 뒤에 숨긴 책에는 눈길을 주지 않은 채 데스크에 카드만 꺼내 올렸다. 점퍼에서 다시 전화가 울렸다. 수환이었다.

"여보세요?"

— 미안한데 가영이 조금 더 데리고 있어야겠다.

"예?"

— 미안해. 조금만 더 부탁해.

"아니, 지금!"

영길이 언성을 높이자 주변의 이목이 쏠렸다.

"잠시만."

그는 가영에게 다급하게 말하고 휴대폰을 얼굴에 바짝 붙이며 입구로 이동했다.

"아니 지금, 나 근무 중이에요 선배! 내가 보모야, 뭐야."

— 미안하게 됐다. 근데 중요한 일이라서 그래.

"내 일도 중요해요! 나 지금 절도범 수배 중이란 말이야! 탐문 조사 다녀야 된다고!"

— 수고해라. 끊는다.

"여, 여보세요! 선배! 선배!"

액정에 번쩍 빛이 들었다. 전화기 너머에는 더 이상 아무런 소리도 들리지 않았다. 영길은 얼이 빠져 볼에서 액정을 뗐다. 30초 남짓의 통화 시간이 점점이 찍혀 있었다.

"아니 진짜, 이 양반……."

지난번 통화 때도 어딘가에 넋이 나간 사람처럼 굴었다. 언제나 사건에 맹렬했던 사람이지만 이건 맹렬이라고 표현하는 걸로는 부족했다. 꽁지에 불이 붙은 듯 초조해 보였다. 아니, 아무리 그래도 그렇지. 막무가내로 서로 찾아와 동생 뒤치다꺼리를 하라니. 말귀 못 알아먹는 서너 살짜리 어린아이도 아니고, 이미 클 만큼 큰 여자아이를.

영길은 혀를 차며 휴대폰을 주머니에 넣었다. 담배를 한 대 딱 태우면 좋겠는데 혹여 가영에게 안 좋은 냄새를 풍길까 영길은 곧바로 서점으로 다시 몸을 돌렸다. 아마 지금쯤이면 데스크에서 계산을 끝냈으리라. 그는 두리번두리번 가영을 찾았다. 세련된 도시 사람들 사이에서 찾기 어려운 외형은 아니었다.

그렇기 때문에 가영이 사라져 버렸다는 걸 알기까지는 많은 시간이 걸리지 않았다. 휙휙 돌아가는 눈동자가 점점 분주해졌다. 그는 초조하게 데스크로 향했다.

"여기요. 여기, 아까 저랑 같이 온 여자 어디 갔어요?"

"네? 글쎄요."

점원은 고개를 갸웃거렸다.

"아까 문 앞에 계셨던 거 같은데……."

"……."

그는 뛰었다. 서점의 모든 코너를 다 돌았다. 여자는 어디에도 없었다. 그는 하는 수 없이 다시 데스크로 가 품에서 신분증을 꺼냈다.

"CCTV 좀 봅시다."

"아, 네. 잠시만요. 점장님 불러올게요."

배지를 확인한 점원이 데스크에 비치되어 있던 전화기를 집어 들었다. 영길은 불안스레 데스크를 두드렸다. 수환이 눈에 핏발을 세우고 저를 향해 달려드는 모습이 그려져 눈앞이 깜깜했다.

아찔했다가, 진절머리가 났다가 '으으' 하고 목덜미에 고개를 파묻기를 반복할 동안 몸은 솟았다가 공중에 머물렀다가 다시 내려앉기를 반복했다. 그 리드미컬한 움직임에 적응이 될 찰나, 발이 땅에

닿았다.

"이제 눈 떠."

명은 제 목을 꽉 감은 가영의 손을 부드럽게 어루만지고 풀었다. 접착제에 붙었다가 떨어진 것처럼 가영의 손이 그의 목에서 힘겹게 풀렸다.

손에 쥔 서점 봉투에서 보스락보스락 소리가 났다. 명의 목덜미에 꾹 눌렀던 마른 입술에서 남자의 맥박이 요동쳤다. 가영은 눈을 뜨고 따듯한 피부에 닿았던 입술을 황급하게 떨어뜨리고 도망치듯 뒷걸음질 쳤다.

재미있다는 표정의 무명을 시야에 담았다가 가영은 곧바로 그의 뒤에 펼쳐져 있는 배경으로 초점을 옮겼다. 그러더니 두리번두리번 주위를 돌아보고 이내 입을 함지박만 하게 벌렸다.

하늘과 마주 닿아 있는 산언덕은 온통 분홍색이었다. 발아래에서부터 저 끝까지 나무 하나 없는 언덕에는 꽃만 흐드러지게 폈다. 태어나서 이렇게 넓은 꽃밭은 처음이었다. 이렇게 많은 꽃은 처음 보았다.

"여기, 여기 어디야?"

가영이 넋이 나가 물었다.

"뒷산."

"……."

고지답게 산골 마을의 산세는 모두 험했다. 그래도 그곳에서 지내며 산을 제집처럼 드나들었다. 모르는 곳이 없다고 생각했는데 여긴 처음이었다. 가영은 뭔가에 홀린 듯 걸음을 옮겼다. 발 아래로 꽃잎이 싸르락거렸다.

"여긴 사람이 못 들어와. 길이 없거든."

"……."

가영이 걸음을 멈추고 그를 돌아보았다.

"모든 게 태어난 그대로지."

무명의 말을 귀 기울여 듣고 가영은 다시 풍경을 향해 눈을 돌렸다. 모든 게 태어난 그대로. 사람의 발길이 닿지 않는 곳은 이렇게 예쁘구나. 홀린 듯 걷다가 홀리듯 아래를 내려다보고 가영은 꽃 앞에 쪼그려 앉았다. 한참을 내려다보다가 가영은 아주 조심스럽게 꽃잎을 어루만졌다. 꼭 아기를 만지는 것 같은 손길이었다.

"이 꽃 뭔지 알아?"

"철쭉."

무명이 묻자 가영은 망설임 없이 바로 입을 열었다.

"어떻게 구분해? 진달래와?"

"진달래는 꽃이 피면 이파리가 없어. 철쭉은 꽃이랑 잎이 같이 펴."

누구에게나 바보라 불린다는 아가씨였다. 그들이 아는 걸 가영은 모른다는 이유에서였다. 가영을 바보라 놀리는 이들 중에는 진달래와 철쭉을 구별할 수 있을 만큼 꽃에 관심을 가진 이가 얼마나 될지 궁금했다.

동네 어디에서나, 사람들이 눈길을 주지 않는 사이에 무심히 피어 있는 것이 진달래와 철쭉이었다. 그 분홍 꽃이 피면 사람들은 그제야 봄이 왔다고 느낀다. 그러나 그것뿐이었다. 누구도 그 꽃 한 송이에 관심을 두지는 않았다.

가영에겐 봄이 오는 것보다도 꽃이 중요했다. 그녀는 무엇이든 눈에 담고 만지고 제대로 이름을 부를 줄 아는 사람이었다.

"되게 예쁘다."

가영이 배시시 웃었다. 무명은 꽃들을 헤치고 가장 연하고 여리게 보이는 꽃의 줄기를 쥐었다.

"안 돼. 꺾지 마."

가영이 꽃을 꺾으려는 명을 말렸다.

"왜? 갖고 싶지 않아?"

"꺾으면 시들잖아. 그냥 피어 있는 것만 볼래."

가영은 다시 조심스럽게 꽃잎을 만졌다. 손끝이 말랑한 꽃잎에 간지러웠다. 그리고 저를 보는 무명의 빤한 시선에 옆얼굴이 따가웠다. 시선은 아주 조금도 비껴 나가질 않았다. 가영의 눈동자가 좌우로 굴렀다. 그의 눈길이 머물면 머물수록, 그 시간이 곱절이 되어 볼에 화르륵 열이 올랐다.

명의 앞에서 부끄러웠던 적은 제법 있었던 거 같은데 이렇게 부끄러워 울고 싶은 기분이 든 적은 없었다. 가영은 쪼그려 앉은 채 은근슬쩍 그에게서 조금 멀어졌다. 곁눈질로 슬쩍 쳐다보니 그가 웃고 있었다. 놀리는 것 같아서 더 볼이 붉어졌다. 가영은 조금 더 멀어졌다. 이번에는 곁눈질하지 않았다. 어차피 웃고 있는 게 뻔했다.

"그만 봐!"

명은 대답하지 않았다. 가영은 두 손으로 제 뺨을 쥐고 그의 시선에서 자신의 얼굴을 가렸다.

"꽃 봐. 꽃!"

어떻게든 명의 시선에서부터 자유로워지려 안간힘을 쓰는 가영의 가느다란 팔목에 봉투가 덜렁거렸다. 명의 시선이 자연스레 그곳으로 옮겨졌다.

"나, 이제, 다시, 서점에 데려다줘."

가영이 더듬댔다.

"책 샀어?"

그 말에 놀라 가영이 화들짝 봉투를 반대 방향으로 감췄다.

"무슨 책 샀어?"

"나 다시 데려다줘. 나 형사님 카드, 카드도 아직 못 줬어. 나 찾으실 거야. 늦기 전에 가 봐야 돼."

"다시 가고 싶어?"

"……."

그녀는 대답하지 못했다. 다시 수환에게 이리저리 끌려다니고 싶지 않다. 끌려다니면서도 자신이 무명을 부르면 언제든 저를 데리러 올 거라고 생각했다. 그래서 불현듯 자신의 허리에 손이 감겼을 때 망설임 없이 그의 목을 껴안았다. 무명일 게 분명했으니까.

가영이 귀가 축 처진 강아지처럼 땅만 보고 있자 무명은 빙그레 웃었다. 하여간 거짓말은 절대 못 한다. 그 점이 귀엽긴 하지.

"책 뭐 샀어? 보여 줘."

그 말에 가영이 고개를 빠르게 저었다.

"왜?"

가영이 대답을 못 하고 입술을 잘근잘근 깨물었다.

"만화책이야?"

"……비 ……비슷해."

무명은 소리 내어 웃었다.

"나 만화책 잘 봐."

그는 보여 달라는 듯 가영에게 손을 내밀어 보였다.

"너, 너는 몰라도 돼."

"내가 너에 대해 몰라도 되는 게 어디 있어?"

"……."

"너 나랑 배꼽 맞춘 사이잖아."

가영의 얼굴이 숯덩이처럼 벌겋게 타올랐다. 이젠 정말로 배꼽을 맞춘다는 말의 뜻을 명확하게 알게 된 것이다. 무명이 키득거리자 가영이 울상을 지었다.

"보여 줘."

그가 다시 한번 부드럽게 요청했다. 가영이 단호히 도리질했다.

"가영, 너 최면이 뭔지 알아?"

그는 한 팔로 턱을 괴고 넌지시 물었다. 뭔지 알아. 명절날 TV에서 본 적이 있다. 그걸 걸면 양파를 사과처럼 베어 먹고, 팔꿈치가 굽혀지지 않고, 올라간 팔이 내려가지 않았다. TV 속 사람들을 따라 가영도 탄성을 내지르며 신기해했었다.

마주 본 무명의 루비색 눈동자가 마그마처럼 일렁댔다. 소름이 돋았다.

"지금 줄래? 아니면 내가 가져갈까?"

그가 부드럽게 물어도 무서웠다. 가영은 울먹거렸다. 하여간 못됐어!

"별거 아니야."

"내가 가져갈까?"

"싫어!"

그가 다시 손바닥을 펴 그녀의 코앞에 내밀었다.

"보여 줘 그럼."

"그냥 안 봐도 되잖아!"

"안 돼."

"왜!"

"네가 숨기려고 하니까."

"……."

"내가 가져갈까?"

음성이 더 지긋해졌다. 한계점이 임박했다는 뜻 같았다. 가영은 고개를 푹 숙이고 그에게 봉투를 내밀었다. 무명은 가영에게서 그것을 받아 들었다. 그는 조용히 봉투를 열어 내용물을 확인했다. 보통의 책보단 조금 크고 조금 얇았다.

'우리만 아는 비밀 수첩! 나나에게 물어봐'란 제목의 책은 바닥에 흐드러지게 핀 철쭉꽃처럼 전부 분홍색이었다. 눈이 아플 정도로.

척 보기에도 초등학교용 여자아이 책이었다. 무명은 책장을 넘겼다. 미미 공주처럼 생긴 여자아이가 등장할 때마다 부재가 붙었다.

'꼭 여자는 가슴이 커야 해?' 크면 좋지.

'아이는 어떻게 생겨?' 넘어가고.

'여자는 치마만 입어야 해?' 이왕이면 아무것도 안 입은 게 젤 좋고.

'그 아이가 나를 만지고 싶대.' 그 새끼는 안 되고.

'남자 친구가 시키는 대로 해야 할까?' 의견을 절충할 필요가 있고.

'첫 키스를 해도 될까?' 이미 했고.

'남자는 왜 고추가 있어?' 없으면 피차 손해니까.

소제목을 훑은 무명이 다시 가영을 향해 고개를 들자 가영이 주춤 더 뒤로 물러섰다.

"너, 너네 집엔 어, 없잖아."

무명은 곰곰이 생각했다. 이런 책은 없어도 비슷한 책도 없던가를 떠올렸다. 언뜻 '소녀경'이 떠올랐다. 방중술에 가까워 성교육 책이라고 봐야 할지 어떨지, 어쨌든 이 핑크 핑크 미미 책 같지는 않을 것이다.

"나한테 물어보면 되지."

어차피 제일 잘 아는 것도 저일 테니 말이다.

"내가 어떻게 그래."

"왜? 부끄러워서?"

가영의 콧잔등이 일그러졌다. 표정이 제법 표독스러웠다. 무명은 키득키득 소리 내어 웃었다.

"이젠 내게 부끄러워?"

"네가 막!"

가영이 언성을 높였다가 곧 끙 하고 참았다. 파들파들 목소리가 흔들렸다.

"네가 막, 나한테."

다시 아랫입술을 꾹 물었다.

"내가 막 너한테?"

"나한테…… 했잖아."

"뭐라고? 안 들려."

"네가 막!"

"……."

그는 가영이 당황한 채 허공에 이리저리 손을 휘젓는 것을 감상했다.

"나를……."

뒷말을 잇지 못했다. 사실 그가 저에게 뭘 했는지 정확히 알 수가 없었다. 알 수가 없어서, 그걸 알고 싶어서 책을 샀다. 어쨌든 이해하기 쉬워야 했다. 아는 게 너무 없었다.

지금껏 부끄럽다는 느낌을 별로 받지 않고 살았다. 명이가 입을 맞추었을 때도, 그의 혀가 자신의 혀를 옭아맸을 때도 그게 부끄럽지 않았다. 그저 좋았다. 배꼽을 마주 대자는 그 말이 어찌나 따뜻하고 달콤했는지 모른다.

그러나 이젠 그 모든 것이 부끄러웠다. 어쩐지 낯 뜨거워지고, 낯이 뜨거워지면 그에게 그것을 숨기고 싶었다. 단 하룻밤. 그 하룻밤 사이에 변한 자신의 모습에 스스로 적응할 수가 없었다.

"원래 그런 거야."

가영이 쉽게 입을 떼지 못하자 무명이 먼저 대답했다. 낯설어 어쩔 줄 모르는 가영에 비해 그는 침착하고 평안했다. 그리고 무엇보다 즐거워 보였다.

"사내와 계집이 배꼽을 마주 댄다는 건 그런 거야."

"……."

그는 가영에게 소제목 챕터를 펴 주었다. '아이는 어떻게 생겨?' 챕터였다.

"그래야 아이가 생겨."

"……."

주위 시선이 불편해서 제대로 펼쳐 보지도 못한 페이지였다. 시간이 되면 혼자 방 안에 웅크리고 이불을 뒤집어쓰고 읽어 보려고 했었다. 가영은 무명을 향해 눈을 들었다.

"내가 아파야, 아이가 생겨?"

무명의 미소가 복잡하게 바뀌었다. 안쓰럽고 사랑스럽고 또한 재미나다는 듯.

하다 보면 좋아질 거란 말은 너무 구닥다리 같았다. 그렇다고 앞으로는 안 아플 거라는 말도 할 수 없었다. 아마 앞으로도 몇 번은 꽤 아플 테니까 말이다. 그가 마지막으로 여자를 안았을 때는 여자의 즐거움이나 쾌락 같은 건 별로 중요하지 않던 때였다. 여자는 남자를 받는 것이 당연했고 행위 목적은 쾌락보다는 번식에 있었다.

그래서였을까, 그때는 번식 이외의 행위를 저속하게 여겼다. 지금과는 정말로 전혀 다른 시대였다. 그리고 지금 무명은 가영이 자신의 아이를 갖는 것을 원하지 않았다. 그러니까 이것은 쾌락 이상의 행위가 될 수 없었고, 그러니 가영이 아파도 아이는 생기지 않는다. 그녀가 아무리 눈을 빛내고 있다고 해도 그건 마찬가지다.

"네가 아파도, 아프지 않아도 아이는 생기지 않아."

"왜?"

"내가 원하지 않으니까."

"……왜?"

네가 안나처럼 되기를 원하지 않으니까. 무명은 가영의 뺨을 만지기 위해 손을 들었다. 가영이 흠칫 놀라며 뒤로 물러섰다. 매우 재빨랐다. 사자의 발톱을 본 토끼 같은 동작이었다. 내민 손이 무색해졌다.

"내가 무서워?"

가영은 좌우로 눈을 굴리고 조심스레 입을 열었다.

"네가 날 이상하게 쳐다보잖아."

"내가?"

가영이 고개를 끄덕였다.

"어떻게?"

가영의 얼굴이 다시 붉게 물들었다. 그녀는 손으로 자신의 팔뚝을 연신 문지르며 더듬더듬 말했다.

"간지럽고 덥고…… 자꾸 뭔가 내가 막…… 녹을 것 같아."

자신이 하는 말이 무슨 뜻인지 전혀 모른다. 그런 식으로 말하면 다시 안고 싶어진다는 것도 전혀 모른다. 녹을 것 같은 게 아니라 정말로 그녀를 녹여 버리고 싶다는 것도. 그것이 암담하면서도 달콤했다.

"사내는 원래, 자기가 사랑하는 여자는 이렇게 쳐다봐."

"……."

그 말에 가영의 눈이 위로 휘둥그렇게 들렸다. 입술을 씹었다가 구겼다가 불안스레 빨았다.

"내가 너 사랑한다고 그랬잖아."

"거짓말."

가영이 무릎을 모아 몸을 옹송그렸다. 방어적인 모습이 칭얼거리는 아이 같았다. 단 한 번도 누군가에게 어리광을 부린 적이 없었다. 그런 것을 부릴 만큼 편안한 삶이 아니었다. 그가 부드러워질수록 가영은 그에게 자꾸만 날을 세우고 싶었다. 부끄럽고 설레고 그러면서도 불안해서 자꾸만 자꾸만 모난 감정이 생겼다.

가영은 자신이 무명에게 무엇을 바라는 것인지 스스로 답을 낼 수 없었다. 그에게 와락 안기고 싶기도 하고, 그를 밀어내고 싶기도 하고, 그가 다가와 주길 바라면서도 그에게 멀어지고 싶기도 했다. 무엇보다 어떠한 경우에도 그가 그냥 지금 저기, 그가 앉아 있는 곳에서 벗어나지 않기를 바란다.

"내가 널 만지지 못하게 할 거야?"

"……."

"괜찮아. 그럼 이렇게 쳐다보고 있지 뭐."

무명도 가영과 똑같이 무릎을 그러모아 두 손으로 감고 지그시 가영을 쳐다보았다. 바람에 꽃잎이 떨리는 소리가 났다. 철쭉꽃에 파묻힌 그는 그림처럼 예뻤다. 그를 처음 보았을 때에도, 그가 어떤 존재인지를 알았을 때에도, 그리고 그 이후 지금까지도 여전히 가영은 그를 정의 내릴 수가 없다. 대체 무명은 누구일까.

"명아."

"응."

가영이 이름을 부르자 그가 부드럽게 웃었다. 여전히 그의 시선은 녹을 것처럼 달콤했다.

"너에 대해 알려 줘. 비가 오면 사람을 죽이는 것 빼고 뭐라도 좋으니까 내가 너에 대해 알고 있는 것 말고, 내가 너에 대해 모르는 걸 알려 줘. 내가 너를 더 잘 알 수 있게."

"……."

"네가 어떻게 태어났는지, 가족은 어디에 있는지, 너는 어떻게 살아왔는지."

"가족은 없어."

그는 덤덤히 말했다. 어느 순간, 그는 혼자였다. 기억이 어느 때부터 있었을까. 너무 오래되어 모든 과거를 잊었다. 그저 어느 순간 혼자였고, 어느 순간 그렇게 혼자 살고 있었다. 모든 것은 느리고도 빨랐다. 인생의 시작도 끝도 알 수가 없다. 자신이 왜 살아야 하는지, 그게 무슨 의미가 있는 것인지, 어떻게 살아가야 하는지 그게 궁금하지 않았던 것은 아니었다. 그러나 물을 수 있는 대상도 없었다. 그는 그저 세상에 던져졌고 그렇기에 그저 살아갔다.

"가지고 있던 책이 한 권 있었는데 읽지 못하는 문자였어."

아주 짤막한 기록들이었다. 기록된 글은 표의 문자도 상형 문자도 아니었다. 규칙적이었으나 매우 독특했다. 인생의 어느 순간은 그 문자를 해독하기 위해 보냈다. 그의 삶에서 무언가에 가장 몰두한 시간이었다. 내용은 아주 단순했다. 규칙을 알고 나니 해독하기는 매우 쉬웠다. 모든 기록이 '실패했다'로 끝났다. 실패했다. 이번에도 실패했다. 실패했다. 실패했다.

"나에 대한 기록이었어."

여자들은 번호로 매겨졌다. 숫자는 점점 더 길어졌다. 나중에는 끝도 없이 나열되어 있었다. 기록의 여기저기에 생존에 대한 초조함과 불안함을 내비쳤다. 빠짐없이 '진화' 라는 단어가 들어갔다. 그들은 진화하고 싶어 했다. 신은 그들에게 불멸의 삶을 주었지만 번식은 허락지 않았다. 자연의 섭리에서 벗어난 존재였다. 신이 준 것은 축복이었고 또한 저주였다. 그들은 생명을 잉태하지 못했고 번식을 통해 진화하는 자연의 법칙에서 도태되어 있었다.

그렇게 세상에서 멀어졌다. 진화하지 못해 결국 자멸했다. 세상이 변화하는 속도를 따라잡지 못했다. 가장 마지막에 살기 위해 택한 것은 자신과 가장 비슷한 종족을 골라 그들의 방법으로 진화하는 것이었다.

늑대와 개가 교배하듯, 그들은 인간을 택해 교배했다. 온갖 실패의 기록들. 그 실패의 기록들이 그의 근원이었다. 분명, 누군가의 몸을 통해 그는 태어났다. 수많은 실패와, 아주 적은 성공들. 갈아 치워진 기록들의 가장 마지막이 바로 무명이었다. 그가 유일했다.

"나도 너처럼 태어났어, 가영. 그리고 너처럼 미래를 장담할 수 없지. 나는……."

그의 눈이 무엇인가를 생각하며 아래로 내려갔다 다시 바로 떠졌다.

"그저 살아왔어. 목적도 의미도 바라는 것도 없이, 그저 살아왔어. 죽을 수 없으니까 살아왔어, 그냥 그게 다야."

그는 웃었다.

"참 재미없는 삶이지."

견고하게 다듬어진 조각상처럼 조금의 틈도 없는 그의 미소가 쓰리고 슬펐다.

"지금도 재미없어?"

가영이 걱정스러운 듯 물었다.

"아니. 지금은 네가 있잖아."

"……."

"내가 너 사랑하잖아."

"자꾸 말하지 마!"

가영이 또 토라졌다. 얼굴이 더 이상 붉어질 수도 없는데 자꾸만 더 홧홧해졌다. 그녀는 무릎 사이로 얼굴을 묻었다.

"자꾸 말하니까…… 더 거짓말 같잖아."

"사실이야. 네가 인정하지 않아도 사실이고, 그걸 당장 증명할 수 없다고 해도 어쨌든 사실이지."

무명이 어르듯 입을 뗐다. 아니, 어쩌면 부드럽게 그녀를 훈계하는 것일지도 모른다.

"그건 너무 쉬워. 쉬우니까, 못 믿겠어."

"안 쉬워. 하나도 쉽지 않아. 적어도 나에겐 그래."

그녀가 빠끔히 고개를 들었다.

"그래도 너에겐 쉬웠으면 좋겠다. 내가."

"……너 어려워. 너는 무서웠다가 좋았다가, 차가웠다가, 다정했다가…… 막 그렇잖아."

"너에게만 그래."

"……."

"나는 누구에게나 무섭고 차가운 존재야. 좋았다가, 다정했다가 같은 건 없어."

"……."

가영은 다시 무릎 사이에 고개를 묻었다. 눈동자가 무릎 위에서 데굴데굴 굴렀다.

"봐 봐. 난 지금도 네가 무서워한다는 이유로 이렇게 거리를 두고 네 앞에 가만히 앉아 있잖아. 잘 훈련된 짐승처럼."

"갑자기 네가 너무 변한 것 같아. 이상해."

사랑한다는 것을 인정했다. 언제부터 그런 것인지, 이유가 무엇인지는 별로 중요하지 않았다. 길고 긴 생을 살며 배운 것은 그런 것을 따지고 재 보는 것이 완벽한 낭비란 것이다. 사랑을 하면 그냥 사랑을 하는 것이다. 감정이 시키는 대로 하는 것이 가장 현명했다. 왜냐하면 이것은 단비이기 때문이다. 모든 것을 적시지만 언제까지 내릴지는 장담할 수 없으니까. 그러니 사랑을 깨닫는 그 순간부터 모든 것을 바쳐 할 수밖에 없다. 그 모든 순간을 그저 즐겨야 했다. 언제 그칠지 모르므로, 언제 다시 내릴지 모르므로.

"변한 게 아니야. 네가 사랑에 빠진 나를 처음 보는 것이지."

"……."

"나는 너에게 늘 상냥할 거야. 항상 다정하겠지. 늘 너를 필요로 할 거야. 너에게 해 줄 수 있는 건 뭐든 할 테고 네가 원하는 것은 뭐든지 주려고 할 거야. 대신 너는 나를 벗어나선 안 돼. 너는 도망칠 수 없을 거야. 언제고 정신을 차려 보면 내 옆에 있게 될 거야. 오늘처럼."

가영이 조금 더 몸을 움직여 그에게서 멀어졌다. 이젠 제법 둘 사이의 간격이 많이 벌어졌다. 그러나 무명은 조금도 개의치 않았다. 그에게 있어 물리적 거리 같은 건 그다지 중요하지 않았다. 둘만의 관계만 따진다면 그는 무한히 너그러웠다. 그녀가 자신의 세계에 들어와 있기만 하다면.

"네가 영원히 거기에 있어도 상관없어. 나는 영원히 여기에 있을 테니까."

철쭉꽃 향기가 진동했다. 그를 볼 때마다 울렁거리던 마음이 더 울렁거리기 시작했다.

"수환 오빠가 엄청 화낼 거야. 오늘 일도, 너도."

"알아."

"……그래도 수환 오빠는 죽이지 마. 그럼 너 미워할 거야."

"알아."

"……나 이제 배꼽 안 대 보고 싶어. 그거 아파서 싫어. 이제 안 할래."

"알겠어."

가영이 고개를 들어 올리고 그를 보며 재 보듯 눈을 끔뻑거렸다. 전혀 변함없는 표정에는 일말의 아쉬움 같은 것도 들어 있지 않았다. 가영은 발끝을 꼼지락거렸다.

"조금…… 뺨 만지는 건 상관없어. 그리고…… 뭐, 뽀뽀 같은 것도."

그 말에 무명은 웃으며 몸을 움직였다. 앉은 자리에 무명의 그림자가 드리웠다. 다시 그가 몸을 굽혀 앉았을 때 그의 몸에서 늘 나는 그 알싸한 향이 철쭉꽃 내음과 함께 흐드러졌다.

그의 하얀 손바닥에 가영의 뺨이 닿았다. 광대뼈를 부드럽게 쓸고 따듯한 손가락이 귓바퀴를 스쳤다가 목덜미에 감겼다. 붉은 그의 입술이 다가오자 가영의 눈꺼풀이 절로 아래로 내려앉았다. 입술이 부드럽게 좌우로 스쳤다. 나른한 한숨이 가영의 입가에서 달콤하게 새어 나왔다. 가영의 얼굴은 이미 부드러움에 녹아 있었다. 무명은 꽃봉오리 같은 가영의 얼굴을 보았다. 부드럽고 연약했다.

그는 가영의 콧등, 눈두덩이, 이마, 관자놀이, 뺨, 그리고 입가에 다시 차례대로 입을 맞췄다. 무명의 입술이 다시 닿자 가영은 그곳으로 고개를 틀었다. 기대감으로 입술이 한껏 벌어졌다. 그랬다. 무명과의 접촉은 늘 이렇게 기분 좋고 말랑했다. 이것이 너무 좋아서 그를 빙글빙글 돌 수밖에 없었다. 이게 너무나 좋아서. 너무나, 너무나. 너무나 좋아서.

그러나 기대했던 것과 다르게 무명의 입술은 거기까지였다. 그가 뒤로 물러서자 가영이 그의 옷을 움켜쥐고 다시 저에게로 당겼다. 입술이 꾹 눌리고 부딪혔다. 평소처럼 가영은 조금 더 원했다. 조금 더 녹아내리고 싶었다. 딱 기분이 좋을 때까지만.

에잇! 가영은 입술을 떼고 투덜거렸다.

"혀를 좀 써!"

"뭐?"

가영이 무명의 얼굴을 잡고 우악스럽게 입을 맞췄다. 벌어진 그의 잇새로 혀가 들어왔다. 그가 무어라 웅얼거렸다. 처음엔 뭔가를 말하려는 것 같기도 했지만 결국엔 웃음소리였다. 그는 저의 품에 가영을 당겨 가두었다. 포근하고 아늑했다. 딱 하나 남은 퍼즐이 맞춰진 듯 모든 것이 제자리에 잘 들어맞은 느낌이었다. 그곳이 자신의 자리였으면 좋겠다고 가영은 생각했다. 영영 그대로 그곳에 머물고 싶었다.

수환은 몰고 온 차를 주차하고 경찰청 앞에 서서 태극기와 경찰기가 함께 나부끼는 고층 건물을 바라보았다. 서장과 언쟁을 벌이고 씩씩대며 근무지를 빠져나오는 저를 팀장은 부랴부랴 불러 세운 후, 욕을 섞어 가며 서장의 말을 전했다. 청장이 보기를 원하니 즉시 본청으로 가라는 지시였다.

서장은 그가 나가자마자 해당 사실을 윗선에 보고했을 터였다. 그런 연유로 청장은 곧바로 팀장을 호출했을 테고, 팀장이 식은땀을 흘리며 저를 불러 세운 것이다. 어느 정도 예감은 하고 있었지만 그래도 놀라웠다. 대체 무명 그 새끼가 뭐기에 모두가 이토록 필사적으로 붙들고 늘어지는 것인지 말이다.

전덕기는 책상에 앉아 초조하게 사내를 기다렸다. 곧 울릴 인터폰을 바라보며 이 도박의 승률이 얼마나 될지를 따져 보았다.

무명이 장태호의 파일을 가져갔다. 그리고 그는 오랫동안 전덕기가 자신의 이익을 위해 거짓말을 했다는 진실도 알고 있다. 그를 속이는 것을 완벽히 감출 수 있을 거라고는 믿지 않았다. 그저 후의 일을 생각하고 싶지가 않았다. 머릿속으로 예견해 보기를 거부하면서 막연히 그런 날이 도래하지 않기만을 바라 왔다.

그러나 그날은 전덕기가 막연히 느꼈던 것보다 훨씬 더 빨리 찾아왔다. 꽤 오랜 세월 동안 무명은 덕기를 의심하지 않았다. 그런 날이 적어도 얼마간은 지속될 것이라 생각해 왔건만, 무명은 예고도 없이 찾아왔다. 그리고 그때는 이미 모든 것을 알고 있어 더 이상 변명이란 것도 할 수가 없는 상태였다.

무명이 그를 어떻게 할지 장담할 수 없다. 죽이지 않을지라도, 더 이상 무명은 저를 믿어 주지 않을 테고, 믿어 주지 않는다면 CTA를 얻는 것도 불가능하다. 그리고 CTA를 얻는 것이 불가능하다면 권력자들에게 있어서 자신의 가장 큰 존재 가치는 사라지게 된다. 죽지 않아도 외면당할 테고, 더 이상 위로 올라가는 것은 불가능해질 것이다. 덕기에게 그것은 죽음의 공포와 비슷했다. 삶의 목적이 완전히 사라지는 것이었다.

뚜루루. 인터폰이 울렸다. 덕기는 서둘러 통화 버튼을 눌렀다.

— 청장님. 조수환 형사가 찾아오셨는데요.

"들여보내. 당장."

— 네. 알겠습니다.

더 이상 무명에게 기댈 수 없다. 그렇다면 다른 살 궁리를 찾아야 했다. 이젠 완전히 박판석에게 붙을 수밖에 없다. 박판석은 지금도, 그리고 앞으로도, 이 나라에서 가장 큰 권력을 손에 넣을 인물이었다. 그에겐 돈도, 권력도 있었다. 그리고 무엇보다 야망이 컸다. 자신의 야망을 위해서라면 무엇이라도 할 인물이다. 그런 그가 지금

절박하게 CTA를 필요로 한다. 지금으로서는 그것이 저가 유일하게 비빌 언덕이었다. 어쩌면 보다 빨리 그에게 붙었어야 했던 것인지도 모른다.

대한민국에서 돈과 권력으로 안 되는 것은 없었다. 박판석의 힘과 권력으로 움직일 수 있는 것을 생각하면 그깟 이도 저도 아닌 괴물 자식을 통제하고, 제거하는 것은 일도 아닐 것이다. 고작 하나. 무명 그놈이 아무리 괴물이어도 고작 하나였다. 고작 하나가 뭘 하겠는가.

똑똑똑. 예의 바른 노크 소리 이후 텀을 두고 수환이 단단한 오크 나무 문을 열었다. 덕기는 옷매무새를 가다듬으며 자리에서 천천히 일어났다.

수환은 전덕기를 보자마자 거수경례를 했다. 덕기는 다소 경직된 표정으로 그의 경례를 받았다.

"처음 뵙겠습니다. 동부경찰서 형사2과 조수환 경사입니다."

"앉게."

청장의 안내에 따라 소파에 앉자 얼마 지나지 않아 비서가 커피를 내왔다. 호의를 저버릴 수 없어 한 모금 마시고 딸그락 소리를 내며 내려놓던 차에, 청장이 먼저 입을 열었다.

"돌려 묻지 않겠네. 피차 시간 낭비 같으니. 그자를 쫓는 이유가 뭔가?"

그자. 청장은 무명을 그렇게 지칭했다. 딱딱하기 이를 데 없는 호칭에는 두려움도 함께 묻어났다.

"연쇄 살인범으로 추정하고 있습니다."

"그게 다인가?"

청장이 의심스럽게 물었다. 더 구체적인 대답을 원하는 것일까. 그러나 자신은 형사다. 형사이기 때문에 죄인을 쫓는다. 그것이 수환이 가진 명분이었다. 물론 그게 다냐고 묻는다면 선뜻 그렇다고 대답하기는 어렵지만, 그것만으로도 이미 충분한 답이라고 여겨졌다. 청장이 다시 물었다.

"그자에 대해 얼마나 알고 있지?"

수환은 대답하기에 앞서 무릎 위에 올렸던 두 손을 깍지 껴 힘 있게 주물렀다. 긴장감이 꿀꺽 식도를 타고 내려갔다.

"사람을 죽이고, 또…… 사람이 아닌……."

신중하게 내뱉는 단어들에 현실성이 없었다. 사람 같지만 사람이 아닌 자. 참담하고 복잡한 기분으로 그는 말끝을 흐렸다. 짐승처럼 번쩍거리던 그 두 눈은 사람의 것이 분명 아니다. 민담이나, 동화에나 나올 법한 요괴, 괴물, 짐승. 그러한 것들에 가까웠다.

하지만 그게 가당키나 한 말인가. 어쩌다가 잘못 태어나 돌연변이가 되어 그렇게 되었다고 하는 것이 더 납득할 수 있는 가설이다. 동화보단 차라리 SF영화가 더 현실적이었다. 유전적으로, 그러니까 과학적으로 풀이될 수 있을 만한 돌연변이. 그냥 어쩌다가, 재수 없게 그렇게 태어나서, 그냥 그렇게 시골구석에 죽은 듯이 살아가는 불행한 남자. 그래서 자신의 태생에 대한 분노를, 그리고 자신과 다른 세상에 대한 분노를 연쇄 살인으로 푸는 것이라고. 그것이 그나마 납득 가능한 가설이었다.

그러나 곧 덕기가 수환의 그런 위태로운 가설을 단박에 무너뜨렸다.

"맞네. 그자는 사람이 아니네."

자리에 꼿꼿이 앉아 있던 수환의 몸이 심하게 요동쳤다. 그는 몇 초 동안 눈 한 번 깜빡이지 못하다가, 그 이후에는 쉼 없이 눈을 깜빡거렸다.

"사람을 먹는 괴물이지."

그 떨림 없이 힘이 들어간 대답에 수환의 몸이 떨렸다. 막연히 유추하는 것과 완전히 단정 지어지는 것은 다르다. 어렴풋하지만 확실하지 않은 예감이, 정확하게 제자리에 들어맞았을 때 그는 보통 희열을 느꼈다. 그러나 지금 그가 느끼는 것은 공포였다. 단 한 번도 겪어 보지 못한 공포.

"그는 사람의 피와 살을 먹네. 우리가 물과 소금이 없으면 살 수가 없듯, 그에게는 사람의 피가 바로 생명을 지탱시켜 주는 근원이지. 그게 그자가 가진 비밀이라네."

"청…… 청장님은 그에 대해 어떻게 그렇게 잘 아십니까?"

수환의 목소리에 힘이 들어갔다.

"저는 그자에 대해 조사한다는 것 때문에 징계까지 받았습니다. 그자에게 든든한 뒷배가 있지 않고서는 불가능하다고 생각했는데, 혹시 그게 청장님 아닙니까?"

덕기는 소파 깊숙이 등을 기대었다.

"그와 공생할 수밖에 없었네."

공생. 그 단어에 수환의 얼굴이 일그러졌다. 그는 즉시 반박했다.

"그는 사람을 죽여서 먹는 괴물입니다. 토끼와 사자가, 사슴과 늑대가 공생할 수 있습니까? 먹이와 포식자가 대체 어떻게 공생한단 말입니까. 살인마와 경찰이 공생을 한다니, 그게 말이 됩니까?"

"그자는 우리가 눈으로 좇을 수 없을 만큼 빨라. 사람의 사지를 종이 찢듯이 찢을 만큼 힘이 세고, 창과 칼에 배에 구멍이 나도, 팔다리가 잘려 떨어져 나가도 살아남는 바퀴벌레 같은 자네. 나는 지금껏 그를 제재하는 것이 불가능하다 생각해 왔고, 그렇기 때문에 그와 공존하는 방법을 택했어."

"먹이를 던져 주면서 말입니까?"

힘 있는 물음이었다. 어쩌면 물음이 아니라 비난에 가까웠다. 덕기는 팔걸이에 올린 손바닥을 꽉 말아 쥐었다.

"그 먹이란 사회에서 도태되어야 하는 쓰레기들이네."

"……그걸 대체 누가 결정하는 겁니까? 청장님이요? 아니면 그자가요? 쓰레기의 목숨은 정당한 재판 없이, 정당한 과정 없이, 그 자리에서 먹이로 던져져 개죽음을 당해도 되는 겁니까?"

"최악을 막기 위한 차악의 선택이었어."

수환에게 그것은 변명이었다. 그에게 경찰의 정의란 '악' 과는 절대로 타협해선 안 되는 것이었다. 남들은 꽉 막혀 있다고 비난할지 몰라도 스스로에게도, 세상에게도 엄격한 잣대를 들이대지 않으면 경찰이란 직업은 언제든 유혹에 무너질 수 있는 직업이었다. 서류를 조작하고, 이해관계에 얽힌 이의 뒷배를 봐주다가 징계를 받고 쫓겨난 선배들을 그는 수없이 보아 왔다. 최악을 막기 위한 차악의 선택이란 말은 그들이 언제나 변명하듯 내뱉던 말들이다.

"저는 그것을 납득할 수 없습니다."

"이해관계로 다룰 수 있는 문제가 아니야. 이것은 목숨이 걸린 문제야.”

덕기가 점잖게 호통쳤다. 과연 조수환이란 자는 듣던 대로였다. 조금만 힘을 주면 부러질 만큼 강직한 성격에 유연함이라고는 눈곱만큼도 없었다. 열정적이고, 도덕적이었지만 시야가 너무 좁아 세상과 타협하는 것이 힘든 자. 그는 과거의 자신과도 꽤나 닮아 있었다. 그리고 아마 덕기 자신처럼 그도 곧 부러질 것이다. 현실이란 이런 심성을 가진 자에겐 혹독하고 냉정한 법이니 말이다.

“자네가 가진 그 알량한 대의로는 이자를 감당할 수 없네. 너무나 추상적이고 모호해. 그는 도덕이나 정의라는 그 선 밖에 서 있는 자야. 자네가 그자를 쫓는 진짜 이유가 뭔가? 오로지 자신의 정의를 실현하기 위해서인가? 오로지 연쇄 살인마를 잡아넣겠다는 그 신념 때문인가?”

“…….”

“그렇다면 관두는 것이 좋아. 자네는 감당할 수 없어. 감당할 수 없는 자에게 나도 모험을 걸진 않겠네.”

덕기의 얼굴이 실망감과 지루함에 복잡하게 일그러졌다. 일이 난처해졌다. 덕기가 수환을 이곳에 부른 이유는 무명과 사건으로 얽혀 있으니, 따로 이해관계를 구하지 않아도 된다는 것이 가장 컸지만 기묘하게도, 인사 기록부에 적힌 수환의 본적은 무명이 사는 곳과 지척이었다. 그가 서울로 상경한 뒤의 일이긴 해도, 한동네이니 조금은 그에 대해 알고 있으려니 짐작하였건만, 아무래도 좋은 장기짝이 되지 못할 성싶었다.

수환은 근엄하게 앉아 있는 청장을 재 보았다. 모험을 걸겠다고 말했다. 그리고 그 모험을 거는 대상이 지금으로선 자신인 것 같았다. 그가 원하는 것이 무엇일까. 그걸 좀 더 명확히 알고 싶었다. 아까부터 흥분에 두근두근 뛰던 가슴이 불안스레 조여들었다. 이 줄을 잡으면 무명 그자에게 조금 더 다가갈 수 있을까. 단 한 발자국만이라도 좋으니 조금 더.

"사적으로 그자와 얽혀 있습니다."

수환은 어렵게 입을 열었다. 그러자 덕기의 눈동자가 기민하게 움직였다.

"어떻게?"

"동생이 있습니다."

말을 뱉어 놓고도 수환은 말을 아끼며 어물거렸다. 인사 기록부에는 편모슬하의 외동으로 기록되어 있었다. 그 스스로 작성한 것이니 오류가 있을 리 없었고, 이미 늙은 어미가 다시 아이를 낳았을 리도 없을 터였다.

"친동생인가?"

"아닙니다."

대답하는 수환의 목소리는 침잠했다. 짧게 답하고는 곧바로 입을 다물었다. 그러나 바닥으로 떨구어진 그의 시선에 덕기는 그 동생이란 존재가 '여자' 임을 직감했다. 치정인 것이다. 가장 뻔하면서 가장 강력한 것. 더는 잴 필요도, 물을 필요도 없다.

"내가 자네가 필요로 하는 것을 제공한다면, 그자를 잡을 수 있겠나?"

덕기의 말을 이해하는 데는 조금 시간이 필요했다. 그는 무명을 비호하던 자였다. 그런 그가 갑작스레 전혀 반대되는 이야기를 하고 있으니 수환은 선뜻 그의 말을 받아들일 수가 없었다. 그러나 그 말을 듣는 순간 피가 끓는 느낌이 들었다. 불같은 눈과 뱀 같은 눈이 허공에서 얽혔다.

"나는 잘못된 모든 것을 바로잡고 싶네. 지금이라도, 그자와의 관계를 끝내고 싶어."

덕기는 침을 꿀꺽 삼키고 말을 이었다.

"다시 한번 말하지만 그는 정의와 도덕의 결계 밖에 존재하는 자야. 자네가 그를 진심으로 상대해서 자신의 것을 지키고 싶다면 아마 아주 단단히 각오를 해야 할 것이네. 자네는 그만한 각오가 되었는가?"

그를 잡아야 한다. 살인범이니 어떤 존재든 정의의 심판을 받아야 한다. 그게 안 된다면 사회에서 영영 추방시켜야 한다. 그러나 무엇보다 가영의 옆에서 치워야 했다. 가영이 그의 종이 되어 그에게 희생당하는 것만은 막아야 했다. 그걸 위해서라면 무엇이든 할 수 있었다.

이것은 기회이다. 혼자서 아무리 발버둥을 쳐 보았자 한계가 있었다. 청장의 비호를 받는다면 무명을 잡아넣을 가능성은 비교할 수 없이 높아진다. 거절할 이유도, 각오를 못 할 이유도 없었다. 수환은 비장하게 고개를 끄덕였다.

"네. 각오는 되었습니다."

"자네를 복귀시키지. 자네가 필요로 하는 모든 것을 제공하겠네. 대신 자네는 그 괴물의 약점을 찾아 그를 단죄할 수 있도록 내 앞에 데려와. 죽이지만 않는다면 어느 정도의 무력은 허용하겠네."

덕기는 소파에서 일어나 자신의 책상에서 서류 하나를 가져와 수환에게 건넸다. 수환은 그것을 받아 서류철을 펼쳐 보았다.

사나운 수환의 눈빛이 더욱 사나워졌다. 그가 고개를 휙 쳐들자 덕기는 기다렸다는 듯 입을 열었다.

"자네도 잘 알고 있는 자일 테지."

"네. 잘 압니다."

장태호.

아무리 잡아 처넣어도 미꾸라지처럼 법에서 빠져나갔던 자. 그렇게 애를 써도 늘 쓴 좌절과 실패만을 느끼게 했던 자.

덕기는 다시 소파에 앉아 쇳덩어리처럼 무거운 얼굴로 그를 쳐다보았다. 정제되지 않은 표정이었다. 분노와 두려움, 그리고 결기가 뒤섞여 복잡하고 날카로웠다.

"조만간 그는 장태호를 찾아갈 걸세. 자네도 알고 있다시피 장태호는 권력의 비호를 받고 있는 인간쓰레기이지. 그리고 현재 장태호는 그자의 사냥감이네. 사냥감이 되어 마땅한 자이니까."

"……."

수환은 사진 속 장태호의 번들거리는 얼굴을 내려다보았다. 조금의 죄책감도, 죄의식도 찾아볼 수 없는 당당한 눈. 법정에서 오열하는 피해자의 아버지를 보고 웃던 그 얼굴이 떠올랐다. 손에 힘이 들어가 서류가 꾸깃하게 구겨졌다.

"그가 장태호를 찾아가면 장태호는 그의 손에 죽게 될 거야."

그렇겠지. 무명의 손에 갈기갈기 찢겨 그 괴물의 아가리에 흔적도 없이 쏟아져 들어가겠지. 아니, 안 돼. 그럴 수는 없다. 아무리 개만도 못한 인간 말종이라도 법의 심판대에 서서 정당한 법에 의해 벌을 받아야 한다. 신이 아닌 이상 누구도 인간을 함부로 단죄하고 생명을 앗아 가서는 안 된다. 그게 설사 죽어 마땅한 장태호라 하더라도.

"장태호를 자네에게 맡기겠네. 원하는 모든 것을 지원해 주겠어."

덕기는 수환을 보며 씨익 웃었다.

"그러니 자네는 자네만의 정의를 펼쳐 보게. 모두에게 본이 될 참다운 정의를."

덕기는 부드럽고 차가운 소파의 가죽을 매만졌다. 가장 하찮고 쓸모없는 장기짝이 이제 제 손에 완전히 쥐어졌다.

수환은 서류를 들고 청장실을 나왔다. 전투 의지가 불타오르는 한편 이상하게도 마음 한편이 찝찝했다. 무명과 관련된 일은 하나부터 열까지 이런 기분을 느끼게 만들었다. 늘 하던 대로 행동하는 것 같은데도 심정이 혼란스럽다. 그의 존재 자체가 혼란스럽기 때문에 느끼는 감정인 듯도 하고, 가영이 얽혀 있어 이렇게 복잡한 것 같기도 했다. 적어도 그가 가영의 옆에서, 그리고 자신의 눈에서 사라져야만 이 혼란하고 번잡스러운 감정이 진정될 것만 같았다. 그 생각이 드니 초조함도 섞여 들었다.

본청에서 빠져나와 서류를 자동차 뒷좌석에 던져 놓고 수환은 담배 한 개비를 물었다. 요즘 들어 담배를 피우는 횟수가 점점 잦아졌다. 이래서야 금연을 한 이유가 없지 않나 되묻고 있는데 바지 주머니에서 휴대폰이 울렸다. 그는 채 라이터를 켜지 못하고 바지를 뒤적거려 휴대폰을 꺼냈다.

영길의 이름이 떠 있었다.

"여보세요?"

— 선배!

라이터에 불을 붙이려다 영길의 다급한 외침에 그는 순간 멈칫했다.

"무슨 일이야?"

— 동생이 사라졌어!

수환은 수화기를 고쳐 잡았다.

"뭐?"

— 서점에 좀 가자기에 왔다가, 선배 전화 받느라 한눈을 좀 팔았는데 그새 감쪽같이 사라져 버렸어!

"……."

가영이가 감쪽같이 사라졌다고?

— 내가 혹시나 해서 CCTV까지 다 확인했는데 진짜 그 자리에서 감쪽같이 사라졌어. 귀신같이 사라졌다니까!

"대체 무슨…… 가영이가 왜 감쪽같이 사라져, 사라지길!"

— 몰라! CCTV에 찍힌 거 보니 웬 허여멀건 게 나타나서 껴안더니 그대로 사라졌어! 이게 뭔지를 모르겠어! 이거 국과수에 판독받아야 하는 거 아니야?

수환은 끝에만 살짝 씹힌 담배 개비를 바닥에 던졌다. 그 허여멀건 게 무엇인지 그는 짐작했다.

"됐어. 걱정 말고 집에 가 있어. 별일 아니니까."

— 아니, 이게 어떻게 별게 아니야! 지금 동생이 사라졌다니까! 그것도 완전 어처구니없…….

“고생했다. 곧 다시 연락하마.”

‘선배! 선배!’ 영길의 목소리가 여전히 휴대폰 너머로 웽웽 울렸다. 수환은 종료 버튼을 누르고 차에 올라타 시동을 켰다. 주차장을 빠져나온 그는 곧바로 고속도로를 탔다. 액셀을 누르는 강도가 점차 세졌다.

그늘 하나 없는 언덕은 햇볕이 따가웠다. 책을 읽기 위해 바닥에 엎드리자 명은 내내 햇살을 등져 그늘을 만들어 주었다. 햇볕을 막아 주는 뱀파이어라니. 어쩐지 웃겼다.

남녀의 신체를 적나라하게 보여 줄 거라고 생각한 챕터는 웬일인지 모두 해부도였다. 가영은 그 그림을 이해하기가 어려웠다. 그러자 점점 지루해졌고 졸음도 몰려왔다. 그녀는 눈을 끔뻑거리다가 해를 등진 무명을 올려다보았다.

사람이 아니기 때문일까. 그는 수 시간 동안 같은 자세로 미동도 하지 않았다. 아래로 드리워진 속눈썹 사이로 루비 같은 눈동자만 희미하게 빛났다. 그는 숨도 쉬지 않는 것 같았다. 이렇게 놓고 보니 그는 꼭 조각상 같았다. 아주 예쁜 조각상. 이 넓은 꽃밭에 누군가 섬세히 세공해서 가져다 놓은 조각상.

“너는 왜 햇빛에 안 타?”

가영이 턱을 괴고 물었다. 무명은 소리 내 웃었다.

"테레비에서 보면 흡혈귀는 햇빛에 타고, 관에서 자고, 또 막 송곳니도 날카롭던데. 넌 그런 게 하나도 없잖아."

그는 바닥에 떨어진 돌멩이 하나를 집어 들어 흙을 털어 냈다. 여전히 웃음기가 가득한 얼굴이었다.

"잘 봐."

그러더니 그는 돌멩이를 이 사이에 넣었다. 그가 힘을 주자 우두둑하는 소리가 들렸다. 마치 부럼을 깨물어 먹는 듯한 소리였다. 조각난 돌을 그가 퉤하고 뱉었다.

"나는 이가 아니라 턱의 악력으로 상처를 내. 하지만 아무리 그래도 내가 너보다 송곳니는 더 날카로울걸."

그는 씩 웃으며 손을 내밀었다.

"만져 볼래?"

가영이 명의 손바닥 위에 손을 올리자 그는 가영의 손도 손바닥이 보이게 뒤집어 저의 입으로 가져갔다. 집게손가락 끝에 만져지는 느낌이 제법 단단했다. 확실히 인간의 송곳니보다는 훨씬 단단하게 느껴졌다.

"쇠붙이 같아."

가영이 중얼거렸다.

"그럴지도 몰라."

"넌 십자가도 안 무섭지?"

무명은 가영의 손가락을 자신의 옷자락에 닦고 가만히 책 위에 내려놓았다.

"그건 미신이야. 종교가 만들어 낸 미신."

"나무로 된 말뚝은?"

"미신."

"그럼…… 마늘은?"

"마늘 냄새가 좀 역하긴 하지. 그건 너도 마찬가지잖아."

"그럼 또……."

가영이 눈을 굴리며 골몰했다.

"내 약점이 뭔지 찾는 거야?"

"그렇다기보다는…… 그냥 너에 대해 알고 싶은 거지."

그녀는 헤헤거리며 웃었다. 그 말간 웃음을 보고 있노라면 무명은 제 잔인함을 잊곤 했다. 이렇게 햇살과 꽃이 잘 어울리는 생명체라니.

"나도 나에 대해 잘 몰라. 아마 앞으로도 잘 모를 것 같아."

한때는 알고 싶었지만 이내 포기했다. 어떻게 해도 자신의 삶과 죽음에 대해 속속들이 알아낼 방법은 없었다. 존재에 대한 의구심은 곧 혐오로 바뀌었다. 그렇게 된 지가 오래였다.

"너는 꼭 내게 거울 같아, 가영."

그는 나풀나풀 봄바람에 머리가 나부끼는 가영을 섬세하게 눈에 담으며 말했다.

"자꾸만 나를 들여다보게 만들어."

그 맑은 눈동자에 비치는 자신은, 지금껏 알고 있는 자신과 다르게 느껴졌다. 저에 관해 묻는 가영의 목소리와 말투에는 호기심과 호감만이 가득했다. 그 목소리를 듣고 있자면 그는 소중한 존재가 된 것만 같았다. 그 역시 온기를 지닌 따듯한 무엇인가가 된 것처럼 느껴졌다.

혐오하던 존재를 기꺼이 받아들일 수 있게 만드는 이는 흔하지 않았다. 긴 세월 동안 그를 소중히 여겨 준 이는 많았으나, 자신으로 하여금 스스로를 달리 바라보게 해 주는 이는 많지 않았다. 그에게 사랑은 주는 것과 받는 것이 완전히 분리된 별개의 것이었다. 가영처럼 상대를 사랑함으로써 자기 스스로를 아끼는 것 같은 느낌이 든 적은 없었다.

그래서 가영은 거울 같았다. 자신의 따듯함이 그녀에게 반사되어 결국 저 자신에게 온기가 되는 것이다. 지금 이 순간, 무명은 그의 그늘 아래에 있는 가영을 보며 행복하다고 생각했다. 이 언덕에 가영과 있어, 무척이나 행복하다고.

가영은 볼을 붉히며 책을 덮었다. 그가 하는 말을 다 이해하진 못해도 느낄 수는 있다. 사랑한다는 고백과 별반 다르지 않은 말이었다. 그녀는 잔머리를 쓸어 귀에 걸며 주섬주섬 자리에서 몸을 일으켰다.

"몇, 몇 시쯤 됐을까?"

가영의 물음에 무명은 고개를 돌려 해가 걸려 있는 위치를 가늠했다.

"곧 해가 저물 것 같네."

"돌아가야겠어."

돌아가야겠다고 말하는 가영의 얼굴이 눈에 띄게 침울했다. 무명이 부드럽게 되물었다.

"정말?"

"……."

가영의 입이 오물거렸다. 아직 봉투에 담지 못한 책을 만지는 손에 미련이 뚝뚝 묻어났다.

"그냥 나랑 여기 계속 있을까? 달도 뜨고, 별도 뜰 때까지?"

이 언덕 위로 뜬 별과 달이 얼마나 예쁠지 눈앞에 그려졌다. 쏟아질 듯 하늘에 박혀 있는 그 빛나는 것들을 눈에 담기 위해 얼마나 분주히 눈동자를 움직여야 할까. 그 생각을 하니 정말로 그냥 이곳에 남고 싶은 마음이 간절했다. 그러나 가영은 고개를 저었다.

"안 돼. 수환 오빠가 걱정할 거야. 지금도 화 많이 났을걸."

지금쯤이면 가영을 누가 데려갔는지도 아마 놈은 알게 될 것이다. 길길이 날뛰겠지. 하지만 못을 박아 둘 필요가 있었다. 네놈이 아무리 가영을 데리고 천리만리 뛰어다녀도, 절대로 그녀를 쥔 채로는 달아날 수 없다는 사실을 말이다.

가영은 봉투에 책을 담고 자리에서 일어섰다. 꽃잎과 흙으로 더러워진 옷가지를 터는데 무명이 철쭉꽃 하나를 따서 가영의 귀에 꽂아주었다. 그러자 가영이 인상을 찡그렸다.

"하나 정도는 괜찮아."

"그게 아니라."

가영이 곤란하게 머뭇거리다 말을 이었다.

"수환 오빠가 나는 절대로 머리에 꽃 꽂고 다니지 말랬어."

"너무 예뻐서 누가 채어 갈까 봐 그랬나 보네."

빙그레 웃으며 하는 말이 영 가식적이었다. 가영은 그를 흘기다가 가슴팍을 쿵 때렸다.

"너 진짜 미워."

무명의 웃음소리가 좀 더 커졌다.

"너 일부러 그러지?"

저를 조금 더 흘기는 가영의 귀여운 눈매를 잠시 지켜보다가 그는 와락 가영의 허리를 안았다. 중심을 잃은 가냘픈 몸이 흔들리다가 그에게 딱 붙었다. 가영은 본능적으로 그의 팔뚝을 꽉 잡았다. 커다란 눈이 그를 올려다보았다.

"롤러코스터 탈 준비 됐어?"

"아, 기다려."

가영은 무명의 목에 손을 꽉 두르고 목덜미에 얼굴을 푹 묻었다. 가영의 팔이 저의 목을 단단히 옥죄는 것을 느끼고 난 후 그는 무릎을 굽혔다가 그대로 위로 솟구쳤다.

"계십니까."

강 씨네 슈퍼에 웬 낯선 사내가 들어섰다. 부인은 진열대의 물건에서 먼지를 닦아 내다 말고 낯선 객의 출현에 기계적으로 인사했다.

"어서 오세요."

사내는 말끔했다. 훤칠한 몸에 고급스러워 보이는 옷이 여간 비싸 보이는 것이 아니었다. 똑 부러지는 서울 말씨에 정중한 몸짓까지 지금껏 보아 온 외지인 중에서도 유달리, 이질적이었다.

그는 좁은 진열대를 살피며 어설프게 물건을 골랐다. 본인이 고르는 것이 무엇인지도 잘 눈에 담지 않는 것 같았다. 한 품 가득 과자와 주전부리, 음료를 담아 초라한 계산대 위에 내려놓고 그는 자신의 스웨터를 툭툭 털었다.

"담배 하나만 주세요."

"어떤 걸로 드릴까요?"

"뭐, 아무거나 주세요."

여자는 동네에서 가장 많이 팔리는 종류로 꺼내 그에게 보여 주었다.

"여기서는 이게 제일 잘나가는데."

"네. 그걸로 주세요."

강 씨 부인은 손가락에 침을 묻혀 가장 큰 비닐봉지를 뜯었다. 그러고는 물품을 하나하나 봉투에 넣으며 계산기를 두드렸다. 사내는 뒷주머니에서 지갑을 꺼내며 몇 번이고 여자의 눈치를 살피다 입을 뗐다.

"여기 혹시……."

계산에 집중하던 부인의 눈이 끔뻑 들렸다.

"예?"

"여기 혹시, 명이란 사람이 어디 사는지 아세요?"

"누구요?"

"명이란 사람이요. 이름이 명이이고 아마 스무 살쯤 되었을 텐데."

여자는 고개를 갸우뚱거렸다.

"글쎄요. 처음 듣는 이름인데……."

"분명 이 근처에 살고 있을 텐데."

사내의 목소리가 은근히 집요해졌다. 강 씨 부인은 느릿느릿 봉투에 물건을 담으며 곰곰이 머리를 굴렸다.

"그러면 혹시 뭐 최근에 좀 수상한 사람이라든가."

여자는 스읍 하는 소리를 내고 한 번 더 고개를 갸우뚱거리더니, 곧 눈을 깜빡거리며 말했다.

"혹시 그 애인가? 저기 할아버지랑 사는 앞 못 보는 애?"

착착착 실수 없이 계산기를 두드리고, 다시 한번 물품의 가짓수를 세는 손놀림이 바지런했다.

"스물 언저리쯤 된 사람이고 최근이면 아마 그 총각뿐이 없을 건데. 이만 사천삼백 원이요."

사내는 오만 원짜리 지폐 한 장을 꺼내 강 씨 부인에게 건넸다. 여자는 오래된 금전 출납기에서 잔돈을 거스르며 줄줄이 말을 덧붙였다.

"동네가 원체 작고 오래돼 놔서, 내가 모르는 애가 없는데 그 총각은 내가 이름을 몰라. 아마 가영이는 알 건데. 집이 이웃이어서."

지폐를 쥐고 동전을 세고 있는 사이 사내는 서둘러 봉투를 갈무리했다.

"거스름돈은 됐습니다."

"예? 아니, 그래도 그렇지. 아니, 저기! 여봐요!"

강 씨 부인이 지폐를 구겨 쥔 손을 내밀며 그를 불러 보았지만 남자는 들은 체도 하지 않았다. 갑작스럽게 나타나 뜬금없이 돈만 내놓고 사라진 사내의 자리가 휑했다.

"나 원 참 별일이야."

그녀는 떨떠름하게 지폐와 동전을 출납기에 넣다가 아무래도 찜찜해 인상을 구겼다. 여자는 출입문을 노려보며 뒤늦은 의문을 품었다.

"아니 근데, 그건 왜 묻는대?"

〈2권에서 계속〉

1판 1쇄 찍음 2017년 11월 1일
1판 1쇄 펴냄 2017년 11월 9일

지은이 피숙혜
펴낸이 정 필
펴낸곳 **(주)뿔미디어**

편집장 박경희
기획 · 편집 박경희, 이영은

출판등록 2002년 9월 11일 (제1081-1-132호)
주소 경기도 부천시 원미구 소향로 17, 303(두성프라자)
전화 032)651-6513 **팩스** 032)651-6094
E-mail bbulmedia@hanmail.net
비북스 http://b-books.co.kr

ISBN 979-11-315-8354-8 04810
ISBN 979-11-315-8353-1 04810 (SET)